Louise Jensen
Ihre letzte Hoffnung

Das Buch

Seit Jahren wünschen sich Kat und ihr Mann Nick vergeblich ein Baby. Kat ist verzweifelt – aber dann gibt es plötzlich doch eine Möglichkeit, sich den Traum vom Familienglück zu erfüllen: Kats Freundin Lisa wird ihre Leihmutter sein.

War die Begegnung der beiden Frauen nach zehn Jahren Entfremdung wirklich ein Zufall? Und ist Lisas Angebot tatsächlich so selbstlos, wie es zunächst den Anschein hat? Kat blendet alle Zweifel aus – bis sie erkennt, dass der Pakt mit Lisa sie tief in ihre Vergangenheit zieht. Ein perfides Spiel um Liebe, Schuld und Vergeltung beginnt ...

Die Autorin

Louise Jensen ist weltweite Bestsellerautorin der psychologischen Thriller »The Sister«, »The Gift«, »The Surrogate« und »The Date«. Sie hat über eine Million englischsprachige Bücher verkauft und wurde in über zwanzig Sprachen übersetzt. Louise lebt mit ihrem Mann, ihren Kindern, einem verrückten Hund und einer ziemlich frechen Katze in Northamptonshire. Sie liebt es, von Lesern und Autoren zu hören, und ist unter www.louisejensen.co.uk zu finden, wo sie regelmäßig Flash Fiction und Schreibtipps bloggt.

LOUISE JENSEN

IHRE LETZTE HOFFNUNG

Thriller

Aus dem Englischen von Katja Rudnik

Die englische Ausgabe erschien 2017 unter dem Titel »The Surrogate« bei
Bookouture, Ickenham.

Deutsche Erstveröffentlichung bei
Edition M, Amazon Media EU S.à r.l.
38, avenue John F. Kennedy, L-1855 Luxembourg
August 2020
Copyright © der Originalausgabe 2017
By Louise Jensen
All rights reserved.
Copyright © der deutschsprachigen Ausgabe 2020
By Katja Rudnik

Die Übersetzung dieses Buches wurde durch Amazon Crossing ermöglicht.

Umschlaggestaltung: zero-media.net, München
Umschlagmotiv: © Ebru Sidar / ArcAngel; © donatas1205 / Shutterstock;
© javarman / Shutterstock
Lektorat und Korrektorat: VLG Verlag & Agentur, Haar bei München,
www.vlg.de
Gedruckt durch:
Amazon Distribution GmbH, Amazonstraße 1, 04347 Leipzig /
Canon Deutschland Business Services GmbH, Ferdinand-Jühlke-Straße 7,
99095 Erfurt /
CPI books GmbH, Birkstraße 10, 25917 Leck

ISBN 978 2 49670-477-8

www.edition-m-verlag.de

Für meine Schwester Karen Appleby, die stärkste Frau, die ich kenne.

Wenn ihr uns stecht, bluten wir nicht?
Wenn ihr uns kitzelt, lachen wir nicht?
Wenn ihr uns vergiftet, sterben wir nicht?
Und wenn ihr uns beleidigt, sollen wir uns nicht rächen?

William Shakespeare

Später

Zunehmend macht sich ein Gefühl von Panik breit. Entsetzen hängt in der Luft wie Rauch.

»Sie sind so ein reizendes Paar. Meinst du, es ist alles in Ordnung mit ihnen?«, fragt die Frau, während sich unzählige Einsatzfahrzeuge in die ruhige Sackgasse zwängen, und ein blau-weißes Absperrband, wie es bei Tatorten verwendet wird, ist um das Grundstück gespannt und lässt erahnen, dass überhaupt nichts in Ordnung ist. Sie schlingt die Arme um sich, als wäre ihr kalt, obwohl es offiziell der wärmste Mai seit Jahren ist. Kirschblüten wirbeln um ihre Knöchel wie Konfetti, doch ein Happy End wird es für die Bewohner dieses Hauses nicht geben. Durch seine Ziegelsteine sickert bereits eine gewisse Tragik.

Ihre Stimme zittert, als sie ins Mikrofon spricht. Sie ist schwer zu verstehen, denn ein Motor brummt und Transportertüren werden zugeschlagen, als eine Nachrichtencrew der Konkurrenz polternd ihre Kamera in einem Dreibeinstativ montiert.

Er schiebt das Mikrofon näher an ihren Mund.

Sie streicht sich die roten Haare hinter die Ohren und hebt den Kopf. In ihren Augen schimmern Tränen.

TV Gold.

»Man erwartet nichts Böses ... Nicht hier. In dieser *netten* Gegend.«

Ein Ausdruck der Verachtung huscht über das Gesicht des Reporters, bevor seine Gesichtszüge eine perfekte Mischung aus Mitleid und Schock annehmen. Schließlich konnten drei Jahre Schauspielunterricht nicht umsonst gewesen sein.

Er zerrt am Krawattenknoten, um ihn ein wenig zu lockern, während er darauf wartet, dass die Frau damit fertig wird, lautstark ihre Nase zu putzen. Die Hitze ist unerträglich und die Schatten lang unter der gleißenden Sonne. Seine Achselhöhlen verströmen Schweißgeruch, der gegen den süßen Duft des frisch gemähten Rasens ankämpft. Der Geruch ist widerlich und hängt ihm in der Kehle. Er kann es nicht erwarten, nach Hause zu einem eiskalten Bier zu kommen und wie der Briefträger, der mit dem Kopf auf den Knien auf dem Bordstein sitzt, die Shorts anzuziehen. Er fragt sich, ob er derjenige ist, der sie gefunden hat. Heute werden eine Menge wütender Leute auf ihre Post warten. *Empörung wegen verspäteter Briefzustellung!* Das ist normalerweise die Überschrift der dümmlichen Story, über die er normalerweise berichten muss. Aber das hier ... das wird bundesweit rauskommen. Sein großer Durchbruch. Er hatte es unwahrscheinlich eilig gehabt hierherzukommen, als sein Chef anrief und ihm erzählte, was er meinte über den Polizeifunk gehört zu haben.

Er hält wegen der blendenden Sonne eine Hand über die Augen und sieht sich die Gegend an. Auf der anderen Straßenseite lehnt eine Frau mit einem Kleinkind auf dem Arm am Türrahmen. Ihren Gesichtsausdruck kann er nicht ganz deuten und wundert sich, warum sie nicht näher kommt wie der Rest von ihnen. Am Rand des Gartens, so nah, wie es die Polizei erlaubt, steckt eine kleine Gruppe die Köpfe zusammen. Freunde und Nachbarn, nimmt er an. Der Anblick ihrer schockierten Gesichter steht im völligen Kontrast zu der ordentlichen Rabatte, auf der orangefarbene Ringelblumen und violette Stiefmütterchen sprießen. Er glaubt, dass dieses Nebeneinander ein großartiges Foto abgeben würde. Die Wonnen des Frühlings, gedämpft durch eine Tragödie. Neues Leben betont die Grausamkeit des Verlustes von Leben. Mein Gott, er ist gut. Er sollte wirklich Moderator einer Nachrichtensendung werden.

Hinter ihm bewegt sich etwas, und er gibt dem Kameramann ein Zeichen, sich umzudrehen. Die Kamera schwenkt den Weg entlang zur offenen Haustür. Dort steht ein Polizeibeamter vor einem silbernen Blumentopf mit einem Miniaturbaum und bewacht den Eingang. Auf der Schwelle sind Flecke, die nach Blut aussehen.

Sein Herz schlägt höher, als er sie entdeckt. Was auch immer hier passiert ist, es ist bedeutend. Karriereweisend.

Zwei finster blickende Rettungssanitäter schieben leere Krankentragen aus dem Haus, deren Räder auf dem Kies knirschen.

Die Frau neben ihm umklammert seinen Arm. Ihre Fingerspitzen drücken sich in die Anzugjacke. Die blöde Kuh wird den Stoff zerknittern. Er kämpft gegen den Drang an, sie abzuschütteln, schluckt seine Verärgerung jedoch hinunter. Vielleicht muss er sie später noch einmal interviewen.

»Bedeutet das, dass es ihnen gut geht?«, fragt die Frau und sieht verwirrt aus.

Die fahrbaren Tragen werden scheppernd in den wartenden Krankenwagen geschoben. Dann werden die Türen zugeschlagen, das Blaulicht wird ausgeschaltet, und langsam fährt der Wagen davon.

Hinter einer perfekt geschnittenen Hecke außer Sichtweite hört er das Rauschen eines Walkie-Talkie. Eine tiefe Stimme. Worte treiben gemächlich zu ihm. Zusammen mit dem Brummen von Hummeln und dem unterdrückten Geräusch von Schluchzern.

»Zwei Leichen. Es ist eine Mordermittlung.«

Kapitel 1

Jetzt

Dreh dich nicht um.

Hinter mir ertönt wieder das Lachen. Ich sage mir, dass sie es nicht sein kann, aber auch nach so langer Zeit weiß ich, dass sie es ist. Ich verliere den Boden unter den Füßen und klammere mich so heftig an der Theke fest, dass meine Fingerknöchel weiß hervortreten.

Dreh dich nicht um.

Vor mir formt Clares Mund die Frage: »Mit Schlagsahne?« Doch ich höre nichts außer dem Brummen in meinen Ohren. Ich schüttele den Kopf, als könnte ich das Dröhnen vertreiben, das immer lauter wird. Clare senkt den Arm. Die Sprühdüse hatte über meinem Becher geschwebt. Jedes Mal, wenn ich hierherkomme, bestelle ich das Gleiche, aber heute hat mich das Lachen in die Vergangenheit katapultiert. Der Duft von heißer Schokolade, den ich normalerweise so verlockend finde, dreht mir den Magen um.

»Geht's dir gut, Kat?«

Mir ist heiß, und ich zerre an meinem Schal, als würde er mich erdrosseln. Weißer Raureif bildet noch immer Muster draußen auf dem Bürgersteig, aber hier drinnen ist es stickig. Die Kaffeemaschine zischt und faucht, und Dampf steigt zur Decke mit den Eichenbalken auf.

Ein ungeduldiges Husten des Mannes, der hinter mir mit den Füßen scharrt, erinnert mich daran, dass ich Clares Frage noch nicht beantwortet habe.

»Mir geht's gut«, sage ich, aber mein Mund ist trocken, und meine Stimme klingt merkwürdig krächzend. Mit der einen Hand schiebe ich Münzen über den Tresen, mit der anderen greife ich nach dem Becher. Heiße Flüssigkeit schwappt über den Rand, rinnt über meine Finger, verbrüht mir die Haut. Widerwillig drehe ich mich um. Da ist es wieder.

Lachen.

Ihr Lachen.

Mein Blick huscht im Café herum, und als ich sie entdecke, verliert sich alles andere in der Ferne. Sie sitzt mit dem Rücken zu mir, aber ich würde die glänzende schwarze Bobfrisur überall erkennen. Sie fährt sich mit den Fingern durch die Haare, als sie sich angeregt mit einer älteren Dame unterhält, die ihr gegenübersitzt. Mit zur Seite geneigtem Kopf lauscht sie der Antwort. Es ist, als hätte ich sie erst gestern gesehen, doch das stimmt natürlich nicht.

Lisa.

Meine Handflächen fühlen sich heiß an und beginnen zu kribbeln. Schon lange hatte ich keine Panikattacke mehr, doch unter der wachsenden Beklemmung spüre ich wegen allem eine Unabwendbarkeit, fast eine Resignation.

Zuerst bin ich unsicher, was ich tun soll. Meine Füße brennen in den UGG-Stiefeln, und die Kopfhaut juckt. Der Raum neigt sich und schwankt. Ich lehne mich gegen die Wand, die mein Gewicht stützt, als die Menschenmenge zur Mittagszeit hereinströmt, um sich auf hausgemachte Suppe und Paninis zu stürzen, von denen der geschmolzene Käse tropft. Es ist unmöglich, das Café zu verlassen, ohne dass sie mich sieht, und ich kann die Konfrontation nicht ertragen. Emotional bin ich bereits ausgelaugt und sehne mich danach, wieder einmal mein Handy auf Nachrichten zu überprüfen. Ich konzentriere mich voll und ganz darauf, einen Fuß vor den anderen zu setzen, als ich mich langsam auf den runden Tisch in der Ecke zubewege, und habe die ganze Zeit das Gefühl, gleich ohnmächtig zu werden. Dann sinke ich in einen Cocktailsessel, lasse meine Einkaufstüten auf den Boden fallen und versuche, mich so klein wie möglich zu machen. Meine heiße Schokolade rühre ich nicht an. Sie steht vor mir, und eine dicke Haut bildet sich darauf. Mein Hals ist wie zugeschnürt, und ich kann nicht schlucken. *Was macht sie hier?* Wir sind sechzig Meilen von zu Hause entfernt, und als ich das denke, stelle ich erschüttert fest, dass ich jenen Ort immer noch als mein Zuhause betrachte und nicht diesen hier, in dem ich ein neues Leben aufgebaut habe. Während ich nach dem goldenen Kreuz taste, das an einer Kette um meinen Hals hängt, stürmen Erinnerungen auf mich ein und überschlagen sich in meinem Kopf: unser erster Schultag; Lisa, die vor mir hockt und mir die Schnürsenkel bindet, weil ich das noch nicht gelernt habe; im Schneidersitz in unserem Garten in der heißen Sommersonne sitzend, wo wir Ketten aus Gänseblümchen fädeln; und später, als wir Toilettenpapier in unsere BHs stopfen und das Küssen auf unseren Handrücken üben. Ich habe sie so sehr vermisst, aber ich weiß nicht, was ich sagen soll, um es wiedergutzumachen. Was kann ich tun, um die Sache in Ordnung zu bringen? Ich kann vorgeben, sie nicht zu brauchen, aber dadurch hört der Schmerz in meiner Brust nicht auf, wenn ich an die Freundschaft denke, die wir einmal hatten.

Ein lautes Räuspern lenkt meinen Blick zur Seite. Ein Pärchen blickt mich finster an, während es auf einen freien Tisch wartet. Die beiden haben ihr Tablett mit dampfendem Kaffee und Kuchenstücken mit Frischkäseglasur beladen. Entschuldigungen ergießen sich aus meinem Mund, als ich meine Jacke anziehe und die Tüten zusammensammle. Dann hole ich tief Luft, stehe auf und marschiere mit gesenktem Kopf und fest auf den Boden gerichtetem Blick auf den Ausgang zu. Fast habe ich der Tür erreicht und meine Finger streifen den kalten Metallknauf, als eine Stimme ruft: »Kat!« Ich kann nicht anders und drehe mich um.

»Lisa.« Eingehend betrachte ich das Gesicht meiner ehemals besten Freundin, erwarte Wut oder zumindest Kränkung darin zu sehen, doch ein Lächeln breitet sich darauf aus, und Lachfältchen zeichnen sich in den Augenwinkeln ab. Man würde vermuten, den erbitterten Streit, den wir gehabt hatten, als wir uns das letzte Mal sahen, hätte es nie gegeben. Oder was danach kam. Besonders, was danach kam.

»Hab ich mir doch gedacht, dass du es bist!« Sie schaut wirklich erfreut aus, mich zu sehen.

»Was machst du denn hier?« Ich klinge anklagender als gedacht, und deshalb mildere ich meine Worte mit einem zaghaften Lächeln.

»Ich mache ein einwöchiges Praktikum im Sankt-Thomas-Krankenhaus. Ich bin jetzt Krankenschwester.«

»Wie deine Mum?«, platzt es aus mir heraus. Normalerweise erlaube ich es mir nicht, an ihre Familie zu denken. Oder an meine eigene.

Das Hier und Jetzt.

»Und du?«, fragt sie.

»Ich lebe hier seit einigen Jahren.«

»So ein Zufall.«

Wirklich? Ich hasse das Misstrauen, das langsam von mir Besitz ergreift. Schließlich hat Lisa nichts Falsches getan, oder? Bevor ich etwas erwidern kann, zieht sie mich in eine innige Umarmung. »Ich habe dich so sehr vermisst«, sagt sie, und trotz meiner Bedenken erwidere ich ihre Umarmung.

»Du gehst doch nicht schon, oder?«, fragt sie.

Ich werfe einen Blick auf die Straße, auf den grauen Himmel, an dem sich Wolken auftürmen, auf die Leute, die mit gesenkten Köpfen vorbeieilen und gegen den schneidenden Wind ankämpfen. Ich weiß, dass ich einen Augenblick zu lange gezögert habe, als sie mich fragt, ob ich schon zu Mittag gegessen habe, und mein Magen als Antwort knurrt.

»Du bist doch mit jemandem hier.« Ich gestikuliere in Richtung der alten Dame am Tisch.

»Nein. Ich habe mir nur die Zeit vertrieben.«

Lisa hatte tatsächlich immer die Fähigkeit, sich mit jedem unterhalten zu können, überall dazu zu passen, und ich spüre das dumpfe Gewicht der Einsamkeit, das ich ständig mit mir herumtrage.

Schnell etwas essen. Das kann doch nicht schaden, oder?

»Ich glaube, dein Tisch ist belegt.« Zwei Mädchen im Teenageralter rutschen auf die freien Plätze.

»Ich bin dafür, einen Pub zu suchen.« Lisa grinst, und die Jahre sind wie weggeblasen. Unerklärlicherweise sammeln sich Tränen in meinen Augen, als ich mich dabei ertappe, dass ich froh bin, sie hier getroffen zu haben. Keine Gelegenheit, die Vergangenheit wiederaufleben zu lassen. Ich schaudere, als ich an die Vergangenheit denke, aber in der Vertrautheit finde ich

Trost: wie sie sich bei mir einhakt; das blumige Parfüm, das sie immer benutzt. Eisige Luft weht in den Coffeeshop, als sie mit der Schulter die Tür aufdrückt.

»Wir können in den Pub dort drüben gehen.« Ich nicke in Richtung des Gebäudes gegenüber. Warme honigfarbene Lampen leuchten im Fenster, ein Schild quietscht im Wind. Nick und ich essen oft dort.

Leichter Schneefall hat eingesetzt, und als wir uns über die glatte Straße auf den Weg zum *The Fox and Hounds* machen, schmecke ich Frost und Hoffnung auf der Zunge. Fast zehn Jahre. Und kurz vor dem Jahrestag hat uns das Schicksal wieder zusammengeführt. Das muss doch gut sein, oder?

»Da kommt ja die stadtbekannte Berühmtheit.« Mitch stellt das Glas ab, das er gerade poliert hat, und wirft sich das Geschirrtuch über die Schulter. »Das Übliche?« Er gießt etwas Hochprozentiges ins Glas und öffnet zischend eine Flasche Tonic.

Ich nehme einen Schluck. Der Wodka wärmt mich von innen, taut meine durchgefrorenen Knochen auf. Als ich durch den Pub vorangehe, ignoriere ich die Plätze am offenen Feuer, das knackt und knistert. Stattdessen schieben wir uns in meine Lieblingsnische in der Ecke.

»Es ist schön hier.« Lisa schaut sich um. »Aber nicht ganz so wie im *Three Fishes*, oder?«

»Gott sei Dank!« Als Teenager hatten wir dort viel zu viel Zeit verbracht, auf Barhockern mit langen Chrombeinen und Kunstlederpolstern gehockt und übertreuerten Wein getrunken, der wie Essig schmeckte. »Weißt du noch, wie oft wir von den Barhockern gerutscht sind?«

»Ja! Ein Bein hatte ich immer in Habachtstellung, um einen Sturz abzufangen.«

»Und wie geht's dir?«, frage ich. Es folgt eine ausgedehnte Pause.

Lisa streicht sich die Haare hinter die Ohren. »Gut«, sagt sie schließlich mit einem Lächeln, das verschwindet, bevor es ganz da ist. Ich habe das Gefühl, sie wollte etwas anderes sagen, doch stattdessen fragt sie: »Was war das gerade? Stadtbekannte Berühmtheit?«

»Ach, nichts.« Ich zupfe an dem Bierdeckel auf dem Tisch, ziehe an einer Ecke die Pappe ab.

»Fast gar nichts.« Mitch stellt eine Tafel mit den in seiner krakeligen Handschrift geschriebenen Tagesgerichten auf die Ecke unseres Tisches.

Heute gibt es Karottensuppe mit Koriander. Ich rümpfe die Nase. Karotten esse ich nur im Kuchen.

»Kat und ihr Mann waren in einer dieser Hochglanzbeilagen der Sonntagszeitung, weil sie an einem piekfeinen Benefizdinner unter den Reichen und Schönen teilgenommen haben. Das Essen war allerdings nicht so gut wie hier, stimmt's, Kat?«

»Es geht nichts über deinen Sticky Toffee Pudding.« Ich spüre Lisas Blick auf mir, als ich die Speisekarte studiere. Meine langen Haare fallen nach vorn und bedecken die Wangen. Ich weiß, dass sie glühend rot sein müssen.

»Ich nehme Truthahnbraten.« Lisa reibt sich die Hände.

Es ist erst der 1. Dezember, aber Mitch hat schon seit Wochen einen lächerlich großen Weihnachtsbaum in der Ecke stehen. Rotes und silbernes Lametta ist um die Plastikzweige gewunden. Schnulzige Weihnachtslieder wabern aus den unauffällig positionierten Lautsprechern. *The Pogues* singen »Fairy Tale of New York«.

»Für mich Pasta.«

Mitch eilt in Richtung Küche davon. Eine erdrückende Stille senkt sich über uns und drückt mich auf meinen Platz. Ich könnte meine Finger ausstrecken und Lisas berühren, aber die Kluft zwischen uns scheint unmöglich zu überwinden. Und ausnahmsweise einmal scheint Lisa nervös zu sein und spielt mit ihrem Besteck herum.

»Lisa ...« Ich verstumme und durchwühle meinen Verstand nach Worten, von denen ich weiß, dass ich sie sagen sollte. Auch sollte ich versuchen, sie in irgendeine Reihenfolge zu bringen, bevor sie mir über die Lippen kommen – voller Selbstmitleid und Schaden anrichtend.

»Schh. Schon gut.«

»Ich habe dich geschlagen.« Auch jetzt noch brennt meine Handfläche, wenn ich daran denke.

»Wir haben beide Fehler gemacht. Haben Dinge getan, die wir bereuen, oder?«

»Ja, aber deine Fehler haben niemanden umgebracht«, flüstere ich.

In Lisas Gesicht erscheint ein schmerzhafter Ausdruck, und ich fühle mich gezwungen weiterzureden.

»In jener Nacht ...« Ein dicker Kloß bildet sich in meinem Hals, und ich trinke mein Glas bis zum letzten Tropfen aus, um ihn hinunterzuspülen.

»Kat.«

Lisa legt ihre Hand auf meine. Sie fühlt sich weich und vertraut an. Tränen sammeln sich in meinen Augen, und ich dränge sie zurück, erinnere mich daran, wie wir die Finger ineinander verschränkten, wenn wir hinaus auf den Schulhof rannten, begierig darauf, vor allen anderen beim Himmel-und-Hölle-Spiel zu sein.

»Du musst mich hassen.« Der Hass, den ich für mich selbst empfinde, ist stets gegenwärtig, schwelt in der Magengrube. Fast wäre es eine Befreiung, wenn sie mich schlagen oder zumindest anschreien würde.

»Ich habe dich tatsächlich gehasst«, gibt sie zu, und obwohl es nicht unerwartet kommt, durchbohren mich ihre Worte. »Lange Zeit, aber nicht so sehr dafür, was passiert ist – das war nicht dein Fehler –, sondern weil du davongerannt bist, nehme ich an. Wir hätten das zusammen durchstehen können. Ich habe es durchgestanden.« Ihre Stimme klingt kräftig und bestimmt.

»Ich musste gehen. Das war nicht meine Entscheidung ...« Meine Stimme überschlägt sich.

»Wir müssen nicht darüber reden. Jetzt sowieso nicht. Ich hole uns noch etwas zu trinken. Das Gleiche?«

»Ja, bitte«, antworte ich, obwohl ich eigentlich Limonade trinken sollte. Aber obwohl das Hitzegefühl der Panik abgenommen hat, schlägt mein Herz noch immer ein bisschen schneller, atme ich ein wenig hektischer. Der warme Schleier des Alkohols wird mich beruhigen. Das weiß ich.

Lisa rutscht von ihrem Platz, und ich nutze die Gelegenheit und überprüfe noch einmal mein Handy. Statt einer SMS erscheint auf dem Display ein Foto von Nick und mir, wie wir uns bei unserer Hochzeit küssen. Meine Laune sinkt, als ich sehe, dass noch immer keine Nachricht eingegangen ist. In der Zeit, in der Lisa unsere Getränke bestellt, gehe ich zur Toilette und spritze mir kaltes Wasser ins Gesicht. Während ich es mit einem rauen Papierhandtuch abtrockne, sehe ich mich im Spiegel. Mein blasses Gesicht wird von ultraglattem dunklem Haar umrahmt, und die tiefen blauroten Tränensäcke verdunkeln meine Augen.

Zurück am Tisch, gieße ich Tonic in mein Glas und beobachte, wie sich die winzigen Blasen zwischen die Eiswürfel schieben.

»Ich verstehe nicht, wie du immer noch Wodka trinken kannst«, sagt Lisa. »Erinnerst du dich an Perry Evans Party? Wir müssen fast eine ganze Flasche zu zweit getrunken haben.« Sie zieht ein Gesicht, als wäre es erst gestern gewesen.

Solche Partys habe ich seit über zehn Jahren nicht mehr gefeiert. Nick versucht mich ständig dazu zu überreden, nächstes

Jahr meinen Geburtstag groß zu feiern, aber ich verdränge weiter den Gedanken, dreißig zu werden.

»Ich erinnere mich daran, deine Haare zurückgehalten zu haben, als du dich auf das schmutzige Geschirr in der Spüle erbrochen hast.«

Ich lache bei dem Gedanken daran, und das Geräusch erschreckt mich für einen Moment.

»Ich habe das Zeug nie wieder angerührt.« Lisa schüttelt sich theatralisch. »Jake war an dem Abend auch da, oder?« Ihre Frage klingt beiläufig, als würde sie sich nicht so recht erinnern, aber ich weiß, dass sie es tut. Ich sehe, wie sich mein eigener Schmerz in ihren Augen spiegelt.

Bevor ich antworten kann, stellt Mitch einen dampfenden Teller Spaghetti Carbonara und mit Butter bestrichenes Knoblauchbrot vor mich. Als ich mich vorbeuge, um nach dem Salzstreuer zu greifen, hängt das goldene Kreuz aus meinem Ausschnitt, und Lisa berührt es leicht mit zwei Fingern.

»Du trägst es noch?«

Ich antworte nicht. Das brauche ich nicht. Ich weiß, dass wir uns beide erinnern, und ich frage mich, ob Lisa auch nach so vielen Jahren noch denkt, dass eigentlich sie dieses Kreuz tragen sollte. Doch wie üblich stelle ich Zusammenhänge her, die gar nicht existieren. Sie ist einfach nur freundlich.

Wir schweigen ein paar Minuten, während ich Spaghetti um die Gabel drehe. Lisa macht sich über Mitchs legendäre Bratkartoffeln her, von denen Nick und ich immer im Spaß behaupten, man sollte sie eigentlich mit einer Kettensäge servieren.

»Erzähl mir von deinem Mann. Nick, oder? Er ist Schirmherr einer Wohltätigkeitsorganisation?«

Ich habe gerade den Mund voll und nicke deshalb. Zunächst bin ich dankbar für den Themenwechsel, doch als ich schlucke, fällt mir ein, dass Mitch weder Nicks Namen erwähnt hat noch die Tatsache, dass er Schirmherr einer Wohltätigkeitsorganisation ist. Das Brot bleibt mir im Hals stecken. Ist es wirklich Zufall, dass sie hier ist, oder hat sie mich gezielt ausfindig gemacht? Und falls ja, warum?

Rache flüstert die Stimme in meinem Kopf. Ich trinke mein Glas aus, um sie zum Schweigen zu bringen.

Kapitel 2

Jetzt

»Ist mit eurem Essen alles in Ordnung?«, fragt Mitch.

»Es schmeckt fantastisch«, antwortet Lisa. »Ich habe Kat gerade nach Nick gefragt.« Lisa schaut mich an. »Mitch hat mir ein bisschen von Nicks Wohltätigkeitsarbeit erzählt, als ich an der Bar die Drinks bestellt habe. Hört sich an, als wäre er ein großartiger Mann.«

Daher hat Lisa also ihre Informationen über Nick. Daran ist nichts Schlimmes. Erleichtert bestelle ich eine Flasche Rotwein.

Lisa isst, während ich mein Essen auf dem Teller herumschiebe und mein Glas zweimal so oft nachfülle wie ihres. Sie trinkt kaum Alkohol, nippt dafür aber am Wasser.

»Warum bist du hierhergezogen? Wir waren mal bei einem Schulausflug hier, oder? Das Schloss auf dem Hügel?«

»Wohl eher der Trümmerhaufen«, sage ich. »*Beschissener Kranichhügel* haben wir ihn genannt.« Ich glaube, das hat mich angezogen. Die Erinnerungen. Die Tatsache, dass ich mit Jake hier gewesen bin. »Der Ort war genauso gut wie jeder andere.«

»Wie lange bist du verheiratet?«, fragt Lisa.

Ich drehe den Ring an meinem Finger. Die Diamanten funkeln, als sich das Licht darin fängt.

»Acht Jahre.«

Lisa greift nach meiner Hand und fährt mit dem Daumen leicht über meinen Ehering. »Sehr schön! Weißgold?«

»Platin.« Ich gehe in Abwehrhaltung, obwohl ich mir nicht sicher bin, warum. Wir arbeiten beide so hart. Nick hatte nichts, genauso wie ich. Es ist ein Zeichen von Stärke, dass er die Schule ohne Abschluss verließ, aber dennoch im Leben Erfolg hat. Er ist entschlossen, für unsere Familie zu sorgen. *Unsere Familie.* Mein Mund kann nicht anders und verzieht sich zu einem Lächeln. Bald werden wir zu dritt sein.

»Verheiratet zu sein, steht dir offensichtlich.« Lisa reißt mich aus meinen Gedanken. »Wie habt ihr euch kennengelernt?«

»Entschuldigung, ich war gerade mit den Gedanken ganz woanders. Ich habe für eine Zeitarbeitsfirma gearbeitet und wurde zu *Stroke Support* geschickt, einer Schlaganfall-Wohltätigkeitsorganisation, die Nick gerade mit seinem besten Freund Richard aufbaute, nachdem Richards Großmutter einen Schlaganfall erlitten hatte.« Ich erinnere mich immer noch an unser erstes Treffen in dem schmierigen kleinen Speiselokal. Auch heute noch hat die Wohltätigkeitsorganisation kein Büro. Unsere Ausgaben sind minimal und die meisten Mitarbeiter Freiwillige. Ich hatte erwartet, einen alten Mann zu treffen, aber er war genauso alt wie ich, hatte tolle blaue Augen und schwarze Locken. Traumhaft, obwohl ich zu dem Zeitpunkt dafür noch keine Augen hatte, weil ich immer noch dabei war, emotional und körperlich wieder auf die Beine zu kommen. Trotz meiner Benommenheit spürte ich das Aufflackern von Interesse, als ich seinen Plänen lauschte. Er war so leidenschaftlich. »Menschen können sich nach einem Schlaganfall sehr verändern. Ich möchte Betroffenen und deren Familien dabei helfen, mit den möglichen körperlichen und geistigen Beeinträchtigungen klarzukommen.« Ich ertappte mich dabei, wie ich immer begeisterter wurde, als wir Ideen für die Spendenbeschaffung brainstormten, während wir auf harten orangefarbenen Plastikstühlen hockten, Sandwiches mit Schinkenspeck zwischen dick geschnittenen Brotscheiben zum Mittag aßen und mir die geschmolzene Butter übers Kinn lief. Nick wischte sie mit dem Daumen weg, und ich spürte einen Funken. Er erweckte mich wieder zum Leben.

»Und du arbeitest immer noch für sie, sagt Mitch?«

»Ja, ich kümmere mich um alles. Richard ist mit seiner Anwaltskanzlei beschäftigt, und Nick hat eine Immobilienfirma. Die hält uns finanziell über Wasser.« Ich beziehe kein Gehalt von der Wohltätigkeitsorganisation und fühle mich geehrt, helfen zu können. Bevor ich Nick kennenlernte, hatte ich gedacht, Schlaganfälle erlitten nur ältere Leute, aber das ist überhaupt nicht so. Die Geschichten, die ich über die Jahre gehört habe, waren sowohl erschütternd als auch herzerwärmend. Triumph und Tragödie. Ich kümmere mich um die Verwaltung, organisiere Beratungsgespräche und bin auch mal an der Reihe, das Telefon zu besetzen. Jeden Tag denke ich, wie viel Glück ich habe, gesund zu sein.«

»Und Nick hat dein Herz im Sturm erobert?«

»Scheint so.« Anfangs war ich nicht in der Verfassung gewesen für eine Beziehung und habe ihn immer wieder abgewiesen, doch seine Herzlichkeit durchbrach den Panzer, den ich um mich errichtet hatte. Ein Date führte zum zweiten und zum dritten, und ehe ich michs versah, schob er mir den Ring auf den Finger, und ich versprach, ihn für alle Ewigkeit zu lieben. Dabei ignorierte ich das quälende Gefühl in meiner Magengegend, das mir sagte, dass nichts für die Ewigkeit sei. Ich war bereit für ein Happy End. Auch nach acht Jahren setzt mein Herz einen Schlag aus, wenn Nick den Raum betritt, und meine Nervenenden vibrieren, wenn er mich berührt. Ohne ihn wäre ich verloren.

»Wie geht's deiner Mum?« Ich schaue Lisa ins Gesicht und versuche, ihre Reaktion zu beurteilen, aber ich werde aus ihrem Gesichtsausdruck nicht klug.

»Der geht's gut. Du weißt ja, wie sie ist«, erwidert sie, als sollte mir das alles sagen, was ich wissen muss. Tut es aber nicht. Ich frage nicht nach ihrem Vater. Es hat wenig Sinn, aber plötzlich fühle ich mich gezwungen, über das zu reden, was passiert ist.

»Lisa, es tut mir so leid. Dass ich gegangen bin. Alles.« Die Benommenheit vom Alkohol lässt nach. Ich bekomme Kopfschmerzen. Mitch geht mit Tellern voller Pommes frites am Tisch vorbei, und der Geruch von Fett verursacht mir Übelkeit.

»Es gibt nichts, was dir leidtun müsste.«

Doch das tut es. Ich war in einen Autounfall verwickelt, der unsere kleine Stadt erschüttert hat, und dann bin ich davongerannt und habe Lisa mit den Fragen zurückgelassen. Mit Spekulationen. Aber ich konnte nicht über das Grauen sprechen, das zu dem Unfall geführt hatte. Das war einfach nicht möglich. Nur zwei von uns kennen die Wahrheit, und so muss es auch bleiben.

»Tut mir leid«, sage ich wieder. Doch das scheint nicht genug zu sein. »Ich schäme mich immer noch so sehr. Noch nicht einmal Nick habe ich von dem Unfall erzählt.« Er weiß von nichts. Ich habe Menschen verletzt.

»Warum hast du es ihm nicht gesagt?«

»Ich weiß nicht.« Wieder zupfe ich am Bierdeckel herum. »Zuerst war es einfach noch so ein wunder Punkt, und dann, als ich dachte, ich könnte es ihm erzählen, da war so viel Zeit vergangen, dass es nicht richtig erschien, es anzusprechen. So, als hätte ich ihn absichtlich hintergangen. Ich will nicht, dass er schlecht über mich denkt.«

»Bitte, Kat. Hör auf, dir die Schuld zu geben. Es wurde entschieden, dass es ein Unfall war. Die Polizei hat keine

Anklage erhoben. Es ist einfach passiert. Du warst schon immer so. Erinnerst du dich daran, als Miss Masters dir die Rolle der Maria beim Krippenspiel gegeben und Shelley Evans geheult hat? Du konntest nicht aufhören, dich zu entschuldigen, obwohl es nicht deine Schuld war.«

»Ich erinnere mich daran, dass ich das Jesuskind hochgenommen habe und ihm der Kopf abgefallen und in die Zuschauer gerollt ist.« Auch heute noch sehe ich die erste Reihe vor mir. Höre das Kichern, sehe die mitleidigen Blicke, die Demütigung in den Gesichtern meiner Eltern. Lisa hatte mich hinterher getröstet. Es erschien immer merkwürdig, dass ich mich danach sehnte, auf der Bühne zu stehen, obwohl ich es im wahren Leben hasse, wenn alle Augen auf mich gerichtet sind.

»Ich glaube immer noch, dass Shelley die Puppe manipuliert hat, diese blöde Kuh.«

»Lisa, wir waren doch erst acht! Ich bin sicher, dass sie das nicht getan hat.«

»Du bist immer zu vertrauensselig gewesen, Kat.«

»Aber das spielt heute keine Rolle mehr. Es war ja keine West-End-Produktion.« Das war immer mein Traum gewesen. In Musicals zu singen und zu tanzen. Die Maria in der *West Side Story* zu spielen. Einmal hatte nicht viel gefehlt.

»Schauspielerst du noch?«

Ich zögere, bevor ich antworte. Ich nehme an, man könnte sagen, dass ich jeden Tag so tue, als ob, aber ich weiß, dass Lisa das nicht meint.

»Nein.«

»Das ist schade – du warst wirklich gut. Und was machst du in deiner Freizeit? Hast du Kinder?« Sie gestikuliert in Richtung meiner Mothercare-Tüten, die sich auf dem Boden häufen.

»Warte.« Ich fische mein Handy aus der Handtasche und wische durch die Fotos.

»Das ist Mai.«

Lisa runzelt verwirrt die Stirn, als sie das Foto eines kleinen Mädchens anschaut.

»Ist das deine?«

»Ja«, behaupte ich nachdrücklich. Ich bleibe positiv, bereite mich auf ihre Ankunft vor, weigere mich zu glauben, dass dieses Mal etwas schiefgehen kann.

»Aber sie ist ...« Lisa verstummt allmählich, bevor sie ausspricht, was ich garantiert eine Million Mal gefragt werde.

»Chinesin. Wir adoptieren sie.«

»Aus China?«

»Ja. Es gibt so viele Kinder auf der Welt, die ein gutes Zuhause brauchen, und deshalb haben wir uns dafür entschieden.« Die Worte, die ich monatelang vor dem Spiel eingeübt habe, während ich darauf wartete, dass der Papierkram fertiggestellt wurde, klingen gekünstelt und gezwungen. In Wahrheit haben wir fast zwei Jahre versucht, schwanger zu werden, bevor wir herausfanden, dass das nicht möglich ist. Bis heute habe ich das nicht verdaut. Ich trinke einen weiteren Schluck Wein. Es wird nicht mehr lange dauern. Nick meinte, wir müssten diese Woche Bescheid bekommen, und dann wird unser Haus zu einem richtigen Zuhause, und ganz plötzlich kann ich es nicht abwarten, dorthin zurückzufahren. Ich will die winzigen pinkfarbenen Kleider und warmen Fleecestrampler in die glänzend weißen Schubladen des Kinderzimmers einräumen. *Das Kinderzimmer!* Ich wühle in meiner Handtasche nach dem Portemonnaie und gebe Mitch Zeichen, dass ich zahlen möchte. In meinem Geldbeutel steckt der Zettel, den Nick mir heute Morgen hineingetan hat.

Mach dir keine Sorgen. Ich liebe dich!

Dieses Mal wird es klappen. Muss es klappen. Draußen vor dem Fenster ist es Abend geworden, obwohl es erst vier Uhr ist. Schneeflocken wirbeln an orangefarbenen Straßenlaternen vorbei.

»Wie aufregend! Wann bekommst du sie?«

Ich atme geräuschvoll aus. Bin nicht ganz sicher, was ich sagen soll. »Bald. Hoffe ich. Wir sollen diese Woche Bescheid kriegen.« Ich spreche leise. »Wir haben es schon einmal versucht. Es war ein Junge, aber es ist alles fast in letzter Minute gescheitert. Ein Kind aus einem anderen Land zu adoptieren ist solch ein heikles Verfahren.« Ich hatte mich auch hier erkundigt, aber Richard, Nicks Freund aus Kindertagen und unser Anwalt, schlug vor, weiter weg zu suchen. Er sagte, wir hätten dort eine größere Chance, ein Neugeborenes zu bekommen, und er hatte recht. Dewei war erst sechs Wochen alt. »Wir mussten wieder ganz von vorne anfangen, als Dewei ohne Erklärung an ein anderes Paar gegeben wurde. Ich glaube, ich würde es nicht noch einmal ertragen, wenn so etwas mit Mai passiert. Ich weiß wirklich nicht, was wir dann tun würden, aber dieses Mal habe ich ein gutes Gefühl.« Ich zwinge mich zu einem Lächeln und erzähle Lisa nicht, dass ich immer noch nachts aus einem Traum erwache, in dem ich Deweis Gewicht in meinem Armen spüre. Den Geruch seiner Haare. Ich bin dann immer tieftraurig.

»Ich kann dir das nicht verübeln. Eine Adoption. Ein Baby zu bekommen, ohne mit einem Kugelbauch dazusitzen.« Lisa tätschelt ihren Bauch.

»Hast du Kinder?« Ich schäme mich, als mir auffällt, wie wenig ich Lisa gefragt habe. Es ist schwierig, sie in meinem Kopf von dem neunzehnjährigen Mädchen zu trennen, das ich zuletzt gesehen habe und das geschworen hatte, niemals eine Familie zu wollen. Aber natürlich ist auch sie erwachsen geworden, hat sich verändert. Das haben wir beide. »Junge oder Mädchen?«

»Ein Mädchen.«

»Wie heißt es?«

Es folgt eine kurze Pause. Ein merkwürdiges Bauchgefühl, als ich mich frage, ob etwas schiefgegangen ist.

In Lisas Augen schimmern Emotionen, und ich spüre, wie ich die Hände zu Fäusten balle und sich die Fingernägel in die Handflächen bohren, während ich darauf warte, dass sie antwortet.

»Gabrielle«, sagt sie schließlich leise.

Gerade will ich mich zu ihrem Namen äußern, als Lisa flüstert: »Sie ist wunderhübsch.«

»Hast du ein Foto?«

»Sie ist nicht ... Ich habe nicht ...« Lisa starrt angestrengt auf den Tisch, und ich beuge mich vor und lege meine Hand auf ihre. Fast spüre ich, dass sie gleich etwas Furchtbares sagen wird. »Verurteile mich nicht, Kat.«

»Das werde ich nicht. Hast du sie ...?« Ich will fragen, ob sie sie weggegeben hat, aber ich bringe es nicht fertig, die Worte laut auszusprechen. Mein Körper verkrampft sich bei dieser ganzen Ungerechtigkeit.

»Ich war Leihmutter«, sagt Lisa schließlich, und ich ziehe meine Hand weg, als hätte ich mich an ihrer verbrannt.

»Leihmutter?«, wiederhole ich, obwohl ich sie ganz genau verstanden habe.

»Ich habe für ein Paar ein Kind bekommen, das kein eigenes haben konnte.« Lisas Blick bohrt sich in meinen, und es liegt fast etwas Herausforderndes darin. Mir fällt auf, dass ich sie verurteilt habe. Ungerechterweise.

»Lisa, das ist unglaublich.«

»Ich habe mich so privilegiert gefühlt. Leihmutterschaft ist definitiv etwas, was ich noch einmal in Erwägung ziehen würde. Stella, die Mutter, hatte so viele Fehlgeburten«, plaudert Lisa mit hochrotem Gesicht weiter, und ich weiß, dass es ihr peinlich ist, mir davon zu erzählen, aber ich finde es großartig.

»Das ist so selbstlos. Ich fühle mich hoffnungslos schuldig, dass ich nicht schwanger werden kann. Irgendwie nicht wie eine vollwertige Frau.« Ich beiße mir auf die Lippe. Weiß, dass ich zu viel ausplaudere. Mein sorgfältig zusammengebastelter Vorwand, wir würden nur deshalb adoptieren, weil wir einem ungewollten Kind ein Zuhause geben möchten, fällt sofort in sich zusammen.

»Habt ihr je an Leihmutterschaft gedacht? Anstelle von Adoption.«

»Nicht wirklich, nein. Letzte Woche habe ich zwar die Schlagzeile in einer Zeitung gelesen, dass ein Star eine Leihmutter sucht, aber viel weiß ich darüber nicht. Erzähl mal.«

»Ich habe Stella bei der Arbeit kennengelernt. Sie war entzückend, aber ging auf die vierzig zu und war verzweifelt, dass sie nie eine eigene Familie haben würde. Sie hatte alles versucht, um ganz normal schwanger zu werden. Kennst du das Gefühl? Dass man etwas so sehr will, dass man fast das Gefühl hat, man könnte dafür töten.«

Ich atme scharf ein.

»Tut mir leid.« Lisa zuckt zusammen. »Schlechte Wortwahl.«

Wir versinken in Schweigen.

Ein eiskalter Schauer läuft mir über den Rücken, und ich schaue über meine Schulter. Die Tür des Pubs ist fest verschlossen, und das Feuer flackert, aber ich kann nicht aufhören zu frösteln.

KAPITEL 3

Jetzt

Es ist dunkel, wie im Winter üblich, als ich aus dem Taxi steige. Ein eisiger Wind beißt in Nase und Ohren. Herumwirbelnde Schneeflocken tanzen vor meinen Augen. Statt wie gewöhnlich den Kopf einzuziehen und mich vorzuarbeiten, wende ich mein Gesicht dem Himmel zu, strecke die Zunge heraus und fange die Schneeflocken ein. Sie schmelzen im Mund, und ich schlucke sie hinunter. Ich fühle mich so jung wie schon lange nicht mehr. Leichter. Es war gut, Lisa zu treffen. Je mehr wir tranken, desto mehr lachten wir, bis mir die Bauchmuskeln wehtaten und meine Paranoia zusammen mit den schmutzigen Tellern verschwand. Wir haben uns versprochen, in Verbindung zu bleiben. Ich schaue hinauf zum Halbmond, während sich vor meinem Mund kleine Atemwölkchen bilden, und stelle mir vor, ich könnte meine Hoffnungen für die Zukunft zwischen den verstreuten Sternen am Himmel aufsteigen sehen.

Ich bin vorsichtig, als ich den Kiesweg entlanggehe, vorbei an meinem Honda CR-V. Nick dachte, die Robustheit eines allradangetriebenen Autos würde mir helfen, mich ein bisschen entspannter auf der Straße zu fühlen. Das tut sie aber nicht. Es ist unvermeidbar, dass ich manchmal mit dem Auto fahren muss, aber wenn möglich, nehme ich ein Taxi oder den Bus. Nick weiß, dass ich nervös bin, denn ich habe ihm erzählt, dass ich in einen *kleinen* Unfall verwickelt gewesen war, bevor ich ihn kennenlernte. Ich sagte, dass alle mit dem Schrecken davongekommen seien, und er hatte mich nie nach Einzelheiten gefragt. Ein paar Tage sagte er nichts, und dann verkündete er, dass er uns beide bei einem Fahrsicherheitstraining angemeldet hatte. In der Beziehung ist er typisch Mann und will immer alles in Ordnung bringen, Lösungen finden. Obwohl ich froh war, dass er mich zu unterstützen versuchte, gab es Dinge, die einfach nicht in Ordnung zu bringen waren. Der Kursleiter erzählte uns, dass diejenigen, die an einem solchen Training teilgenommen hatten, sicherer und aufmerksamer wären. Wenn man für mögliche Gefahren sensibilisiert sei, habe man ein statistisch geringeres Risiko, in einen Unfall verwickelt zu werden. Nick hatte die ganze Zeit genickt, aber auch nach dem Kurs hatte ich mich alles andere als sicher gefühlt.

Das Eis und der Alkohol wirken zusammen, bringen mich aus dem Gleichgewicht, und ich breite die Arme aus, die wegen des Gewichts meiner Einkäufe zittern. Es ist eine Erleichterung, die Tüten auf der Türschwelle abstellen zu können und die Finger zu bewegen, damit das Blut wieder fließt. Der kleine Lorbeerbaum neben der Haustür sieht mit Schnee besprenkelt so hübsch aus. Der silberne Übertopf schimmert im Mondlicht. Ich angele meine Schlüssel aus der Tasche und schließe das Backsteinhaus auf, in das wir uns immer noch eingewöhnen.

Nick hatte nur mit dem Immobilieninvestmentgeschäft begonnen, um die Wohltätigkeitsorganisation in den Anfängen finanziell zu unterstützen, wollte genauso viel Geld hineinstecken, wie Richard es tat, aber da der Mietimmobilienmarkt boomte, schossen die Gewinne in die Höhe. Nick kaufte dieses frei stehende Fünf-Zimmer-Haus als Investitionsobjekt, konnte es aber gar nicht abwarten, es mir zu zeigen. Wir fassten uns an den Händen und liefen wie aufgeregte Kinder von Zimmer zu Zimmer. Das Haus ist nicht groß, liegt aber in einer herrlichen Gegend. Ich hatte beobachtet, wie Nick strahlte, als wir in die sonnenblumengelbe Küche gestürzt waren, und da wusste ich, dass dieses Haus für immer unser Zuhause sein würde.

»Schau dir die Aussicht an.« Er hatte auf den Ballen gefedert, als ich die Arme um ihn geschlungen, mein Kinn auf seine Schulter gelegt und ihm zugestimmt hatte, dass sie herrlich sei. Jenseits des typischen Gartens erstreckten sich wie ein Patchworkteppich aussehende Felder und Schafe grasten.

Clare wohnt gegenüber. Ich kannte sie bereits aus dem Coffeeshop und freute mich, dass sie unsere Nachbarin war. Sie ist alleinerziehende Mutter und arbeitet nur halbtags. Es ist schön, jemanden zu haben, zu dem man auf einen schnellen Kaffee gehen kann. Nach den Geschichten, die ich manchmal bei der Arbeit höre, sehne ich mich nach menschlichem Kontakt. Die Leute nehmen immer an, dass sich das Arbeiten für eine Wohltätigkeitsorganisation darauf beschränkt, eine Sammeldose zu schwenken und Tombolas zu organisieren, aber es beinhaltet so viel mehr, und manchmal ist es emotional sehr anstrengend. Trotzdem liebe ich die Arbeit.

Meine Stiefel machen auf dem hochglänzenden Laminatboden ein klickendes Geräusch. Ich hatte das Haus geschrubbt, bevor ich gegangen war, und ein schwacher Hauch von Bleichmittel strömt aus der Toilette im Erdgeschoss. Auf einer unteren Stufe der Treppe sitzend, zerre ich die Wildlederstiefel von den Füßen und fahre mit einem Fuß über die Wassertropfen aus der Sohle. Jetzt ist mein Strumpf feucht. Es wird noch eine Weile dauern, bis Nick nach Hause kommt, und das Haus ist bis auf das Tick-tick-tick der Standuhr still.

Im ersten Stock stoße ich mit der Schulter die weiß glänzende Tür zum Kinderzimmer auf und gehe hinein. Bald werde ich Mutter sein. *Mum*. Ich rolle das Wort im Mund herum, nehme von jeder Bedeutung, die es hat, eine Kostprobe. Dann lasse ich meine Einkaufstüten auf den Boden fallen und sinke in den Schaukelstuhl, den ich fürs Füttern gekauft habe. Ich vergrabe meine Zehen in dem weichen Teppichboden in verdauungsfreundlicher Farbe und schaukele langsam vor und zurück, während der Lavendelduft aus den Lufterfrischern in der Steckdose meine Lunge füllt.

Heute. Wir könnten heute Bescheid bekommen.

Das Zimmer ist nicht fertig. Die Borte mit Hasen darauf klebt auf allen vier babyblauen Wänden. Nick war unwillig gewesen zu streichen. Ich nehme an, er wollte das Schicksal nicht herausfordern, bis Dewei hier war, und rückblickend hatte er recht. Eines Tages hatte er nach der Arbeit den Kopf durch die Tür gesteckt. Ich balancierte auf einer Leiter, strich mit dem Pinsel über die Decke und sang zu *S Club 7's* »Reach for the Stars«, das aus meinem Roberts-Radio plärrte. Es war zwar digital, knackte und rauschte aber trotzdem ab und zu. Er verschwand wieder, und ich dachte, er wäre verärgert, aber dann kam er nach ein paar Minuten zurück und hatte seinen Anzug gegen alte Jeans und ein ausgeblichenes Levis-T-Shirt getauscht. Die Kunststofffolie, die den Teppichboden schützte, knisterte unter seinen Füßen, als er zu mir kam, mir einen leidenschaftlichen Kuss gab und einen Pinsel nahm. Wir redeten nicht, während wir arbeiteten, aber die Stille war angenehm. Behaglich. Eine Stunde später waren wir fertig, brachten es aber nicht über uns, das Zimmer zu verlassen. Nick ging kurz zur Imbissbude und holte etwas zu essen. Wir saßen auf dem Boden, vermieden es, uns gegen die klebrigen Wände zu lehnen, aßen Pommes frites voller Salz und Essig und spekulierten darüber, was Dewei wohl werden würde, wenn er groß war. Das Spektrum reichte von Formel-Eins-Fahrer (Nick) bis zu Schauspieler (ich), aber letzten Endes einigten wir uns auf *glücklich*. Und obwohl er jetzt nicht uns gehört, wünsche ich ihm immer noch genau das.

Als ich mich jetzt umschaue, beschließe ich, morgen Farbe in Pink zu kaufen und für Mai zu streichen. Zwar freue ich mich auf ihre Ankunft, aber mich überkommt auch Bedauern, als ich daran denke, dass ich Dewei überstreichen werde. Ein Abschied von der Familie, die wir nie sein konnten. Ich schlucke die Tränen hinunter. Es war ein schöner Tag, und ich werde ihn jetzt nicht verderben. Stattdessen knie ich mich vor den weißen Kleiderschrank und packe meine Einkäufe aus. Cremefarbene Strampler mit pinkfarbenen Schmetterlingen, winzige weiße Söckchen mit einem Spitzenrand, ein Lätzchen mit *Daddy's Girl* darauf, pastellfarbene Unterwäsche mit Metalldruckknöpfen und die allerkuscheligste Fleecedecke in Gelb mit einer Giraffe in der Ecke. Sorgfältig lege ich alles zusammen und ziehe eine Schublade auf. Mein Herz rast beim Anblick der babyblauen Kleidung. Ich nehme sie, so vorsichtig ich kann, heraus und halte mir jedes Teil unter die Nase, atme tief ein, als könnte ich das Baby riechen, dem ich nicht wirklich meine Liebe schenken durfte. Doch das hielt mich nicht davon ab, es trotzdem zu lieben. Meine Gefühle begehren gegeneinander auf. Ich könnte über diese ganze Ungerechtigkeit weinen, und trotzdem komme ich nicht umhin, voller Hoffnung zu sein, als ich den Plüschhasen mit den Schlappohren und der Glocke am Schwanz, den ich für Mai gekauft habe, an mich drücke.

Mum.

Ich werde Mutter sein, und das ungeheure Ausmaß dieses Wortes übermannt mich. Ich werde einen winzigen Menschen zu beschützen haben, und Panik überkommt mich. Was, wenn ich Mai nicht beschützen kann? Was, wenn ich sie auch im Stich lasse? Doch ich sage mir, dass es nicht das Gleiche ist. Ich bin nicht mehr dieselbe Person wie damals.

Ich bin so in Gedanken versunken, dass ich Nick nicht nach Hause kommen höre. Erst als er neben mir in die Hocke geht und meine Hand nimmt, weiß ich, dass etwas nicht stimmt. In seinen kornblumenblauen Augen spiegelt sich Bedauern, und die Narbe auf seiner Stirn, für die er sich immer so schämt, verschiebt sich, als er die Stirn runzelt. Irgendwie weiß ich, was er gleich sagen wird, und ich weiche zurück, als könnte ich die Worte stoppen, die er gleich aussprechen wird.

»Kat. Es tut mir so leid«, sagt er, und ich versuche aufzustehen, doch er lässt mich nicht gehen. »Richard hat angerufen. Es gab ein Problem mit den Papieren, aber insgeheim denkt er, dass jemand ein Bestechungsgeld gezahlt hat. Mai ist weg.«

Und einfach so bricht meine Welt zusammen. Nick hält mich fest, als mein Schmerz seine Schulter durchnässt und die Intensität meiner Tränen sein Hemd dunkel färbt.

»Wir hätten Richard nicht beauftragen sollen. Was haben wir uns dabei gedacht? Er ist Fachanwalt für Wirtschaftsrecht.« Ich brauche dringend jemanden, dem ich die Schuld zuschieben kann. »Wir hätten einen Anwalt nehmen sollen, der auf internationale Adoptionen spezialisiert ist.«

»Richard hätte nicht seine Hilfe angeboten, wenn er überfordert gewesen wäre. Ich vertraue ihm. Er hat die Mitinhaber der Kanzlei konsultiert. Es gab nichts, was man anders hätte machen können.«

»Können wir mehr Geld bieten?« Langsam brodelt die Wut in mir. Ich werde das nicht einfach so hinnehmen. Das kann ich nicht.

»Es ist zu spät«, flüstert Nick mir ins Haar. Er klingt so erbärmlich, wie ich mich fühle.

»Und wenn wir hinfliegen?«

»Kat.« Nick spricht langsam. Geduldig. Und ich erlebe kurz den Vater, der er hätte sein können. »Sie wurde an jemand anderen vermittelt.«

»Aber ...« Ich möchte sagen, dass sie bei den anderen Leuten nicht so geliebt wird wie bei uns. Bei mir. Aber das weiß ich ja gar nicht. Es gibt noch andere Frauen, die diesen brennenden, sehnlichen Wunsch haben, ein Baby in den Armen zu halten. Warum sollte ich es mehr verdient haben? Das hast du nicht, flüstert eine kleine Stimme, und plötzlich fühlt es sich wie Karma an. Heimzahlung. Ich bin weggezogen, aber ich kann nicht vor mir selbst fliehen – vor dem, was ich getan habe.

»Was sollen wir denn machen? Es hier versuchen? Zumindest passiert dann nicht so etwas.« Ich hebe mein tränenüberströmtes Gesicht, aber Nick kann mir nicht in die Augen schauen.

»Das glaube ich nicht. Erinnerst du dich an die Waisenhäuser, die Zustände? Es ist viel besser, einem dieser Babys ein Zuhause zu geben, aber wir müssen sehr sorgfältig darüber nachdenken, ob wir das noch einmal durchstehen. Es ist traumatisch. Für uns beide.« Er zieht mich wieder in seine Arme, und ich lasse mich gegen ihn fallen, betäubt und sprachlos.

Der Mond scheint durchs Fenster und erhellt das Kinderlieder spielende Mobile über dem Babybett. Der dicke, fette Humpty dreht sich langsam. *All the king's horses and all the king's men.*

* * *

Viel später schnarcht Nick leise. Der Schlaf schwebt über mir, und jedes Mal, wenn ich danach greife, entwischt er mir. Meine Augen brennen vor Müdigkeit, als ich ins Kinderzimmer trotte. Die Hasen starren mich von der Borte an den Wänden an und richten über mich: *Wie konntest du ein weiteres Baby gehen lassen?* Das Holz knarrt, als ich mich in den Schaukelstuhl setze. Ich schaukele vor und zurück. Sekunden, Minuten, Stunden vergehen. Der Morgen bricht an, und ich kann die Augen nicht mehr offen halten. Kurz bevor ich mich in die Dunkelheit gleiten lasse, erinnere ich mich an Lisas Worte: »Leihmutterschaft ist definitiv etwas, was ich noch einmal in Erwägung ziehen würde.« Und wieder überkommt mich Hoffnung. Immerhin scheint sie überhaupt keinen Groll gegen mich zu hegen, oder?

Kapitel 4

Jetzt

»Das ist nicht legal«, sagt Richard, während ich versuche, mich nicht unter seinem missbilligenden Blick zu winden oder etwas Dummes zu sagen. Es steht eine Menge auf dem Spiel bei diesem Treffen.

Mit den Fingerspitzen berühre ich das goldene Kreuz um meinen Hals, wie ich es immer mache, wenn ich Angst habe. Richard blättert Papiere durch, und die Wartezeit scheint endlos. Mein Mund ist trocken, aber meine Hände sind feucht. Ich wische sie diskret an meiner Hose ab, bevor ich die Hand nach Nick ausstrecke und er seine Finger mit meinen verschränkt.

»Ich muss sagen, ich war über euren Anruf erstaunt, aber ich habe ein wenig nachgeforscht und hier mit dem Kollegen geredet, der sich auf Familienrecht spezialisiert hat. Die Gesetze in Bezug auf Leihmutterschaft sind auf jeden Fall vage. Ihr genießt keinen Schutz, wenn etwas schiefgeht.«

Es ist so heiß in Richards Büro. Ein zu großer Chefschreibtisch nimmt den Raum ein und verdrängt die Luft. Richards Aftershave ist immer penetrant. Zweifellos etwas Teures. Ich bereue es fast, meinen Kaschmirpullover angezogen zu haben, als ich einen weiteren Schweißtropfen spüre, der sich zwischen meinen Schulterblättern hindurchschlängelt, aber ich hatte selbstbewusst und beherrscht erscheinen wollen. Doch davon bin ich meilenweit entfernt.

»Nicholas?«, fragt Richard in einem Ton, der mir immer schmerzhaft bewusst macht, dass er nie wirklich mit der Frau einverstanden gewesen war, die sein bester Freund ausgewählt hatte. Ich bin mir nicht sicher, weshalb er sich überhaupt nicht für mich erwärmen konnte. Auf unseren Hochzeitsfotos steht er ausdruckslos neben Nick. Nicht einmal der Hauch eines Lächelns ist in seinem Gesicht zu sehen, das zu attraktiv ist, als dass es gut für ihn wäre. Weder Nick noch ich haben Familie, über die oder mit der man sprechen müsste, deshalb hatte es mir viel bedeutet, Freunde zu unserer Hochzeit einzuladen. Aber als Nick und ich in dem kleinen Lokal, das nur halb voll war, zu Jason Mraz' »I'm yours« tanzten, spürte ich Richards harten, kalten Blick, der mir um die spärliche Tanzfläche folgte, die von blinkenden blauen und grünen Lichtern erleuchtet wurde. Der Geschmack der Knoblauchpilze, die wir zu unserem Hochzeitsfrühstück gegessen hatten, kam mir ständig hoch.

Ich blicke aus dem Fenster und wünsche mir, Richard würde es aufreißen. Eine Taube sitzt auf der Fensterbank. Ihre Flügel glänzen silbern und violett in der schwachen Wintersonne.

»Ich will es aber so.« Nicks Blick spüre ich mehr, als dass ich ihn sehe. »Wir wollen es beide.« Beruhigend drückt er meine Hand, und ich bin dankbar, dass wir beide eine Familie gründen wollen. Schon früh hatte er mir erzählt, dass seine Eltern tot seien und er nicht über sie reden wolle. Ich sagte ihm, dass meine noch lebten, ich aber auch nicht über sie reden wolle. Das brachte uns einander näher. Wir waren durch unsere Einsamkeit miteinander verbunden. Durch unsere Geheimnisse, würden manche vielleicht sagen, aber ich glaube nicht, dass irgendetwas an einem Neuanfang falsch ist. In die Zukunft zu schauen anstatt in die Vergangenheit. Natürlich hatte ich Nick nach seiner Kindheit gefragt, und er hatte gesagt, dass es darüber nichts zu erzählen gebe, aber das verräterische Zucken seiner Kiefermuskulatur, das Pochen der Vene an seiner Schläfe sprachen eine andere Sprache. Genauso wie die Narbe, die quer über seine Stirn verlief. Ich weiß, dass er es nicht leicht gehabt hat, aber deshalb liebe ich ihn umso mehr. Mit der Zeit habe ich aufgehört, Fragen zu stellen, denn das geht nie nur von einem aus, oder? Die Suche nach Informationen. Wenn wir früher oder später dieses Gespräch erneut führen würden, wäre ich diejenige, von der erwartet wird, dass sie von ihren Eltern, ihrer Vergangenheit erzählt, und das ist das Letzte, was ich tun möchte. Letztendlich sind wir sowieso alle gleich. Haut und Knochen. Wahrheit und Lügen. Wir haben alle unsere Geschichten zu erzählen. Reue zeigen wir nicht. Hoffnung versuchen wir anzubinden, damit wir nicht auf die Idee kommen, wir könnten etwas sein, was wir nicht sind.

Meine Hände zittern, als ich das Glas hebe, Wasser über den Rand schwappt und meine Hose an den Knien durchnässt. Es ist kalt und unangenehm, wird hier aber schnell trocknen. Der Heizkörper neben mir verströmt Wärme. Mir wird schwindelig.

»Leihmutterschaft ist eine Grauzone«, sagt Richard. »Wir können natürlich einen Vertrag aufsetzen, um so weit wie möglich eure Interessen zu wahren, und die Leihmutter bitten, eine Willenserklärung zu unterschreiben, aber keines von beidem ist rechtlich bindend, wenn sie während des Verfahrens ihre Meinung ändert. Es gibt kein Gesetz, das eine Mutter zwingen kann, ihr Kind wegzugeben, egal, was sie versprochen hat.« Richard legt die Fingerspitzen aneinander und richtet seinen Blick direkt auf mich. »Es ist eine Schande, dass die Adoption wieder gescheitert ist. Ich habe alles getan, was ich konnte, aber so ist das manchmal. Wie gewonnen, so zerronnen.« Er klingt nicht so, als würde er es bedauern, und sieht auch nicht so aus. Einen Moment frage ich mich, ob er das Verfahren sabotiert hat, aber warum sollte er das? Ich drücke meine Fingernägel in die Handflächen. Sollte ich jemals herausfinden, dass er dafür verantwortlich ist, dass ich Dewei und Mai verloren habe, würde ich ihn mit bloßen Händen erwürgen.

Ich versuche, einen neutralen Eindruck zu erwecken, und werde mich nicht von ihm provozieren lassen. Niemals.

»Die Leihmutter, die wir haben möchten, Lisa, hat das schon einmal gemacht. Ich vertraue ihr.«

Die Serviette mit Lisas Handynummer darauf war tief in meine Tasche gestopft gewesen, und ich hatte sie glatt gestrichen, während ich sorgfältig geübt hatte, was ich sagen wollte. Ich würde erklären, dass die Adoption gescheitert war und wir Interesse an einer Leihmutterschaft hatten. Doch sobald ich ihre Stimme hörte, riss die Verbindung, die wir als Teenager gehabt hatten, die Worte von meinen Lippen und die Emotionen aus meiner Brust. Unaufhörlich hatte ich ins Telefon geschluchzt. »Ich habe Mai verloren, Lis. Es ist wieder passiert.« Sie hatte mich beruhigt und bemitleidet, und wir hatten stundenlang geredet. In den folgenden Tagen hatte sie mich jeden Nachmittag angerufen, und ich war für ihre Unterstützung dankbar gewesen. Für die Gelegenheit zu plaudern. Manchmal über unsere Schulzeit. Meine Vernarrtheit in *Desperate Housewives*, ihre Vernarrtheit in Justin Timberlake. Manchmal über nichts. Aber unsere Gespräche waren immer wieder auf Mai und den Verlust zurückgekommen, den ich spürte. Und schließlich war sie es gewesen, die die Leihmutterschaft zuerst ansprach.

»Hör mal, Kat«, hatte sie gesagt. »Ich will dich zu nichts drängen, aber … wie wär's mit Leihmutterschaft?«

Die Pause, die entstand, schien endlos zu sein, als ich sie schweigend drängte weiterzureden. Würde sie mir wirklich ein Angebot machen? Irgendwie traute ich mich nicht, sie zu fragen. Meine Hand umklammerte den Telefonhörer, die Daumen hielt ich fest gedrückt.

»Du weißt, ich würde es noch einmal machen. Für dich.«

»Aber du kennst Nick doch nicht mal.« Ich ließ meinen schwachen Protest in der Luft hängen, wartete darauf, dass sie ihn aus dem Weg räumte.

»Stellas Mann habe ich zuerst auch nicht gekannt. Ich kannte nicht einmal Stella gut, aber du und ich, wir haben eine gemeinsame Geschichte, nicht wahr?«

»Ja.« Ich stieß das Wort erleichtert aus. Ich sagte *Ja* zu allem.

Ich hatte ihr Angebot wie ein Geschenk fest in den Händen gehalten und später jedes Detail unserer Unterhaltung ausgewickelt, bevor ich es Nick erzählte.

Zuerst war er unsicher. Wir saßen am Küchentisch, und ich hatte Seite für Seite der Informationen ausgebreitet, die ich aus dem Internet ausgedruckt hatte: strahlende Ehepaare, die winzige Bündel in den Armen hielten, Leihmütter, die hinter ihnen standen, gelassen lächelnd wie stolze Tanten.

»Die Wahrscheinlichkeit einer Leihmutter, schwanger zu werden ...« Nick wühlte sich durch die Papiere. »Du hast nur nach den Erfolgsstorys gesucht, aber was ist mit denen, bei denen es nicht geklappt hat? Den Paaren, die immer noch kinderlos sind. Ich kann das nicht noch einmal ertragen. Dich so traurig zu sehen. Ich bin dem nicht gewachsen. Ist es wirklich so wichtig, ein Baby zu haben? Uns geht es doch gut, oder? Wir sind glücklich.«

»Ja, aber ...« Ich biss mir auf die Lippe. Durchkämmte meinen Verstand nach Worten, um das riesige klaffende Loch in mir zu beschreiben. Es war fast wie eine Wunde. Manchmal dachte ich, sie würde heilen, bis ich an einer Mutter vorbeiging, die stolz einen Kinderwagen durch die Stadt schob, oder bis ich in einer Schlange hinter einer schwangeren Frau stand, die ihren Bauch streichelte. Dann spürte ich, wie der Schorf von der Wunde gerissen wurde. Jedes Mal tat es weh. Nie ließ der brennende Schmerz nach. Im Gegenteil, er wurde nur noch schlimmer. Manchmal schien es, als hätte alle Welt das, was ich so verzweifelt wollte. Wie konnte ich das Nick erklären? Diese Sehnsucht. Aber irgendwie musste ich es geschafft haben, denn er sagte Ja.

»Und du bist mit dieser Lisa glücklich, Nick?«, fragt Richard.

»Ich bin es, wenn Kat es ist«, antwortet Nick. »Aber bevor ich sie kennenlerne, wollte ich die rechtlichen Dinge besprechen. Lass deine Meinung hören.«

»Ihr könntet doch auch ein Katzenjunges oder einen Hundewelpen kaufen«, schlägt Richard vor.

Mir bleibt die Luft weg. »Das ist doch nicht ganz dasselbe, oder?« Es soll eigentlich sarkastisch klingen, aber da ist ein Zittern in meiner Stimme. Ich weiß nicht, wie lange ich mich noch zusammenreißen kann. Er hat gut reden. Er ist so auf seine Karriere fixiert, dass er keine Kinder will, aber er muss doch Mitgefühl haben, sonst hätte er *Stroke Support* nicht gegründet.

»Nein, ich nehme an, das ist es nicht«, lenkt er ein. »Wenn ihr das durchziehen wollt, brauche ich nicht lange für das Schriftliche. Wir müssen nur die Feinheiten absprechen. Eine angemessene Aufwandsentschädigung kann an Lisa gezahlt werden ...«

»Uns ist es egal, wie viel es kostet«, unterbreche ich ihn.

»*Dir* vielleicht«, sagt Richard, und ich lehne mich zurück, spüre, wie ich das Rückgrat gegen den Holzstuhl drücke, als wäre ich gestoßen worden. Ein Teil von mir möchte entgegnen, dass wir uns um Geld keine Sorgen zu machen brauchten, wenn ich ein Gehalt von der Wohltätigkeitsorganisation beziehen würde, die für Richards Großmutter gegründet worden war, und wir nicht nur von dem Einkommen abhängig wären, das Nick aus seinem Immobiliengeschäft bezieht. Aber heute will ich, dass wir uns alle auf das Baby konzentrieren.

»Ihr wollt auf der Seite des Gesetzes bleiben, oder?« Richard starrt mich unerschütterlich an, und ich winde mich nervös. Manchmal habe ich das Gefühl, er kann geradewegs durch mich hindurchschauen.

»Wie hoch ist der gesetzliche Betrag?«, fragt Nick.

»Genau da wird es ziemlich undurchsichtig.« Richard dreht seinen Schreibtischstuhl hin und her. »Es ist illegal, eine Leihmutterschaft aus Profitgründen zu vereinbaren, aber nicht illegal für eine Leihmutter, davon zu profitieren.«

»Also kann Lisa verlangen, was sie will?«

»Nicht so ganz. Wie bereits gesagt, ist es nicht eindeutig. Bevor das Familiengericht die Elternverfügung erlassen wird, muss es die Höhe der Zahlungen schätzen, die geflossen sind. Wenn es glaubt, dass mehr als *angemessene Auslagen* den Besitzer gewechselt haben, muss das Gericht jede Zahlung genehmigen, bevor die Elternverfügung erlassen werden kann.«

»Wir könnten also zum Ende des Verfahrens gelangen, und das Gericht könnte Nein sagen?« Es gibt so vieles, was schiefgehen könnte. Tränen der Enttäuschung brennen mir in den Augen, als ich auf meinen Schoß starre.

»Es ist höchst unwahrscheinlich, dass das Gericht nicht zustimmen würde – es muss das Wohlergehen und beste Interesse des Kindes berücksichtigen –, aber es würde das Verfahren überaus verkomplizieren, wenn übermäßig hohe Geldbeträge den Besitzer gewechselt hätten. Zu den Auslagen können Aufwendungen beim Versuch der Empfängnis gehören sowie während der Schwangerschaft und in der Zeit nach der Geburt«, fährt Richard fort.

»Was müssten wir übernehmen?«, will Nick wissen.

»Einiges. Kosten, die entstehen, während ihr euch kennenlernt. Reisekosten. Wenn sich Lisa beraten lassen möchte, dann seid ihr finanziell dafür verantwortlich, genauso für Schwangerschaftskleidung, Fahrten ins Krankenhaus,

Verdienstausfall. Wir nennen die Zahlungen *Auslagen*, aber natürlich ist auch gewissermaßen unausgesprochener *Gewinn* dabei. Immerhin hat die Leihmutter für längere Zeit Unannehmlichkeiten.«

Es ärgert mich, dass er eine Schwangerschaft als *Unannehmlichkeit* bezeichnet, aber ich verstehe, was er meint. Lisa würde ein großes Opfer bringen. Wenn es nach mir ginge, würde ich ihr jeden Penny zukommen lassen, den ich kriegen könnte.

»An welche Summe denkst du?«, fragt Nick nach.

»Das ist unterschiedlich, aber als Faustregel gilt alles zwischen sieben- und fünfzehntausend Pfund. Mehr als zwanzigtausend würden möglicherweise die Alarmglocken des Gerichts läuten lassen. Auslagen vor der Empfängnis werden normalerweise gezahlt, wenn sie anfallen. Ist die Leihmutter erst einmal schwanger, dann liegt es bei euch. Ihr könnt einen Pauschalbetrag übergeben oder einen monatlichen Betrag zahlen. Dafür gibt es keine verbindliche Regelung.«

»Ist das in Ordnung?« Ich wende mich an Nick. »Können wir Lisas Auslagen übernehmen?« Das wird unsere Ersparnisse vernichten.

»Wenn ihr eine Klinik in Anspruch nehmt, wird es natürlich mehr kosten«, sagt Richard.

»Was, glaubst du, wird eine Klinik extra kosten?« Ich habe Angst, dass wir das nicht aufbringen können.

»Ich weiß nicht«, meint Nick. »Ich will eigentlich nicht noch ein Darlehn aufnehmen. Die Rückzahlungen für die Hypothekendarlehn für zur Vermietung vorgesehene Hauskäufe sind so hoch.«

»Vielleicht solltet ihr es euch noch einmal überlegen«, rät Richard.

Fast lache ich. Nick und ich hatten in den letzten Tagen über nichts anderes nachgedacht und geredet. Die letztendliche

Entscheidung war gestern gefallen. Mein Handy hatte auf dem Küchentisch zwischen uns gelegen, als ich Lisa anrief. Die Erleichterung in ihrer Stimme, die aus dem winzigen Lautsprecher kam, war fühlbar, und ich war gerührt, wie sehr sie das offensichtlich für mich tun wollte.

»Danke.« In Nicks Augen hatten Tränen geglänzt. »Ich kann nicht glauben, dass du das für einen völlig Fremden tust.«

»Oh, du wirst nicht mehr lange ein Fremder sein«, sagte Lisa. »Wir werden uns *sehr* gut kennenlernen, Nick.«

Nachdem wir das Gespräch beendet hatten, blieben wir am Tisch sitzen und grinsten uns wie Idioten an, bis die Sonne langsam unterging und ich Nicks Gesichtszüge nicht mehr ausmachen konnte. Wir waren in den *The Fox and Hounds* gegangen und hatten gekichert, als wir bei Mitch Champagner bestellten. Ständig erinnerten wir uns daran, dass wir noch am Anfang standen und vorsichtig sein sollten, aber wir mussten einfach einen raschen Blick in die Zukunft werfen. Wir fragten uns, ob Lisa schnell schwanger werden würde und ob wir einen Jungen oder ein Mädchen bekämen.

»Wir haben uns das gut überlegt. Lisa kommt morgen vorbei, um die Feinheiten abzusprechen. Nick und ich können hinterher noch einmal darüber reden«, sage ich. Nick pflichtet mir bei, und es fühlt sich an wie ein kleiner Sieg, aber Richard ist noch nicht fertig.

»Aber ihr wisst schon, dass das Kind rechtlich Lisas bleibt, bis nach der Geburt des Babys die Elternverfügung erlassen wird? Lisa könnte das Baby behalten, wenn sie wollte.«

»Das wird sie nicht«, halte ich dagegen.

»Und was wisst ihr von ihrer Familie? Es kann Krankheiten geben, die vererbt werden können«, mahnt Richard.

Ich antworte wie aus der Pistole geschossen. »Sie sind alle gesund. Ich kenne sie seit Jahren, aber wir werden Lisa fragen.«

»Es geht nicht nur um körperliche Leiden. Es könnte auch psychische Probleme geben. Charaktereigenschaften, die manchmal Generationen überspringen.«

»Es wird alles gut werden. Du brauchst dir keine Sorgen zu machen. Und vergiss nicht, dass die Hälfte der Gene des Babys Nicks sein werden. Gibt es in deiner Familie etwas, was ich wissen sollte?«

Nick zieht ein Papiertaschentuch aus dem Spender auf Richards Schreibtisch und wischt sich Schweißperlen von der Stirn, während er aus dem Fenster starrt. »Nein.«

»Na bitte!« Ich lege ihm die Hand auf den Rücken. »Ist doch alles in Ordnung. Du wirst ein toller Vater sein, Nick.«

»Das hoffe ich.« Als er sich zu mir dreht, ist er kreidebleich.

»Du bist ein Naturtalent. Ich habe dich mit Ada beobachtet.« Clares Tochter vergöttert Nick. »Außerdem geht es nicht nur um Veranlagung, sondern auch um Erziehung, oder?«

Nick verzieht das Gesicht, als hätte er Schmerzen. Ich rufe seinen Namen, aber er scheint mich nicht zu hören. Ich starre ihn hilflos an, als er nach vorn kippt und mit dem Kopf auf die Ecke des Schreibtisches schlägt.

Kapitel 5

Damals

Nick saß im Schneidersitz auf dem abgewetzten Teppich. Kevin, sein Vater, lag ausgestreckt auf dem verschlissenen Sofa mit einer Zigarette in der Hand, von der die Asche auf den Boden fiel. Andere Sitzmöglichkeiten gab es nicht. Nick hatte auch kein Zimmer, in das er sich zurückziehen konnte. Zigarettenrauch waberte um die Seite von Nicks Malbuch. Er drückte seinen Buntstift fester darauf, verwandelte den weißen Drachen in einen grünen und versuchte, nicht an die Zeit zu denken, als sie noch wie eine richtige Familie in einem richtigen Haus gelebt hatten. Das war, bevor sein Dad sich den Rücken verrenkt hatte und nicht mehr arbeiten konnte. Jetzt hatte er nicht einmal mehr Lust, sich zu rasieren. Die gelegentliche Dose Foster's, die er trank, um am Ende des Tages abzuschalten, wurde zu einem Mittagsgetränk, um *den Schmerz zu lindern*, bis das Knacken der Aufreißlasche und das Zischen des Biers das Geräusch wurde, mit dem Nick aufwachte. Sein Dad sah anders aus. Roch anders. War anders. Mit seinem ganzen kleinen Herzen vermisste Nick den Dad, der ihn im Garten herumgewirbelt hatte, wie auch seinen Großvater Basil, der vor Kurzem gestorben war. Nick hatte es geliebt, in seinem baufälligen Häuschen mit dem Tosen der Wellen und dem Geruch von Salz in der Luft aufzuwachen. Endlose Sommer hatte er mit den Kindern aus dem Ort am Strand gespielt.

Mum nahm weitere Putzstellen an und sah ständig erschöpft aus, und das war sie wahrscheinlich auch trotz ihrer Beteuerungen, dass es ihr gut ginge. Nick mochte zwar erst sieben Jahre alt sein, aber er bekam mit, dass ihre Haare, die einst ausgesehen hatten wie gesponnenes Gold bei Dornröschen, jetzt am Ansatz dunkel waren und sich Falten in ihr Gesicht gruben, die vor einem Jahr noch nicht da gewesen waren.

»Das ist nur vorübergehend«, hatte sie gesagt, als sie ihre bescheidene Habe in die winzige Wohnung gebracht hatten. Sie hatte ihm gezeigt, wo er seine Sachen in dem ramponierten alten Schrank aufbewahren konnte, den die Vormieter zurückgelassen hatten und bei dem die Tür nur noch an einem einzigen Scharnier hing. Die meisten seiner Spielsachen waren bereits auf einem Flohmarkt verkauft worden, und ihre Möbel aus Massivholz gab es auch schon lange nicht mehr.

Nicks Dad hatte gestöhnt, als er ins Wohnzimmer geschlurft kam und sich auf das Sofa hatte plumpsen lassen, das sich nach dem, was ihm seine Mutter erklärt hatte, zu einem Bett ausziehen ließ. Dort würde Nick schlafen. Dad hatte eine Dose Bier nach der anderen getrunken, während Mum die Küche geschrubbt und die Fenster geputzt hatte, bis sie glänzten, aber trotzdem roch es in der Wohnung immer noch säuerlich. Trotz des Flickenteppichs und der hellen Kissen, die Mum sorgfältig gruppierte, sah es nicht wie ein Zuhause aus und fühlte sich auch nicht so an.

Nick gähnte. Er konnte erst ins Bett gehen, wenn es sein Vater tat, und der würde warten, bis Mum ihre Schicht im Pub beendet hatte. Doch sobald sie nach Hause kam, fand sie immer Zeit, Nick eine Geschichte zu erzählen und ihm einen Gutenachtkuss zu geben. Danach lag er auf dem Sofa, die dünne, kratzige graue Decke um die Schultern gewickelt, und knuddelte seinen Teddy Edward, während er das rote Band, das der Bär zu einer Schleife gebunden um den Hals trug, durch die Finger gleiten ließ. Nick lauschte dann den Stimmen, die durch die hauchdünnen Wände zu ihm drangen. Die tiefe und verärgerte seines Vaters und die sanfte und beruhigende seiner Mutter. Und wenn er später die quietschenden Sprungfedern des Bettes hörte, drückte er sich die kleinen Hände auf die Ohren.

Er war fast damit fertig, den Drachen in einem Grün auszumalen, das dem Ring seiner Mum glich, den sie immer trug und der einmal seiner Großmutter gehört hatte. Die Zunge hing ihm aus dem Mund, so sehr konzentrierte er sich. Ausnahmsweise hatte er nicht über die Linien gemalt. Und jetzt der Ritter. Nick hatte nicht viele Farben zur Auswahl. »Der Weihnachtsmann hatte in diesem Jahr nicht so viel Geld«, hatte seine Mutter ihm erklärt. »Obwohl du wirklich brav warst.«

»Hör auf, ihn wie ein verdammtes Baby zu behandeln«, hatte sein Vater gemeckert.

Doch als Nick am Weihnachtsmorgen aufgewacht war, war der Kissenbezug, den er aufgehängt hatte, prall gefüllt mit Süßigkeiten, einem neuen Pullover in Nicks Lieblingsfarbe Blau – er roch ein bisschen komisch, als Nick ihn über den Kopf zog, und hatte ein kleines Loch am Ellbogen – und dem Malbuch mit Buntstiften. Nicks Finger schwebten über der Schachtel, als er zwischen Rot und Gelb schwankte. Aber sie hatten letzte Woche in der Schule etwas über den heiligen Georg gelernt, und deshalb griff er zum roten Stift. Er war aufs Äußerste bemüht gewesen, Miss Watsons sanfter Stimme zu lauschen, die der Klasse von Schwertern und Schilden erzählte, aber er war eingeschlafen und erst wieder aufgewacht, als sein Freund Richard ihn unter dem Tisch getreten und ihm die Antwort auf die Frage zugeflüstert hatte, die ihm gestellt worden war. Richard deckte ihn immer. Nick hatte kerzengerade dagesessen, sich die Sabberspur vom Mund gewischt und war unter dem mitleidigen Blick seiner Lieblingslehrerin vor Peinlichkeit rot geworden. Nach der Unterrichtsstunde hatte Miss Watson ihn zurückgehalten und gefragt, ob zu Hause alles okay sei. Dabei hatte sie den Kopf so zur Seite geneigt, wie Mum es tat, wenn sie nicht zu müde war, ihm zuzuhören. Er hatte Miss Watson versichert, dass alles in Ordnung sei, und sie wollte ihn daraufhin zu den anderen in die Schulkantine schicken. Nick sagte, er habe sein Mittagessen vergessen, denn es war ihm zu peinlich zuzugeben, dass sein Dad normalerweise die Sandwiches aß, die seine Mum für Nick gemacht hatte, bevor sie zur Arbeit ging. Aber das machte nichts. Er hatte nie viel Hunger, und Richard teilte immer gern. Miss Watson hatte ihre Schublade aufgezogen und ihm schweigend einen Marsriegel gegeben, und Nick dachte, dass sie hübsch sei wie die Prinzessin im Märchen.

Jetzt waren Nicks Augenlider schwer vor Müdigkeit. Die Zehn-Uhr-Nachrichten liefen, und es würde nicht mehr lange dauern, bis seine Mutter heimkam. In dem Versuch, wach zu bleiben, umklammerte Nick den roten Buntstift noch fester und drückte ihn auf die Seite. Es gab einen Knacks, als der Stift in zwei Teile zerbrach und sein Kopf nach vorn schnellte, weil sein Dad ihn schlug. Heftig. »Glaubst du, deine Mum arbeitet all diese verdammten Stunden, damit du Sachen kaputt machen kannst?«

Nick schüttelte den Kopf und versuchte, das Zittern seiner Lippe zu unterbinden. Sein Dad hasste es, wenn er weinte.

Dads Augen hatten im Licht des flackernden Fernsehapparates gefunkelt, als er das Drachenbild aus dem Malbuch in zwei Teile riss.

»Das war für Mum. Für den Kühlschrank.« Nick zog die Knie an die Brust und bemühte sich, nicht mehr zu zittern.

»Ich verrate dir ein Geheimnis. Mum hasst deine Bilder und geschmacklosen Kühlschrankmagnete. Sie sagt, dass die Wohnung dadurch unaufgeräumt aussieht. Sag ihr nicht, dass ich dir das erzählt habe. Ich vertraue dir, dass du den Mund hältst. Abgemacht?«

Sein Dad hielt ihm die Hand hin, und Nick legte seine kleine hinein. Er versuchte, nicht zu zucken, als sein Dad sie so fest schüttelte, dass Nick das Gefühl hatte, seine Schulter würde ausgekugelt werden.

Es war das letzte Mal, dass Nick ein Bild angemalt hatte, und das erste Mal, dass er ein Geheimnis für sich behielt. Allerdings auch nicht das letzte Mal.

Und es war bei Weitem nicht das schlimmste.

KAPITEL 6

Jetzt

Ich zucke zusammen, als ich Nicks Hand auf meiner Schulter spüre. Ich hatte nicht gehört, dass er in die Küche gekommen war.

»Geht's dir gut?« Ich drehe den Kopf. Mein Blick wird von der Beule auf Nicks Stirn angezogen. Gestern war sie blau, heute ist sie lila, und irgendwie sieht sie schlimmer aus.

»Mir geht's gut. Ich habe dir doch gesagt, dass es in Richards Büro so warm war und ich ein bisschen gestresst. Das ist alles. Ich bin ohnmächtig geworden. Weiter nichts.« Er reibt seine Nase an meinem Hals.

Beruhigt tauche ich meinen Lappen in den Eimer mit warmem Wasser und Zitronenreiniger, wringe ihn aus und wische die Arbeitsflächen, bis sie vor Sauberkeit regelrecht blitzen. Lisa kommt, und ich will, dass alles perfekt ist. Es duftet zitrusfrisch, und meine Hände sind rot und rau. Die Kupferpfannen, die über dem Herd hängen, glänzen, als die Sonne durch die dreiflügelige Tür scheint. Ich reiße den Kühlschrank auf und hole Paprikaschoten und Sellerie heraus. Nachdem ich die Tür wieder geschlossen habe, wische ich die Fingerabdrücke vom Griff.

»Stell dir mal vor«, sage ich zu Nick, während ich über den Edelstahl reibe, bis er glänzt, »eines Tages könnte dieser Kühlschrank voller Zeichnungen unseres Kindes hängen. Was glaubst du? Ein Kühlschrank übersät mit kitschigen Magneten?«

Nick antwortet nicht, und ich drehe mich um und bin schockiert über sein verärgertes Gesicht. »Nick?«

»Sorry, ich war ganz in Gedanken. Lass mich dir helfen.« Nick wäscht das Gemüse unter dem Wasserhahn, bevor ich es trocken schüttele und kalte Wassertropfen meine Unterarme besprenkeln. Ich werde es in Stifte schneiden, damit wir es mit Hummus essen können. Spotify streamt eine Pop-Playlist. *Little Mix* drohen mit »Black Magic«.

Nick lacht normalerweise und meint, ich sei zu alt für diese Musik, aber haben wir nicht alle unsere Laster? Und obwohl er sagt, er hasse Popmusik, tanzen wir oft zusammen in der Küche herum, wenn wir darauf warten, dass das Essen gar wird. Verrückte, übertriebene Tanzschritte aus einer Zeit, die überhaupt nicht zur Musik passt: der Mashed Potato, der Twist. Allerdings wird heute nicht gesungen oder getanzt. Wir sind beide nervös.

»Ziehst du dich um?«, frage ich Nick. »Du bist zu leger gekleidet.«

Er trägt Jeans und ein weißes T-Shirt, seine Haare sind nass vom Duschen. Die nackten Füße haben matte Abdrücke auf dem Fußboden hinterlassen, den ich zweimal gewischt habe.

»Es ist doch egal, was ich anhabe. Ich wünschte, du würdest einfach ...«

Ich mache einen Schritt auf ihn zu und bringe ihn mit einem Kuss zum Schweigen. Seine Bartstoppeln kratzen über mein Kinn, und ich schmecke Pfefferminz.

»Tut mir leid.« Ich lege ihm die Arme um die Taille. »Du musst auch nervös sein.« Ich schmiege mich an ihn. Manchmal vergesse ich, wie hart es für ihn sein muss, und wieder einmal bin ich dankbar, dass er bei mir geblieben ist und mich nicht für eine andere Frau verlassen hat, die ihm Babys schenken könnte. Es war mir immer unerklärlich geblieben, weshalb Nick mich überhaupt ausgewählt hatte. Warum er mir so hartnäckig nachgelaufen war. Einer Frau mit strähnigen Haaren und einem Hinterteil, das die Nähte ihrer Jeans zum Reißen zu bringen drohte. Als er mich festhält, schweifen meine Gedanken zu dem Abend, an dem er um meine Hand anhielt.

***

Er hatte mich zum Abendessen ausgeführt, aber kaum etwas gegessen. Stattdessen fummelte er an der Ecke der Serviette herum und füllte sein Glas öfter nach als sonst. Ich hatte mir eingeredet, dass er mit mir Schluss machen würde, und schob die vor Knoblauchbutter triefende Hühnchenbrust unglücklich auf meinem Teller herum. Zu den Klängen klassischer Musik hatte ich über die flackernde Kerze hinweg jedes Detail seines hübschen Gesichts in mich aufgesaugt. Die schwarzen Locken, durch die ich so gern mit den Fingern fuhr. Die Narbe auf seiner Stirn.

»Heirate mich, Katherine.« Die Worte sprangen mich aus dem Nichts an, und ich legte die Hände auf die Brust, um seine Frage dicht an meinem Herzen zu halten. »Ich werde mich um dich kümmern und dir ein guter Ehemann sein. Das verspreche ich.«

»Ja!« Ich dachte nicht eine Sekunde darüber nach. Ich liebte ihn, wirklich, obwohl nicht mehr mit der alles verzehrenden, flammend heißen Liebe vom Anfang unserer Beziehung, aber diese Liebe war echt, solide.

Wir hatten mit sprudelndem Champagner angestoßen, der in meinen Nasenlöchern kitzelte. Später lagen wir im Bett, die Beine in den Laken verwickelt, und seine Hand strich rhythmisch über meine Haare. Ich dachte, niemals so glücklich gewesen zu sein. Doch als ich einnickte, flüsterte mir mein Unterbewusstsein zu, dass ich schon einmal so glücklich gewesen war, und der letzte Gedanke, den ich hatte, bevor mich der Schlaf völlig übermannte, war der an Jake gewesen.

* * *

Da ist das Quietschen von Bremsen. Das Knirschen von Metall. Es ist dunkel. So dunkel. Ich kann nichts sehen, und Panik erfasst mich.
Es ist heiß. Unerträglich heiß. Beißender Rauch nimmt mir den Atem. Ich huste und huste, meine Lunge brennt beim Versuch, Luft einzusaugen. Meine Rippen fühlen sich an, als würden sie entzweibrechen. »Jake!« Immer wieder rufe ich seinen Namen, doch wohl nur gedanklich, denn ich höre nichts. Nur für einen einzigen Moment herrscht völlig perfekte Stille, bevor meine Sinne wieder dröhnend zum Leben erwachen. Jemand schreit. Qualvolle Schreie, die ich nie wieder vergessen werde, aber ich glaube nicht, dass ich es bin. Ich kann mich nicht bewegen, kann nicht denken. Ich bin gefangen, und ich habe Angst. Solche Angst. Mir läuft etwas Warmes, Klebriges übers Gesicht, und als es mir von der Nase tropft, rieche ich Blut. Jede Zelle meines Körpers treibt mich an, mich zu bewegen. Wegzurennen. Aber ich kann nicht. Jake!

* * *

Ich stand auf der Schwelle zur Ohnmacht. Mit einem Fuß in der Vergangenheit, mit dem anderen in der Gegenwart, nicht in der Lage, mich ganz auf eine Seite zu schlagen, nicht völlig sicher, wo ich sein wollte. Als das Dröhnen in meinen Ohren nachließ und der Puls sich normalisierte, bemerkte ich Nicks gleichmäßiges Atmen. Er schlief neben mir. Die Laken waren feucht vom Schweiß, mein Kissen feucht von Tränen. Ich fuhr mir mit dem Ärmel der Schlafanzugjacke über die Wangen, wischte meine Schuldgefühle weg. Sogar im Schlaf konnte ich Jake nicht erreichen. Sogar im Schlaf war ich zu spät. Und es war jedes Mal meine Schuld.

Die Türklingel trennt Nick und mich voneinander. Lisa muss da sein. Mit einem Gefühl von Übelkeit, Aufregung und Angst eile ich den Flur entlang. Schlidternd komme ich am Telefontischchen zum Stehen und zupfe ein braunes, sich kräuselndes Blatt von den blassgelben Rosen, die Nick mir gestern mitgebracht hat. Ich hoffe, Lisa spürt, dass das hier trotz der zunehmenden Belastung wegen unserer Versuche, die Familie zu vergrößern, ein glückliches Heim ist. Ein perfektes Zuhause für ein Kind. Lässt man die Politur, das Bleichmittel, die Zitronenreinigungsmilch weg, findet man darunter Liebe und Lachen, und das ist es doch, worauf es am meisten ankommt, oder?

»Lisa.« Meine Stimme klingt eine Oktave zu hoch, als ich zurücktrete und sie hereinbitte. Wir umarmen uns, und meine Kleidung wird feucht, als ich mich gegen ihren nassen Mantel drücke. Wir haben jeden Tag stundenlang am Telefon geplaudert, aber es ist merkwürdig, sie hier zu haben.

»Komm durch«, sage ich und gestikuliere in Richtung des Wohnzimmers.

»Kat, ihr habt es wunderschön hier.« Lisa lässt den Regenmantel von den Schultern gleiten und dreht sich auf den Zehenspitzen. Ich werde in unseren Ballettunterricht zurückkatapultiert. Pirouetten und Tutus und Haarknoten. »Und du hast jetzt ein Klavier. Das freut mich so. Du wolltest doch immer Klavierspielen lernen.«

Ich hatte meine Eltern angebettelt, Klavierunterricht nehmen zu dürfen, aber für Dad war Kunst Zeitverschwendung. Allerdings hatte ich das Gefühl, meine Mum hätte es erlaubt, wenn sie gekonnt hätte. Dad tolerierte in der Oberstufe nur, dass ich in der Theatergruppe war, weil ich dafür Extrapunkte für mein Langzeitprojekt bekam und die für die Uni angerechnet wurden.

»Ich versuche, es mir selbst beizubringen, aber es ist nicht so leicht, wie es aussieht.« Die Wahrheit ist, dass ich wahrscheinlich mehr Zeit damit verbringe, das Klavier abzustauben und mir vorzustellen, wie eine Reihe von silbernen Rahmen darauf Fotos von unserer glücklich lächelnden Familie zeigen. Dewei mit zurückgeworfenem Kopf auf einer Schaukel und aus vollem Halse lachend oder Brotstückchen den Enten zuwerfend oder mit mir Plätzchen backend, während die Lebkuchenmänner dampften und wir Puderzucker auf den Nasenspitzen hatten. Ich konnte mir vorstellen, wie Dewei auf dem Klavierhocker balancierte, wenn er alt genug war, und »Twinkle, Twinkle, Little Star« darauf hämmerte, während ich lächelte und klatschte. Dann war die Adoption fehlgeschlagen, und ich musste das Bild in meinem Kopf gegen Mai austauschen. Das war nie so ganz das Gleiche gewesen. Ich glaube, ich hatte sogar halb erwartet, dass etwas schiefging, als wir die Papiere unterschrieben, die Richard für ihre Adoption ausgefüllt hatte. Und jetzt bleiben die Fotorahmen in meinem Kopf weiß und leer.

Ein Räuspern lässt uns beide aufschauen. Nick steht unsicher in der Tür und sieht aus wie ein Gast in seinem eigenen Haus. Ich gehe zu ihm und nehme seine Hand, die genauso schweißnass ist wie meine.

»Lis, das ist mein Mann, Nick.«

»Hallo, Nick. Du siehst in natura ja noch besser aus.« Lisa schüttelt ihm die Hand. Sein Gesicht ist kreidebleich. Er ist genauso nervös wie ich.

»Ihr beide habt euch doch noch gar nicht kennengelernt ...«

»Ich habe sein Foto im Sonntagsmagazin gesehen«, sagt Lisa, und ich runzele die Stirn. Davon hatte sie nichts erwähnt, als wir uns letztens wiedergetroffen hatten. »Mitch hat es mir gezeigt. Im Pub.«

»Ja, klar!«, erwidere ich. »Ich mache uns Tee.« Erst als ich an der Arbeitsplatte lehne und der Wasserkocher gurgelt und zischt, fällt mir ein, dass es Mitch war, der mir als Erster das Foto in der Beilage der Sonntagszeitung gezeigt und mir sein Exemplar geschenkt hatte. Wie konnte er es dann Lisa zeigen? Vielleicht hatte er noch eine Zeitung gekauft. Ich nehme das Teetablett und klappere damit den Flur entlang. Als ich mich dem Wohnzimmer nähere, höre ich Nick sagen: »Das kann ich nicht glauben! Nicht Kat.«

Als ich das Zimmer betrete, schauen mich beide an.

»Es tut mir so leid.« Lisa hat die Augen aufgerissen. »Ich dachte, du hättest Nick *alles* erzählt. Schließlich seid ihr verheiratet.«

KAPITEL 7

Jetzt

»Warum hast du mir nicht erzählt, dass du mal auf der Bühne gestanden hast?« Nick übernimmt das Tablett, und ich wische mir die Hände an meiner Tunika ab. Ich fühle mich furchtbar entblößt. Doch von allem, was Lisa über meine Vergangenheit hätte ausplaudern können, war das nicht das Schlimmste. Dennoch sehe ich etwas in ihren Augen aufblitzen, als ich ihrem Blick begegne und den kalten Luftzug der Angst spüre. Habe ich etwa einen Fehler gemacht, sie zu mir nach Hause, in mein Leben einzuladen?

»Das waren doch nur Schulproduktionen und ist alles schon so lange her. Ich war doch nicht Jennifer Lawrence.«

»Sie ist zu bescheiden.« Lisa lächelt jetzt warmherzig. Nick ebenfalls, und ich denke, dass nur ich es sein muss, die spürt, wie die Atmosphäre vor Geheimnissen zischt und knistert. »Kat war wirklich gut, hatte immer die Hauptrolle. Und du hast es geliebt, oder?«

»Damals habe ich eine Menge Dinge geliebt, aber das heißt nicht, dass ich das heute immer noch tue«, gebe ich zu bedenken, und irgendetwas huscht über Lisas Gesicht, das mir sagt, dass auch sie an Jake denkt. Wahrscheinlich hat sie ihn mehr geliebt als mich. Zuerst geliebt.

* * *

Die Uhr auf dem Flur schlägt. Die Gemüsesticks stehen unangerührt auf dem Couchtisch. Die Gurke trocknet aus, die Paprikastücke schrumpeln. Lisa hat Nick erzählt, wie sie versucht hatte, meine Haare mit *Sun-In* aufzuhellen, und wie sie orangefarben geworden waren, und ich habe ausgeplaudert, dass Lisa Liedtexte abgeschrieben und für ihre Hausaufgaben in Englisch benutzt hatte. Doch über Babys haben wir immer noch nicht gesprochen.

»Magst du noch Tee?« Als ich die Arme ausstrecke, um das Tablett anzuheben, steigt mir ein leichter Schweißgeruch in die Nase, und ich drücke die Ellbogen fest an den Körper.

»Sollen wir über den wirklichen Grund meines Besuchs reden?« Lisas Blick bohrt sich in meinen, und Panik erfasst mich. Ich bin zurück in jener Nacht mit dem Schmerz und dem Blut und dem endlosen Schreien, bis sie sagt: »Die Leihmutterschaft.« Ich atme aus und zwinge mich, mich zu beruhigen. Der Schweißgeruch ist jetzt stärker, und ich entschuldige mich.

Oben ziehe ich meinen Pullover aus, wische mir mit Feuchttüchern für Babys die Achselhöhlen ab, bevor ich Deodorant aufsprühe und ein sauberes Oberteil überstreife.

Zurück im Wohnzimmer, hat Lisa den Sessel verlassen und meinen Platz neben Nick eingenommen. Sie stecken die Köpfe zusammen, und ihre Oberschenkel berühren sich. Ich spüre einen eifersüchtigen Stich und erinnere mich daran, wie wir um Jakes Aufmerksamkeit gekämpft hatten – bis ich sehe, dass sie Nick etwas auf ihrem Handy zeigt.

»Schau mal.« Lisa steht auf und kommt durchs Zimmer auf mich zu. Auf ihrem Handy zeigt sie mir das Foto eines winzigen Babys in einem pinkfarbenen Schlafanzug mit Pünktchen. Es hat einen Mund wie eine Rosenknospe, ballt die kleinen Hände zu Fäusten und reckt sie in seinem Gitterbett in die Höhe. »Das ist Gabrielle, Stellas Baby«, erklärt Lisa.

Als ich das Bild anschaue, verschwinden sämtliche Zweifel. »Sie ist bezaubernd, Lisa.« Die Tatsache, dass sie Gabrielle als *Stellas Baby* bezeichnet und nicht als ihr eigenes, macht mir das Ausmaß dessen klar, was Lisa geleistet hat. Was sie anbietet, noch einmal zu tun. Mir verschwimmt die Sicht vor Tränen, als ich den Finger hebe, um über das Display zu wischen und weitere Fotos anzuschauen.

»Das ist das einzige auf dem Handy.« Lisa schiebt ihr Mobiltelefon in die Hosentasche. »Die restlichen sind auf meinem Computer. Ich muss sie nicht jeden Tag sehen. Sie gehört mir nicht. Das hat sie nie. Stella schickt mir ab und zu E-Mails, hält mich über Gabrielles Fortschritte auf dem Laufenden und hängt Fotos an. Man könnte sagen, ich fühle mich wie eine stolze Tante. Ich liebe sie ..., aber Stella ist ihre Mum.«

»Wie habt ihr es gemacht? Du weißt schon ...« Ich kann nicht glauben, dass es mir so peinlich ist, das zu fragen.

»Willst du eine Zeichnung? Hast du Buntstifte?« Unsere gemeinsame Erinnerung daran, wie mir Lisa Sex mit einem Diagramm erklärt hatte, das sie mit einem orangefarbenen Buntstift hinten auf ihr Mathebuch kritzelte, lässt uns beide in Gelächter ausbrechen und löst die Anspannung in meinen Muskeln.

»Wir haben es in einer Klinik machen lassen«, erklärt Lisa und ist jetzt wieder ganz ernst. »Ihr müsst eine Gebühr bezahlen. Es war ziemlich teuer. Sie haben mit einer Analyse des Spermas von Stellas Mann begonnen.«

»Die Schuld liegt nicht bei Nick«, falle ich ihr ins Wort. »Wir haben das testen lassen.«

»Ihr wollt also meine Eier?«, fragt Lisa, als würden wir über eine Einkaufsliste sprechen. »Wir sollten aber Nick noch auf sexuell übertragene Infektionen prüfen lassen, falls ihr das noch nicht getan habt.«

»Doch. Vor Kat«, sagt Nick, und ich schaue ihn überrascht an, doch er begegnet meinem Blick nicht.

Ich frage mich, ob das bei Natasha der Fall war. Sie ist ein weiterer Teil seiner Vergangenheit, über den er nicht gern spricht. Nick wurde zu Beginn unserer Beziehung von Textnachrichten und Anrufen seiner Ex geplagt.

»Die Klinik hat uns auch jemanden zur Seite gestellt, der das ganze Verfahren überwacht und bei der Elternverfügung geholfen hat. Um die durchzubekommen, muss das Baby zu dem Zeitpunkt bei euch leben.«

»Richard wird sich darum kümmern«, sagt Nick. »Mein Freund ist Anwalt«, erklärt er Lisa. »Aber hör mal, ich habe Kat geraten, sich keine allzu großen Hoffnungen zu machen. Die Erfolgsraten können bei dieser Sache nicht hoch sein.«

»Sie sind nicht anders, als wenn man auf natürliche Weise versucht, schwanger zu werden.«

»Trotzdem müssen doch die Chancen, dass du schwanger wirst, gering sein. Es gibt zeugungsfähige Paare, die es monatelang, manchmal sogar jahrelang versuchen, bevor sie erfolgreich sind.«

Ich erstarre bei seinen Worten, und er legt mir die Hand aufs Knie und drückt es. »Wir wollen beide Eltern werden«, fährt er fort, »aber es waren keine einfachen Jahre, als wir versucht haben, ein Kind aus einem anderen Land zu adoptieren. Emotional sind wir ausgelaugt. Beide.«

»Erst recht ein Grund, eine Adoption nicht mehr zu versuchen«, meint Lisa.

»Also, wie geht sie nun tatsächlich vor sich ... die Befruchtung?« Ich spüre die Wärme, die Nick abstrahlt, als er redet, und greife nach seiner Hand.

Lisa öffnet ihre Handtasche und holt eine kleine Packung heraus. »Ich habe ein Set für zu Hause mitgebracht. Für den Fall, dass ihr sehen wollt, wie es ohne das Krankenhaus funktioniert. Das ist alles einwandfrei. Zwischen mir und Nick ist kein Körperkontakt erforderlich.«

»Und du würdest das mehr als einmal um den Eisprung herum versuchen?« Ich starre auf die Spritze. Es ist unglaublich, dass ein Stück Plastik mir dabei helfen könnte, Mutter zu werden.

»Ja. Ich weiß, dass ich heute meinen Eisprung habe, deshalb habe ich die Zeitpunkte für Januar berechnet. Aber in ebender Woche werde ich von der Arbeit aus auf einer Fortbildung sein. Deshalb wird das nicht passen. Ich könnte im Februar zu euch kommen und bleiben, wenn ihr loslegen wollt.«

Obwohl wir erst Pläne machen, reagiere ich sofort mit Enttäuschung. Februar scheint so weit weg zu sein. Als ich Nick anschaue, reibt er über seine Narbe auf der Stirn, und ich weiß, dass er nachdenkt. Ich warte und frage mich, ob er wegen der Verzögerung auch frustriert ist.

»Ich sehe die Vorteile einer Klinik«, sagt er. »Besonders, wenn man es mit einem Fremden zu tun hat. Aber da du und Kat auf eine lange gemeinsame Zeit zurückblickt, bin ich mir nicht sicher, ob das notwendig ist.«

»Es ist sicher von Vorteil, wenn man sich so gut kennt. Kaum zu glauben, dass ich diejenige sein kann, die euer Leben völlig verändert, Kat. Ich freue mich total darauf.«

Ich spüre Lisas Blick auf mir, aber ich kann meinen bittenden nicht von Nick losreißen und will unbedingt, dass er meine Gedanken liest.

Die Stille ist unerträglich. Dutzende von Worten wirbeln in meinem Verstand herum, und ich fische den Satz heraus, nach dem ich gesucht habe. »Was du heute kannst besorgen, das verschiebe nicht auf morgen?« Meine Stimme klingt leise und unsicher.

»Das denke ich auch«, bestätigt Nick, und ich werfe ihm die Arme um den Hals.

»Heute?«, fragt Lisa, und für den Bruchteil einer Sekunde glaube ich, dass sie Nein sagen wird. Doch sie zuckt mit den Schultern. »Warum nicht?« Und dann schiebt sie sich in unsere Umarmung, und irgendwie fühlen wir uns bereits wie eine Familie.

Lisa windet sich aus unserer Umarmung und gibt Nick ein Gefäß. »Wenn wir es machen, dann musst du …«

»Ich weiß.« Nicks Stimme klingt gepresst, und er spannt die Muskeln an. Obwohl ich sehr aufgeregt bin, kann ich mir vorstellen, wie peinlich das für ihn sein muss. Ein Teil von mir fragt sich, ob wir nicht doch auf einen Termin in einer Klinik warten sollten, ob eine sterile Umgebung und Krankenschwestern diese Situation, die alles andere als normal ist, ein bisschen erträglicher für ihn machen würden.

»Hör mal, Nick.« Ich lasse die Arme sinken und weiche zurück, damit er den Ausdruck in meinem Gesicht sehen kann. »Wir müssen es nicht heute versuchen. Es hat wirklich keine Eile.« Die Worte bleiben mir fast im Hals stecken, und mein Herz hämmert von innen ein Tattoo in den Brustkorb. Meine Hoffnungen treiben dahin wie ein Heliumballon, und ich kann sie nicht herunterziehen. »Möchtest du bis Februar warten?«

Nick klopft mit den Fingerspitzen auf den Deckel des Gefäßes, und es fühlt sich an wie eine Ewigkeit, bis er antwortet. »Nein, es ist sinnvoll, jetzt anzufangen, während Lisa hier ist.«

Er macht einen Schritt auf die Tür zu, und Lisa sagt: »Warte.« Einen furchtbaren Moment lang glaube ich, sie wird uns sagen, dass sie es nicht tun will. Mir dreht sich vor Aufregung der Magen um. »Ich erwähne es nur ungern.« Sie beißt sich auf die Lippe. »Es ist üblich, dass man einige der Auslagen vor der Empfängnis zahlt. Ich bin angereist und habe das Set gekauft. Nicht, dass ich auch nur eine Sekunde geglaubt hätte, wir würden es heute bereits benutzen.«

»Natürlich.« Ich fühle mich furchtbar, weil sie es ist, die dieses Thema ansprechen musste. Ich will nicht, dass sie denkt, wir wären nicht dankbar. Ich schaue zu Nick. »Wir könnten doch jetzt eine Banküberweisung vornehmen, oder?«

Ich weiß, er will es genauso wenig rausschieben wie ich, als er vorschlägt: »Wie wäre es mit tausend Pfund jetzt als ein Zeichen des guten Willens, und für den Rest setzen wir eine Vereinbarung auf?«

»Perfekt. Aber nur, wenn ihr beide sicher seid.«

Wir versichern ihr, dass wir das sind. Lisa gibt Nick ihre Bankkarte, und er überweist das Geld über sein iPad. Als er damit fertig ist, steht er mit dem Gefäß in der Hand wieder auf.

»Willst du, dass ich mitkomme?« Ich werde rot, als ich Lisas Blick auf mir spüre.

»Ist schon okay.« Nick drückt mir einen Kuss auf den Scheitel.

»Lass das Gefäß einfach neben dem Bett stehen, wenn du fertig bist, und dann gehe ich hoch und erledige meinen Teil«, sagt Lisa, und als Nick durchs Zimmer geht, kann ich kaum glauben, dass wir heute ein Baby erschaffen könnten.

Nick geht schweren Schrittes die Treppe hinauf, und ich springe vom Sofa und umarme Lisa. »Danke für diese Chance«, flüstere ich ihr ins Haar. »Ich hätte nie gedacht, dass ich Mutter werden kann, dass ich das verdiene.«

Lisa drückt mich fest. »Kat«, sagt sie leise, »wir bekommen *immer*, was wir verdienen.«

* * *

»Glaubst du, Lisa könnte schwanger sein?« Das ist albern, ich weiß. Sie ist erst vor drei Stunden gegangen, aber ich kann nicht mehr aufhören, daran zu denken.

Ich liege halb auf Nick auf dem Sofa. Mein Kopf ruht auf seiner Schulter. Jedes Mal, wenn er ausatmet, küsst warmer Atem mein Ohr. Auf dem Couchtisch stapeln sich die Reste eines Essens vom Imbiss, wie von Kurkuma gelb verfärbte Teller. Der Geruch nach Gewürzen hängt in der Luft. Ich liebe Abende wie diesen, an denen wir es uns zu Hause gemütlich machen.

Im Hintergrund streamt Spotify. *Mumford & Sons* versprechen »I Will Wait«. Ich lasse meine Hand unter Nicks Hemd wandern, spüre seine warme, weiche Haut, den langsamen und regelmäßigen Herzschlag.

»Ich bezweifle es, Darling.« Nicks Fingerspitzen streicheln meine Stirn. »Bitte mach dir nicht allzu große Hoffnungen.«

»War es schrecklich? Du weißt schon …« Ich greife nach seiner Hand und küsse leicht die Fingerspitzen. »In das Gefäß.«

Lisa und ich hatten in peinlicher Stille auf dem Sofa gesessen, und uns beiden war schmerzlich bewusst, was mein Ehemann oben gerade tat. Es dauerte lange und die Zeit verging langsam, bis Nick zurück ins Zimmer geschlurft kam und keine von uns anschaute.

»Ich hatte schon bessere Erfahrungen.«

»Danke.« Ich neige den Kopf, um seinen Gesichtsausdruck sehen zu können. »Und …« Ich hole tief Luft. »Es tut mir leid.«

»Dir muss nichts leidtun.«

»Wenn ich schwanger werden könnte …«

»Kat.« Nick stützt sich auf den Ellbogen ab, damit er mich richtig anschauen kann. »Ich liebe dich. Das weißt du doch, oder?«

»Ja.«

»Und ich würde alles tun, um dich glücklich zu machen.«

»Auch, wenn es dich unglücklich macht?« Ich streiche über seinen Kiefer, spüre die leichten Stoppeln unter meinen Fingerspitzen. »Nick.« Ich presse die Lippen zusammen in dem Versuch, die Worte zurückzuhalten, die ich nicht sagen will, doch sie winden sich trotzdem aus meinem Mund. »Du willst doch Kinder, oder?« Wären der Wein und die Emotionen des Tages nicht gewesen, hätte ich nicht gefragt.

»Das weißt du doch. Schließlich habe ich zwei Adoptionsversuche gemacht.« Er beugt sich über mich hinweg und holt sein Weinglas vom Boden hoch. Doch er trinkt nicht wie sonst schlückchenweise, sondern nimmt einen großen Schluck. Ich fingere an den Knöpfen seines Hemdes herum und knöpfe den obersten auf. Struppiges schwarzes Haar auf seiner Brust. Es wäre leicht, sich abzulenken, zu vergessen, dass er meine Frage eigentlich noch nicht beantwortet hat.

»Du tust das nicht nur für mich?«, hake ich nach.

Nick setzt sich auf und schenkt in beide Gläser Wein nach, bevor er mir meins reicht. Und als ich trinke, fließt der Alkohol durch meine Venen und lässt ein Gefühl des Mutes zurück.

»Sprich mit mir. Bitte.«

»Ich hatte nicht die beste Kindheit, Kat. Das weißt du.« Ich nicke, obwohl ich es nicht weiß, nicht richtig, aber er hat nicht nur äußerliche Narben. »Ich möchte nicht, dass ein Kind das durchmacht, was ich durchmachen musste.« Ihm versagt die Stimme.

»Es ist wichtig für mich, dass wir es beide wollen«, sage ich. »Meine Eltern ...« Ich leere mein Glas zu schnell und halte es hin, damit Nick es nachfüllt. Angetrunkener Mut. Ich glaube, das Wühlen in der Vergangenheit hängt damit zusammen, dass Lisa wieder in mein Leben getreten ist, und zum ersten Mal habe ich das Bedürfnis, mich mitzuteilen. »Als Kind habe ich mich nie geliebt gefühlt, aber ich habe in letzter Zeit viel über meine Eltern nachgedacht. Vielleicht nicht speziell über sie, aber über Tanten und Onkel. Cousins und Cousinen. Unser Kind wird nur uns als Familie haben. Meinst du nicht, dass das traurig ist?« Ich hatte meine Großmutter geliebt, als ich klein war. Sie war warmherzig, lustig und lieb gewesen. Alles, was meine eigene Mutter nicht war. Apfelcrumble und Vanillesoße. Pfundmünzen, die mir bei jedem Besuch in die Hand geschoben wurden.

»Es ist, wie es ist, Kat.« Nick stellt sein Glas ab. »Wir haben genug Liebe zu geben. Hör mal. Lass uns Urlaub machen. Wegfahren. Wir haben doch immer für Italien geschwärmt, oder? In den letzten Jahren hat sich alles um Babys gedreht, und ich will uns nicht aus den Augen verlieren.«

Anstelle von langen Urlauben bevorzugen wir lange Wochenenden. Es ist einfacher, was die Arbeit anbelangt, und immer irgendwie romantischer. Ich bin allerdings zurückhaltend beim Pläneschmieden. »Lass uns abwarten, ob die Leihmutterschaft funktioniert.«

»Ich möchte das genauso wie du.« Nick nimmt mein leeres Glas. »Aber wir müssen verhalten optimistisch sein.« Die Narbe auf seiner Stirn kräuselt sich.

Ich beuge mich vor und küsse seine Zweifel fort, woraufhin er mein Gesicht in seine Hände nimmt und mit den Lippen über meine streicht. Funken sprühen, als sich seine Zunge in meinen Mund schlängelt. Auf dem knarrenden Sofa rutschen wir so lange herum, bis Nick auf mir liegt. Wir zerren an der Kleidung des anderen und berühren uns, berühren uns richtig. Unser stoßweiser Atem ist über »The Sound of Silence« zu hören, das aus den Lautsprechern wabert. Das hier ist nicht das oberflächliche Freitagabendgefummel, das irgendwie Teil unserer Routine geworden ist. Als Nick mit der Hand über die Innenseite meiner Schenkel streicht, spreize ich die Beine weiter, spüre seine Berührung in jedem einzelnen Nervenende meines Körpers. Das ist Liebe. Wahre, verlässliche, handfeste Liebe. *So sollten Babys gemacht werden*, stachelt mich die Stimme in meinem Kopf an, und sofort fühle ich mich nicht mehr als vollwertige Frau. Die Berührung, die mich vor Verlangen hat stöhnen lassen, treibt mir jetzt die Tränen in die Augen, und ich vergrabe mein Gesicht an Nicks Schulter, damit er sie nicht sieht.

In meinem Kopf werden Lisas Worte lauter.

Wir bekommen immer, was wir verdienen.

KAPITEL 8

Damals

»Hör auf, dich zu bewegen.« Lisa hob mein Kinn an und verteilte mit einem Schwamm Foundation auf der Haut, aber ich musste einfach immer wieder den Kopf drehen, konnte den Blick nicht vom Fernseher losreißen. Eva Longoria war die schönste Frau, die ich je gesehen hatte. »Ich stelle ihn aus, wenn du nicht stillhalten kannst.«

»Wag es nicht. Es ist fast vorbei.« Ich wollte das Ende von *Desperate Housewives* sehen. Zu Hause konnte ich die Serie nicht schauen, wenn meine Eltern da waren. Dad mochte nur Bildungsprogramme, aber für mich war das hier viel wichtiger für die Zukunft, von der ich träumte. Von klein auf hatte ich Schauspielerin werden wollen. Ich liebte die Schulproduktionen, den Geruch von Gesichtspuder und Lippenstift, das Geräusch von Applaus. Es war fast so, als schlüpfte man in eine andere Haut. Eine selbstbewusstere Haut, eine Möglichkeit, jemand anderes zu werden, und selbst dann wollte ich jemand sein, der ich nicht war.

»Glaubst du, sie hat Naturwellen?«

»Weiß der Kuckuck. Ich wette, sie hat ein Team von Stylisten. Wer sieht morgens schon so aus?«

Eva tänzelte in einem kurzen seidenen Morgenmantel mit straffen, sonnengebräunten Beinen über den Bildschirm.

»Wer sieht überhaupt irgendwann so aus?«

»Du wirst heute Abend besser aussehen als sie, Kat. Ich schminke dir Smokey Eyes.«

»Das hört sich an wie eine Krankheit.«

»Sehr lustig.« Lisa ließ einen Pinsel im Lidschattenpuder herumwirbeln. »Ich hab's in einem Online-Tutorial gesehen. Du würdest staunen, was man alles auf diesem neuen YouTube lernen kann.«

»Ich bin nicht sicher, ob Dad damit einverstanden wäre, dass ich wertvolle Zeit, die ich fürs Wiederholen des Schulstoffes nutzen könnte, mit dem Schauen von selbst gemachten Videos verschwende.« Ich hatte mir zu Weihnachten von meinen Eltern ein Schminkset gewünscht und stattdessen einen DIN-A4-Umschlag bekommen. Darin befand sich ein Online-Jahresabo für die *Encyclopaedia Britannica*. Das war mal etwas anderes als die gebundene Ausgabe, die steif und stolz mit glatten Rücken in meinem Regal stand.

Später in der Küche hatte mir Mum eine kleine Dose Vaseline zugesteckt und mir erklärt, damit könne ich meine Wangenknochen hervorheben und sie auch für meine Lippen und Wimpern benutzen. Ich hielt die Dose der multiplen Möglichkeiten fest umklammert und behandelte sie wie das Geheimnis, das sie war, als Dads schwere Schritte näher kamen und Mum ihre Aufmerksamkeit wieder dem Rosenkohl zuwandte, den sie gerade putzte.

»Erlaubt dein Dad eigentlich irgendetwas?«, fragte Lisa, aber es war eine rhetorische Frage.

Dad war der Meinung, ich sollte jede wache Minute damit verbringen zu lernen. Jeden Morgen, wenn ich verschlafen in die Küche stolperte und die Cornflakespackung aus dem Schrank holte, sah ich unweigerlich die Broschüre der Universität, die

Dad auf der Mikrowelle liegen lassen hatte. Am Korkpinnbrett über dem Kühlschrank hing mein Bewerbungsschreiben. Wenn ich kalte Milch über die Cornflakes goss, drehte sich mir der Magen um. Es war nicht so, dass ich nicht auf die Universität wollte. Ich hatte selbst ein bisschen recherchiert, und es gab ein paar fabelhafte Kurse, die zu Abschlüssen in darstellender Kunst führten, aber um Dad zu besänftigen, hatte ich mich für Englisch und Geschichte beworben. Dad hatte immer Lehrer werden wollen. »Das ist ein guter, solider Beruf, Katherine«, sagte er, aber er hatte das Studium abgebrochen. Er nannte sich *Finanzberater*, wenn er versuchte, Leute zu beeindrucken, aber mir und Mum gegenüber beklagte er sich immer, er sei nicht mehr als ein *besserer Verkäufer*. Aber nur, weil er nicht schlau genug gewesen war, sein Studium zu beenden, bedeutete das nicht, dass ich seine Träume verwirklichen musste. Ich hatte meine eigenen.

Lisa schaute auf ihre Uhr. »Mum hat gesagt, sie würde uns auf dem Weg zum Bingo mitnehmen, wenn wir in einer Viertelstunde fertig sind. Dad macht wieder Überstunden, also macht sie das Beste daraus.« Lisas Mum, Nancy, war reizend.

»Sie wird uns danach auch wieder abholen, und da du bei mir übernachtest, müssen wir nicht zu einer lächerlichen Uhrzeit aufbrechen, nur damit du deine Sperrstunde einhältst. Fast fertig.« Lisa wischte Bronzer über meine Wangen.

»Fast hätte ich nicht über Nacht bleiben dürfen. Es gab ein Problem, als ich Dad erzählte, wir würden zusammen lernen.«

»Welches?«

»Er kennt dich zu gut.«

»Sehr komisch.« Lisa trat einen Schritt zurück und schaute mich prüfend an. »Und dabei bin ich genial. Schau dich an.«

Mein Spiegelbild war umwerfend. Automatisch berührte ich mit den Fingern mein Gesicht, als wollte ich prüfen, ob das wirklich ich war.

»Ich sehe …«

»O Gott, fang nicht wieder an, ›I Feel Pretty‹ zu singen. Das habe ich so oft gehört, dass ich für dich einspringen könnte.«

Ich übte ständig die Maria aus der Oberstufenproduktion der *West Side Story*.

»Ich wollte eigentlich sagen, dass ich aussehe wie meine Mum.« Ich musste ihr ähnlicher sehen, als ich je gedacht hatte. Nie zuvor hatte ich eine Ähnlichkeit festgestellt, aber einmal hatte ich ein Foto von ihr auf der Bühne gesehen, als sie ungefähr in meinem Alter gewesen war. Sie sah so lebendig aus. Als ich sie fragte, ob sie je Schauspielerin anstelle von Sekretärin hatte werden wollen, da sagte sie, es sei bloß eine einmalige Sache gewesen, aber in ihren Augen hatte ein wehmütiger Ausdruck gelegen. Ich hatte gehofft, es wäre der Augenblick, in dem sie sich mir öffnete, doch das hatte sie nicht, und so blieb sie eine Fremde für mich. Diese Frau, die mir das Leben geschenkt hatte, aber erschöpft nach Hause kam in ihrem Hosenanzug, der an ihrer schmächtigen Gestalt hing wie die geplatzten Träume. Gelegentlich gab es Anzeichen von Liebenswürdigkeit, wie im Fall der geschenkten Vaseline, aber meistens fühlten wir uns wie drei Einheiten unter einem Dach und überhaupt nicht wie eine Familie.

»Sei nicht so rührselig.« Lisa öffnete vorsichtig ihre Schublade. »Du magst zwar bescheuerte Eltern haben, aber du weißt doch, dass ich dich liebe.« Sie gab mir eine Parfümflasche.

»Lisa!« Seit Ewigkeiten war ich auf Jessica Parkers Duft *Loverly* erpicht. Ich sprühte das Parfüm auf die Innenseite meines Handgelenks. Rosenholz und Lavendel tanzten um meine Nasenlöcher. »Was meinst du?« Ich hielt mein Handgelenk hoch.

»Es wird gehen, bis Eva Longoria in die Pötte kommt und auch eins herausbringt. Komm, ziehen wir uns an.« Lisa zog ihren Morgenmantel aus und schlüpfte in ein türkisfarbenes Kleid, das wie das Meer funkelte.

»Mist!« Sie zog am Reißverschluss. »Ich werde so fett.«

»Wirst du nicht«, widersprach ich, aber sie hatte tatsächlich ein bisschen zugenommen.

»Mein Gott, ich werde heute Abend keinen abbekommen.« Sie drehte sich seitwärts zum Spiegel und zog den Bauch ein. »Kein Wunder, dass ich keinen Freund finde.«

»Ich dachte, dir gefällt keiner.«

»Ist ja auch so«, behauptete sie ein bisschen zu schnell, und ihr Dekolleté rötete sich.

»Stimmt nicht! Wer ist es?«

»Das ist egal. Ich werde furchtbar aussehen.« Den Tränen nahe, riss sie sich das Kleid vom Leib. »Mir passt nichts mehr.«

»Zieh doch das Schwarze mit Stretch an. Das sieht sowieso besser aus.«

»Das ist langweilig und wird an meinem Bauch kleben.«

»Du kannst meine Kette haben, um es aufzumotzen und die Aufmerksamkeit auf dein unglaubliches Dekolleté zu lenken.« Ich nahm meine dicke Silberkette mit dem Strassherz ab und legte sie ihr um den Hals.

»Bist du sicher?« Ihre Laune besserte sich sofort. »Es ist doch deine Lieblingskette.«

»Was mir gehört, gehört auch dir«, beteuerte ich.

»Wirklich? Das werde ich mir merken«, meinte Lisa, und in dem Augenblick konnte sich keine von uns vorstellen, dass es eine Zeit geben würde, in der wir nicht teilen wollten.

Wie sich die Dinge änderten.

In Perrys riesigem Wohnzimmer herrschte ein Gedränge heißer, sich wiegender Körper. Billiges Parfüm und Aftershave hingen in der Luft. Auf dem Regal über dem Fernsehapparat wackelten Katzendekofiguren, während der Bass aus übergroßen Lautsprechern wummerte. Rote und grüne Blinklichter beleuchteten weggeworfene Pappteller, auf denen sich zerbröselnde Blätterteigrollen mit Wurstfüllung und trockene Sandwichrinde häuften. Das Spruchband mit *Alles Gute zum Achtzehnten* darauf hatte sich an einer Seite gelöst, und Perry riss es ab und wickelte es wie ein Cape um sich.

Ich quetschte mich in den Flur und suchte nach Lisa. Sie war vor Ewigkeiten zum Klo gegangen, aber die Schlange davor wand sich immer noch die Treppe hinunter. Doch anstatt zu warten, ging ich durch die Küche und die offenen Verandatüren in den Garten. Bunte Laternen leuchteten. Sie waren am Zaun aufgereiht und hingen an der Wäscheleine. Sogar hier draußen wummerte noch die Musik.

Aaron und Jake saßen auf dem Picknicktisch und hatten die Füße auf die Sitzfläche der Bank gestellt. Ich musste meinen Wodka hinunterstürzen – flüssiger Mut –, bevor ich mich zu ihnen gesellen konnte. In der Schule sah ich sie jeden Tag, aber hier fühlte es sich irgendwie anders an in dem kurzen Kleid und den im Rasen versinkenden Absätzen. Das Holz knarrte, als ich mich neben sie setzte.

»Hallo Kat.« Aaron bot mir den Joint an, den er zwischen Daumen und Zeigefinger hielt, und als ich den Kopf schüttelte, zuckte er mit den Schultern und steckte sich ihn zwischen die Lippen. Für jemanden, der entschlossen war, Arzt zu werden, nahm Aaron seine eigene Gesundheit nicht besonders ernst. Als er einen Zug nahm, knisterte das Ende rot, bevor er ausatmete und die warme Nachtluft mit Cannabis und Tabak verpestete.

»Aaron!« Perry schwankte vor uns, umklammerte ein Bier und war noch immer in das Spruchband gewickelt. »Ich hab Geburtstag. Hast du ein Geschenk für mich?«

Aaron sprang vom Tisch, der durch die plötzliche Gewichtsverlagerung wackelte. Ich streckte die Arme aus, um mich abzustützen, und meine linke Hand landete auf Jakes Knie. Aaron stützte Perry und führte ihn ins Haus zurück.

»Denkst du, wir sollten helfen?«, fragte ich widerwillig. Ich kannte Aaron nicht sehr gut. Wir hatten keinen gemeinsamen Unterricht.

»Nee«, meinte Jake. »Mir gefällt es hier.«

Er drehte sich zu mir, und mir fiel auf, dass meine Hand immer noch auf seinem Knie lag. Unter dem Jeansstoff war es heiß. Ich wollte die Hand wegziehen, aber er legte seine Hand auf meine. Wir verschränkten die Finger miteinander, und ich bekam einen trockenen Mund. Es war verrückt. Ich kannte ihn schon ewig. Er war fast wie ein Bruder für mich, doch seitdem er die Rolle des Tony neben meiner Maria in der Jahresabschlussproduktion der *West Side Story* bekommen hatte, war es irgendwie anders zwischen uns geworden. Sowohl auf der Bühne als auch hinter den Kulissen umgab Jake ein Selbstvertrauen, das meinen Pulsschlag beschleunigte. Er kleidete sich nicht wie die anderen Jungs mit seinem weißen T-Shirt und den hautengen Jeans, dem Porkpie-Hut und dem goldenen Kreuz, das er immer trug.

Bei der gestrigen Probe hatte er mit beiden Händen mein Gesicht umfasst, als wir »Somewhere« sangen, und als er seine Hände wegnahm, hatte es sich angefühlt, als hätte er auch einen Teil von mir genommen.

»Tanz mit mir, Kat.« Er zog mich vom Tisch, und so allein unter dem endlosen indigoblauen Himmel fühlte es sich an, als wären wir die einzigen Menschen auf diesem Erdball. Während sich mein Körper zum Takt von Paul Wellers »It's Written in the Stars« drehte, ließ Jake nicht einmal meine Hand los, sondern zog mich näher an sich. Seine Lippen strichen an meinem Ohr entlang, und ich schmolz wie Butter in der Sonne, als er flüsterte: »Du und ich, Kat, wir sind füreinander bestimmt.« Als er zurückwich, schaute ich ihn prüfend an, ob er einen Witz gemacht hatte, dieser Junge, den ich bereits einen Großteil meines Lebens kannte, aber sein Blick war voller Verlangen.

»Das hier«, flüsterte er, »wollte ich schon gestern bei der Probe tun.« Flüchtig berührten seine warmen weichen Lippen meine. Ich schloss die Augen. Doch das Letzte, was ich sah, waren die völlige Fassungslosigkeit und der Schmerz im Gesicht von Lisa, die in der Verandatür stand. Vielleicht hätte ich Jake wegstoßen sollen, aber als sein Kuss drängender wurde, da wusste ich, dass ich verloren war.

Richtig oder falsch, Lisas Reaktion hielt mich nicht davon ab, meine Hand in Jakes Gesäßtasche zu stecken und meinen Körper fest gegen seinen zu drücken. Ich wollte ihn, und damals schien es so einfach zu sein.

Hätte ich zu dem Zeitpunkt nur gewusst, wie weit Lisa und ich gehen würden, um zu bekommen, was wir wollten. Der Schmerz, den wir verursachen würden.

Die Leben, die verloren gehen würden.

Hätte ich das damals gewusst, dann gefällt mir die Vorstellung, ich hätte Jake von mir gestoßen. Was für einen Menschen hat es sonst aus mir gemacht?

Ich bin kein Monster.

Nein.

Kapitel 9

Jetzt

Die Woche nach Lisas Besuch erscheint endlos.

»Wie war dein Tag?« Nick beißt in seine Pizza – scharf, mit Peperoni – und zieht den Käse immer weiter in die Länge, bis er ihn mit den Fingern schnappt.

Vor dem Abendessen hatte ich eine Gänsehaut auf den Armen, doch jetzt heizen mir die Jalapeños tüchtig ein.

»Gut«, antworte ich und trinke einen Schluck Wasser, um meine brennende Zunge zu besänftigen. »Ich habe mit einem Mann gesprochen, Alex, der eine Theatergruppe leitet. Wir haben darüber geredet, dass sie die Einnahmen aus ihrer nächsten Produktion *Stroke Support* spenden. Er schien ziemlich begeistert zu sein.«

»Lisa hat dich dazu gebracht, über die Vergangenheit nachzudenken, oder?«

Trotz des Feuers in meinem Mund läuft mir ein kalter Schauer über den Rücken. »Bitte?«

»Die Schauspielerei. Ich kann immer noch nicht glauben, dass ich das nicht von dir wusste.«

»Ja. Ich nehme es an. Ich treffe ihn heute Abend bei der Probe. Möchtest du mitkommen?« Draußen tobt ein Gewitter. Ich hasse es, bei Dunkelheit und Regen Auto zu fahren.

»Tut mir leid, aber ich treffe mich mit Richard, um die Ausgaben für ein neues Projekt zu besprechen.«

»Wo wir gerade von Ausgaben sprechen, hast du Lisa das Geld überwiesen, oder?«, frage ich Nick. Wir hatten uns auf tausend Pfund im Voraus geeinigt, und wenn sie schwanger wird, was meiner Meinung nach nur eine Frage der Zeit ist, dann eintausendzweihundertfünfzig Pfund pro Monat.

»Ja. Das haut sie jetzt wahrscheinlich alles für Alkohol und Drogen auf den Kopf.« Er lacht, um mir zu zeigen, dass es ein Witz war, aber mir dreht sich der Magen um. Nachdem Lisa angeboten hatte, als Leihmutter zu fungieren, hatte ich ein langes Gespräch über ihre Gesundheit und ihren Lebensstil mit ihr geführt. Ich hatte sie ziemlich ausgequetscht, vermute ich. Sie versprach mir, gesund zu essen, in der Schwangerschaft die notwendigen Nahrungsergänzungsmittel zu nehmen und keinen Alkohol zu trinken, aber trotzdem muss ich ihr voll und ganz vertrauen, dass sie mein Baby genauso behütet, wie ich es täte, wenn ich es austragen würde. Es kam mir in den Sinn, dass ich auch eine andere Leihmutter suchen könnte. Jemanden, der diese klebrigen grünen Säfte trank, jeden Morgen und bei jedem Wetter auf dem Rasen Yoga praktizierte und Zucker und industriell verarbeitete Lebensmittel mied. Mir schwirrte der Kopf, als ich zu entscheiden versuchte, ob Lisa die Richtige und unsere gemeinsame Vergangenheit eine Hilfe oder ein Hindernis war. Doch dann war ich zu dem Schluss gekommen, dass ich zumindest alles wusste, was ich wissen musste. Wer weiß, was eine Fremde verheimlichen würde? Von zwei Übeln wählt man besser das, was man schon kennt. Die Tatsache, dass wir zusammen aufgewachsen waren, ist wahrscheinlich positiv, nehme ich an. Wir werden sicher beide ehrlich miteinander sein, wenn es irgendetwas geben sollte, was uns nicht passt.

»Super. Sie hat sich eine Entspannungstrainerin gesucht.« Ich war so erleichtert gewesen, als sie mir davon erzählt hatte. Sie nahm ihre Gesundheit wirklich so ernst, wie sie es versprochen hatte. Alle Restzweifel lösten sich in Luft auf. »Lisa sagte, sie habe Bluthochdruck gehabt, als sie mit Gabrielle schwanger gewesen sei, also wird es bei der Empfängnis helfen, wenn sie nicht bereits schwanger ist.«

»Was zum Teufel ist eine Entspannungstrainerin?«

»Mit ihr lernt man zu meditieren und so. Sie wird einmal pro Woche zu ihr gehen und kann sie auch anrufen, wenn sie sich gestresst fühlt. Die Arbeit in einem Krankenhaus muss unheimlich anstrengend sein. Es ist ziemlich teuer, aber jeden Penny wert, denke ich.«

»Das ist ihre Entscheidung. Richard hat in die Vereinbarung aufgenommen, dass sie die Auslagen für alles verwenden kann, was zu ihrem Wohlbefinden beiträgt. Wir sollten froh sein, dass sie nicht jeden Abend eine Flasche Wein trinkt, um sich zu entspannen.«

Mein Blick schnellt zu unseren leeren Flaschen, die darauf warten, recycelt zu werden.

»Vielleicht sollten wir es auch mit Meditation versuchen.« Ich grinse.

»Da kenne ich aber bessere Methoden, mich zu entspannen.« Nick hebt anzüglich die Augenbrauen, und ich wünsche mir plötzlich, zu Hause bleiben zu können, doch wenn ich das tue, vertieft sich Nick wahrscheinlich in Schreibkram, während ich nicht von den sozialen Medien loskommen würde. Ich nutze nur Twitter und Facebook für die Wohltätigkeitsorganisation, aber das allein ist fast ein Vollzeitjob. Vielleicht sollten wir nach Italien reisen, bevor das Baby kommt und wir nicht mehr nur zu zweit sind.

Wir beenden unser Abendessen, und ich räume den Tisch ab, deponiere den harten Pizzarand auf der Arbeitsplatte in der Nähe der Hintertür, um ihn morgen früh an die Vögel zu verfüttern. Nick spült die Teller ab, während ich meine Finger ablecke, bevor ich in die Schuhe schlüpfe und die Jacke zuknöpfe.

»Bis später.« Ich verabschiede mich, indem ich ihm mit beiden Händen zuwinke, und verlasse mit einer theatralischen Drehung das Zimmer.

Im Gemeindezentrum ist es eiskalt. In einem riesigen Raum gibt es eine richtige Bühne. Graue Klappstühle stehen gestapelt am Rand des glänzenden Parkettbodens. Hier riecht es wie in meiner alten Schule. Sportschuhe mit Gummisohlen und gekochter Kohl. Doch es ist nicht der Geruch, der mir den Atem verschlägt. Mit stampfenden Füßen und schwingenden Armen schmettert eine Gruppe von Männern unterschiedlichen Alters auf der Bühne »Gee, Officer Krupke«. Das Lied trifft mich mit solcher Wucht, dass ich mich gegen die Wand sacken lasse, als würde ich ohne den Halt fallen. Sie führen die *West Side Story* auf. In meinen Augen sammeln sich Tränen. Fast sehe ich Jake auf der Bühne.

Ich brauche eine Sekunde, bis mir klar wird, dass die Musik aufgehört hat und ein Pärchen vor mir steht.

»Hallo.« Meine Stimme klingt distanziert und hohl, als gehörte sie zu jemand anderem. Ich schüttele die Hand, die mir hingehalten wird. »Kat, von *Stroke Support*. Du musst Alex sein?«

»Ja, und das hier ist Tamara.«

»Hallo.« Sie lächelt mich strahlend an. Glänzende pinkfarbene Lippen rahmen unglaublich weiße Zähne ein.

»Hört mal, wir machen eine kleine Pause!«, ruft Alex. »Sollen wir?« Er gestikuliert in Richtung der Stühle, und wir bilden damit ein Dreieck. »Also, wie ich bereits am Telefon sagte, wird unsere nächste Aufführung im Juni stattfinden. Erst im neuen Jahr werden wir dafür Werbung machen, obwohl wir schon seit ein paar Wochen proben. Die meisten der Mitwirkenden arbeiten Vollzeit, und wir kommen nicht ganz so oft zusammen, wie es uns lieb wäre. Wir haben darüber gesprochen, nicht wahr, Tam, und würden die Einnahmen gern *Stroke Support* spenden.«

»Ja«, sagt Tamara. »Und ihr würdet uns bei der Werbung helfen?«

»Ja. Wir werden Poster drucken, auf denen unser Logo stehen müsste, und einige Broschüren auslegen. Vielleicht können wir die örtliche Zeitung dazu bringen, einen Sonderbeitrag darüber zu veröffentlichen, und das Radio auch. Sie machen das normalerweise wirklich gut. Wir würden für die Programmhefte sorgen und Freiwillige stellen, die sie am Abend verkaufen und in der Pause eine Tombola veranstalten.«

»Das hört sich fabelhaft an. Könnten wir die Einzelheiten später besprechen? Wir haben den Saal nur noch für eine Stunde gemietet. Möchtest du bleiben und bei der Probe zuschauen?« Alex schaut auf seine Uhr.

Ich möchte nicht bleiben. Seit damals habe ich mir die *West Side Story* nie mehr anschauen können. Es ist zu schmerzhaft. Zu quälend. Doch ich erwische mich dabei, wie ich Ja sage.

»Wer spielt Tony?«, frage ich.

»Ich«, antwortet Alex. »Tam ist Maria. Wir reißen wirklich nicht die besten Rollen an uns, aber andere Ensemblemitglieder führen geschäftigere Leben. Unser Leben ist das hier. Eigentlich ein bisschen traurig.«

»Aber immerhin sind wir zuverlässig«, meint Tam. »Diese Woche haben wir unsere Anita verloren, die herausgefunden hat, dass sie schwanger ist. Sie ist am Boden zerstört. Immerhin hat sie schon drei Kinder und wollte keins mehr.«

Mir dreht sich der Magen um bei so viel Ungerechtigkeit.

»Ich nehme an, du schauspielerst nicht.« Alex hebt die Augenbrauen.

»Doch. Na ja, ich meine, früher habe ich das getan. In der Schule. Ich war nie ...«, stammele ich und kann die Worte nicht aufhalten. »Ich war mal Maria ...« Wieder spüre ich dieses Ziehen in der Magengrube. Trotz der stundenlangen Proben hatte ich doch nie die Möglichkeit gehabt, vor Publikum aufzutreten, oder?

»Also kennst du die Rolle?«

Zu spät bemerke ich, auf was ich mich eingelassen habe.

»Das ist Jahre her ...«

»Es ist wie Fahrradfahren. Das verlernt man nie. Was meinst du, Tam? Du hast doch vor ein paar Jahren die Anita gespielt, oder? Du kennst beide Rollen wirklich gut. Also könntest du tauschen, und Kat könnte unsere Maria übernehmen.«

»Aber ich habe die Maria noch *nie* gespielt.« Es scheint, dass nur ich den schwachen, verzweifelten Unterton wahrnehme, und wahrscheinlich nur deshalb, weil ich ihn in meiner eigenen Stimme höre.

»Es würde Kat davor bewahren, eine Rolle neu zu lernen, wenn sie eine bekommt, die sie bereits kennt.«

»Du bist der Boss«, sagt Tam. »Ich bin glücklich, wenn du es bist.« Doch ihr verkrampfter Kiefer und die sich verengenden Augen stehen im direkten Widerspruch zu ihren Worten.

»Lasst es uns versuchen, und wir schauen mal, ob du ins Ensemble passt. Hört mal!« Alex klatscht in die Hände. »Kat singt uns ein Lied.«

Als ich in der Mitte der Bühne stehe, habe ich das Gefühl, nicht in meinem eigenen Körper zu stecken. Es fühlt sich an, als würden sich tausend Blicke in mich bohren. In meinen Ohren ertönt ein Brummen, und ich habe das Gefühl, der Saal dreht sich. Ich muss das hier nicht tun, das weiß ich, doch so elend mir auch zumute ist, tief in mir muss es einen Teil geben, der es versuchen will, denn als die Musik vom Band beginnt, fange ich zu singen an. Zuerst ist meine Stimme zögerlich, mein Timing schlecht. Irgendetwas huscht über Tamaras Gesicht, und als ich überlege, ob es Verärgerung oder Belustigung ist, vergesse ich meine Textzeile.

»Tut mir leid.« Ich zittere am ganzen Körper, als stünde ich unter Schock.

Die Musik beginnt von Neuem, und dieses Mal schließe ich die Augen und höre die Musik nicht nur, sondern fühle sie auch. Ich bin ergriffen, als ich mich daran erinnere, wie ich Jake in seinem Zimmer »I Feel Pretty« vorgesungen hatte, und meine Stimme gewinnt an Kraft. Mein Körper beginnt sich zu wiegen, und die Tonlage ist jetzt perfekt.

Als ich zum Ende komme, öffne ich die Augen und blinzele wild, bis der Saal wieder ins Blickfeld rückt. Ich lasse die Gesichtsausdrücke der Mitwirkenden, den Applaus auf mich wirken und weiß ohne jeden Zweifel, dass ich Maria bin. Wieder.

Es könnte etwas Positives haben, sage ich mir, als ich langsam vom Parkplatz fahre. Ein weiteres Thema, über das ich mich mit Nick unterhalten kann. Etwas, was mit Arbeit oder Babys nichts zu tun hat. Seitdem er erwähnt hat, dass er uns nicht aus den Augen verlieren will, habe ich mir Sorgen gemacht, obwohl wir immer noch so liebevoll miteinander umgehen wie seit jeher. Und auch so fürsorglich. Ich bringe ihm immer noch jeden Morgen eine Tasse Tee ans Bett, und er füllt stets den Tank meines Autos, aber es wäre gut, wenn er mich in einem anderen Licht sehen würde. Die romantische Heldin. Wer hätte das gedacht? Meine steigende Begeisterung wird von der Tatsache gedämpft, dass ich im Dunkeln nach Hause fahren muss. Im Regen. Die Angst, die mich in einem Auto überkommt, hat mich nie wirklich verlassen, obwohl mir mein Hausarzt eine kognitive Verhaltenstherapie verordnet hatte. »Es ist nicht ungewöhnlich für ein Unfallopfer, dass es in einem Fahrzeug Angst hat«, hatte die Therapeutin gesagt, doch trotz ihres beruhigenden Tonfalls hatte ihr Gebrauch des Wortes *Opfer* meine Aufregung verstärkt. Wenn ich hinter dem Steuer sitze, fühle ich das Gewicht der Verantwortung auf mir lasten, und zwar nicht nur für mich, sondern auch für die anderen Verkehrsteilnehmer. Als wäre ich diejenige, die sie beschützen müsste, wie ich es zuvor nicht gekonnt hatte.

Aus der Heizung bläst warme Luft, und meine Zehen beginnen zu tauen, als ich die Stadt und die Straßenlaternen hinter mir lasse und nach Hause fahre. Das Wetter ist scheußlich. Im Radio wird Musik aus den Fünfzigern gespielt, und Elvis beginnt »Are You Lonesome Tonight?« zu singen. Ich schalte das Radio aus, und meine Atmung beschleunigt sich. Die Schultern sind hochgezogen. Regen prasselt auf die Windschutzscheibe, und obwohl die Scheibenwischer mit doppelter Geschwindigkeit arbeiten, ist die Sicht schlecht. Fest umklammere ich das Lenkrad und beuge mich vor. Zusammen mit dem holzigen Duft des Lufterfrischers, der vom Rückspiegel baumelt, liegt eine ungute Vorahnung in der Luft. Ich nehme den Fuß vom Gaspedal. *Es war nicht das Auto, das mir wehgetan hat*, denke ich, wie es mir beigebracht worden ist. *Es war menschliches Versagen*. Das zu wissen, soll dazu führen, dass es mir besser geht. Doch das tut es nie.

Der Mond versteckt sich hinter den Regenwolken, und wohin ich auch schaue, überall ist Finsternis. Erdrückend. Der Himmel verschwimmt mit der Straße, und mein Fernlicht erfasst den strömenden Regen. Eine besonders fiese Kurve taucht auf, und ich verringere wieder die Geschwindigkeit und schalte in den zweiten Gang. Hinter mir blitzt etwas auf, und eine Hupe ertönt. Meine Unterarme kribbeln, doch ich kann mich nicht dazu durchringen, schneller zu fahren. Die Hupe ertönt erneut. Eingeschüchtert erhöhe ich die Geschwindigkeit und versuche, einen Abstand zwischen uns zu bringen, aber ich kann nicht anders, als an das andere Mal zu denken, als ich bei Dunkelheit und Regen in einem Auto saß. Den Unfall habe ich deutlich in Erinnerung, deutlicher als seit Jahren, und plötzlich habe ich schreckliche Angst. Ich verringere wieder das Tempo und hoffe, dass mich das andere Auto überholt. Wieder wird gehupt. Dieses Mal länger. Scheinwerfer leuchten ein-, zwei-, dreimal auf. Ich neige den Rückspiegel, um nicht geblendet zu werden, und krümme mich jetzt über das Lenkrad. Jeder Muskel in meinem Körper ist angespannt. Es hupt erneut, und ich ermahne mich, die Ruhe zu bewahren, während ich keuchend nach Luft schnappe, als würde ich ersticken. Auf dieser Landstraße gibt es keine geeignete Stelle zum Überholen, doch ich weiß, dass gleich eine Haltebucht auftauchen wird. Ich habe Sekunden, um zu entscheiden, ob ich anhalte oder weiterfahre. Es wird sicherer sein, das andere Auto vorbeifahren zu lassen. Ich blinke links und schlage das Lenkrad ein. Meine Reifen suchen Halt und quietschen. Das Geräusch katapultiert mich zurück. Völlig erstarrt warte ich auf den Aufprall. Den Schmerz. Doch das Auto fängt sich, und ich stehe sicher in der Haltebucht. Das andere Auto rast an mir vorbei. Hyperventilierend lege ich die Stirn aufs Lenkrad. Panik zerreißt mir die Brust. Seit Jahren habe ich mich nicht mehr so gefühlt. Alles beginnt von Neuem. Genauso wie ich es immer geahnt habe.

Lisa ist zurück in meinem Leben.

Ich bin Maria.

O Gott. Ich schlittere in die Vergangenheit zurück.

Das Gute. Das Schlechte.

Alles.

KAPITEL 10

Jetzt

Es ist meine erste Probe, und ich habe schreckliche Angst. Nick hatte auf der Arbeitsplatte eine *Viel-Glück*-Nachricht aus Cadbury-Talern hinterlassen. Obwohl mir vor Aufregung ganz schlecht war, schob ich sie mir nach und nach in den Mund und ließ die Schokolade schmelzen, während ich meine Haare bürstete und saubere Leggings anzog.

Alex hat bereits meine Kostüme bestellt. »Du bist jetzt engagiert.« Er reicht mir ein goldfarbenes Kleid, das unter dem Scheinwerferlicht schimmert. »Möchtest du es anprobieren? Wir fangen mit dem Tanz in der Sporthalle an.«

»Wenn wir gerade dabei sind, mich ins kalte Wasser zu schmeißen, ich habe keine Ahnung, ob ich mich an die Schritte erinnere«, sage ich, als wäre nicht jeder einzelne noch immer in meinem Gedächtnis verankert. Es ist die Szene, in der Tony zum ersten Mal Maria trifft, und eine meiner Lieblingsszenen des Musicals. Was ich wirklich meine, aber nicht sagen kann, ist, dass ich keine Ahnung habe, ob ich noch gelenkig genug bin, um es hinzubekommen. Nicht zum ersten Mal frage ich mich, ob ich einen Fehler gemacht habe. Ob ich zu untrainiert bin, zu alt. »Du wirst erst nächstes Jahr dreißig!« Clare hatte gelacht, als ich meine Bedenken bei einem Kaffee zum Ausdruck gebracht hatte. »Nichts wie ran!« Aber jetzt, im Schein der grellen Lichter und mit all der auf mich gerichteten Aufmerksamkeit, kann ich fast sehen, wie mein Selbstvertrauen über die Bühne schlittert, die Falltür hinunterrutscht und auf Nimmerwiedersehen von der Finsternis verschluckt wird. Das Kleid spannt. Um den Reißverschluss hochzuzerren, hatte ich den Bauch dermaßen einziehen müssen, dass mir fast die Luft weggeblieben war. Ich hatte so heftig am Schiebegriff gezogen, dass ein Abdruck auf den Fingerspitzen zurückgeblieben war. Ich streiche den Satin des Kleides über meinem Bauch glatt und wünschte, ich hätte beim Arbeiten am Küchentisch nicht gedankenlos so viele Kekse gegessen.

»Wir können auch Nägel mit Köpfen machen und die Kulisse aufstellen«, schlug Alex vor. »Freiwillige?«

»Ich kann helfen.« Ich trete vor.

»Sie muss fachgerecht gesichert werden«, sagt Tamara. »Wir zeigen dir ein andermal, wie das geht.«

»Kulissen habe ich schon aufgebaut.« Ich bin begierig darauf zu zeigen, was ich kann. Noch immer fühle ich mich schrecklich, weil ich Tamara die Rolle weggenommen habe, obwohl sie wirklich liebenswürdig zu mir ist.

Meine Finger zittern, als ich die Kulisse sichere und Seil um Ringe schlinge. Das Muskelgedächtnis setzt ein, und ich knüpfe automatisch Knoten, während mein Verstand zu der Zeit wandert, als ich das zum letzten Mal gemacht habe. Zu den Küssen, die ich mit Jake hinter der Bühne heimlich ausgetauscht hatte, wenn wir dachten, dass niemand schaute, doch es gab immer einen bewundernden Pfiff von einem anderen Mitglied der Truppe. Einige Geheimnisse bleiben nicht verborgen.

Die Musik dröhnt, reißt mich aus meinen Gedanken, und ich eile zu meinem Platz. Alex lächelt beruhigend, und die Bühne vibriert vom Trampeln der Füße. Viel zu schnell beginnen die Muskeln in meinen Beinen zu zittern. Ich beuge mich nach vorn, und mein Brustkorb brennt, als ich Luft einsauge. »Sorry«, krächze ich.

»Keine Sorge«, tröstet Alex mich. »Du hast noch Monate, um deine Fitness zu verbessern. Das ist heute nur Tag eins. Bist du noch mal startklar?«

Ich nicke, richte mich auf und versuche die Seitenstiche zu ignorieren.

»Lauf!«, schreit Tamara, und zunächst verstehe ich nicht, was los ist, aber aus dem Augenwinkel sehe ich die Kulisse schwanken. Mir bleibt fast das Herz stehen, und instinktiv hebe ich die Arme, aber es ist zu spät, als das Bühnenbild sich immer mehr neigt und schließlich auf mich stürzt.

* * *

Ich sitze am Bühnenrand und drücke ein Geschirrtuch voller Eiswürfel an meine Schläfe, aber mein Kopf ist nicht so sehr in Mitleidenschaft gezogen worden wie mein Stolz.

»Hattest du es wirklich ordnungsgemäß gesichert?«, fragt Tamara zum gefühlt hundertsten Mal.

»Ja«, sage ich wieder, aber ich bin mir nicht sicher. Nicht wirklich. Mein Kopf ist zu voll mit Jake. Mit Lisa. Mit der Vergangenheit, der Zukunft. Ich merke, wie wenig ich an Nick denke, und mir wird schlecht vor Schuldgefühlen.

»Kat!« Tamara schüttelt verärgert den Kopf, und mir wird klar, dass sie mit mir geredet hat.

»Entschuldigung. Was hast du gesagt?« Ich muss mich wirklich zusammenreißen und darf nicht die Fassung verlieren. Nicht schon wieder.

Der Rest des Dezembers vergeht wie im Flug. Es ist das Wochenende vor Weihnachten, und ich habe wie verrückt Spenden gesammelt. Jeder ist um diese Zeit so großzügig.

Wir sind beide so beschäftigt, dass wir erst gestern Abend weihnachtlich dekoriert haben. Wie immer, haben wir uns für einen echten Weihnachtsbaum entschieden und mit Weihnachtsmannmützen auf dem Kopf heiße Schokolade mit Brandy getrunken, während Nick die Lichterkette anbrachte und ich Kugeln an die Äste hängte.

Heute ist es schwer, sich auf die Büroarbeit zu konzentrieren. Ständig muss ich an Lisa denken. Ich hämmere eine weitere Textnachricht in mein Handy, frage, ob es ihr gut geht, obwohl ich eigentlich wissen will, ob sie denkt, schwanger zu sein. Allerdings hat sie mir unzählige Male versichert, mir Bescheid zu sagen, sobald es Neuigkeiten gibt. Gute oder schlechte.

Lisa antwortet und verspricht, später anzurufen. Sie hat viel zu tun bei der Arbeit. Mal wieder.

»Du musst langsamer machen«, hatte ich ihr bei unserem letzten Gespräch geraten. »Du arbeitest so viel. Mach doch vorerst keine Überstunden mehr.«

»Das sagt die Entspannungstrainerin auch, aber ohne das zusätzliche Geld kann ich meine Miete nicht bezahlen.«

»Aber du hast doch jetzt unsere erste Zahlung. Die tausend Pfund. Ist das nicht genug? Brauchst du mehr?«

»Nein, ihr wart schon so großzügig, und du hast recht. Mit eurem Geld kann ich das Defizit bei der Miete ausgleichen. Es geht aber nicht nur um Geld. Ich habe gern viel zu tun.«

»Ich weiß, aber jetzt geht es ja nicht nur um dich, oder?« Ich fühlte mich schrecklich, fast so, als würde ich sie drangsalieren, aber sie seufzte und war damit einverstanden, zusätzliche Schichten abzulehnen.

Später schreibe ich gerade eine Liste mit Dingen, die wir aus der Stadt brauchen, als mein Handy klingelt. Lisa. Mir fährt es in den Magen. Ich bin hin und her gerissen. Einerseits möchte ich hören, was sie zu sagen hat, andererseits habe ich große Angst davor, sie könnte mir mitteilen, dass ihre Periode eingesetzt hat.

»Hallo«, melde ich mich verhalten.

»Hallo. Entschuldige die Funkstille. Ich erlebe hier gerade einen Albtraum.«

»Was ist los?«

»Warte kurz«, sagt sie. Ich höre, wie sie leise mit jemandem redet, und ich möchte am liebsten in den Hörer brüllen: »Bist du schwanger oder nicht?« Doch so habe ich zumindest noch ein paar Minuten, mir etwas vorzumachen, bevor sie wieder ans Telefon kommt.

»Tut mir leid, Kat. Ich hab wirklich zu tun. Du weißt ja, was in dieser Jahreszeit los ist, und mein Auto ist kaputt, und die Werkstatt sagt, die Reparatur werde zweitausend Pfund kosten. Die kann ich ohne Überstunden nicht aufbringen, deshalb habe ich den Bus zur Arbeit genommen.«

»Das ist sicher umständlich«, sage ich, und mein Verstand sucht fieberhaft nach einer Lösung.

»Mir macht der Bus normalerweise nichts aus, aber ...«

»Aber was?« Während ich darauf warte, dass sie weiterredet, notiere ich rasch *Mandarinen* auf meiner Einkaufsliste.

»Mir ist in letzter Zeit ein bisschen schlecht.«

Mir fällt der Stift aus der Hand, und ich schaue ihm nach, als er vom Küchentisch rollt und zu Boden fällt. Alles geschieht in Zeitlupe. »Glaubst du ...?« Ich verstumme allmählich.

»Vielleicht. Ich werde einen Test machen, wenn meine Periode nicht rechtzeitig einsetzt, aber ich wollte mich melden. Wollte erklären, warum ich mich nicht gemeldet habe. Die zusätzliche Fahrzeit, weißt du?«

»Du darfst nicht mit dem Bus fahren«, platzt es aus mir heraus.

»Ich habe keine andere Wahl.« Lisas Tonfall ist kalt geworden, und ich habe Angst, sie beleidigt zu haben.

»Ich meine, wenn du schwanger bist. Du wirst Arzttermine haben. Da musst du mobil sein. Ich überweise dir Geld.« Noch während ich rede, bin ich durch die Küche zu meinem iPad gegangen und logge mich ins Online-Banking ein.

»Ich kann nicht zulassen ...«

»Sei nicht albern. Wenn du schwanger bist, fangen wir doch sowieso mit den monatlichen Zahlungen an, oder?« Ich wische ihre Bedenken vom Tisch. Lisas Kontodaten sind noch von der vorherigen Überweisung gespeichert, die Nick vorgenommen hatte. »Schon erledigt. Zweitausend. Die sollten heute Nachmittag auf deinem Konto sein.«

»Vielen, vielen Dank, Kat. Du bist klasse. Ich muss los.«

Sie legt auf, bevor ich *gern geschehen* sagen kann.

Auf den Straßen ist viel los. Jeder ist in Eile. Aneinanderstoßende Einkaufstüten und spitze Ellbogen, aber ich bin dermaßen benommen, dass ich es kaum bemerke. Lisa verspürt Übelkeit. *Das könnte es wirklich sein.* Ich habe nicht viel einzukaufen. Weihnachten sind Nick und ich nur zu zweit. Ich dränge mich durch M&S, um Nicks Lieblingschutney mit roten Zwiebeln zu kaufen. Ich biege um eine Ecke und renne direkt gegen einen Kinderwagen, rüttele am Griff und wecke das Baby, das in einen marineblauen wattierten Schneeanzug mit Rudolph auf der Brust gekuschelt ist. Sofort halte ich Ausschau nach der Mutter, um mich zu entschuldigen, aber um die Regale drängen sich so viele Leute, dass ich nicht weiß, wer sie ist. Obwohl »Santa Baby« aus den Lautsprechern dröhnt und trotz des Stimmengewirrs trifft mich der Schrei des Babys bis ins Mark, und so beginne ich, den Kinderwagen ganz behutsam vor- und zurückzuschieben, um das Baby wieder in den Schlaf zu wiegen. Sein knallroter Mund formt ein perfektes O, und die pummeligen Beine treten wütend in die Luft. Unsicher schaue ich mich um, bevor ich es aus dem Kinderwagen hebe und leise, beruhigende Töne in sein Ohr flüstere. Haarbüschel kleben an seinem feuchten Kopf. Es ist unerträglich warm. Zu warm. Nach kurzem Zögern ziehe ich den Reißverschluss an seinem Schneeanzug herunter.

Eine wütende Stimme ruft: »Was zum Teufel machen Sie da mit meinem Baby?«

Eine Frau reißt es mir aus den Armen. Ihr Pferdeschwanz wippt, als sie vor mir zurückweicht, als könnte ich wieder nach dem Kind greifen.

»Es hat geschrien, und ihm war heiß. Tut mir ... leid.« Ich stammele meine Entschuldigungen, während sie mich anstarrt.

»Sie sind eine verdammte Irre!« Sie reißt den Kinderwagen herum und schiebt ihn den Gang hinunter. Mir ist, als hätte ich Pudding in den Beinen, und ich stütze mich auf meinen Einkaufswagen. Aber es sind nicht die Worte der Frau, die mich so beunruhigen, es ist das Wissen, dass ich für den Bruchteil einer Sekunde versucht gewesen war, mir dieses Baby zu nehmen, dem zu heiß war. Das zu verzweifelt und zu allein war. Manchmal macht es mir Angst, wie weit ich gehen würde, um ein eigenes Baby zu haben. Manchmal glaube ich, es gibt nichts, was ich nicht tun würde.

Es ist neun Uhr, als wir am Weihnachtsmorgen aufwachen und Nick mit ausgestreckten Armen und Beinen im Bett liegt, während ich hinuntergehe, um Tee zu kochen. Ich kann es nicht erwarten, um sechs Uhr morgens geweckt zu werden, um übernächtigt vom späten Zubettgehen Weihnachtssocken zu füllen und auf der Veranda Hufabdrücke vom Rentier mit Puderzucker auszustreuen.

»Wir hatten doch abgemacht, dass wir uns nichts schenken!«, sage ich, als ich mit dem Tee zurückkehre und ein in funkelnd violettes Papier eingepacktes großes Geschenk auf meinem Kissen vorfinde. Unsere finanzielle Lage ist zurzeit okay, aber wir müssen vorsichtig sein. Wenn Lisa schwanger wird, werden ihre Auslagen das meiste unserer Ersparnisse vernichten. Kopfschüttelnd, als wäre ich verärgert, öffne ich den Kleiderschrank und hole eine Schachtel heraus, die ich Nick gebe. Wie immer, wenn wir Geschenke auszupacken haben, zählen wir bis drei, bevor wir gleichzeitig das Papier aufreißen.

»Der ist super!« Aus dem Augenwinkel sehe ich, wie Nick den Schal um den Hals wickelt, den ich ihm gekauft habe. Er ist aus Kaschmir, aber ich habe ihn von TK Maxx, deshalb hat er kein Vermögen gekostet. Das Blau müsste perfekt zu Nicks Augen passen, aber ich kann ihn nicht anschauen. Ich muss fortwährend auf das gerahmte Poster der *West Side Story* in meinen Händen starren.

»Danke! Ist es …?«

»Das Original, ja. Die Autogramme von allen Mitwirkenden sind auch echt.«

»Das ist unglaublich. Ich liebe dich.« Mein Blick trifft endlich auf seinen.

»Ich liebe dich auch.« Nick legt das Poster auf den Boden und zieht am Gürtel meines Morgenmantels. Erst eine Stunde später schaffen wir es nach unten.

Wir spielen ein Logoquiz auf dem iPad, während wir darauf warten, dass der M&S-Truthahn fertig wird, und nach dem Mittagessen kuscheln wir beide auf dem Sofa. Die Lichterkette am Weihnachtsbaum leuchtet dezent cremefarben und der Kieferngeruch liegt schwer in der Luft. Unsere Handys haben wir auf den Couchtisch neben eine Flasche Baileys und zwei leere Gläser gelegt. Ich schaue gerade in der *Radio Times* nach, was wir als Nächstes schauen könnten, als Nicks Handy aufleuchtet. Es ist eine SMS von Natasha.

»Was will sie denn?«, frage ich, und meine Worte sind so spitz wie die Kiefernnadeln, die auf dem Teppichboden verteilt liegen. »Ich wusste nicht, dass ihr noch Kontakt habt.«

Bevor er antworten kann, kündigt ein weiter Piepton eine eingehende Nachricht an, aber dieses Mal auf meinem Handy.

Ich recke den Hals, um auf das Display schauen zu können, und greife schnell danach, als ich Lisas Namen aufleuchten sehe.

Das Sofa scheint zu schwanken und zu kippen, als ich die Nachricht lese. Ich schwebe in Richtung Zimmerdecke.

»Was gibt's?«, fragt Nick, aber ich kann nicht antworten.

Mir hat es die Sprache verschlagen. Ich möchte ihm das Handy reichen, um es ihm zu zeigen, kann jedoch meinen Blick nicht von der Nachricht abwenden, die lautet:

Frohe Weihnachten, Mummy.

Zusammen mit dem Foto eines positiven Schwangerschaftstests. Alle Gedanken an Natasha verschwinden. Ich werde Mutter.

Kapitel 11

Jetzt

Normalerweise graut mir davor, die Gastgeberin zu spielen – perfektes Lächeln und perfekte Kanapees –, aber ich freue mich tatsächlich auf unsere diesjährige Silvesterparty. Nächstes Jahr um diese Zeit wird es eine viel ruhigere Angelegenheit werden, weil ich nachts füttern und Windeln wechseln werde, aber heute Nacht werde ich feiern. Ich schlängele mich in mein flaschengrünes paillettenbesetztes Kleid.

Nick ist gedämpfter Stimmung, als er den braunen Ledergürtel, den ich ihm letztes Jahr zu Weihnachten geschenkt habe, durch die Schlaufen der Jeans zieht, die lockerer als sonst an ihm hängt.

»He.« Ich fahre mit der Hand über seinen flachen Bauch und spüre, wie er die Muskeln anspannt. Das weiche Speckröllchen um die Taille, das er bisher mit sich herumtrug, ist geschrumpft. »Zu dieser Jahreszeit solltest du eigentlich zunehmen und nicht abnehmen.« Ich mache mir Sorgen um ihn. Seit dem ersten Weihnachtstag ist er so ruhig. Abwesend. Verbringt zu viel Zeit im Keller auf dem Laufband, wo ich seine Füße stampfen höre. Lisa ist schwanger, und ich kann nicht aufhören, darüber zu reden. Nick hat allerdings wenig zu sagen.

»Kommt Lisa ganz bestimmt heute Abend? Ich möchte wirklich, dass Richard sie kennenlernt.« Nick träufelt Aftershave auf die Handflächen und klatscht es sich gegen die Wange. Er duftet nach Holz und Gewürzen.

»Ja.« Ich schaue auf meine Uhr. Es ist fast acht. Die Gäste werden bald eintreffen, und ich hatte gehofft, Lisa würde früher kommen, damit wir uns hätten austauschen können. In den letzten Tagen hatte ich mehrmals versucht, sie anzurufen, aber sie hatte das Gespräch nicht angenommen und mir stattdessen eine SMS geschickt.

Ich bin bei meiner Familie.

Ich weiß, was das bedeutet. Sie muss so tun, als gäbe es mich nicht. Sie hatte allerdings gesagt, dass sie zur Party kommen würde, und ich kann es nicht erwarten zu erfahren, wie sie sich fühlt – wirklich fühlt – bei dieser ganzen Sache.

Heute Abend kommen hauptsächlich Leute, die mit der Wohltätigkeitsorganisation zu tun haben oder Nicks Angestellte oder Kunden sind. Allerdings habe ich auch die Theatergruppe eingeladen und als nachträgliche Idee Stiefel und Handschuhe angezogen, um dicke silberfarbene Einladungen durch jeden Briefschlitz in der Sackgasse zu werfen. Wir kennen unsere Nachbarn noch nicht, jedenfalls nicht über das Heben der rechten Hand in einer Art Winken hinaus, was wie ein Kodex ist, wenn wir in unseren Autos an ihnen vorbeifahren.

Es klingelt an der Tür. Ich stelle mich auf die Zehenspitzen, um Nick einen Kuss zu geben, bevor ich mit dem Daumen über seine Lippen wische, um die Spuren pinkfarbenen Lippenstifts wegzuwischen. Ich stürme die Treppe hinunter über den Flur und reiße die Tür auf.

»Frohes neues Jahr!« Alex reicht mir eine Flasche Champagner.

»Wir können nicht lange bleiben.« Tamara gibt mir zur Begrüßung Luftküsse. »Wir müssen noch zu einer anderen Party.«

Ich führe sie herein, zusammen mit Clare, die hinter ihnen steht und Ada auf der Hüfte balanciert.

»Hallo, meine Süße«, begrüße ich Ada. Sie ist wie Schneewittchen gekleidet und sieht mit ihren langen, dunklen Ringellocken, den blauen Augen und der Porzellanhaut hinreißend aus. Sie ist nicht einmal zwei Jahre alt und schon so umwerfend.

»Hallo, meine Schöne!« Nick kommt die Treppe heruntergepoltert.

»Hallo, Nick!« Clare lacht.

»Mummy habe ich eigentlich nicht gemeint.« Nick streckt die Arme aus, und Clare übergibt ihm Ada, die wie ein Äffchen ihre Beine um seine Taille schlingt. »Schön, dass ihr kommen konntet.« Nick lächelt Clare an.

»Heutzutage bekomme ich nicht oft die Möglichkeit, auf Partys zu gehen. Als Nächstes folgt deine große Geburtstagsfeier, oder?« Sie stößt mich mit dem Ellbogen an.

»Auf keinen Fall.« Die beiden tauschen einen Blick, aber mir ist das egal. Ich will wirklich nur etwas Zwangloses. »Lasst uns etwas trinken.«

Nick stelle ich in der Küche Tamara und Alex vor, während Clare Deckel von Tupperware-Behältern öffnet, die sie in einer Tragetasche mitgebracht hat. Ihre Nägel sind unglaublich lang und mit Weihnachtsmanngesichtern verziert.

»Diese Leckerbissen sind gestern im Café übrig geblieben.«

»Du bist die Rettung.« Ich hole einen Teller aus dem Geschirrschrank und bin dankbar für Clares Teilzeitjob. Es ist mir unbegreiflich, wie sie sich vom Gehalt im Café das große Haus leisten kann. Bei einer Flasche Wein, die wir vor Weihnachten gemeinsam getrunken haben, hatte sie durchblicken lassen, wie knapp das Geld bei ihr sei. Es klang so, als würde Akhil, ihr Ex, aus irgendeinem Grund keinen Unterhalt zahlen, aber ich habe nicht nachgefragt. Wir sind noch nicht lange befreundet.

Ich nehme mit Rahmpilzen und Garnelen gefüllte Pastetchen sowie Käsestangen, bestreut mit Sesam, und Blätterteigtaschen heraus. In eine beiße ich hinein, und meine Geschmacksknospen kribbeln, als Preiselbeeren auf meiner Zunge platzen und das Aroma des Bries hervorheben.

»Fantastisch«, lobe ich. »Und wo wir gerade von ›fantastisch‹ reden, ich werde dich im Auge behalten!«

»Ich hoffe, du wirst nicht die Einzige sein, die ein Auge auf mich wirft«, sagt sie, schüttelt ihre langen blonden Haare und verzieht die roten Lippen zu einem Schmollmund. »Ich bin Single und werde mich unter die Leute mischen.« Sie zwinkert mir zu und geht. Ich möchte lachen, aber ich bin nervös und lausche ständig auf die Türklingel, warte sehnsüchtig auf Lisas Ankunft. Wo ist sie?

Tamara hilft mir dabei, den Rest des Essens auf Teller umzuschichten.

»Ist es wirklich okay für dich, Tam? Dass ich die Maria spiele? Mir macht es nichts aus, die Rolle der Anita zu übernehmen.«

»Das ist in Ordnung.« Ihr Lächeln ist warmherzig. »Ich bin nur froh, dass wir endlich die *West Side Story* aufführen. Wir haben es schon mal vor ein paar Jahren versucht, aber ...«

»Aber?«

»Die Frau, die Maria gespielt hat, verstarb.«

Das Haus füllt sich mit Leuten und Gelächter. Der Geruch von Glühwein auf dem Herd wabert durch die Küche. Alex und Richard unterhalten sich in der Ecke. Clare ist in ein Gespräch mit Nick vertieft. Sogar die neugierige Frau mit den roten Haaren, die ein paar Häuser weiter wohnt, ist gekommen. Ich sollte eigentlich glücklich sein, aber es liegt eine Beklommenheit in der Luft, und als ich einen großen Schluck Wein nehme, frage ich mich, ob ich die Einzige bin, die sie spürt.

* * *

Angetrieben von einem Motor, dreht sich im Kinderzimmer summend der Sternenlichtprojektor und wirft ein Sonnensystem an die Decke. Wie in Hypnose schaukele ich im Stillsessel vor und zurück und habe den Kopf gegen ein Kissen gelehnt. Ich bin fasziniert vom Mond und von den Sternen und habe den Eindruck, ich könnte meine Hände ausstrecken und sie berühren. Unten ist die Party in vollem Gange. Raues Gelächter wird immer lauter. Die Weihnachtslieder von *The Rat Pack*, die ich gestreamt hatte, sind von einer vielschichtigen Mischung aus Popsongs ersetzt worden. Mark Ronsons »Uptown Funk« verklingt und *Brotherhood of Man* mahnt »Save your Kisses for Me«. Vorhin hatte ich den Verandaheizstrahler angestellt, während die um die Pergola angebrachte Lichterkette hübsch leuchtete, und Aschenbecher auf den Gartentisch gestellt. Ich wollte nicht, dass drinnen geraucht wird. Jetzt weht der Geruch von Zigarettenrauch die Treppe herauf, aber ich stelle fest, dass es mir egal ist, ob Asche auf dem Teppich landet oder Kippen Löcher ins Sofa brennen. Mir ist alles egal, außer der Tatsache, dass Lisa nicht hier ist.

»Kat?«, ruft Nick die Treppe herauf, und ich wische meine nass geweinten Wangen an den Ohren des Stoffhasen ab, den ich auf meinen Schoß gehalten habe. »Es ist gleich Mitternacht!«

»Ich komme.« Ich stehe auf und drehe mich mit den Sternen, stolpere zur Seite und stoße mit dem Fuß eine leere Weinflasche um. Habe ich das wirklich alles getrunken? Kein Wunder, dass ich so emotional bin.

Fest umklammere ich das Geländer, als ich langsam die Treppe hinuntergehe. Unten höre ich trotz der Musik ein Klopfgeräusch.

Als ich die Tür weit aufreiße und eiskalte Luft hereinströmt, taumele ich vorwärts und werfe die Arme um Lisa.

»Du bist gekommen!«

»Tut mir leid, dass ich so spät dran bin, aber mein Auto ist nicht angesprungen, und ich musste ein Taxi rufen. Hast du vielleicht ein bisschen Bargeld? Ich habe den Taxifahrer gebeten, an einem Geldautomaten zu halten, aber ich glaube, er hat mich nicht verstanden.«

»Aber ich habe dir doch das Geld für die Werkstatt gegeben.«

»Ich weiß. Das müssen ein Haufen Pfuscher gewesen sein.«

»Kannst du nicht …?« Ein lautes Hupen ertönt aus Richtung des Taxis. Wir werden später darüber reden müssen. »Komm rein. Ich hole mein Portemonnaie.«

Sie tritt auf die Fußmatte und schiebt die Kapuze zurück. Lisa sieht blass aus, und ich hoffe, dass sie nicht unter morgendlicher Übelkeit leiden wird. Ich bin überwältigt davon, was sie für mich tut. *Für uns*, ermahne ich mich, als ich Nicks Stimme aus dem Wohnzimmer höre, gefolgt von schallendem Gelächter. »Wie viel brauchst du?« Ich ziehe den Reißverschluss meiner Handtasche auf, die am Haken neben der Tür hängt.

»Zweihundert Pfund.«

Ich weiß, dass ich nicht genug in meinem Portemonnaie habe. Mein Limit ist bereits überschritten, und ich kann nicht zum Geldautomaten fahren, doch dann erinnere ich mich an den Safe. Nick verwahrt dort ein bisschen Bargeld. Er ist in seinem Arbeitszimmer. Normalerweise öffne ich ihn nicht, aber da das Taxameter weiterläuft, bin ich sicher, dass er nichts dagegen hat. Die Zahlen leuchten grün, als ich die Kombination eingebe – Nicks Geburtstag – und ein Geldbündel heraushole.

Als ich mich umdrehe, lehnt Lisa am Türrahmen und zieht ihre Handschuhe aus.

»Ich bringe das Geld raus.« Sie streckt die Hand aus. »Ich habe noch meine Jacke und meine Schuhe an. Mach mir bitte ein heißes Getränk, ja?«

Ich gebe ihr das Geld.

In der Küche kippe ich gerade kochendes Wasser auf Instantkaffee, als die Haustür zuschlägt.

»Alles erledigt.« Lisa legt die Hände um den Kaffeebecher, während ich einen Schuss Milch hineingebe.

»Und wen haben wir da?« Richard nimmt eine Handvoll Erdnüsse und lässt sie sich in den Mund fallen.

»Das ist Lisa, unsere Leihmutter. Lisa, das ist Richard, Nicks Freund und unser Anwalt.«

Lisa runzelt die Stirn, als sie Richard betrachtet. Ich schaue zu ihm hinüber und entdecke ein Flackern in seinen Augen. Ich glaube, es ist ein Zeichen, dass er sie wiedererkennt, aber es ist zu kurz, um sicher zu sein.

»Freut mich, dich kennenzulernen, Lisa«, sagt Richard, aber seine Worte sind so kalt wie die Eiszapfen, die draußen wie Dolche von der Regenrinne hängen, und genauso scharf.

Kapitel 12

Jetzt

Am Neujahrsmorgen wache ich mit einem sauren Geschmack im Mund auf. Den ersten Vorsatz, den ich fasse und wahrscheinlich brechen werde, ist, nie wieder zu trinken. Unser Schlafzimmer riecht nach abgestandenem Alkohol. Neben mir liegt Nick mit offenem Mund und über dem Kopf ausgebreiteten Armen auf dem Rücken. Wir haben es beide gestern Nacht übertrieben, und meine Erinnerungen sind vage, aber ich weiß noch, BBC eingeschaltet zu haben und, als Big Ben den Beginn eines brandneuen Jahres einläutete, Lisa fest umarmt zu haben. Ihr Herz hatte gegen meins geschlagen, und ich hatte mir vorgestellt, dass das Herz des Babys auch raste. In der sechsten Schwangerschaftswoche sollte der Herzschlag feststellbar sein. Nachdem am ersten Weihnachtstag Lisas SMS eingetroffen war, hatte ich bei Amazon *Das große Buch der Schwangerschaft* bestellt und praktisch jede einzelne Phase des ersten Schwangerschaftsdrittels auswendig gelernt. Ich hatte Nick versucht zu erklären, dass das Gesicht des Babys bereits Form annahm und sein Blutkreislauf sich entwickelte, aber er meinte, es sei unmöglich, dass Lisa schon so weit sei, obwohl ich ihm bereits erzählt hatte, dass die Schwangerschaftswochen ab dem ersten Tag der letzten Periode zählten. Als ich ihm das zum zweiten Mal erklärte, hatte er mich mit glasigem Blick angeschaut. Ich hatte über dem Buch gehockt und war völlig begeistert gewesen, als ich erfuhr, dass das Baby mit acht Wochen anfing, sich zu bewegen, und so groß war wie eine Geleebohne. »Wir sollten das Baby Beanie nennen, bis wir sein Geschlecht wissen. Was meinst du? Ein geschlechtsneutraler Kosename.« Nick antwortete nicht, und als ich aufschaute, hatte er das Zimmer verlassen. Logisch betrachtet, weiß ich, dass einige Männer an Schwangerschaften kein besonders großes Interesse haben und es nicht die Tatsache ist, dass Lisa Nicks Baby austrägt, die ihn so gleichgültig erscheinen lässt, aber trotzdem tut es weh.

Ich schwinge die Beine aus dem Bett und trotte ins Bad. Fast wäre ich über einen Haufen Klamotten gestolpert, die Nick gestern Nacht getragen hat. Ich ziehe meinen Schlafanzug aus, stopfe ihn in den Wäschekorb und bücke mich, um Nicks Kleidung einzusammeln. Auf dem Kragen seines weißen Hemdes entdecke ich Lippenstift. Ich muss es einweichen. Er ist rot und definitiv nicht meiner, aber jeder hat um Mitternacht jeden umarmt. Ich glaube, ich habe jeden in unserer Sackgasse geküsst. Wir schmetterten »Auld Lang Syne«, und als die Zeile *Sollte alte Vertrautheit vergessen sein* kam, drückte Lisa meine Hand so fest, dass ich befürchtete, sie würde mir die Knochen brechen.

Unter der Dusche schließe ich die Augen und massiere Erdbeershampoo in meine Haare. Ich versuche mir die Gesichter bildlich vorzustellen, die verschwammen, als ich sang und lächelte und wusste, dass es das Jahr sein würde, in dem meine Wünsche wahr wurden. Ich kann mich nicht daran erinnern, Nick gesehen zu haben, und ich weiß, dass ich nicht diejenige gewesen bin, die ihn geküsst und ihm ein frohes neues Jahr gewünscht hat. Zwischen uns ist in der letzten Woche eine

Kluft entstanden, und ich weiß nicht, warum. Er hatte frei, aber wir haben kaum Zeit miteinander verbracht. Obwohl er gleich nebenan ist, habe ich das grauenhafte Gefühl, ihn zu vermissen.

Die Fußbodenheizung hängt an einer automatischen Zeitschaltuhr. Die Fliesen unter meinen Fußsohlen sind warm, als ich in die Küche trotte. Lisa sitzt auf einem Hocker an der Frühstückstheke und ist über ihr Handy gebeugt.

»Morgen!«, rufe ich, obwohl ich sehe, dass es fast Mittag ist, als ich einen Blick auf die Uhr werfe. »Hast du gut geschlafen?«

»Ausgezeichnet«, behauptet sie, obwohl die dunklen Ringe unter ihren Augen und das unterdrückte Gähnen eine andere Sprache sprechen. »Danke für das Nachtlicht.«

Wir lächeln uns an. Lisa hatte immer Angst im Dunkeln. Wenn ich bei ihr oder sie bei mir übernachtete, musste immer die Lampe auf ihrem Nachttisch eingeschaltet bleiben, bis der Tag die Nacht vertrieb.

»Frühstück?«, frage ich.

»Ich habe keinen Hunger, danke.«

»Lisa, du musst essen.«

»Ich könnte es verkraften, ein paar Pfund zu verlieren.« Sie lächelt schwach. »Ich habe das Gefühl, dass mein Bauch schon dicker ist. Meine Hebamme hat mir von einer Frau erzählt, die eine unbemerkte Schwangerschaft hatte. So viel Glück sollte ich mal haben.«

»Was ist das?«

»Die Frau hat erst gewusst, dass sie schwanger war, als die Wehen einsetzten. Kannst du dir das vorstellen? Sie hatte die ganze Zeit Kleidergröße achtunddreißig! Miststück. Manchen Frauen sieht man es überhaupt nicht an und andere werden zu Elefanten. Ich weiß schon, wie es bei mir wird.«

»Das ist doch jetzt nicht wichtig.« Aber ich kenne sie zu gut und weiß, dass sie deprimiert sein wird.

»Warum verwendest du nicht ein wenig von dem Geld, um Mitglied in einem Fitnessstudio zu werden. Nicht, um Gewichte zu stemmen, aber du könntest den Pool nutzen. Das wäre doch auch gut für die Entspannung.«

»Das ist eine prima Idee.«

Ich öffne die Kühlschranktür. »Rühreier?«

»Nein. Mir ist wirklich schlecht.«

Sie sieht tatsächlich blass aus. Ich fühle mich auch nicht besonders gut, aber an meiner Übelkeit bin ich selbst schuld. Ich schließe die Tür wieder, schlenkere eine neue Mülltüte herum, um sie zu öffnen, und fange an, kalte Pizza von Tellern zu kratzen, auf denen Tomatensoße und vertrockneter Käse kleben. Ich hebe eine halb volle Flasche Newcastle Brown auf und schütte den Rest in die Spüle. Das Bier schäumt, und der Geruch von Hefe breitet sich aus. Lisa springt auf und rennt mit vor den Mund gehaltener Hand aus der Küche. Die Toilettentür im Erdgeschoss fällt ins Schloss, und das Geräusch von Lisas Würgen, das ich durch die Wand hören kann, dreht mir den Magen um. Ich schalte das Radio ein, um das Geräusch zu überdecken. Unser örtlicher Radiosender spielt klassische Nummer-eins-Hits. Die Beatles singen »All You Need Is Love«. Angesichts der Geräusche, die in die Küche dringen, fühle ich mich hilflos, und so drehe ich die Lautstärke hoch und sitze, den pochenden Kopf in die Hände gestützt, auf einem Hocker.

***

»Ihr habt so ein hübsches Haus«, sagt Lisa.

Ich habe es aufgegeben aufzuräumen, und wir tragen unsere Getränke aus der Küche.

»Ich weiß. Nick hat es zu einem wirklich guten Preis gekauft, weil es renoviert werden musste. Die vorherigen Eigentümer, Mr und Mrs Whitmoore, haben hier jahrelang gelebt, bis sie in ein Altenheim gezogen sind. Ihr Sohn Paul hatte gehofft, es halten zu können, aber er konnte die Hypothek nicht aufbringen. Alles musste gemacht werden. Die Elektrik, Rohrleitungen, Badezimmer, Küche. Nick hat sich in dieses Haus verliebt und wollte es nicht weiterverkaufen.«

»Ihr habt so ein Glück, hier zu leben. Meine Wohnung ist winzig.«

»Wohnst du in einem Schwesternwohnheim neben dem Krankenhaus?«

»Nein, das war voll, als ich angefangen habe. Ihr habt so viele Bücher!« Lisa geht am Ende des Flurs in die Hocke und streicht mit den Fingern über die Buchrücken. Es ist ein buntes Durcheinander von allem: historische Romane, die ich liebe, Krimis, die Nick verschlingt, und Elternratgeber, die ich so oft gelesen habe, dass ich sie wortwörtlich zitieren könnte. Als wir unsere Büchersammlungen verglichen hatten, erzählte ich Nick, dass ich der einzige Teenager unserer Generation gewesen war, der ein Lexikon besessen hatte, und ich hatte gelacht, als er behauptete, auch eins gehabt zu haben.

»Was ist dahinter?« Lisa wirft einen Blick auf eine verschlossene Tür.

»Nicks Männerhöhle! Da unten hat er seine Fitnessgeräte. Und ein Sofa.«

»Hört sich toll an.« Lisa sieht beeindruckt aus, und ich erinnere mich daran, dass sie mir den gleichen Blick zugeworfen hatte, als ich endlich das perfekte Rad schlug.

»Ja, ist es auch. Und der Raum ist völlig schalldicht, deshalb ist es mir egal, wie laut er die Musik aufdreht, wenn er rennt. Ich höre es nicht.«

Paul Whitmoore war vor ein paar Monaten, nachdem wir hier eingezogen waren, vorbeigekommen, um Post abzuholen. Er hatte so lange auf der Türschwelle gestanden und mir von seinen Erinnerungen erzählt, dass ich ihn schließlich zu einer Tasse Kaffee hereingebeten hatte. Er erzählte mir, dass seine Eltern den kleinen Keller für ihn renoviert hatten, als er Schlagzeugspielen lernte. Sie ertrugen den Lärm nicht. Er hatte sein Schlagzeug dort unten gelassen, als er auszog, aber immer darauf gespielt, wenn er zu Besuch kam.

»Sie haben Glück, hier zu leben«, hatte er gesagt. »Ich liebe dieses Haus und wünschte, wir hätten es nicht verkaufen müssen, als Mum und Dad ins Heim mussten. Ich habe so schöne Erinnerungen an meine Kindheit.«

Ich hoffe, unser Kind wird genauso fühlen.

»Kann ich mir das da unten mal anschauen?«, fragt Lisa mich.

»Nur zu.« Ich öffne die Tür und schalte das Licht ein. Es riecht schwach nach Feuchtigkeit.

»Kommst du mit?«, fragt sie.

Ich schüttele den Kopf und weiche einen Schritt zurück. Ein mitleidiger Ausdruck blitzt kurz in ihren Augen auf, bevor sie sich umdreht und die Treppe hinuntersteigt. Sie weiß, weshalb ich kleine, dunkle Räume meide. Was sie nicht weiß, ist, dass ich nachts manchmal immer noch aufwache, die Laken feucht sind von meiner schrecklichen Angst und mein Herz panisch hämmert. Auch jetzt kann der honigfarbene Sonnenschein, der durch das Glas der Eingangstür hereinströmt, meine düsteren Gedanken nicht verscheuchen, und ich tauche ab in eine Erinnerung, der ich wohl niemals entkommen werde.

***

Ich war gefangen. Allein. Verängstigt. Fest biss ich mir auf die Lippe, um mich vom Weinen abzuhalten. Niemand hörte mich hier. Ich durfte einfach nicht glauben, dass er mir wehtun würde, doch wieder stieg Panik in mir auf. Fest kniff ich die Augen zu, aber als ich sie wieder öffnete, war da dieselbe erstickende Finsternis, und ich hatte Angst, in diesem kleinen, beengten Raum zu ersticken. Ich nahm mir vor, nicht zu schreien, meinen Sauerstoff nicht zu verschwenden, aber die Angst nahm immer mehr zu, und so brach es aus mir heraus, und ich schlug mit den Fäusten gegen die Tür und bettelte, freigelassen zu werden, bis ich erschöpft auf die Knie sank. Bis auf das Klingeln meiner eigenen Schreie in den Ohren war nichts zu hören. Ich fragte mich, wie lange ich hier verbringen würde. Es fühlte sich bereits wie eine Ewigkeit an, aber ich dachte darüber nach, was geschehen würde, wenn er zurückkam, und dann konnte ich mich nicht mehr zusammenreißen. Ich fing an zu weinen und hatte das Gefühl, nie wieder aufhören zu können.

* * *

Das Getrappel von Lisas Füßen bringt mich zurück ins Hier und Jetzt, wo es keine verschlossene Tür und keine Dunkelheit gibt, aber die Angst immer noch da ist. Ich glaube nicht, dass ich sie je völlig abschütteln werde.

KAPITEL 13

Damals

Immer wieder ging ich die Ereignisse auf Perrys Party gestern Nacht durch, bis die Erinnerung bunter und lebendiger wurde als der gegenwärtige Augenblick. Das Gefühl von Jakes Händen in meinen Haaren, das Streichen seiner Lippen über meine, süßer Apfelwein auf seiner Zunge.

»Kat!« Die Verärgerung in Mums Stimme katapultierte mich in die Küche zurück, wo sie Füllung zu Bällchen rollte und der Schweinebraten im Ofen brutzelte und zischte.

»Entschuldigung. Was hast du …«

»Deck den Tisch.«

Ich räumte meine Schulbücher weg und legte das Besteck hin. Nicht die leicht angelaufenen Messer und Gabeln, die wir während der Woche benutzten, sondern das glänzende silberne Hochzeitsgeschenk, das in einem Holzkasten lag. Dad war so traditionell. Ich konnte mich nicht erinnern, dass es an einem Sonntag einmal keinen Braten gegeben hätte, auch während der Sommermonate, wenn unser Reihenhaus zu einem Brutkasten wurde und die Sonne grell durch die hinteren Fenster schien.

Das Gespräch beim Mittagessen war angespannt.

»Was sind deine Pläne für diesen Nachmittag?«, fragte Mum Dad in einem Ton, der vermuten ließ, dass sie ganz genau wusste, was er tun *sollte*. So war es jede Woche. Dad würde sagen, dass er die Zeitung lesen wollte, und Mum würde ihn daran erinnern, dass der Zaun halb gestrichen war, der lose Teppichboden auf den Treppenstufen festgenagelt werden musste und das Bücherregal im Wohnzimmer immer noch wackelte.

»Ich werde mich um alles kümmern, sobald ich kann«, versprach Dad, obwohl wir alle wussten, dass er das nicht tun würde. Manchmal fragte ich mich, ob er Mums Liste aus Stolz ignorierte, zeigen wollte, dass er derjenige war, der die Entscheidung traf, ob und wann etwas getan wurde. Ich nehme an, er wollte auf eine Art die Kontrolle haben, wie er sie im Laufe seiner Karriere nie gehabt hatte und über meine haben wollte.

»Daphnes Sohn ...«

»Ist Handwerker. Ja, ich weiß. Gibt's noch Soße?« Dad schaute demonstrativ auf die leere Sauciere. Für den Bruchteil einer Sekunde blitzte etwas in Mums Augen auf, und ich dachte, sie würde ihn auffordern, sich selbst welche zu machen. Im Geiste drängte ich sie dazu, doch sie schrammte mit dem Stuhl zurück und stellte den Wasserkocher an. Das Geräusch kochenden Wassers erschien ohrenbetäubend in der Stille, in der der Groll greifbar war. Ich versuchte, mir meine Eltern jung und verliebt vorzustellen. Es war unmöglich. Sie schienen sich nicht einmal zu mögen. Zwanzig Jahre verheiratet zu sein war eine lange Zeit, trotzdem konnte ich mir nicht vorstellen, dass sie je so etwas gefühlt hatten wie Jake und ich letzte Nacht. Ich tauchte wieder ab in meine Erinnerungen und wollte überall, nur nicht hier sein.

***

Später, als ich neben dem Festnetztelefon saß wie ein liebeskranker Teenager, und ich nehme an, der war ich auch, bedauerte ich wieder einmal, kein Handy zu besitzen. Jake rief nicht an, obwohl er auch nie davon gesprochen hatte. Lisa meldete sich auch nicht. Es war ungewöhnlich für uns, dass ein Tag verging, ohne dass wir miteinander geredet hatten. Doch jedes Mal, wenn ich den Hörer in die Hand nahm, erinnerte ich mich an ihr Gesicht, als ich Jake geküsst hatte, an den Schock und die Fassungslosigkeit, und ich konnte mich nicht dazu durchringen, sie anzurufen. Ich sagte mir, dass es immer schwierig sein würde, wenn eine von uns einen festen Freund hatte, weil wir so viel Zeit miteinander verbrachten, und ihre Reaktion nicht nur deshalb so speziell gewesen war, weil es sich um Jake handelte. Aber ich war mir nicht sicher, und ich hasste es, zu glauben, ich hätte sie irgendwie verletzt. Doch ich wusste, als ich mich fürs Zubettgehen fertig machte, dass ich sie morgen in der Schule beide sehen würde.

***

Wie immer wartete ich an der Ecke der Hauptstraße auf Lisa und lehnte am Briefkasten. Es war Viertel vor neun, als mir klar wurde, dass sie nicht kommen würde. Der Berufsverkehr, der Abgase in meine Lunge spuckte, und das permanente Brummen der Motoren führten dazu, dass ich Kopfschmerzen bekam und mir schlecht wurde. Die Schulglocke hatte bereits geläutet, als ich atemlos und verschwitzt durch die Klassenzimmertür stürzte und den Geruch von Schweißfüßen und Whiteboard-Markern einatmete. Englisch war das einzige Fach, das wir zusammen hatten, doch anstatt am Tisch neben dem Fenster zu sitzen, den wir uns immer teilten, saß Lisa ganz hinten neben Jake. Sie hatten die Köpfe zusammengesteckt. Sofort überkam mich blinde Eifersucht, ein stechendes Gefühl von Neid. Jake hob die Hand, als er mich bemerkte, aber Lisas Lächeln war angespannt. Es kostete mich all meine Willenskraft, den Blick nicht von der Tafel loszureißen und mich ständig zu den beiden umzuschauen, während sich die Doppelstunde in die Länge zog.

Schließlich begann die Pause, und ich wurde durch die Tür geschoben und trieb mich auf dem Flur herum. Wieder spürte ich dieses mulmige Gefühl im Magen. Hatte Jake seine Meinung über uns geändert?

Er kam als Erster heraus und schlang den Arm um meine Schultern. Und mir nichts, dir nichts, waren wir ein Paar.

»Gibst du Lisa und mir eine Sekunde?«, fragte ich.

Sie ging, so langsam sie konnte und mit auf den Boden gerichtetem Blick, auf die Tür zu.

»Klar.« Jake drückte seine Lippen kurz auf meine. »Wir sehen uns beim Mittagessen.«

»Lisa.« Ich erwischte sie am Arm, als sie versuchte, an mir vorbeizugehen.

»Kat, ich wollte nicht ...«

»Tu nicht so, als hättest du mich nicht gesehen. Was ist los? Ich habe heute Morgen ewig auf dich gewartet.«

»Tut mir leid. Ich ...«

Die Schulglocke läutete schrill und laut.

»Alles ist gut, Kat.« Lisa schüttelte meine Hand ab. »Wir sehen uns später.«

Ich schaute ihr nach, wie sie immer kleiner wurde, als sie den Flur entlangeilte. Die Distanz zwischen uns fühlte sich riesig an.

***

Zur Mittagszeit schlenderte ich über den überwucherten Rasen, der vor Wassermangel gelb wurde und auf dem Butterblumen und Gänseblümchen explodierten, zu Jake und Lisa. Bei wärmerem Wetter war es den Oberstufenschülern erlaubt, ihr Mittagessen auf dem Sportplatz einzunehmen. Ich spürte die Blicke der jüngeren Schüler, die auf dem betonierten Pausenhof bleiben mussten und um die Bänke rangelten, denn sie wussten, dass der heiße Asphalt ihre nackten Beine verbrennen würde, wenn sie sich auf den Boden setzten. Ich erinnerte mich daran, genauso neidisch gewesen zu sein, als ich jünger war.

»Hallo.« Ich ließ mich neben Jake plumpsen. Lisa wandte den Blick ab, als er mir zur Begrüßung einen Kuss gab. Das goldene Kreuz um seinen Hals funkelte, und ich fragte mich, ob das Metall auf seiner Haut brannte.

»Ihr beide seid also zusammen?« Aaron schmiss seine Tasche neben uns auf den Rasen.

»Das sind sie«, sagte Lisa mit ausdrucksloser Stimme.

Ich packte mein Mittagessen aus. Das Sandwich war warm und nicht gerade appetitlich. Das Brot feucht von den Tomatenscheiben, die Salatblätter welk. Obwohl ich keinen richtigen Appetit hatte, weil mir Lisas Verhalten auf den Magen geschlagen war, riss ich eine Tüte Chips auf.

»Magst du welche?« Ich hielt Lisa die Tüte hin. So etwas Ähnliches wie ein Friedensangebot. Sie schüttelte den Kopf und hatte nichts zu essen vor sich liegen. Stattdessen pflückte sie Blumen aus dem Gras und ließ sie in ihren Schoß fallen.

»Wo ist dein Mittagessen?«, fragte ich sie.

»Ich bin auf Diät«, blaffte sie.

»Aber du musst doch trotzdem etwas essen.«

»Meine Schwester hat gerade jede Menge abgenommen«, erzählte Aaron. »Sie hat aber auch richtiges Essen gegessen. Ich könnte dir helfen, wenn du willst.«

»Zum Kalorienzählen kann ich mich nicht aufraffen. Ich mache lieber was Schnelles wie Slimfast.« Lisa stand auf, und das Durcheinander von Butterblumen auf ihrem Rock fiel auf den Rasen. »Ich muss mal aufs Klo.«

»Was ist los mit ihr?«, fragte Jake und hielt sich wegen der Sonne die Hand über die Augen, als wir ihr hinterherschauten, wie sie zum Schulgebäude stolzierte.

Ohne zu antworten, griff ich nach meiner Tasche und folgte ihr.

* * *

In den Toiletten war es stickig. Wir standen vor den gesprungenen Waschbecken. Der Geruch von Bleichmittel und abgestandenem Zigarettenrauch hing schwer in der Luft.

»Bist du wegen mir und Jake sauer?« Ich sprach zu ihrem Spiegelbild, während sie die Bürste durch ihre Haare zog. Es schien irgendwie einfacher, als sie direkt anzuschauen.

»Nein. Ihr seid beide freie Menschen. Ihr könnt machen, was ihr wollt.« Sie zuckte zusammen, als sich die Borsten der Bürste in einem Knoten verfingen.

»Und warum hast du dich dann heute Morgen nicht mit mir getroffen und dich in Englisch nicht neben mich gesetzt?« Ich nahm ihr die Bürste aus der Hand und entwirrte den Knoten mit den Fingern. »Was sollte das da auf dem Rasen?«

»Weiß nicht.« Ich hörte das Kratzen in ihrer Stimme. Konnte fast die Tränen spüren, die in ihrer Kehle brannten. Das versetzte mich in eine Zeit zurück, in der sie auf dem Spielplatz gefallen war, weil sie Reece Walker hinterhergejagt war, der mir mein Kit Kat aus der Hand gerissen hatte. Ihr Knie war blutig gewesen, und Schotterstückchen hatten sich in die Wunde gedrückt, doch obwohl sie die Unterlippe vorschob, brach sie nicht in Tränen aus. Sie fand es immer schwer, sich zu öffnen und zu ihren Gefühlen zu stehen.

»Nichts wird sich ändern, Lis.« Ich legte ihr mein Kinn auf die Schulter. Unsere Blicke trafen sich im Spiegel.

»Das wird nichts Lockeres, oder?«, fragte sie leise. »Ich habe gesehen, wie ihr euch angeschaut habt.«

»Ich mag ihn wirklich, aber wenn dir das so an die Nieren geht ...« Ich beendete den Satz nicht. Wusste nicht, wie. In Wirklichkeit wollte ich nicht wählen. Was würde ich tun? Meine Wahl müsste doch auf sie fallen, oder?

»Alles ändert sich.« Sie führte nicht näher aus, was sie damit meinte, aber ich wusste es. Schon bald würden wir die Schule verlassen. Ich würde die Stadt verlassen, und sie würde bleiben. Lisa wollte nicht zur Uni gehen. Sie wusste nicht, was sie wollte, war oft so. Sie ignorierte Entscheidungen, war nicht in der Lage, Möglichkeiten abzuwägen, als hoffte sie, die Zukunft würde niemals kommen. Mein Weg war schon seit Jahren geplant.

»Nichts bleibt, wie es ist«, sagte ich sanft.

»Ich weiß. Ist schon okay.« Sie schnaubte. »Ich bin einfach albern.«

»Ich werde trotzdem viel Zeit mit dir verbringen. Wir werden dich nicht ausschließen.« Ich meinte jedes Wort, wie ich es sagte. »Du wirst auch jemanden finden.«

»Wer will mich schon? Die fette Lisa.«

»Keiner nennt dich so!« Ich schaute auf meine Uhr, als die Glocke ertönte. »Ich muss gehen. Geschichte.« Ich verdrehte die Augen.

»Ich werde dich vermissen, Kat«, entfuhr es ihr, als ich die mit Graffiti beschmierte Tür aufstieß.

»Wir sehen uns doch nach der Schule, oder?«

»Ich meinte, wenn du an der Uni bist.«

»Ich werde in allen Ferien nach Hause kommen. So viel anders wird es nicht werden.«

Doch zu dem Zeitpunkt wusste ich noch nicht, dass wir uns nicht nur dem Ende unserer Schulzeit näherten. In gewisser Hinsicht war es das Ende von allem. Keine von uns würde je wieder dieselbe sein.

KAPITEL 14

Jetzt

»Geht's dir gut, Kat?«

Lisa berührt meinen Arm, und ich zucke zusammen. Ich hatte nicht gehört, dass sie die Treppe vom Keller wieder heraufgekommen war.

»Da unten ist es wirklich toll. Ich hätte auch gerne eine Männerhöhle!«

»Lass uns mal zu meinem Gegenstück gehen.«

Ich führe Lisa durchs Esszimmer und öffne die Tür zum Wintergarten. Der Temperaturunterschied ist erstaunlich. Ich bücke mich und schalte den Heizlüfter ein, der surrend zum Leben erwacht. Der Geruch von heißem Staub ist unangenehm.

»Ich dachte mal, ich würde all meine Zeit hier draußen verbringen, aber im Sommer war es unerträglich heiß und jetzt eiskalt.«

»Aber man hat so einen schönen Blick.« Lisa rollt sich in einem der beiden Sessel vor den bodentiefen Fenstern zusammen, die zum Garten hinausgehen, der jetzt im Winter trostlos aussieht. Sie hat sich die dicke Decke aus Kunstpelz über den Schoß gezogen, die über der Rückenlehne des Sessels gehangen hatte. Ich sitze im anderen Sessel, ziehe die Füße unter die Oberschenkel und wickele meine Decke um die Knie.

Schweigend sitzen wir da und beobachten die Vögel, die auf dem Futterhäuschen schaukeln und an den Meisenknödeln picken, die ich selbst aus Pinienzapfen, Schweinefett und Samen hergestellt habe. Die Katze von nebenan schleicht durch eine Lücke in der Hecke in den Garten und streift hinüber zum Teich, wo sie die dünne Eisschicht mit der Tatze antippt.

Der Heizlüfter klickt, als er die Temperatur erreicht hat. Der kleine Raum wird schnell warm, aber genauso schnell auch wieder kalt. Ich nippe an meinem Wasser. Mir brummt der Kopf.

»Tut mir leid, dass ich gestern Nacht so viel getrunken habe.« Ich massiere meine Schläfen.

»Es war eine tolle Party.« Lisa dreht sich mit einem wehmütigen Gesichtsausdruck zu mir. »Du hast ein gutes Leben, Kat. Ich habe mich ewig mit Clare unterhalten. Sie macht einen reizenden Eindruck. Ich bin froh, dass sie so nah bei dir wohnt.«

»Ja, das ist praktisch. Sie arbeitet Teilzeit, deshalb gehe ich oft auf einen Kaffee bei ihr vorbei, wenn ich eine Pause brauche. Ihre Tochter Ada ist hinreißend. Es ist so schade, dass Akhil, ihr Mann, die Familie verlassen hat.«

»Sie sagte, er sei Inder, oder? Ich frage mich, weshalb Adas Haut so hell ist.«

»Das passiert doch manchmal bei Kindern aus solchen Beziehungen. Die Gene eines einen Elternteils sind stärker als die des anderen. Es ist so schade, dass sie sich getrennt haben. Sie scheinen nicht mehr miteinander zu reden, denn sie erwähnt ihn mir gegenüber nie. Aber wir sind auch noch nicht so lange miteinander befreundet.«

»Aber wir waren gute Freundinnen, oder?« Ganz leicht nickt Lisa, als sie das sagt. Es sieht aus, als versuchte sie, sich daran zu erinnern.

»Das sind wir immer noch«, sage ich. »Nicht viele Menschen würden tun, was du für mich tust.«

Kurz sieht sie verwirrt aus.

»Die Leihmutterschaft«, helfe ich ihr auf die Sprünge.

»Natürlich. Aber damit helfe ich nicht nur dir, sondern auch mir.«

»Wie meinst du das?«

»Erinnerst du dich daran, wie du nach dem Unterricht immer noch in der Schule geblieben bist, um den jüngeren Kindern in Mathe zu helfen, und ich immer dachte, du würdest das machen, weil dein Vater das wollte?«

Ich nicke. »Mir hat das gefallen. Das Gefühl, vielleicht etwas zu bewirken. Wer weiß, was sonst aus diesen Kindern geworden wäre.«

»Genau. Und hiermit bewirke ich etwas.«

»Das ist aber ein bisschen extrem, oder? Das ist doch nicht das Gleiche.«

»Ist es doch. Ich tue etwas für dich, aber es erfüllt mich auch mit einem Gefühl von Stolz. Wer weiß, wer hier drin ist?« Lisa legt die Hand auf ihren Bauch. »Oder was es mal werden wird. Aber ich weiß, dass ich einen kleinen Anteil daran habe, und es fühlt sich gut an, etwas Selbstloses zu tun.«

»Meinst du, es ist ein Junge oder ein Mädchen?« Ich stelle die unmögliche Frage. »Wir nennen das Baby im Moment Beanie, aber ich denke auch über richtige Namen nach.«

»Eva?«

Ich grinse. In der Schule hatte ich immer behauptet, ich würde meiner Tochter den Namen meiner Lieblingsschauspielerin geben. »Du sagst es. Nick darf den Namen für einen Jungen aussuchen, aber er mag Basil.«

»Erwähne nicht den Krieg!« Lisa heult auf. Ihre Mutter hatte *Fawlty Towers – Ein verrücktes Hotel* geliebt, und als wir vierzehn waren, konnten wir die Drehbücher auswendig.

»Ich weiß! Kannst du dir vorstellen, dass Nick die Serie nie gesehen hat? Sein Großvater hieß offensichtlich Basil. Als Nick klein war, hat er es geliebt, ihn in Cornwall zu besuchen.«

»Von dort kommt Clare auch, oder?«

»Ja, aber aus einer anderen Region. Sie wohnte nicht am Meer wie Basil.«

»Basil.« Lisa schüttelt den Kopf. »Vielleicht sollte ich beim Namen das letzte Wort haben.« Lisa lacht immer noch, aber ich bin plötzlich ernst.

»Hast du schon darüber nachgedacht, wie es ablaufen soll?«

»Wie meinst du das?« Lisa zupft an einem losen Faden der Decke und wickelt ihn um den Finger.

»Deine Arzttermine. Ich möchte so oft wie möglich dabei sein. In sechs Wochen kannst du deine erste Ultraschalluntersuchung haben.«

»Du hast dich eingelesen?«

»Ich habe Nick verrückt gemacht. Weißt du, dass das Baby am Ende des ersten Schwangerschaftsdrittels die Größe eines Pfirsichs hat?«

»Du hast dich nicht viel verändert. Immer noch am Lernen.«

»Ich hatte ja keine andere Wahl, oder?«

»Du musst studieren, Katherine. Enttäusch uns nicht.« Lisa verstellt ihre Stimme und spricht von oben herab, wie es mein Dad immer getan hat. »Ich hatte vergessen, wie schwer du es hattest.«

»Triffst du dich noch mit Leuten aus der Schule?« Ich hatte die Oberstufe nicht beendet und war nach dem Unfall nie wieder zurückgegangen.

»Nicht wirklich.« Lisa zuckt mit den Schultern.

»Nicht mal mit Aaron?« Allein seinen Namen auszusprechen, macht mich unruhig.

»Nein.« Lisa fröstelt.

»Lass uns irgendwohin gehen, wo es wärmer ist.« Ich beuge mich vor, und warme Luft bläst mir über die Finger, als ich den Heizlüfter ausstelle.

Auf dem Flur steht Nick an der Haustür und verabschiedet Richard. Ihre Stimmen klingen leise, aber eindringlich. »Du musst es ihr erzählen«, sagt Richard.

»Jetzt ist es zu spät«, flüstert Nick, und ich drehe mich zu Lisa. Wir tauschen Blicke.

Richard erblickt uns. »Wir unterhalten uns später in Ruhe.« Dann dreht er sich um und stolziert die Einfahrt entlang.

»Alles in Ordnung?«, frage ich Nick.

»Bestens«, murmelt er.

»Was sollst du mir erzählen? Wofür ist es jetzt zu spät?«

»Wir hatten vorgehabt, Golf zu spielen, aber ich habe zu lange geschlafen.« Sein Blick fixiert einen Punkt hinter meinem Kopf. Es folgt eine längere Pause, während der mir bewusst ist, dass Lisa verlegen neben mir steht.

»Gefällt dir nicht, dass Nick Golf spielt?«, fragt sie, als wir schließlich nach oben gehen, aber ich antworte nicht. Ich sträube mich zuzugeben, dass Nick nur selten spielt, und kann das Bild vom Lippenstift auf seinem Hemd nicht abschütteln.

Am Ende der Treppe bleibe ich vor dem Kinderzimmer stehen.

»Bereit?«, frage ich.

»Wofür?«

Die Tür lässt sich schwer öffnen. Sie schleift über den dicken Teppichboden. Als sie langsam aufgeht, beobachte ich Lisas Gesichtsausdruck, aber ich finde nicht heraus, was sie denkt. Sie betritt das Zimmer und dreht sich im Kreis, lässt die Regale voller Plüschtiere, das Bord mit den altmodischen

Ladybird-Büchern auf sich wirken. Die Burg und die Ritter, die ich für Dewei gekauft hatte, stehen auf dem Boden neben dem Puppenhaus, das ich für Mai bestellt hatte. Ich kann mich von beidem nicht trennen, und mein Verstand prescht voraus und fragt sich, ob Lisa es noch einmal tun würde. Vielleicht hätte ich dann einen Jungen und ein Mädchen, die zusammen mit dem Bauernhof aus Holz spielen würden, den ich einfach kaufen musste mit seinen handgefertigten farbenfrohen Tieren, dem lächelnden rosafarbenen Schwein und den knallorangefarbenen Hühnern. Lisa steht ruhig da und liest die Worte, die auf einem Bild in Form eines Hauses angeordnet sind: *Zusammen sind wir eine Familie.*

»Du willst es wirklich, oder?« Ihre Stimme ist voller Gefühle, als sie zum Fenster geht und hinaus in den Garten schaut. Der Rosenstock, den wir für Dewei gepflanzt hatten, schmiegt sich an die Pergola. Im Frühjahr werden wir auch einen für Mai pflanzen.

»Ja. Sogar noch mehr als die Adoptionen, wenn das überhaupt möglich ist. Es wird Nicks Baby sein. Ein Teil von ihm«, sage ich. Draußen ist der Himmel klar und hell, aber immer noch hängt Schnee an den Ästen der skelettartigen Bäume, die wie Soldaten vor unserem Zaun stehen. »Wenn ich einen Wunsch frei hätte, dann wäre es der.«

Lisa dreht sich zu mir, und ich sehe den Schmerz in ihren Augen. Ich weiß sofort, dass ich das Falsche gesagt habe, und was noch schlimmer ist, ich bin nicht sicher, ob es stimmt. Wenn ich einen Wunsch frei hätte, würde ich mir wünschen, dass das, was an jenem Tag geschehen ist, nie passiert wäre. Und obwohl ich Lisa so lange nicht gesehen habe, denke ich, dass sie sich das Gleiche wünschen würde.

* * *

»Es ist mir peinlich zu fragen, Kat, aber kannst du mir das Geld für die Taxifahrt nach Hause geben?«

»Natürlich.« Wieder ertönt draußen die Hupe, und ich eile ins Arbeitszimmer, öffne den Safe und ziehe zwei Hundertpfundscheine heraus. Heute ist ein Feiertag, also müsste die Fahrt genauso viel kosten wie gestern Abend, denke ich. »Lässt du dein Auto noch einmal durchsehen?«

»Ja. Ich glaube, es ist die Kälte. Ich lasse das prüfen«, sagt Lisa und streckt die Hand aus. »Hättest du vielleicht noch ein bisschen extra? Ich würde nicht danach fragen, aber wenn im Laufe des Vormittags die Übelkeit nachlässt, habe ich einen Bärenhunger. Meine Ausgaben für Lebensmittel sind jetzt doppelt so hoch, und das Geld vom Zahltag im Dezember schien über Weihnachten zu verschwinden. Am Ende des Monats kann ich dir das zurückzahlen.«

»Sei nicht albern. Nur unseretwegen isst du doch mehr und lehnst Überstunden ab. Du musst mir sagen, wenn du knapp bei Kasse bist. Es ist wichtig, dass du weiter zum Entspannungskurs gehst.« Ich schiebe ihr Zwanzigpfundscheine in die Hand.

Am Taxi umarmen wir uns fest.

»Danke, dass du gekommen bist«, sage ich. »Das bedeutet mir viel. Alles bedeutet mir so viel.«

»Das weiß ich. Ich weiß *genau*, wie viel dir das bedeutet.«

Kapitel 15

Jetzt

Der Januar vergeht schnell. Ich melde mich fast jeden Tag bei Lisa. Während des ersten Schwangerschaftsdrittels kann man nicht vorsichtig genug sein. Ich bin ständig nervös, besorgt, dass etwas schiefgeht, aber der Monat vergeht, und ich streiche jeden Tag auf dem Kalender ab. Plötzlich ist Februar, und ich erlaube mir, mich etwas zu entspannen, als wir uns langsam am magischen Punkt der ersten zwölf Wochen vorbeiarbeiten. Jetzt kann das Baby die Hände zu Fäusten ballen und wieder öffnen, die Zehen krümmen und mit dem Mund saugende Bewegungen machen. Ich habe gelesen, dass das Baby reagiert, wenn Lisa gegen ihren Bauch stupst, obwohl sie es noch nicht spüren kann. Das alles ist ein großes Wunder.

Heute ist das Wetter trüb und grau. Ich habe das Gefühl, eine Million Telefonate geführt zu haben, aber keiner möchte zu dieser Jahreszeit über Spenden an eine Wohltätigkeitsorganisation reden. Auch hat der Bedarf an Beratung zugenommen, und ich fühle mich schon völlig ausgelaugt. Ich singe Lieder aus der *West Side Story*, um munter zu bleiben, als ich meine Ideen für eine Oster-Benefizveranstaltung notiere. Allerdings kann ich mich für kein Thema entscheiden und werfe einen weiteren Papierball auf den Haufen, der bereits auf dem Boden liegt.

Am späten Nachmittag duftet es im Haus nach Chili. Das Licht brennt am Schongarer auf der Arbeitsfläche in der Küche. Ich kuschele mich in den Sessel am Küchenfenster und bin vertieft in *Wolfsschwestern* von Philippa Gregory. Es ist traurig, wenn Frauen einander nicht vertrauen.

Doch ich kann mich schlecht konzentrieren. Vorhin habe ich mit Lisa telefoniert, und ich bin so aufgeregt, denn nächste Woche wird sie ihre erste Ultraschalluntersuchung haben. Ich war enttäuscht, dass sie nicht genau nach zwölf Wochen stattfand, wie ich erwartet hatte, aber offensichtlich ist das nur eine Richtlinie. Na ja, Babys sind auch nach vierzehn Wochen viel besser entwickelt und haben die Größe eines Apfels. Beanies Hörvermögen entwickelt sich ebenfalls, deshalb möchte ich bei jeder Gelegenheit mit Lisas Bauch sprechen, damit die Chance besteht, dass er oder sie nach der Geburt vielleicht meine Stimme wiedererkennt. Ich kann nicht glauben, dass ich ihn oder sie sehen darf, und kann es nicht erwarten, Nick heute zu erzählen, dass Beanie schon eigene Fingerabdrücke hat und Impulse vom Gehirn es dem Baby ermöglichen, das Gesicht zu verziehen. Ich bin gespannt, ob ich sein Gesicht auf dem Ultraschallbild klar erkennen kann. Auf jeden Fall hoffe ich es.

Nick ist spät dran, und als ich aus dem Fenster in die Dunkelheit schaue, scheint es unmöglich, dass es erst halb sieben ist. Regen peitscht gegen die Fensterscheibe, und Donner grummelt leise und bedrohlich. Gewitter mochte ich noch nie. Ich nehme eine Weintraube aus der Obstschale neben mir, zerbeiße sie mit den Backenzähnen und lasse den Saft die Kehle hinunterrinnen. Der Reis ist abgewogen und in einem Topf. Das Wasser hat im Wasserkocher gekocht. Es wird nur ein paar Minuten dauern, das Abendessen zuzubereiten, wenn Nick nach Hause kommt.

Um halb acht ist Nick immer noch nicht da, und ich mache mir Sorgen. Die Straßen sind heimtückisch. Ich versuche ihn auf seinem Handy anzurufen, aber mein Anruf geht direkt auf die Mailbox. Das Bürotelefon klingelt und klingelt. In meiner Aufregung klopfe ich mit dem Handy gegen mein Bein. Nick hatte definitiv nicht gesagt, dass er sich nach der Arbeit mit Richard treffen würde, wie sie es manchmal machen, aber dennoch rufe ich Richard an.

»Ist Nick bei dir? Er ist noch nicht zu Hause, und ich mache mir Sorgen. Es ist so glatt draußen.«

»Ich habe ihn heute nicht gesehen. Hör mal, Kat, wir müssen über die Leihmutterschaft reden.«

»Du meinst, über mein Baby.« Sofort nehme ich eine Abwehrhaltung ein. »Darüber kann ich jetzt nicht reden. Ich muss Nick suchen.«

Ich breche das Gespräch ab und schließe die Augen. Es sieht Nick gar nicht ähnlich, sein Handy zu ignorieren. Auch wenn er fährt, hat er es in einer Halterung auf dem Armaturenbrett, und immer, wenn es einen Ton von sich gibt, schaut er aufs Display und nicht mehr auf die Straße. Ich schimpfe deswegen immer mit ihm. »War doch nur eine Sekunde«, meint er dann stets, aber ich weiß, dass eine Sekunde manchmal dein ganzes Leben ändern kann. Autos sind gefährlich, ganz gefährlich. Panik überkommt mich, und ich sage mir, dass ich überreagiere, aber ich kann mich nicht beruhigen, während ich in der Küche hin und her laufe und die Telefonnummern der örtlichen Krankenhäuser google. Ich weiß nicht, was ich machen soll. In den letzten Wochen ist Nick so beschäftigt gewesen. Das Letzte, was ich will, ist, einen Aufstand wegen nichts machen.

Ich nehme mein Buch und überlege mir, mich im Wohnzimmer neben das Fenster zu setzen. So werde ich sein Auto sehen, wenn es in die Einfahrt fährt. Dann kann ich in die Küche gehen, den Reis kochen, und er wird nie erfahren, wie besorgt ich war. Im Wohnzimmer schalte ich nicht sofort das Licht an, sondern starre aus dem Fenster. Die Dunkelheit hat das Fensterglas in einen Spiegel verwandelt, und zuerst sehe ich nur mein besorgtes Gesicht darin. Doch meine Augen gewöhnen sich langsam daran, bis ich etwas am Ende der Einfahrt ausmachen kann. Ein Auto. Nicks Auto. Meine Stimmung hebt sich, als ich auf das Klicken der Tür und das Einschalten der Innenbeleuchtung warte, doch nichts geschieht. Die Uhr tickt. Minuten vergehen. Ich weiß nicht, wie lange er schon dort steht, aber er muss wohl darauf warten, dass der niederprasselnde Regen nachlässt, denke ich mir. Ich atme schneller, und das Fensterglas beschlägt. An heftigen Regenfällen ist etwas, was sich fast unheilvoll anfühlt. Die Atmosphäre scheint sich zu verdichten. Ich wünsche mir, der Donner käme und würde die Luft reinigen. Der Regen prasselt gegen das Fenster, und durch das herunterfließende Wasser sehe ich, wie sich das Licht von Clares Hausflur in die Dunkelheit ergießt, als es eingeschaltet wird. Unfähig, noch länger zu warten, eile ich in den Flur, schlüpfe in meine Schuhe und hole den großen Regenschirm hinter dem Kleiderständer hervor. Ich öffne die Haustür und mache einen Schritt nach draußen. Der Wind klappt den Schirm um. Als ich mich krampfhaft am Griff festklammere, sehe ich fast nicht den Schatten, der über die Straße kommt und auf mein Haus zupirscht. Als ich jedoch erkenne, dass es Nick ist, eile ich zurück ins Haus.

»Ich habe gewartet, dass du aus dem Auto steigst.« Ich wende mein Gesicht ab, als er seine Schuhe auf der Fußmatte abputzt, den Kopf schüttelt wie ein Hund und Tropfen eiskalten Regens auf meiner Haut landen. »Bist du von Clare gekommen?«

»Ja, ich habe gesehen, wie sie in ihre Einfahrt gefahren ist, und wollte ihr sagen, dass ihre linke Bremsleuchte kaputt ist.«

»Du bist so gut, und jetzt bist du klatschnass. Willst du dich schnell umziehen? Das Abendessen ist fertig, wenn du es bist.«

»Schön. Es riecht großartig.« Nick ist fahrig, als er sein Jackett auszieht.

Aus der Küche erklingt »Like I Love You« von Justin Timberlake aus meinem Handy, der Klingelton, den ich extra Lisa zugeordnet habe, weil sie ihn früher so sehr mochte.

Ich beeile mich, das Gespräch anzunehmen, bevor sich die Mailbox einschaltet.

»Hi Lisa!« Zuerst weiß ich gar nicht, ob Lisa mich aus Versehen angerufen hat, denn ich höre nur Hintergrundgeräusche, doch dann bemerke ich, dass sie schluchzt. »Lisa?« Mir dreht es den Magen um.

»Kat.« Lisa schnappt nach Luft, und ihr Schluchzen wird zu Schluckauf. Es dauert ewig, bis sie sprechen kann. »Ich bin auf dem Eis ausgerutscht und ... Kat ... ich blute. Ich glaube, ich verliere das Baby.«

Und einfach so bricht meine Welt wieder zusammen.

KAPITEL 16

Damals

»Du siehst so müde aus«, sagte Mum, als sie den Frühstückstisch abräumte. Samstags gab es stets gekochte Eier, und immer noch hatte ich das kindische Verlangen, die Schale in meinem Eierbecher umzudrehen und ein lachendes Gesicht daraufzumalen.

Ich unterdrückte ein Gähnen. Ich war erschöpft. Der letzte Monat war angefüllt gewesen mit Wiederholen des Lehrstoffes, Theaterproben und dem Jonglieren von Lisa und Jake, ohne dass Dad herausfand, dass ich meinen ersten festen Freund hatte. Es hing nicht nur mit Dad zusammen, der mir nicht erlaubte, mich mit Jungs zu treffen, während ich noch zur Schule ging, sondern ich war bisher auch deshalb Single geblieben, weil ich keinen festen Freund gewollt hatte. Diesen Hang zum anderen Geschlecht, den andere Mädchen zu verspüren schienen, hatte ich nie gehabt. Dieses »Ich stehe auf ihn« oder »Ist er nicht heiß?«. Kurze Zeit hatte ich mich sogar gefragt, ob ich lesbisch sei, aber von Mädchen hatte ich mich auch nie angezogen gefühlt. Stimmte etwas nicht mit mir? Ich saß immer im Schneidersitz auf Lisas Bett, schaute auf Poster von Justin Timberlake, die ihre hellrosafarbenen Wände bedeckten, und stellte mir vor, er würde mich küssen, berühren, war aber nur ein bisschen angewidert. Jetzt war es anders. Jedes Mal, wenn Jake mich küsste und berührte, verstand ich, warum die Liebe manche Menschen dazu brachte, ganz furchtbare Dinge zu tun. Der Adrenalinstoß, das Gefühl, die Kontrolle zu verlieren. Jake war eine Sucht und so lebenswichtig für mich wie Luft und Essen.

»Nimm dir heute mal eine Auszeit. Das wird dir guttun.« Mum klapperte mit Tellern in der Spüle.

»Es ist fast ...«, mischte sich Dad ein.

»Prüfungszeit. Ja. Deshalb gibt es auch bald frei fürs Lernen. Und was bringt es Kat, immer wieder über denselben Seiten zu brüten? Es ist Samstag.«

»Aber ihr Angebot ...«

»Ist unter Vorbehalt«, beendete Mum den Satz. »Das wissen wir, aber sie macht es gut. Gönn ihr eine Pause.« In Mums Ton lag etwas Festes und Endgültiges. Das geschah nicht oft, diese Verschiebung in den Machtverhältnissen, aber hin und wieder blitzte etwas in ihren Augen auf, und sie verwandelte sich fast in einen anderen Menschen. Dann wurde sie zu einer starken und durchsetzungsfähigen Person und war überhaupt nicht mehr wie Mum. In diesen Momenten war auch Dad anders. Kleiner. Unsicherer. Er wusste dann nicht so genau, wie er damit umgehen sollte, dass seine Autorität infrage gestellt wurde, und verfiel fast in Panik.

Er räusperte sich. »Schnapp frische Luft, aber sei zum Abendessen zurück, Katherine«, meinte er schroff, als wäre das die ganze Zeit seine Idee gewesen. Er nahm seine leere Tasse und stellte ausnahmsweise einmal den Wasserkocher an.

Jake und ich kletterten hinten in den Lieferwagen von Aarons Vater, und als Aaron die Tür zuschlug, fühlte es sich fast wie das Ende von etwas an. Sofort war es heiß und stickig, eine erdrückende Finsternis. Der Geruch von Farbe und

Terpentin war stechend. Ich hielt mich mit einer Hand an den Tragetaschen fest, in denen unser Picknick war, und meine andere Hand tastete nach Jake. Aus dem Führerhäuschen driftete Lisas Stimme zu uns, bis die Zündung eingeschaltet und ich von links nach rechts geworfen wurde, als der Lieferwagen losfuhr. Die Vibrationen vom Motor ließen meine Zähne aufeinanderschlagen. Obwohl wir nicht weit fuhren, schien es eine Ewigkeit zu dauern, bis der Lärm vorbeirauschenden Verkehrs langsam verstummte und wir auf einer Landstraße dahinrumpelten. Ich war erleichtert, dass wir fast da waren. Obwohl ich mit engen Räumen noch nie ein Problem gehabt hatte, brannte mir die Kehle vom Einatmen der Chemikalien. Hinter den Augen brauten sich Kopfschmerzen zusammen.

In der Sekunde, in der der Lieferwagen anhielt und der Motor verstummte, sprang ich zum Türgriff und rüttelte wutentbrannt daran. Draußen hörte ich die gedämpften Stimmen von Aaron und Lisa.

»Lasst uns raus!« Ich hämmerte mit beiden Fäusten gegen die Tür und wurde panisch, als ich merkte, dass sie sich nicht von innen öffnen ließ.

Auf der anderen Seite der Tür hörte ich Aaron lachen.

»Wie heißt das Zauberwort?«

»Sei kein Vollidiot«, rief Jake, und dann war es still, und ein furchtbares, überwältigendes Gefühl beschlich mich, dass wir hier für immer festsitzen würden.

»Lisa!«, rief ich, und schließlich war da ein Klicken, erstaunliche Helligkeit, und ich fiel fast aus der geöffneten Tür, als ich gierig frische Luft einsog. Ein spontanes Picknick hatte Spaß versprochen, aber der Geruch der Farbe lag auf meiner Lunge und verscheuchte meine vorherige gute Laune. Aaron grinste mich an, und ich spürte ein Brennen in den Augen, zwang mich jedoch, nicht zu weinen. Es brachte mich aus der Fassung, dass Lisa nicht zu merken schien, wie aufgebracht ich war. Wir hatten bisher stets auf einer Wellenlänge gelegen, aber ich verbrachte immer mehr Zeit mit Jake und sie mit Aaron, und zum ersten Mal kam mir in den Sinn, dass wir eines Tages nicht mehr die wichtigsten Personen im Leben der jeweils anderen sein würden. Vielleicht begann sich diese Distanz bereits abzuzeichnen. Ich starrte Aaron an, als wäre er persönlich für den feinen Riss verantwortlich, der sich in unserer Beziehung gebildet hatte.

Wir gingen in einer Reihe, traten Gestrüpp nieder und duckten uns unter Zweigen hindurch. Der Waldboden war mit schimmerndem Sonnenlicht besprenkelt und eine warme Brise raschelte im Laub der Bäume, die sich vor uns verneigten. Als wir auf der Lichtung ankamen, hatte ich mich beruhigt und war bereit, mich zu bemühen, Aaron besser kennenzulernen. Er und Lisa waren noch kein Paar, aber ich hatte das Gefühl, dass Lisa es wollte. An diesem Tag hatte sie sich besondere Mühe mit ihrem Äußeren gegeben. Sie trug ein kurzes geblümtes Kleid, und es schien eine Ewigkeit her zu sein, seitdem ich sie nicht in ihrer Schuluniform, sondern normal gekleidet gesehen hatte.

»Du hast enorm abgenommen, Lisa. Du siehst toll aus.«

»Danke. Aaron hat mir dabei geholfen.«

Ich hob eine Augenbraue, doch dann fiel mir ein, dass er etwas von seiner Schwester gesagt hatte, die auf Diät gewesen war. Lisa musste mein Gesichtsausdruck aufgefallen sein, denn sie sagte: »Er hat mich wirklich sehr unterstützt.« Und zwar in einem Ton, der andeutete, dass ich es nicht getan hatte.

Ich riss das Plastik von einer Packung Käsestangen und biss in eine hinein. Dann schüttelte ich die Krümel von meinem Rock und bot Aaron eine an.

»Die sind aber gut«, lobte er, als er kaute.

»Ich bringe sie immer von der Arbeit mit«, meinte Jake. Er legte Frühschichten in der Bäckerei ein und verpackte Backwaren für den Einzelhandel.

»Hast du einen Job, Aaron?«

»Nee.«

»Wie willst du die Uni finanzieren?«, fragte ich.

»Ich werde schon über die Runden kommen. Und du?«

»Mein Vater ist Finanzberater. Solange ich mich erinnern kann, erzählt er mir, dass es eine Versicherungspolice gibt, die mein Studium finanziert.«

»Lasst uns nicht über die Uni reden.« Lisa täuschte ein Gähnen vor. »Bei mir gibt's aufregende Neuigkeiten. Ich habe über Facebook zwei Tickets für ein Konzert gewonnen.«

»Das ist ja toll.« Wir waren seit Perrys Party nicht mehr zusammen weg gewesen. Ich war schon ganz aufgeregt.

»Hast du Lust mitzukommen, Aaron?« Als Lisa das sagte, schaute sie mich von der Seite an, als erwartete sie, dass ich eifersüchtig wäre, es sich fast wünschte.

Ich nahm einen Schluck aus meiner Diätcoladose und spülte meine Enttäuschung hinunter.

»Wenn du kein richtiges Date bekommen kannst ...«, meinte Aaron.

»Sei nett«, fauchte Jake.

»Er hat doch nur Spaß gemacht.« Lisa verdrehte die Augen und sah insgeheim zufrieden aus.

Ich fragte mich, ob Jake sich schon immer für sie eingesetzt hatte und warum mir das jetzt etwas ausmachte. Es war absurd, eifersüchtig zu sein, wenn es meine Hand war, die Jake hielt, doch das half nichts.

Unerklärlicherweise war ich mir plötzlich meines Platzes in Jakes oder Lisas Leben nicht mehr sicher. Wir tanzten umeinander herum und versuchten, uns an unsere neuen Beziehungen zu gewöhnen und gleichzeitig in den alten ein Gleichgewicht zu finden. Die wechselnde Dynamik bei diesem Schieben und Ziehen war nervig. Ich brauchte Abstand.

»Ich gehe spazieren«, verkündete ich.

»Ich hab keine Lust.« Lisa schaute kaum auf. Ich hatte sie oder die anderen gar nicht gefragt, aber Jake stand auch auf, und als wir zwischen den Bäumen verschwanden, spürte ich die Blicke auf meinem Rücken brennen.

* * *

Ich hatte immer gedacht, es wäre still hier, friedlich, aber als wir durch den Wald schlenderten und meine Sinne in erhöhter Alarmbereitschaft waren, erschien alles zu laut: das Zwitschern der Vögel, der Wind, der die Blätter bewegte, das Klopfen meines Herzens. Irgendwie waren wir nicht richtig allein.

»Willst du eine Pause?«, fragte Jake, und ich bemühte mich, meine Atmung, die ein bisschen zu schnell ging, unter Kontrolle zu bekommen. Also atmete ich langsam und tief den Geruch von Kiefern, moschusartigem Aftershave und Erwartung ein.

»Hier kann man sich nirgendwo hinsetzen.« Ich schaute mich auf der Lichtung um. Der Boden war übersät mit Hasenkötteln.

»Dann bleiben wir eben stehen.« Jake schaute mich an und kam auf mich zu. Unsere Blicke trafen sich, und ich trat einige Schritte zurück, bis ich einen Baumstamm im Rücken spürte. Tief holte ich Luft.

»Kat.« Jake neigte den Kopf und legte eine Spur warmer Küsse meinen Hals entlang. »Was hast du mit mir gemacht?«, murmelte er, und ich wollte ihn das Gleiche fragen. Jake schob seine Hand unter meinen Rock, und ich spürte die Wärme seiner Finger. Ich keuchte und schob die Hüften vor, trieb ihn an.

»Wir müssen es nicht tun«, flüsterte er, wie er es immer tat, aber dieses Mal bat ich ihn nicht aufzuhören, sondern spreizte die Beine.

»Bist du sicher, Kat?« Seine Augen waren glasig, die Wangen gerötet, und ich wusste in diesem Moment, dass er mich genauso sehr wollte wie ich ihn.

Mein Körper kribbelte, wie er es noch nie getan hatte, aber es gab einen Funken Unentschlossenheit, als mir klar wurde, was ich gleich tun würde. Sollte ich? Obwohl ich wusste, dass Jake derjenige sein sollte, der mich entjungferte, wusste ich nicht, ob es hier geschehen sollte, wo alles so ungeschützt war, wo jeder uns sehen konnte. Seine Finger strichen an den Innenseiten meiner Schenkel entlang, und meine Zweifel wurden weggeweht wie die trockenen braunen Blätter, bis sie nicht mehr zu sehen waren und ich den Verstand verlor.

»Ich will es.«

Ich zog seinen Reißverschluss herunter, hatte jedoch zu viel Angst, in die Jeans zu greifen, und war unsicher, was ich tun sollte. Ich versuchte zurückzuweichen, aber er umfasste meine beiden Handgelenke mit einer Hand, hielt sie hoch über meinen Kopf, und die raue Rinde kratzte über die Haut meiner Unterarme. Seine andere Hand wanderte über meinen Körper, zerrte an meinem Slip und stieß in mich, bis ich einen stechenden Schmerz spürte. Ich biss ihn heftig in die Schulter, und er zögerte. »Bitte«, flüsterte ich, schlang meine Beine um seine Taille und wusste, dass es nichts gab, was ich mehr wollte, sosehr es auch wehtat.

* * *

Danach klammerten wir uns aneinander, und Jake ließ sich mit seinem ganzen Gewicht gegen mich fallen. Unser Atem war heiß, und wir keuchten. Es war das Geräusch eines knickenden Astes, so laut wie ein Gewehrschuss, das mich in die Realität zurückkatapultierte. Eine Gänsehaut vertrieb die Hitze von meiner Haut. Ich stieß Jake von mir, zog meinen Slip hoch und strich den Rock glatt.

»Was war das?« Mein Blick huschte durch die Bäume hindurch. Äste schaukelten, Schatten flimmerten. Da war es wieder. Ein knackendes Geräusch. Das Gefühl, die ganze Welt würde mich anstarren. Scham überflutete die Stellen, die die Begierde gerade freigegeben hatte. »Hat uns jemand gesehen?« Panik kroch in mir hoch. Wenn mein Vater je davon erfuhr ...

»Keiner hat uns gesehen. Hier ist niemand.« Jake drückte seinen Mund an meinen Hals, aber auch er zuckte zusammen, als ein jähes Geräusch die Stille durchschnitt. »Herrgott.« Er hielt sich die Hand über die Augen, schaute hinauf in den wolkenlosen blauen Himmel, wo sich die Vögel aus den Baumwipfeln erhoben und laut krächzten, als schimpften sie mit uns. Als hätte sie jemand aufgeschreckt. Obwohl Jake behauptete, dass da niemand sei, fühlte ich mich unbehaglich. Und als er sagte: »Lass uns abhauen«, da wusste ich, dass es ihm genauso ging wie mir. Es war, als wäre der so perfekte, so intime Moment irgendwie besudelt worden.

Kapitel 17

Jetzt

Die Erschöpfung hat meine Gefühle gedämpft, und ich muss nicht länger dagegen ankämpfen, die Tränen zurückzuhalten, die zu fließen drohten. Ich habe nicht geweint. Kein einziges Mal. Wenn ich weine, gebe ich die Hoffnung auf, und das tue ich nicht. Noch nicht. Nachdem unser Telefonat abgebrochen war, hatte ich Lisa immer wieder angerufen. Jedes Mal schaltete sich ihr Anrufbeantworter ein, und die Aufforderung, ich solle nach dem Piepton sprechen, versetzte mir einen Stich. Ich hatte eine Reihe von Nachrichten hinterlassen, die von »Lisa, wir machen uns solche Sorgen um dich« bis »Wo zum Teufel steckst du?« gingen. Und die letzte war: »Lisa, bitte sag mir, dass mit meinem Baby alles in Ordnung ist.« Ich wiederholte *bitte, bitte, bitte* immer wieder, bis Nick behutsam meine Finger vom Handy löste und es auf den Couchtisch legte. Er zog mich in die Arme, aber ich konnte mir nicht erlauben, mich gegen ihn fallen zu lassen. Ich konnte mir nicht erlauben zusammenzubrechen.

»Wahrscheinlich gibt es wegen des Gewitters ein Problem mit den Mobilfunksignalen, aber ich glaube, wir müssen mit dem Schlimmsten rechnen, Kat«, hatte Nick gesagt, und ich schrie immer wieder *nein, nein, nein,* aber im Zimmer war es still, und die Worte klangen nur in meinem Kopf. Ich hielt mir die Ohren zu, als könnte ich damit irgendwie das Geräusch verscheuchen.

Ich war im Zimmer hin und her gelaufen wie eine Ratte im Käfig und hatte versucht zu entscheiden, was ich tun sollte. Mein Handysignal war verschwunden. Nick hatte recht gehabt mit den Masten. Ich holte das Festnetztelefon vom Flur, um das Krankenhaus anzurufen.

Die Dame in der Telefonzentrale sagte: »Hallo, Farncaster General.« Nur den Namen der Stadt zu hören, in der ich aufgewachsen war, ließ die Angst durch meine Adern schießen, aber Lisa war nicht aufgenommen worden.

»Ich kann nicht glauben, dass mir das passiert ist.« Ich ließ den Kopf in die Hände sinken.

»Uns passiert ist«, korrigierte Nick mich leise und strich mir über den Rücken, als hätte ich mich übergeben, und ich hatte gedacht, dass ich das vielleicht tun würde.

»Tut mir leid. Für dich muss es auch schrecklich sein.«

»Das ist es. Du bist nicht allein, Kat. Ich verstehe das.« Nick legte sein Kinn auf meinen Kopf, als ich mich gegen ihn lehnte. »Ich weiß, wie es ist, Verlust zu erleiden.«

Wir saßen auf dem Sofa, der Fernseher flimmerte in der Ecke, der Ton war ausgeschaltet, und Blitze erhellten das Zimmer. Keiner wusste etwas zu sagen.

Nick weigerte sich, ohne mich ins Bett zu gehen, und jetzt, um zwei Uhr morgens, schlüpfen wir unter die kalte Seidenbettwäsche. Doch anstatt mich an Nick zu schmiegen, meine Beine um seine zu schlingen und meine Füße an seiner Haut zu wärmen, wie ich es normalerweise mache, liege ich da, starre an die Decke und warte darauf, dass Nicks gleichmäßige Atemzüge in leichtes Schnarchen übergehen. Endlich schläft er. Ich krieche vorsichtig aus dem Bett, bin mir bewusst, dass sich die Matratze bewegt, und schiebe die Füße in die flauschigen

Hausschuhe mit den Pinguingesichtern, die mir Clare zu Weihnachten geschenkt hat. Leise trotte ich nach unten, um mir eine Flasche Wein zu holen, die ich mit einem Glas ins Kinderzimmer trage. Der orangefarbene Schein des Nachtlichts, das ich immer eingestöpselt lasse, sollte das Zimmer warm und einladend erscheinen lassen, aber es ist genauso kalt und leer, wie ich mich innerlich fühle.

Ich drehe die klobige Scheibe des Mobiles, das mit einem Ruck zum Leben erwacht. »Twinkle, twinkle little star«. Aber draußen vor dem Fenster ist der Himmel so schwarz wie mein Herz.

Ein weiteres Baby. Wie kann ich ein weiteres Baby verloren haben? Dieses hatte nicht einmal einen Namen, aber das macht es nicht weniger real. Weniger geliebt. Ich lasse mich in den Schaukelstuhl sinken und drücke meine Zehen in den Teppich, schaukele vor und zurück, vor und zurück. Wie viel Verlust kann ein Mensch ertragen? Selbstmitleid streckt seine Finger nach mir aus und schlängelt sich in meine Gedanken.

Ich bin nicht gläubig, aber in Zeiten wie diesen frage ich mich, ob es Gott wirklich gibt. Ob er mich dafür strafen will, wie ich einmal gewesen bin, und nicht sieht, wie ich jetzt bin. Ich frage mich, ob ich das verdiene, aber kein einziges Mal denke ich daran aufzugeben. In meinem Schoß umklammere ich den Hasen. Streiche mit den Fingern über seine Ohren, höre das Rascheln und weiß es.

Ich weiß noch nicht ganz, wie, aber ich weiß, dass ich ein Baby bekommen werde, auch wenn es mich umbringt.

* * *

Ich muss eingeschlafen sein. Die aufgehende Sonne, die durch das Fenster scheint und durch die Gitterstäbe des Kinderbetts Streifen auf den Teppichboden wirft, stupst mich wach. Ich schaukele immer noch vor und zurück, und meine Wadenmuskeln schmerzen, aber immerhin fühle ich körperlich etwas anderes als diese innere Taubheit. Draußen lässt das Unwetter nach, der Regen klopft sanft gegen das Fenster, und der Wind hat sich beruhigt. Das Quietschen unseres Zauns, der jetzt leicht schwankt, ist zu einem Flüstern geworden. Ich greife in die Tasche meines Morgenmantels und ziehe mein Handy heraus. Keine verpassten Anrufe. Keine Nachrichten. Mein Daumen schwebt über dem Symbol für *Kontakte*. Bevor ich Lisas Nummer wähle, frage ich mich, ob ich nicht zu ihr fahren und sie persönlich aufsuchen sollte. Der Gedanke erfüllt mich mit Grauen. Ich muss entscheiden, ob meine Abneigung, zurück zu jenem Ort zu fahren, größer ist als mein Wunsch, sie zu sehen.

Ist sie nicht.

Obwohl ich geschworen hatte, nie wieder dorthin zurückzukehren, werde ich nach Farncaster fahren. Als ich aufstehe, habe ich weiche Knie und schiebe es darauf, dass ich die ganze Nacht in einer Stellung gesessen habe, aber ich weiß, dass es mehr ist als das. Ich habe Angst.

Schneeregen weht durch den Spalt im Autofenster und macht meinen Pony nass, aber ich traue mich nicht, das Fenster zu schließen. Ich vertraue darauf, dass mich die eiskalte abgasschwangere Luft wachhält. Mir ist sowieso heiß vor Angst. Feuchte Wetterverhältnisse sind beim Fahren die schlimmsten von allen. Als ich im Stau stecke, der Motor brummt, die Scheibenwischer hin und her sausen, kriecht ein Auto rechts blinkend an mir vorbei. Mir wird das Herz schwer, als ich den sonnengelben Aufkleber *Baby an Bord* bemerke, der stolz im Rückfenster prangt.

Mein Handy summt, und ich hoffe, es ist Lisa, als ich auf das Display starre, aber es ist Nick. Er muss aufgewacht sein und meine gekritzelte Nachricht auf dem Nachtschrank gelesen haben, aus der hervorgeht, dass ich in ein paar Tagen zurück sein werde. Ich hoffe nur, dass das stimmt.

* * *

Obwohl es nur eine einstündige Fahrt ist, kommt sie mir lang vor. Ich habe einmal angehalten, um einen Kaffee zu trinken, habe die kochend heiße Flüssigkeit geschlürft und die Wirkung des Koffeins willkommen geheißen, bevor ich weiterfuhr. Die Ausfahrt vor mir sagt mir, dass Farncaster nur noch zehn Meilen entfernt ist. Ich blinke links, und als ich das Lenkrad drehe, rollt mein leerer Starbucks-Becher im Fußraum des Beifahrersitzes herum. Zehn Jahre. Es ist fast zehn Jahre her, dass ich das letzte Mal hier war. Mein Kiefer verkrampft sich, als Erinnerungen durch meinen Verstand huschen wie Standfotos bei einem Film: die Dunkelheit, das Gefühl, gefangen zu sein, die Schreie, der Schmerz. Die schreckliche Angst, die ich einmal gespürt habe, überkommt mich erneut, drückt mich nieder, nimmt mir den Atem, und wieder habe ich das Gefühl zu ersticken. Das Ortsschild von Farncaster taucht vor mir auf, wirkt fast wie ein Kraftfeld. Mein Fuß drückt aufs Bremspedal, und ich komme mit quietschenden Reifen zum Stehen. Irgendwo rechts von mir ertönt eine Hupe, aber alles verschwimmt vor meinen Augen, außer den Erinnerungen, die klar und deutlich sind. Doch nicht die Person, die ich damals war, hat panische Angst, sondern die, die ich jetzt bin.

»Ich weiß, wie es ist, Verlust zu erleiden«, hatte Nick gesagt. Wird er auch mich verlieren, wenn ich die Stadtgrenze von Farncaster überquere, dem Ort, in dem ich dem Tod so nahe war, zu dem ich nie wieder zurückkehren wollte? Wird er auch mich verlieren? Mit den Fingern kratze ich an meinem Hals, als versuchte ich, die Hände zu lösen, die ich manchmal immer noch dort spüre.

Kapitel 18

Damals

Nick kickte die zusammengedrückte Coladose zu Richard. Klappernd schlidderte sie über den Bürgersteig. Richard trat sie geschickt zurück, aber Nick krümmte sich und drückte nach Luft ringend die Hände in die Seite, um das Stechen zu mildern.

»Sie denken, es ist vorbei, das ist es jetzt!« Richard bedeckte seinen Kopf mit dem T-Shirt und rannte die Straße entlang. Er hatte die Arme gen Himmel gereckt, rief »Champion, Champion« und blieb erst stehen, als er mit dem Briefkasten kollidierte. Nick konnte sich das Lachen nicht verkneifen, als Richard zu Boden ging.

»Das geschieht dir recht.« Nick stand neben seinem Freund, hielt ihm die Hand hin und zog ihn wieder auf die Füße. »Ich weiß nicht, wie du nach so einem üppigen Essen noch laufen kannst. Deine Mum ist eine großartige Köchin.«

»Deine kann aber auch nicht so schlecht sein.«

»O doch, ist sie«, beharrte Nick. Als er die Lüge aussprach, schienen sich seine Seitenstiche zu verschlimmern. Aber es war einfacher, Richard glauben zu lassen, dass er ihn nie zum Abendessen einlud, weil seine Mum eine miserable Köchin war, als ihm zu erzählen, dass ein Gast beim Essen ein finanzielles

Problem darstellte. Außerdem würde er seinen Freund niemals in ein Wohnzimmer einladen, das nach abgestandenem Bier und verdorbenen Träumen stank. Nick wurde blass, wenn er sich vorstellte, wie Richard auf der Kante des abgewetzten Sessels sitzen würde und die Sprungfeder vermied, die aus der Sitzfläche hervorschaute.

Nick warf einen Blick auf seine Uhr. Er hielt das Handgelenk dicht vor die Augen, damit er an dem Sprung im Uhrglas vorbeisehen konnte. »Ich gehe jetzt lieber. Sehe dich dann morgen in der Schule.«

»Nicht, wenn ich dich zuerst sehe, du Flasche.« Richard schlug ihn auf den Rücken und joggte an ihm vorbei. Wenn ihn jemand anderer eine Flasche genannt hätte, wäre er verärgert gewesen, doch nicht bei Richard. Am ersten Schultag hatte Sammy Whilton über Nicks in eine Plastiktüte von Tesco gewickelte Pausenbrote gelacht. Jeder andere hatte angeberische Brotbüchsen. Richard war für ihn eingetreten, und in der Pause hatte er auf einer Bank auf dem Pausenhof gesessen und zugeschaut, wie Nick mit einem Fußball herumgerannt war und nie den Kontakt zum Ball verloren hatte. Am nächsten Tag hatte Richard eine Brotbox mit Power Rangers darauf mitgebracht. »Sie ist alt«, hatte er gesagt und mit den Schultern gezuckt, aber sie sah neu aus. Als Gegenleistung hatte Richard Nick gebeten, ihm Fußballspielen beizubringen; seine Familienmitglieder waren nicht gerade Sportskanonen. Nick hatte viele Stunden im kleinen Hinterhof verbracht, um seinem Vater aus dem Weg zu gehen, und dort Dribbeln, Schießen und Kopfbälle geübt. Als er weitergab, was er gelernt hatte, da wusste er, dass Richard und er ein Leben lang Freunde bleiben würden.

Jetzt waren sie zwölf, gerade auf die weiterführende Schule gekommen und immer noch so eng befreundet wie eh und je.

Nick steckte seinen Schlüssel ins Schlüsselloch und drückte die Haustür auf. Auf der Fußmatte standen die Schuhe seiner

Mutter und sahen genauso abgenutzt und müde aus wie sie selbst.

»Mum?« Eigentlich hätte sie bei der Arbeit sein müssen.

»Ich bin hier, Liebes.« In ihrem Tonfall lag eine gezwungene Heiterkeit, und der erste Gedanke, der Nick in den Kopf kam, war: Was hat Dad wieder angestellt? Als er das Wohnzimmer betrat, saßen seinen Eltern nebeneinander, und seine Hände ballten sich hinter seinem Rücken zu Fäusten. Doch dann sah er etwas, was er seit Jahren nicht mehr gesehen hatte, und er war sich nicht sicher, ob er erleichtert oder angewidert sein sollte.

Seine Mum und sein Dad hielten Händchen. Und das war beängstigender als das gewöhnliche Schreien. Nick fing an zu zittern. Er wusste, dass das, was seine Mutter ihm gleich mitteilen würde, schlimm sein musste. Sehr schlimm.

* * *

»Glaubst du, dass Mum wieder gesund wird?« Nick und sein Vater standen nebeneinander und schälten mit stumpfen Messern Kartoffeln. Keiner von ihnen konnte mit dem Sparschäler umgehen. Nicks blutende Fingerknöchel zeugten von seinen Fehlversuchen. Er konnte sich nicht erinnern, wann er das letzte Mal Beschwichtigung von seinem Vater gewollt hatte, und für einen Moment hatte es sie enger zusammengebracht. Angst schlängelte sich in die dunkelsten Ecken seines Verstandes. Krebs. Wie konnte so ein kleines Wort eine Krankheit sein, die seine Mum von innen heraus zerstörte?

»Klar.« Dad zerrte eine Packung Fischstäbchen aus dem Gefrierfach. »Verdammte Scheiße!«, rief er, als die Packung zu Boden fiel, aufplatzte und die orangefarbenen Semmelbrösel und Eisklumpen unter den Herd schlitterten. »Ganz viele überleben heutzutage Brustkrebs«, sagte er, fiel auf die Knie und begann, die Schweinerei aufzuräumen. Als er vor der Spüle stand und die Fischstäbchen abspülte, die er vom Boden aufgehoben hatte, bebten seine Schultern. Er sah so klein und verängstigt aus, wie Nick sich fühlte.

Später hatten sie gedrängt um den kleinen Küchentisch gesessen und klumpigen Kartoffelbrei und verkohlte Fischstäbchen gegessen. Ein kühler Luftzug wehte durch das Küchenfenster, das geöffnet war, damit der Geruch von verbranntem Öl abzog. Zu dritt hatten sie sich steif unterhalten wie Leute, die die Gesellschaft der jeweils anderen nicht gewohnt waren. Dad trank kein Bier. Seine Hand zitterte, als er nach dem Glas Wasser griff. Nick konnte seinen Blick nicht von ihm und seiner Mum abwenden. Dad liebte sie. Das hätte er niemals gedacht.

Nachdem sie zehn peinliche Minuten lang das Essen auf ihren Tellern herumgeschoben hatten, bot Nick an abzuwaschen. Als er damit fertig war, steckte er den Kopf durch die Wohnzimmertür. Elvis schmachtete aus den Lautsprechern des Plattenspielers, der einmal seiner Großmutter gehört hatte. Er wusste nicht, was er denken sollte, als er seine Mum und seinen Dad in einen peinlichen Tanz versunken sah. Ihre Füße schlurften über den abgewetzten Teppich, der einmal rot gewesen war, doch jetzt ausgeblichen pinkfarben. Dads Arm lag um Mums Taille, und sie hatte ihre Hand auf seine Schulter gelegt. Die von der Decke hängende nackte Glühbirne hob die Diamanten im Smaragdring hervor, den Mum immer trug. Nach dem Lied war Knistern und Knacken zu hören, als die Nadel leere Rillen umkreiste. Nicks Eltern bewegten sich nicht, verharrten in der Umarmung. Wieder einmal herrschte eine besondere Atmosphäre, aber nicht voller Bitterkeit, sondern voller Liebe.

Sie fühlten sich so ähnlich wie eine Familie. Nick hoffte, dass es nicht zu spät war.

KAPITEL 19

Jetzt

Farncaster ist schäbiger, als ich es in Erinnerung habe. Ohne bewusst darüber nachzudenken, blinke ich und biege in die Siedlung ein, die ich einmal mein Zuhause genannt habe. Ich krieche die Straße entlang und nehme alles begierig in mich auf: den feuerroten Briefkasten, in den ich die Bewerbungen für die Universitäten eingeworfen hatte, auf die ich nicht gehen wollte. Mrs Phillips' Bungalow – sie hatte mir immer einen Apfel geschenkt, wenn ich auf dem Weg zur Schule vorbeiging. Den Kirschbaum, der den Bürgersteig mit zartrosa Blüten bedeckt hatte und somit auch mein mit Kreide gemaltes Himmel-und-Hölle-Spiel. Das Haus, in dem ich aufgewachsen war, scheint geschrumpft zu sein. Der Motor brummt, als ich die Haustür anschaue – abblätternde grüne Farbe, verrottende Fensterrahmen aus Holz, dicke Tüllvorhänge. Ein heftiger Kontrast zum Rest der Straße. Was würde geschehen, wenn ich an die Haustür klopfte? Wer würde aufmachen? Mein Blick wird vom oberen linken Fenster angezogen. Ich kann mir fast mein winziges Kinderzimmer vorstellen. Den Schreibtisch in der Ecke, der wackelte, wenn man sich auf die linke Seite lehnte; das mit Lexika vollgestopfte Bücherregal; mein langes weißes

Nachthemd, das aussah wie aus viktorianischer Zeit, nach Persil roch und ordentlich gefaltet auf dem Kopfkissen lag. Ich sehe, dass sich etwas bewegt. Der Tüllvorhang im Wohnzimmer bauscht sich, als wäre er bewegt worden. Ich kann einen Schatten erkennen. Mein Pulsschlag schießt in die Höhe. Ich kann den Blick nicht vom Fenster losreißen, als ich die Handbremse löse und weiterfahre, ohne mich umzuschauen. Eine Hupe ertönt zum zweiten Mal an diesem Tag. Ich zittere, als ich mit den Lippen eine stumme Entschuldigung an den Fahrer forme. Dann gebe ich Gas und fahre weiter, schaue ein letztes Mal in den Rückspiegel. Der Schatten ist immer noch da.

Ich bin gesehen worden.

* * *

Lisas altes Haus sieht noch genauso aus, wie ich es in Erinnerung habe. In der Einfahrt steht immer noch ein Wohnwagen, aber seine Farbe ist mit den Jahren verblasst, und das Dach und die Fenster sind mit dichtem grünem Moos bedeckt. Erinnerungen an Urlaube mit Lisas Familie drängen sich in mein Gedächtnis: das Abstempeln von Bingokarten mit roten Markern; in die Höhe gerissene Arme bei einer Fahrt in der Achterbahn; Lippen, die von Essig und meersalzhaltiger Luft brennen, und später vom Küssen. Ich glaube, Nancy wohnt immer noch hier, und wenn ja, muss sie wissen, wo Lisa ist. Obwohl ich den Motor abstelle und fest den Türgriff umklammere, kann ich mich nicht dazu aufraffen, das Auto zu verlassen.

Feigling.

Auch als ich mich daran erinnere, wie viel auf dem Spiel steht, erwische ich mich dabei, wie ich den Schlüssel drehe und weiterfahre. Ich fange beim Krankenhaus an, in dem Lisa arbeitet, aber zuerst will ich mich frisch machen, Pfefferminzbonbons und Wasser kaufen. Ich bin nervös und wünschte, ich hätte mir die Zeit genommen, zu duschen und meine Zähne zu putzen, bevor ich losgefahren bin, aber ich hatte Angst, Nick zu wecken.

Angst, er würde versuchen, mich abzuhalten.

Angst, er würde mitkommen wollen.

* * *

Auf dem Parkplatz hinter dem alten Kino gibt es viele Parklücken. Als ich hier noch gewohnt habe, wurde das Kino durch ein Multiplexkino in einem Gewerbegebiet ersetzt. Es ist traurig zu sehen, wie die Architektur zu Ruinen verfällt. Ich fahre zwischen zwei kleinere Autos und quetsche mich aus meinem heraus. Nie kann ich die Türen weit genug öffnen. Sehnsüchtig werfe ich einen Blick auf die Eltern-Kind-Parkplätze. Die High Street ist halb leer, aber gerammelt voll mit Nostalgie: der HMV-Musikladen ist jetzt ein Ein-Pfund-Laden; die Fenster des *The Three Fishes* sind mit Brettern vernagelt. Es ist alles so anders und fühlt sich trotzdem genau gleich an. Es ist, als wäre ich niemals weggewesen. *Triffst du auf die Ritze, bricht vom Turm die Spitze* – meine erwachsene Fassade entwischt mir, und ich fühle mich schrecklich entblößt. In der Tür des Zeitschriftenladens steht ein Mann. Trotz seines Bartes und der in die Augen hängenden Haare erkenne ich in ihm den Jungen, der er einmal war. Aaron. Es ist fast, als schwanke der Boden unter meinen Füßen. Ich kann nicht aufschauen. Kann keinen Blickkontakt herstellen. Meine Haut kribbelt. Ich glaube nicht, dass er mich gesehen hat, als er mit hochgezogenen Schultern und wütendem Gesichtsausdruck ein Handy aus der Tasche zieht.

Ich gehe eine Gasse entlang, vorbei an einem kleinen Café mit Namen *The Coffee House*, und glaube, dass Kaffee genau das ist, was ich brauche. Sitzen. Nachdenken. Meine Beine fühlen sich wackelig an, nachdem ich Aaron gesehen habe. Der Tisch kippelt, und auf ihm liegt eine rot-weiße Wachstuchdecke. Ein gefaltetes Stück Pappe ist unter ein Tischbein geschoben worden. Ich sitze mit dem Rücken zum Fenster und bestelle, das Zischen und Brutzeln von Speck ignorierend, einen Cappuccino. Mein Handy zeigt Unmengen verpasster Anrufe und verzweifelter SMS von Nick an. Ich schicke ihm eine Nachricht und teile ihm mit, dass es mir gut geht, er sich keine Sorgen machen soll und ich ihm morgen alles erklären werde.

Gelangweilt spiele ich mit Salz- und Pfefferstreuer herum und drehe sie unaufhörlich. In Gedanken vertieft, schaue ich nicht auf, als erneut die Glocke an der Eingangstür bimmelt. Erst als ein Schatten auf meinen Tisch fällt, schaue ich auf. Ich sehe, wer vor mir steht, und mir wird bang ums Herz.

KAPITEL 20

Jetzt

»Nancy!« Fast hätte ich Lisas Mutter nicht erkannt. Ihr Gesicht ist eingefallen, graue Haut spannt sich über die Wangenknochen.

»Ich kann nicht glauben, dass du hier bist.« Keuchend ergießen sich die Worte aus ihrem Mund, und ich weiß nicht, ob sie sich darauf bezieht, was gerade passiert oder was damals geschehen ist. Als ich sie das letzte Mal gesehen habe, saßen wir auf ihrem Sofa, und ich erinnere mich daran, ihre Hand in meiner gespürt zu haben. »Was ist passiert?«, hatte sie gefragt. »Zwischen dir und Lisa. Es bricht mir das Herz, dass ihr euch zerstritten habt. Erzähl mir alles.« Damals wusste sie nicht, was ich getan hatte. Keine von uns ahnte, welche Auswirkungen es haben würde. Sie war einmal so nett zu mir gewesen. Mein Blick sucht ihren, aber ich weiß nicht, was sie denkt.

Sie sinkt auf einen Stuhl, und als sie wieder spricht, klingt sie erschöpft, nicht wütend. »Ich konnte es nicht glauben, als ich dich in der Zeitschrift gesehen habe. Katherine White. Das ist aber ein bisschen was anderes als Kat Freeman, oder? Du hast es offensichtlich zu etwas gebracht.« Sie sagt das mit einer gewissen Schärfe, und es klingt wie eine Anschuldigung. Ich möchte ihr versichern, dass ich nicht in der Lage gewesen bin zu vergessen, egal, wie weit ich weggezogen bin.

»Du bist also verheiratet.« Sie deutet mit dem Kopf auf meinen Ring. »Familie?«

Sie kann nichts von der Leihmutterschaft wissen, und ich zögere. »Noch nicht. Eigentlich dachte ich, ich würde Mutter werden, aber ...«

Sie hebt die Hand, um mich zum Schweigen zu bringen, und ich presse die Lippen zusammen, um die Worte nicht auszusprechen, die ich sagen will. Wir starren uns schweigend, unbehaglich an, bis meine Bestellung schwappend vor mich gestellt wird. Starker Kaffee mit einer Milchschaumhaube. Dann fährt sie fort.

»Schätze, was du hast, Kat. Wenn du wie ich alles verloren hast ...« Sie schüttelt den Kopf, und ich möchte ihr versichern, dass sie nicht alles verloren hat. Sie hat eine Tochter.

Am liebsten hätte ich die Hand nach ihr ausgestreckt, doch ich tue es nicht. Stattdessen frage ich: »Lisa ...?«

Aber Nancy sagt: »Ich kann nicht, Kat ...« Dann erhebt sie sich mit großer Anstrengung, als wäre sie viel älter, als sie tatsächlich ist. An der Tür dreht sie sich noch einmal um und sagt nach einer kurzen Pause: »Pass auf dich auf.«

Und ich möchte so gern glauben, dass sie es auch so meint, dass sie mir nur Gutes wünscht, aber es hört sich trotzdem wie eine Drohung an.

Sie getroffen zu haben, hat so viele Gefühle in mir ausgelöst. Wie dumm von mir zu glauben, ich könnte einfach herkommen, um Lisa zu suchen. Ich muss mich entschuldigen, muss es wiedergutmachen, muss mit Jake anfangen.

Der Parkplatz am Fuße des Hügels ist voller Schlaglöcher. Unkraut zwängt sich durch den Boden, der einst mit Kies bedeckt war. Es ist schon so lange her, seitdem ich Jake das letzte Mal gesehen habe. Es gibt so vieles, was ich sagen möchte, was er wissen soll, aber jetzt, da ich hier bin, weiß ich nicht, ob ich reden kann. Das schwarze schmiedeeiserne Tor quietscht, als ich es aufstoße und meine sich sträubenden Füße überrede vorwärtszugehen. Ich bin nervös, fühle mich beklommen. Schaue mir ständig über die Schulter. Ich habe das Gefühl, beobachtet zu werden. Wolken jagen über den dunklen Himmel, und überall sehe ich Schatten. Ich sage mir, dass das Einzige, was mir folgt, meine eigenen Schuldgefühle sind. Trotzdem beschleunige ich meine Schritte, eile den Hang hinauf, und meine Schuhe versinken im feuchten, wild wuchernden Gras. Mir ist es egal, dass meine Wildlederstiefel wahrscheinlich ruiniert sind. Mir ist alles egal. Ich will nur Jake finden, ihm sagen, wie leid es mir tut.

Als ich oben den Weg erreiche, bin ich außer Atem. Ich krümme mich, stütze mich mit den Händen auf den Oberschenkeln ab und warte darauf, dass sich mein Herzschlag beruhigt. Doch es ist nicht nur die Anstrengung, die meinen Puls in die Höhe treibt, es ist unbegreiflich, dass ich noch nicht hier gewesen bin. Mein Blick fällt auf das Krematorium. Gefühle überschlagen sich in meiner Brust. Die Windspiele, die vom Baum über dem Bereich mit den Kindergräbern herabhängen, schaukeln im Wind, klimpern ein Schlaflied, das nie mehr beruhigen kann. Die mich umgebenden Grabsteine sind moosgrün, die Namen und Daten verblasst. Ich gehe in den hinteren Teil, wo die Denkmäler glänzender, die Kreuze von Engeln und aufwendigen Motiven ersetzt werden. Die Blumen hier sind frisch abgelegt, die Grabstätten ordentlich gepflegt. Ich gehe auf Zehenspitzen zwischen den Reihen entlang, achte darauf, wohin ich trete.

Jakes Namen auf einem schwarzen Marmorrechteck zu lesen ist wie ein Schlag in die Magengrube. Meine Beine geben nach und ich sinke auf die Knie. Meine Lunge zieht sich schmerzhaft zusammen, als ich mich in stillem Schmerz vor- und zurückwiege und mir das *Entschuldige* im Hals stecken bleibt. Jetzt, wo ich hier bin, kann ich nicht glauben, dass es so real ist, so grausam. Ich wusste, dass er tot ist, natürlich. Immerhin war ich dabei, aber ich war noch im Krankenhaus, als er beerdigt wurde. Die Beerdigung verpasst zu haben und nie wieder hergekommen zu sein, machte es leichter, mir irgendwie einzureden, dass er immer noch da war, immer noch glücklich.

Der Wind bläst und hinter mir höre ich das Klimpern im Baum, aber ansonsten herrscht Stille, eine unangenehme Stille. Die Luft vibriert, fühlt sich fast bedrohlich an. Meine Finger sind vor Kälte taub, und ich klemme die Hände unter die Achselhöhlen, um sie zu wärmen. Nun, da ich hier bin, weiß ich nicht so recht, was ich tun soll. Ich bereue es, nicht angehalten und Blumen gekauft zu haben. Helle, farbenfrohe, denn egal, wo Jake auch auftauchte, er war immer der Lebhafteste im Raum. Ich schaue zu den anderen Grabstätten, zu den vertrockneten Kränzen, den Sträußen aus Seidenblumen und entdecke sogar einen Heliumballon mit der Aufschrift: *Alles Gute zum Vierzigsten, Dad*. Der Gedanke, dass sich eine Familie um eine Gedenktafel versammelt, Kerzen ausbläst und Kuchen anschneidet, ist schrecklich.

Rechts von mir bewegt sich etwas, und ich drehe den Kopf. Zuerst sehe ich nicht, was meine Aufmerksamkeit erregt hat. Ich spähe zu den Schatten, halte Ausschau nach einem Kaninchen. Ein Zweig knackt. Die Büsche rascheln. Ich recke den Hals. *Was ist da?* Schlurfen, Blätter bewegen sich, und etwas Rosafarbenes blitzt auf, ein Umriss – eine Hand? *Wer ist da?*

»Hallo?«, rufe ich. Der Wind heult. Der Busch bewegt sich. Ich kann nichts sehen, habe aber das Gefühl, beobachtet zu werden. Unbehagen überkommt mich.

»Hallo?« Ich stelle einen Fuß vor, bin bereit davonzurennen. Hinter mir kracht es, und ich zucke zusammen, schaue über die Schulter, aber außer dem schwingenden Tor ist nichts zu sehen.

Ich richte meine Aufmerksamkeit wieder auf den Busch. Jetzt sehe ich Lichtschatten, wo zuvor noch dunkle Flecken waren, und ich glaube, dass derjenige, der mich beobachtet hat, gegangen ist. Ich weiß, dass jemand hier war. Verunsichert strecke ich die Hand aus und zeichne Jakes Namen nach, als könnte er mich beruhigen. Gleichzeitig knackt ein Ast hinter mir, und ich reiße die Hand weg, will aufstehen, doch es ist zu spät. Eine Hand umklammert bereits meine Schulter, zwingt mich in die Knie, und alles stürmt wieder auf mich ein.

* * *

Finger drückten sich in meine Schulter, eine Hand lag schwer auf meinem Kreuz und drängte mich vorwärts. Ich versuchte, mich dagegenzustemmen, streckte die Arme aus, um mich an irgendetwas festzuhalten, doch meine Finger griffen ins Leere.

»Bitte.« Meine Stimme klang hoch und schrill. Ich war schweißgebadet. »Bitte nicht. Du darfst das nicht tun.«

Hinter mir ertönte ein Grunzen, das Geräusch schweren Atmens, und ich tat alles, was ich konnte, um es ihm zu erschweren. Ich machte mich steif, wehrte mich. Eine Sekunde lang lockerte er den Griff, und ich war frei, aber gerade, als mein Verstand mitbekam, dass keine Hände mehr auf mir lagen, spürte ich einen Druck auf den Oberarmen und wurde heftig geschüttelt. In meinem Kopf schlug das Gehirn Purzelbäume. Ich biss mir auf die Zunge und schluckte die Angst und den metallischen Geschmack von Blut herunter.

Meine Sicht trübte sich, der Boden unter meinen Füßen fühlte sich weich an, und mein Körper wurde schlaff. Ich hatte das Gefühl zu fallen, bevor ich zurückgerissen und wieder nach vorne gestoßen wurde. Mit voller Wucht landete ich auf allen vieren. Mein Kopf schlug gegen etwas Hartes, Festes, und Schmerzsalven schossen durch meine Arme ins Genick.

Benommen hörte ich fast nicht den Knall hinter mir. Das Klicken eines Schlosses.

»Nein! Warte!« Ich sprang auf die Füße. Übelkeit erfasste mich, als der Boden unter meinen Füßen zu schwanken schien. Blindlings streckte ich die Arme aus, versuchte, die Tür zu finden. Die Finsternis war alles verzehrend. Erstickend. Meine Hände zitterten, als ich sie gegen die Wände schlug, mich drehte, bis ich ihn schließlich fand. Ich griff nach dem Türknauf, aber meine Hand war feucht, und ich brauchte drei Anläufe, bis ich ihn drehen konnte. Doch ich bekam bestätigt, was ich bereits wusste.

Ich war gefangen.

* * *

Die Erinnerung ist im Nu verschwunden, und wieder knie ich auf dem feuchten Gras, und Finger drücken sich fest in mein Fleisch.

Kapitel 21

Jetzt

Als ich scharf die Luft einsauge, rieche ich ihr frisches, blumiges Parfüm. Ich weiß, wer hier ist. Lisa. Sie nimmt ihre Hand von meiner Schulter, und ich schaue zur Seite, wo sie neben mir kniet. Eine Seite ihres Gesichts ist mit Prellungen übersät, wo sie aufs Eis gefallen ist, aber ich stelle keine Fragen. Stattdessen strecke ich die Hand aus. Sie verschränkt ihre Finger mit meinen, und ich weiß, er ist hier bei uns. Im Wind, der meine Haare zerzaust, im Regen, der meine Haut küsst.

Jake.

Sein Name ist in großen, geschwungenen, unmöglich zu übersehenden Buchstaben eingemeißelt, und so war er durch und durch. Unmöglich zu übersehen. Mit seinem Charme und Charisma zog er die Leute an. Ich liebte ihn. Ich schlucke den Kloß hinunter, der sich endlos in meinem Hals zu bilden scheint. Ich liebe ihn immer noch und brauche den Schmerz nicht zu sehen, der sich jetzt auf Lisas Gesicht abzeichnen wird, um zu wissen, dass sie ihn auch noch liebt.

»Es tut mir so leid, Kat.« Lisa drückt meine Finger, und ich spüre, wie sehr sie zittert. Ich glaube, es ist für uns beide zu viel, hier zu sein, doch ich bringe es nicht über mich zu gehen.

»Ich hatte mir so sehr gewünscht, es ihm erzählen zu können«, sage ich.

»Ich rede die ganze Zeit mit ihm«, gesteht Lisa, und ich denke zum ersten Mal darüber nach, wie es für sie, die hiergeblieben ist, gewesen sein muss. Ich fühle mich furchtbar, denn ich bin bisher nie wieder hier gewesen. Ihretwegen. Es ist dumm, dass ich dachte, ich könnte alles aus meinem Gedächtnis löschen, als wäre es nie passiert.

»Es war meine Schuld«, sage ich. Meine Stimme klingt ausdruckslos, und es gibt kein unausgesprochenes Fragezeichen.

»Es war ein Unfall«, entgegnet Lisa. »Wenn ich auch nur eine Sekunde geglaubt hätte, dass es deine Schuld war ... Das war es nicht. Wirklich.«

»Aber wenn ich nicht ...«

»Hör auf!« Als Lisa schreit, rascheln die Zweige, und ein Vogel kreischt, schlägt mit den Flügeln und erhebt sich hoch in den Himmel. »Muss es denn die Schuld von jemandem sein?«

Sie verzieht das Gesicht, als würde es wehtun zu reden, und das tut es vielleicht auch. Ihre Wange ist geschwollen; ihr Auge halb geschlossen und schwarz. Ich frage mich, ob sie über Jake redet oder über ihre Fehlgeburt.

»Bist du okay?«, frage ich sie. »Ich bin eigentlich nur hergekommen, weil ich nach dir schauen wollte.« Als ich das sage, fällt mir auf, dass es die Wahrheit ist. Ich weiß, dass Lisa das Baby verloren hat, aber ich will sie nicht verlieren, nicht noch einmal. »Solltest du nicht das Bett hüten?«

»Solange ich mich nicht übernehme, ist es in Ordnung, sagt der Arzt. Ich darf nicht schwer heben und keinen Marathon laufen. Und ich habe immer noch Magenkrämpfe und das hier.« Sie berührt ihre Wange. »Aber ich lebe, und du solltest auch damit beginnen. Hör auf, dir die Schuld zu geben. Denk an die Zukunft. Denk an dein Baby.«

»Welches Baby?«, frage ich matt.

»Das hier.« Lisa nimmt meine Hand und legt sie auf ihren Bauch.

»Aber ich dachte ...«

»Ich habe geblutet. Aber der Arzt hat eine Ultraschallaufnahme gemacht, und ich bin immer noch schwanger.«

»Aber wie das?«

»Der Arzt glaubt, es sind ...« Sie hält inne. »Es waren Zwillinge. Die liegen bei uns in der Familie, erinnerst du dich?« Und wir beide drehen instinktiv den Kopf, um auf den Grabstein des Jungen zu schauen, den wir beide bedingungslos geliebt haben. Sie als Bruder, ich als Geliebte. Und als ich mich hinknie, die Feuchtigkeit durch meine Leggings dringt und der kalte Wind meine Wangen betäubt, erscheint es unmöglich, sich gleichzeitig todunglücklich und hoffnungsvoll zu fühlen, aber irgendwie tue ich das.

* * *

Es dauert nur ein paar Minuten, um bis zum Pub zu fahren. Meine Kleidung ist immer noch durchnässt. Lisas muss es auch sein.

»Bist du sicher, dass du nicht nach Hause willst, um dich umzuziehen?« Ich spüre bereits das Bedürfnis, mich um sie zu kümmern.

»Nein, ist schon okay. Lass uns reingehen und feiern.« Ihre Stimme ist so ausdruckslos, wie ich mich fühle. Zu feiern fühlt sich nicht richtig an.

»Geht's dir gut?« Ich mache mir Sorgen. Ihr stets blasses Gesicht ist jetzt so weiß wie Mehl.

»Müde, aber der Arzt sagt, es gäbe keinen Grund, dass der verbleibende Zwilling in Gefahr sei. Es ist nur …« Sie beißt sich auf die Unterlippe und starrt durch die Windschutzscheibe, die wieder beschlägt, weil ich den Motor abgestellt habe. »Zum Krematorium zu gehen …« Sie zuckt traurig mit den Schultern.

»Gehst du oft dorthin?« Es sollte doch eigentlich tröstlich sein, oder? Einen Ort zu haben, den man besuchen kann. Doch als ich dort gekniet hatte, bevor Lisa eintraf, zitternd vor Kälte und mit dem Gefühl, beobachtet zu werden, spürte ich alles andere als Trost.

»Nicht oft genug. Ich bin heute hingegangen, weil ich wusste, dass du kommen und nach mir schauen würdest, und wie hättest du da Jake nicht besuchen können? Normalerweise fühle ich mich furchtbar. Ich vermeide es, denn dort zu sein, Jake zu besuchen, bringt alles wieder zurück. Ich fühle mich so verdammt schuldig.«

»Weshalb solltest du dich schuldig fühlen?« Ich bin überrascht. Ich dachte, ich würde die Schuld alleine tragen.

Lisa zupft an einem Faden, der unten aus ihrem Pullover hängt, und ich weiß, dass sie ihre Worte sorgfältig wählt.

»In jener Nacht …«

Wir zucken beide zusammen, als ein dumpfes Geräusch ertönt. Jemand schlägt gegen das Auto, als er vorbeirennt.

»Wer zum Teufel …?« Ich ziehe meinen Ärmel über die Hand und wische damit über das beschlagene Fenster, aber wer auch immer das gewesen ist, er ist längst verschwunden.

»Vielleicht waren es Kinder«, sagt Lisa. »Sie spielen ständig auf diesem Parkplatz. Lass uns reingehen. Mir ist eiskalt.«

»Was wolltest du sagen? Über das Gefühl, Schuld zu haben?«

»Es sind all diese Was-Wäre-Wenns, oder? Sogar …« Außerstande, meinem Blick zu begegnen, starrt sie aus dem Fenster. »Wenn ich nicht mit dir befreundet gewesen wäre, hätte dich mein Bruder nie kennengelernt. Wäre er dann noch da? Aber das werden wir nie erfahren, oder?« Sie öffnet ihre Tür und steigt aus. Ich kann sie immer noch sehen. Ich könnte die Hand ausstrecken und sie berühren, aber ich habe das Gefühl, dass sie ganz weit weg ist.

Im Pub ziehe ich meine Jacke aus und werfe sie über einen Hocker in der Nähe des prasselnden Kaminfeuers.

»Heiße Schokolade mit Sahne und Marshmallows?«

»Mein Notfallgetränk an trüben Regentagen.« Lisa versucht zu lächeln. »Das weißt du noch.«

Hinter der Theke erhitzt der Barista die Milch in einer Maschine, die zischt und gluckert. Der Anblick von Champagner, der im Kühlschrank kaltgestellt ist, macht mich traurig. Ich werde immer noch Mutter, und ich sollte es eigentlich von den Dächern schreien, aber der Gedanke an das Baby, das Lisa verloren hat, steht in meinen Gedanken im Vordergrund. Ich kann nicht anders und frage mich, ob es ein Junge oder ein Mädchen gewesen ist. Es ist fast unbegreiflich, dass ich ein solches Verlustgefühl für ein Baby empfinden kann, von dessen Existenz ich gar nichts wusste, aber es ist so. Ich bin den Tränen nahe, als ich versuche, meine Gedanken auf das Baby zu lenken, das noch da ist, und mir versichere, dass es in Ordnung ist, glücklich darüber zu sein.

»Glaubst du an Schicksal?«, fragt Lisa, noch bevor ich mich mit den Getränken wieder hingesetzt habe. »Oder Karma? Alles rächt sich irgendwann. Ich weiß nicht. Meinst du, dass einige Dinge einfach so sein sollen? Fast unvermeidlich?«

In den Sternen geschrieben, denke ich, doch stattdessen sage ich: »Ich bin mir nicht sicher. Früher habe ich das geglaubt, aber einiges ist so sinnlos, oder? So überflüssig. Wenn es alles Teil irgendeines großartigen Plans ist, dann frage ich mich, warum.«

»Was ich gesagt habe. Vorhin. Darüber, dass Jake noch hier wäre, wenn ich dich nicht kennengelernt hätte, das glaube ich nicht. Nicht wirklich. Autounfälle passieren jeden Tag, und wenn seine Zeit abgelaufen war, dann war es doch egal, mit wem er wo war, oder?«

»Aber dadurch fühle ich mich nicht weniger schuldig. Wenn ich nicht gewesen wäre, hätte er überhaupt nicht in dem Auto gesessen.«

»Glaubst du, sie fühlt sich immer noch schlecht? Die andere Fahrerin?«

Ich zucke mit den Schultern. Darüber hatte ich noch nicht wirklich nachgedacht. »Wenigstens hatte sie keine Mitfahrer im Auto. Niemand anderer ... wurde verletzt.« Ich kann das Wort *getötet* nicht aussprechen. »Ich weiß nicht. Vielleicht geistert es ihr noch im Kopf herum.«

»Ich glaube, mich frustriert, dass es die Polizei als unverschuldeten Zusammenstoß eingestuft hat. Scheußliches Wetter. Ein tragischer Unfall. Aber Mum braucht offensichtlich jemanden, dem sie die Schuld zuschieben kann. Lechzt fast danach. Sie scheint nicht loslassen zu können.«

Ich greife nach ihrer Hand.

»Manchmal ...« Ihre Stimme bebt. »Manchmal frage ich mich, ob sie sich nicht wünscht, ich wäre an seiner Stelle gestorben. Ob Jake ihr Liebling gewesen ist?«

»Das stimmt nicht. Sie hatte keinen Liebling.«

»Ich vermute, wir glauben, was wir glauben wollen, oder?« Lisa seufzt. »Wie auch immer, das hier ist für dich.« Sie zieht ein grießeliges Schwarz-Weiß-Foto aus ihrer Handtasche.

Zuerst weiß ich nicht, was es sein soll.

»Ist das ...?«

»Das Baby. Tut mir so leid, dass du den Ultraschall verpasst hast. So war das nicht geplant, Kat.«

Ich zeichne das Bild mit dem Finger nach. Die winzigen Gliedmaßen, den unverhältnismäßig großen Kopf, der fast aussieht, als gehörte er zu einem Außerirdischen.

Lisa lehnt den Kopf an meine Schulter. »Ich habe Angst, dass Mum es herausfindet, aber zu große Angst, es ihr zu erzählen«, flüstert sie fast, und ich verdenke es ihr nicht. Ich glaube nicht, dass Nancy die Leihmutterschaft gut aufnehmen wird. Nicht, wenn sie weiß, dass das Baby für mich ist. Es ist schwierig, als ich das Foto anschaue, den verschwommenen Fleck aus schwarzen und weißen Punkten dem in Lisa wachsenden Baby zuzuordnen. Ich lege meine Hand auf ihren Bauch.

»Danke.« Das ist so ein harmloses Wort, aber es strotzt von allem, was ich fühle. Vor allem, was ich will.

Lisa schaut sich im Pub um und rutscht auf ihrem Platz herum. Sie scheint sich nicht wohlzufühlen und schiebt meine Hand weg.

»Es fühlt sich wirklich noch so empfindlich an.«

»O Gott, es tut mir leid.« Ich hatte an den emotionalen Schmerz gedacht, den wir beide wegen ihres Verlustes fühlten, aber sie muss sich auch körperlich scheußlich fühlen. »Kann ich etwas für dich tun?«

»Nein. Ich glaube, ich werde nach Hause gehen und meinen Schlafanzug anziehen. Etwas Bequemeres. Meine engen Hosenbündchen helfen nicht gerade. Ich weiß, dass es noch früh ist, aber ich glaube, wenn man schon einmal schwanger war, sind die Bauchmuskeln ausgeleiert und man geht schneller auseinander. Beim letzten Mal hat man ewig nichts gesehen, aber dieses Mal bekomme ich meine Jeans schon nicht mehr zu.«

»Hast du Schwangerschaftskleidung?«

»Nein. Ich habe sie einem Wohltätigkeitsladen gespendet. Dachte nicht, dass ich sie noch einmal brauchen würde. Du weißt doch, dass ich nie ein eigenes Baby wollte.« Wieder rutscht sie auf ihrem Platz hin und her, und ihr Blick huscht im Pub herum.

Sie macht mich nervös. Ich ertappe mich dabei, wie ich über meine Schulter schaue und Gefahr laufe, paranoid zu werden.

»Lisa, was ist los?« Ich kenne sie gut genug, um zu wissen, dass mit ihr etwas nicht stimmt. Und es hängt nicht nur damit zusammen, dass ihre Hose spannt.

Lisa starrt niedergeschlagen in ihre Tasse, taucht Marshmallows mit dem Finger in die schokoladige Flüssigkeit und lässt sie wieder nach oben hüpfen. »Ich mache mir Sorgen, dass uns jemand hier zusammen sieht und es meiner Mutter erzählt.«

»Ich habe sie vorhin getroffen.«

»Aber du hast doch nichts über das Baby erzählt, oder?« Sie sieht entsetzt aus.

»Natürlich nicht – aber sie wird es merken.«

»Ich weiß. Ich werde es ihr erzählen.«

»Willst du, dass ich mitkomme und es erkläre?«

»Lieber nicht, Kat.« Lisa wickelt sich ihren Schal um den Hals. »Ich werde das gleich auf dem Nachhauseweg machen. Ich gehe zu Fuß. Das wird mir guttun. Du hast doch nichts dagegen, wenn ich gehe, oder? Nichts ist schlimmer als Geheimnisse, nicht wahr?« Etwas Unausgesprochenes hängt in der Luft.

»Lass mich dir wenigstens ein paar neue Kleidungsstücke kaufen.« Ein kleines Angebot unter den gegebenen Umständen, und es ist fraglich, ob ich das für sie mache oder damit ich mich besser fühle.

Sie schlüpft in ihre Jacke. »Die kann ich auch von den Auslagen zahlen.«

»Ich möchte sie dir aber spendieren.« Unsere Blicke treffen sich, und ich glaube, sie sieht, wie sehr ich etwas tun muss. »Wir könnten doch zusammen einkaufen gehen.«

»Danke, aber ich fühle mich so kaputt. Wenn du das Geld überweist, werde ich online etwas bestellen.«

Ich nicke zustimmend, und nachdem sie rasch ihre Adresse für mich notiert hat, damit ich sie im Notfall immer finde, ist sie weg.

Ich gehe auf die Toilette, bevor ich zu meinem Auto eile und in meiner Tasche nach den Schlüsseln wühle. Unter meinen Füßen knirschende Glassplitter lassen mich wie angewurzelt stehen bleiben. Als ich den Kopf hebe, rauscht mir das Blut in den Ohren. Meine Autoscheibe ist eingeschlagen. Ein kribbelndes Gefühl von Unbehagen lässt mich schnell den Kopf drehen. Ist jemand hier? Versteckt er sich hinter dem Transporter und wartet auf meine Reaktion? Kauert er hinter der Mauer, die zum Biergarten führt? Gedanken schießen mir durch den Kopf, als ich mir zu erklären versuche, was geschehen ist. Kann es sein, dass jemand versehentlich gegen mein Auto gefallen ist und mit dem Ellbogen das Glas eingeschlagen hat? Jeden Einfall, den ich habe, verwerfe ich. Die Fensterscheibe ist zu dick.

Ich spähe ins Innere des Autos. Auf dem Beifahrersitz liegt ein Backstein. Jemand hat es absichtlich getan. Hinter mir ertönt ein klirrendes Geräusch, und ich ringe nach Luft und wirbele herum, doch es ist nur der Barmann, der leere Flaschen in einen Plastikbehälter wirft. Er geht zurück in den Pub, und ich bleibe allein auf dem Parkplatz zurück, aber irgendwie fühle ich mich nicht allein. Ein weiteres Geräusch springt mich an, irgendetwas, was ich nicht genau bestimmen kann, und ich eile zurück zum Pub. Zurück in die Wärme. Zurück in Sicherheit.

Mein Blick ist auf den Boden gerichtet, und ich weiche einer zerbrochenen Flasche aus. Doch bevor ich die Tür erreiche, biege ich um die Ecke und renne direkt in jemanden hinein. Mein Blick erfasst seine schmutzigen Turnschuhe, dunkelblaue Jeans, weißes Hemd und schließlich sein Gesicht.

»Ich habe Sie gesucht«, sagt er.

KAPITEL 22

Jetzt

Ich hatte den Mann nicht gekannt, der sagte, er habe nach mir gesucht, aber er stellte sich mir als Wirt des Pubs vor.

»Es tut mir leid. Einer der Stammgäste erzählte mir, dass in einen Geländewagen eingebrochen worden sei. Leider gibt es eine ganze Einbruchsserie. Möchten Sie, dass ich die Polizei rufe?«

Er war mit mir zu meinem Auto gegangen, und ich hatte nachgeschaut, ob etwas fehlte. Nichts war gestohlen worden.

»Nein. Ich rufe meinen Mann an.«

Der Wirt hatte die anderen Autos überprüft, als ich Nick anrief. Sein Handy war ausgestellt, und ich wurde von dem Gefühl überrollt, ihn zu brauchen. Wollte seine Arme um mich spüren. Ich war erschöpft, genervt und wollte nach Hause.

»Meinen Sie, Sie könnten das irgendwie notdürftig reparieren?«, hatte ich den Wirt gefragt. »Ich kann es morgen ordnungsgemäß reparieren lassen.«

Jetzt krieche ich die Nebenstraßen entlang, das Auto kämpft gegen den Wind an, und das laute Flattern der dicken Lage Plastikfolie, die in das Fenster geklebt ist, dröhnt in meinen Ohren. Ich nehme den Fuß vom Gaspedal, obwohl ich nur fünfunddreißig Meilen pro Stunde in einer Sechzigerzone fahre. Ich übe, wie ich Nick unsere Neuigkeiten erzählen will, aber die Worte klingen zu plump, zu kompliziert. Wegen des permanenten kalten Luftzugs, der durch einen Spalt in der Plastikfolie weht, bekomme ich einen steifen Hals und Kopfschmerzen. Meine Muskeln sind angespannt. Ich werde ein Baby haben. *Wir* werden ein Baby haben. Ich zwinge mich, an Nick zu denken, denn es ist mir erst jetzt richtig klar geworden, dass dieses Baby auch Jakes Gene haben wird. Vielleicht Jakes warme grüne Augen, sein umwerfendes Grübchenlächeln, und wenn dem so ist, dann werde ich jedes Mal, wenn ich mein Kind anschaue, an meinen verlorenen Liebhaber denken. Je mehr ich darüber nachdenke, desto unwohler fühle ich mich. Treulos, fast so, als besudelte ich mein Ehegelübde, allen anderen zu entsagen. Zum ersten Mal frage ich mich, ob die Leihmutterschaft eine gute Idee war. Ob wir es nicht noch einmal mit einer Adoption hätten versuchen sollen. Aber jetzt ist es zu spät, und trotz allem darf es mir nicht leidtun. Wir werden Eltern.

Obwohl erst Nachmittag ist, ist es draußen grau und dunkel. Als der Verkehr aus dem nahe gelegenen Gewerbegebiet strömt, kommt es zu einem Stau. Nur aus Spaß schicke ich Nick eine Nachricht.

Was hast du heute Abend vor?

Vermisse dich. Gehe gerade aus dem Büro. Werde im Bett Toast essen und NCIS schauen.

Nick kann gut kochen, macht sich aber nicht die Mühe, wenn ich nicht da bin. Ich glaube, es wäre eine nette Überraschung, vorzugeben, über Nacht weg zu sein und dann in einer Stunde mit einem Curry nach Hause zu kommen.

Kommst du morgen zurück? Geht's dir gut?

Mein Daumen tippt ein Ja ein.

Die Autos setzen sich langsam wieder in Bewegung. Ich überlege, was ich vom Inder mitnehme, und als ich an die cremigen Soßen, duftenden Kräuter und zarten Hühnchenstücke denke, knurrt mir der Magen. Ich beuge mich vor, um das Handschuhfach zu öffnen, und hole ein Röhrchen Fruchtpastillen heraus. Eine stecke ich mir in den Mund und bin froh, dass es eine gelbe ist. Der Zucker beginnt zu schmelzen, und auf der Zunge kribbelt der Zitrusgeschmack, der mir sofort das Gefühl gibt, wacher zu sein, als ich es bin. Wenn wir früher aus der Schule kamen, rief Nancy oft im Zeitschriftenkiosk an und ließ uns eine Süßigkeit aussuchen. Wir wollten immer Fruchtpastillen. Ich tauschte meine roten gegen Lisas orangefarbene, und Jake aß immer zuerst seine schwarzen. Wir zählten von drei rückwärts, bevor wir uns die Süßigkeit in den Mund schoben, und streckten in regelmäßigen Abständen die Zunge heraus, um zu vergleichen, wie klein die Pastillen waren. Lisa konnte nie widerstehen, ihre zu kauen, und wenn wir zu ihrem Haus kamen, hatten Jake und ich immer noch ein kleines Stück der geleeartigen Süßigkeit auf der Zunge, während Lisa ihre ganze Tüte leer gegessen hatte und meine wollte.

* * *

Normalerweise parke ich in der Einfahrt, aber da beim CR-V das Fenster fehlt, umfahre ich heute Abend unsere Sackgasse und zuckele die Gasse entlang, die zu unserer Garage führt. Ich setze das Auto zwischen Nicks Golfschläger, die Black-&-Decker-Werkbank und eine Reihe von Werkzeugen, die er nie benutzt. Als ich die Autotür öffne, vermischt sich der muffige

Geruch der Garage mit dem Duft nach Korma, der aus der Tüte auf dem Beifahrersitz kommt.

Ich betrete das Haus durch die Hintertür. Abgesehen vom grünen Schein der Uhr am Kochfeld ist die Küche dunkel. Ich betätige den Lichtschalter. Der Backofen macht *tick-tick-tick*, bevor sich die Flamme entzündet, und ich stelle die Aluminiumbehälter mit dem Essen auf den untersten Einschub, damit es warm bleibt. Der Kühlschrank surrt in der Ecke, und Gläser mit Chutney klirren gegeneinander, als ich die Tür aufreiße. Meine Hand greift nach der Sicher-ist-sicher-Flasche Sekt von M&S, die wir immer im Gemüsefach aufbewahren. Doch irgendwie scheint es nicht richtig zu sein, das Leben eines Kindes zu feiern, wenn ein anderes verloren ist. Ich bin vom Tag und von der Fahrt erschöpft und unterdrücke den Drang zu weinen, als ich stattdessen die Flasche Pinot heraushole und zwei Gläser aus dem Schrank.

Ich schalte das Flurlicht nicht ein, als ich am leeren Wohnzimmer vorbeischleiche und leise die Treppe hinaufgehe. Nick soll nicht merken, dass ich da bin. Bevor ich unser Schlafzimmer erreiche, schlüpfe ich noch ins Kinderzimmer, ziehe eine Schublade auf und durchwühle den Stapel Unterhemdchen. Ich halte jedes vor das Nachtlicht, bevor ich das weiße finde mit *I love my Daddy* darauf in roter Schrift.

Trotz meiner Traurigkeit bin ich zunehmend aufgeregt, als ich über den Flur tappe, und erst da fällt mir die Stille auf. Kein Fernseher. Kein *NCIS*. Ich klemme mir die Flasche unter den Arm, stelle mir das sich auf Nicks Gesicht ausbreitende Lächeln vor, wenn ich ihm erzähle, dass Lisa immer noch schwanger ist, und stoße langsam die Tür auf. Im Zimmer ist es dunkel, und Enttäuschung macht sich in mir breit. Nick muss eingeschlafen sein. Ich zögere, weiß nicht, ob ich ihn wecken soll, aber ich höre sein schweres Atmen nicht. Ich höre überhaupt nichts. Also schalte ich das Licht ein und warte, bis sich meine Augen an die Helligkeit gewöhnt haben, doch schon vorher weiß ich, dass Nick nicht da ist.

Enttäuscht stelle ich den Wein und die Gläser ab und drücke mit Daumen und Zeigefinger zwei Lamellen der Jalousie auseinander. Unsere Einfahrt, die Stelle, an der Nicks Auto eigentlich stehen sollte, ist leer. Ich rufe sein Handy an. Es ist mir egal, dass ich jetzt die Überraschung verderbe. Es klingelt und klingelt, bis sich die Mailbox einschaltet. Ich lege auf und sinke aufs Bett, unsicher, was ich tun soll.

Sekunden später piept mein Handy.

Tut mir leid, Liebes. Entscheidende Stelle bei NCIS. Kann ich dich später zurückrufen?

Mir wird das Herz schwer, aber ich sage mir, dass ich es falsch verstanden haben muss. Er muss mit Richard fernsehen, aber auf dem leeren, stillen Fernsehbildschirm stelle ich mir vor, Bilder des Lippenstifts auf Nicks Hemd zu sehen. Ich hämmere eine Antwort ins Handy.

Wo bist du?

Liege im Bett und wünschte, du wärst hier.

Das Handy fällt mir aus der Hand, und auf der weichen Daunensteppdecke rolle ich mich zusammen, ziehe die Knie an die Brust und umklammere fest die Beine, als könnte ich so den Schmerz in Schach und meine Ehe intakt halten.

***

Später schäle ich mich aus dem Bett, und jeder Muskel protestiert. Szenarien jagen mir durch den Kopf, und keines davon ist beruhigend. Nick. Ich kann nicht glauben, dass er eine Affäre hat. Kann es einfach nicht, und doch deuten alle Zeichen darauf hin. Er überprüft ständig sein Handy auf Nachrichten, ist fahrig, fast gereizt, und ich kann mich nicht daran erinnern, wann wir das letzte Mal miteinander geschlafen haben. Bilde ich mir das nur ein oder haben wir uns seit Weihnachten weiter voneinander entfernt? Seit Lisas SMS, in der sie uns mitteilte, dass sie schwanger sei. Doch knapp außerhalb meines Bewusstseins schwebt eine weitere Erinnerung, und ich laufe im Schlafzimmer hin und her, als ich versuche, sie in den Vordergrund zu ziehen. Nick erhielt Weihnachten eine SMS. Mir wird flau im Magen. Natasha.

Mein Spiegelbild verhöhnt mich. Die ungewaschenen Haare hängen schlaff herunter. Das Gesicht ist blass und vom Weinen fleckig. Mein Körper quillt in einer Speckrolle über den Gummibund der Leggings. Da ich von zu Hause aus arbeite, habe ich irgendwann aufgehört, mir Mühe zu geben, und mich gehen lassen. Voller Abscheu starre ich so lange in den Spiegel, bis mir die Sicht verschwimmt und ich abdrifte. Nick am Tag unserer Trauung. Seine vor Gefühlen brechende Stimme beim Ablegen des Ehegelübdes. Wie seine Hände zitterten, als er mir den Ring überstreifte. Ich tauche ab in die Erinnerungen. Sie sind bunt und strahlend. Warm und tröstlich. In jeder Hinsicht besser als das Hier und Jetzt. Doch die Realität zerrt immer wieder an mir, bis ich widerwillig im kalten und stillen Zimmer zurück bin und unbedingt über alles reden will.

Ich nehme mein Handy, scrolle durch die Kontakte und drücke auf *Wählen*. Es klingelt und klingelt. Komm schon, dränge ich Lisa, das Gespräch anzunehmen, aber eine Roboterstimme fordert mich auf, eine Nachricht zu hinterlassen. Das mache ich nicht. Dafür versuche ich es bei Clare. Mit jedem Klingeln wächst meine Enttäuschung.

Als stünde es kurz davor zu explodieren, schleudere ich mein Handy aufs Bett. Das Verlangen, Nick eine SMS zu schicken, ist unermesslich, aber ich will seinen Gesichtsausdruck sehen, wenn ich ihn konfrontiere. Die Aufregung hält mich auf den Beinen, und ich gehe wütend auf und ab, bis das Adrenalin abebbt und ich auf dem Bett liegend Nicks Kissen an mich presse.

✲✲✲

Das Geräusch eines schreienden Babys reißt mich aus dem Schlaf. Ich sitze kerzengerade da. Das verlorene Baby? Das Schlafzimmer ist in Dunkelheit getaucht, und die Schatten der Möbel wirken gespenstisch. Das Weinen lässt nach, geht über in eine noch lautere Stille, und ich weiß mit Sicherheit, dass ich heute nicht nach Farncaster hätte fahren und Schulter an Schulter mit den Einkaufenden durch die Stadt laufen sollen, als wäre ich eine von ihnen, als gehörte ich dorthin. Langsam scheint die Decke sich mir zu nähern, verdichtet die Luft im Zimmer. Ich denke an den Stein, der mein Autofenster zertrümmert hat, an die Gestalt beim Krematorium, Blicke, die jede Bewegung von mir verfolgt haben. Ich schlinge die Arme um mich, kann nicht aufhören zu zittern und weiß, dass es Angst und nicht Kälte ist. Alles wird mich einholen. Ich weiß nicht, ob ich mich weiter zusammenreißen kann.

Nicht noch einmal.

KAPITEL 23

Jetzt

Als ich aufwache, das Geräusch des schreienden Babys noch deutlich im Gedächtnis, überziehen pink- und orangefarbene Streifen den Himmel. Ich war so unruhig in der Nacht. Die Steppdecke ist zu Boden gerutscht, und ich bin kalt und steif. Ich strecke die Beine aus, krümme die Zehen, rege das Blut an zu fließen und das Kribbeln zu vertreiben, bevor ich auf meinen immer noch gefühllosen Füßen zum Fenster stampfe. Die Einfahrt ist leer. Ich reibe mir den Schlaf aus den Augen, als könnte ich damit Nicks Auto erscheinen lassen. Doch das gelingt mir nicht. Mein Handy rutscht über den Nachttisch, trällert »Like I Love You«, und ich weiß, es ist Lisa.

»Morgen, Lisa.«

»Hallo.« Ihre Stimme klingt ausdruckslos. »Ich habe meiner Mutter gestern Abend von der Leihmutterschaft erzählt.«

»Wie hat sie es aufgenommen?«

»Nicht gut. Sie versteht nicht, wie ich ein Kind abgeben kann. Nicht, wenn sie doch eines verloren hat.«

»Wie ist sie denn beim letzten Mal damit klargekommen? Bei Stella?«

Es folgt eine kurze Pause.

»Sie war nicht begeistert, aber dieses Mal ist es schlimmer. Dieses Mal ...«

»Bin ich es.«

Lisa seufzt. »Ich hatte nicht vor ... Schau mal, Jake war mein Zwillingsbruder, und ich habe ihn genauso geliebt wie sie, wenn nicht sogar mehr. Es war ein Unfall. Mir ist das klar. Warum ihr nicht?«

»Es mag ein Unfall gewesen sein, aber es war trotzdem der falsche Ort zur falschen Zeit. Und wäre es nicht meinetwegen gewesen, dann wäre Jake nicht dort gewesen, oder? Es liegt in der menschlichen Natur, nach jemandem zu suchen, der Schuld hat.«

»Aber ...« Jetzt weint Lisa. Ich warte, während sie sich sammelt. »Du bist nicht gefahren. Das war Jake, und ihm gibt man nicht die Schuld. Muss immer jemand verantwortlich sein, Kat? Sie ist so damit beschäftigt, wütend und verletzt zu sein, dass sie die guten Zeiten vergessen hat.« Lisa atmet stoßweise. »Erinnerst du dich daran, wie wir zu Ostern den Kuchen gebacken haben? Wir müssen ungefähr dreizehn gewesen sein.«

»Ja. Das war furchtbar. Er ist in der Mitte zusammengefallen.«

»Jake sagte, er könne das besser, und wir haben ihm erzählt, dass Jungs nicht backen können ...«

»Und er hat sich in der Küche eingeschlossen und diese Schokorolle gemacht. Sie war fantastisch!«

»Sie war gekauft. Weißt du das?«

»War sie nicht.«

»Ich habe die Verpackung im Mülleimer gefunden. Der Kuchen war noch von Weihnachten übrig und lag hinten im Küchenschrank. Er hat nur den Schneemann abgelöst und Minieier obendrauf geklebt. Ich habe ihm versprochen, nichts zu sagen, wenn er mich dafür den Rest essen lässt. Kein Wunder, dass ich dick war.«

»Wie witzig. Ich dachte, er wäre ein hervorragender Koch. Einmal hat er ein romantisches Abendessen für zwei für uns gekocht. Pasta und ...«

»Dolmiosoße.«

»Nein!« Ich lache, obwohl es ein bisschen peinlich ist, dass es der Person, von der ich dachte, ich hätte sie besser gekannt als jeder andere, gelungen war, mich reinzulegen. Aber ich glaube, wir werden alle manchmal hinters Licht geführt, oder? Wir glauben, was wir sehen wollen.

»Ich vermisse ihn, Kat, und ich habe niemanden, mit dem ich über ihn reden kann. Um ehrlich zu sein, ist meine Mum immer noch so sehr in ihrer Trauer gefangen, dass sie kaum mit mir spricht.«

»Du kannst immer mit mir reden, Lis. Ich bin immer da.«

»Tut mir leid. Das sind die Hormone.«

»Entschuldige dich nicht. Du hast gerade ein Baby verloren. Einen Zwilling. Du fühlst dich bestimmt furchtbar.«

Jetzt weint sie noch heftiger. »Es tut mir leid.«

»Hör auf, dich zu entschuldigen, Lis.«

Sie putzt sich die Nase. »Es wird überhaupt nicht leichter. Der Verlust. Ich glaube nicht, dass Zeit alle Wunden heilt. Glaubst du das? Wir müssen einfach lernen, damit zu leben, aber was, wenn wir das nicht können? Was dann?«

Ich gehe hohle Phrasen durch, die ich schnell verwerfe, und schweige, bis Lisas Schluchzen nachlässt.

»Soll ich zu dir kommen?« Mein Angebot ist aufrichtig.

»Nein. Es ist wahrscheinlich besser, wenn du nicht noch einmal nach Farncaster kommst. Ich glaube nicht, dass du hier besonders herzlich empfangen wirst.«

»Was ist mit deiner Ultraschalluntersuchung?«

»Ich weiß, du wolltest dabei sein, aber, Kat ...«

»Bitte. Die Termine bei der Hebamme sind mir egal, aber das Baby tatsächlich zu sehen ... Ich könnte dich im

Krankenhaus treffen und danach wieder fahren. Das bekommt niemand mit.«

»Ich weiß nicht.«

»Bitte, Lis.« Die Leihmuttergruppe im Internet, zu der ich gehöre, meint, dass eine großartige emotionale Nähe zum Baby entstehe, wenn man bei der Ultraschalluntersuchung dabei sei. »Ich möchte wirklich so viel wie möglich eingebunden sein.«

»Okay.«

Sie klingt immer noch zögerlich, aber ich plane in Gedanken schon meine Fahrt durch die Außenbezirke, um die Stadtmitte zu meiden.

»Du rufst mich an, sobald du einen Termin hast, ja? Ich will es für dich nicht schwerer machen, als es ist, Lisa. Das verspreche ich dir. Ich respektiere, dass deine Mutter nichts mit mir zu tun haben will, aber ich möchte dich in allem unterstützen, und das muss sich nicht nur aufs Baby beziehen. Es war gut, über Jake zu reden.«

»Ich habe dich vermisst!«, platzt es aus Lisa heraus.

»Besuch uns bald. Und bring alte Fotos mit.«

»Die, auf denen Jake diesen verrückten Porkpie-Hut trägt?«

»Den hatte er auch auf Perrys Party auf.« Der Hut war nach hinten gerutscht, als wir uns zum ersten Mal geküsst hatten, und er hatte ihn mit einer Hand festgehalten, während er mit der anderen meinen Nacken massierte.

»Ich komme gern zu euch«, sagt sie, »und schwelge mit dir in Erinnerungen an Jake. Das würde ich sehr gerne machen.«

Ein warmes Gefühl hüllt mich ein wie ein Umhang, und ich schimpfe mit mir, weil ich so viel Zeit vertan habe.

* * *

Die Dusche spuckt und spritzt. Ich schrubbe meine Haut, als könnte ich die Müdigkeit abwaschen. Das Wasser prasselt auf mich ein wie meine Gefühle. Trotz allem, was ich wegen Nick fühle, blubbert unter dem Misstrauen, der Enttäuschung und dem Kummer Freude, dass es Lisa und mir gut geht. Dass es dem Baby gut geht.

Als ich Kokosnussshampoo im Haar aufschäume, gehe ich die Dinge durch, die ich Nick sagen will, aber sogar in meinen Gedanken klingen die Worte kalt und anklagend. Es wird besser sein, zu warten und zu hören, was er zu sagen hat. Nachdem ich mich abgetrocknet habe und angezogen bin, schminke ich mir ein mutiges Gesicht. Meine Haut spannt unter der dicken Schicht Foundation.

Ich habe Gemüse geschnippelt, Brühwürfel aufgelöst und laufe barfuß mit auf den Fliesen klebenden Füßen zwischen Spüle und Herd hin und her, als Nick in die Küche geschlichen kommt.

»Hallo.« Er weicht meinem Blick aus. »Ich dachte nicht, dass du schon zu Hause bist.« Er neigt den Kopf, um mir einen Kuss zu geben, und seine Bartstoppeln kratzen an meiner Wange entlang.

Als mir der widerliche Geruch von Whiskey in die Nase steigt, weiche ich zurück.

»Lange bin ich noch nicht zurück.« Meine Stimme klingt fröhlich und gibt ihm die Chance, mir die Wahrheit zu sagen, aber unter meinem ruhigen Äußeren köchelt die Wut wie die Suppe auf dem Herd.

»Hier riecht es aber gut!« Er hebt den Deckel des Topfes hoch und atmet durch die Nase tief ein.

»Wo bist du gewesen?« Die Frage rutscht mir heraus, bevor ich darüber nachdenken kann.

»Ich bin kurz beim Büro vorbeigefahren, um ein paar Papiere zu holen. Letzte Nacht habe ich dich vermisst.« Er reibt seine Nase an meinem Hals, schlingt die Arme um meine Taille und drückt mich so fest, dass mir fast die Luft wegbleibt. Ich versuche, mich aus seinem Griff zu winden, aber er klammert an mir, und ich kann mich nicht befreien. Als ich meine Arme um ihn schlinge, spüre ich, wie seine Schultern zittern, und glaube, dass er vielleicht weint, aber ich bin mir nicht sicher. Fast erwarte ich, einen Hauch von Parfüm zu riechen, doch außer der Alkoholfahne ist da nichts. Nick legt mir die Hand auf den Rücken und zieht mich näher zu sich heran, bis kaum mehr ein Millimeter Platz zwischen unseren Körpern ist, doch ich habe mich noch nie so weit von ihm entfernt gefühlt.

»Es gibt da etwas, was ich dir sagen muss«, beginne ich und weiche zurück. Ich schaue ihm in die Augen, bevor ich sage: »Ich weiß es.«

In seinem Gesicht blitzt kurz Panik auf. »Du weißt es?« Er spricht langsam. Vorsichtig. Als schinde er Zeit, um in seinem Kopf eine geeignete Antwort zusammenzubasteln, bevor er sie laut ausspricht.

»Ich weiß, dass du letzte Nacht nicht hier warst.«

Sein scharfes Einatmen sagt mir, dass ich ihn überrascht habe.

»Nein. War ich nicht.« Es folgt keine Erklärung.

»Wo warst du?« Ich verschränke die Arme. Einerseits habe ich Angst vor seiner Antwort, andererseits will ich sie unbedingt hören.

»Kat.« Er flüstert meinen Namen voller Reue. »Es tut mir so verdammt leid, aber es gibt etwas, was ich dir sagen muss.«

Kapitel 24

Damals

Nick fror, als er aufwachte. Seine Bettdecke war dünn und sein zu kleiner Schlafanzug hatte ihn nicht gewärmt. Sie waren vor ein paar Jahren in eine Dreizimmersozialwohnung umgezogen, aber sie war immer noch kein glückliches Zuhause. Es hatte eine Zeit gegeben, als seine Mutter an Brustkrebs erkrankt war, da hatte Nick eine andere Seite an seinem Vater entdeckt. Doch seitdem seine Mutter als geheilt galt, war es, als würden all die Angst und der Kummer in Wut umschlagen. Er war jetzt schlimmer als je zuvor. Nick hatte seine Mutter angefleht, den Vater zu verlassen, denn der wurde immer gewalttätiger, doch sie hatte gesagt: »Er ist immer noch in ihm, der Mann, in den ich mich verliebt habe. Erinnerst du dich, als ich krank war?« Doch Nick dachte, wenn man erst eine lebensbedrohliche Krankheit haben musste, damit jemand nett zu einem war, dann liebte derjenige einen nicht so, wie man gehofft hatte. Doch heute würde er nicht darüber nachdenken. Heute war sein Geburtstag. Der neunzehnte! Obwohl es keine Party geben würde und keine richtigen Geschenke, war ihm das egal. Er wollte nur, dass seine Mutter seinen Vater verließ. Nick hatte jetzt eine Vollzeitstelle bei Tesco und gab kaum Geld für sich selbst aus. Alles ging auf ein Sparkonto. Eines Tages würde er ein großes Haus kaufen. Wie das, was seine Mutter gestern Abend in der Immobiliensendung so toll fand. Mit der Kücheninsel und den über dem Herd hängenden Kupferpfannen. Er würde die Küche sonnenblumengelb streichen, die Lieblingsfarbe seiner Mutter, und während er bei der Arbeit war, konnte sie Kuchen backen. Sie würde nie wieder arbeiten müssen.

Nick stieg der Duft von etwas Köstlichem in die Nase. Nicht der gewohnte modrige Geruch, der in der ganzen Wohnung herrschte, weil Schimmel an den Wänden emporkletterte und an der Decke hing, sondern es roch nach Bratwürstchen. Nick sprang aus dem Bett und zog sich Socken an, bevor er, so leise er konnte, nach unten in die Küche ging. Sein Vater schlief gern aus.

»Alles Gute zum Geburtstag, Nick!«

Seine Mum kam durch die Küche und umarmte ihn. Sie roch nach Öl und Putzmitteln. Nick drückte sie fest.

»Du musst doch fix und fertig sein.« Er trat zurück und schaute ihr ins Gesicht. Sie sah so viel älter aus als Richards Mutter, obwohl beide ungefähr im gleichen Alter sein mussten. Die Falten um ihre Augen kamen definitiv nicht vom Lachen.

»Mir geht's gut.« Das Lächeln erreichte nicht ihre Augen.

Nick streckte die Hand aus, um den Wasserkocher einzuschalten und ihr eine Tasse Tee zu kochen, aber sie schlug ihm leicht auf die Hand.

»Du setzt dich hin und packst deine Geschenke aus.«

Auf dem Tisch standen zwei in Geschenkpapier eingewickelte Pakete. Er nahm sie eines nach dem anderen in die Hand und schüttelte sie, versuchte zu erraten, was sich darin befand. Bei dem einen, von dem er glaubte, es könnte ein Buch sein, fuhr er mit den Fingern unter das sich überlappende Geschenkpapier und packte es aus, wollte den Moment auskosten.

»Danke, Mum.« Er schlug die Titelseite des Lexikons auf und ignorierte die Widmung *Frohe Weihnachten, Emma!* auf der Innenseite.

»Wenn du einen besseren Job findest, als Regale aufzufüllen, dann musst du das alles wissen«, sagte seine Mutter. Sie hatte gewollt, dass er in der Schule blieb, zur Uni ging, aber wie konnte er das? Er musste seinen Mann stehen. Zum Haushalt beitragen. Er hatte im Alter von sechzehn Jahren die Schule verlassen, war begierig darauf gewesen, Geld zu verdienen, doch ohne die Abschlussprüfungen war es schwer gewesen, einen anständigen Job zu finden, und deshalb hatte er den ersten genommen, der ihm angeboten worden war.

»Mach das andere auf, bevor die Würstchen verbrennen.«

Nick nahm das zweite Paket in die Hand. Er hatte keine Ahnung, was darin sein konnte. Aus der Bratpfanne stieg Dampf auf, deshalb riss er schnell das Papier ab.

»Mum!« Nick starrte auf eine Nokia-Schachtel und hatte fast Angst hineinzuschauen, falls etwas anderes darin sein sollte als ein Handy. Seit Ewigkeiten wünschte er sich eins, und mehr als einmal war er versucht gewesen, sich eines von seinem Lohn zu kaufen, aber seine Mum und er hatten fast eine unausgesprochene Abmachung. Jeder Penny wurde für ihre Zukunft gespart.

»Ich hoffe, es gefällt dir. Es ist nichts Ausgefallenes, aber du kannst SMS schicken und telefonieren. Ich habe es mit fünf Pfund aufgeladen.«

Nick ließ die Verpackung aus der Schachtel gleiten. Das Handy war nicht vergleichbar mit dem, das Richard hatte. Es war nicht internetfähig, hatte nicht einmal eine Kamera, aber Nick drehte es in den Händen, als wäre es ein Goldbarren. »Es ist toll. Danke.«

»Hau rein, sonst kommst du noch zu spät zur Arbeit.« Mum schob Bratwürstchen aus der Pfanne auf einen Teller.

Nick schaufelte sich Baked Beans in den Mund und schaltete das Handy ein. Erst als er sein Frühstück schon halb aufgegessen hatte, fiel ihm auf, dass seine Mutter nichts aß.

»Wo ist deins?«

»Ich esse später mit Dad.«

Nick zögerte. Seine Mutter war so dünn, dass er sich oft fragte, ob sie überhaupt etwas aß.

»Wirklich. Beeil dich, bevor dein Essen kalt wird.«

Nick beendete das Frühstück, und seine Mutter nahm den Teller, um ihn abzuspülen. Als Nick aufstand, kam er nicht umhin, die Kühlschranktür zu öffnen. Darin lagen nur noch drei Würstchen, und Nick wusste, dass seine Mutter überhaupt nichts essen würde.

Sein Handy fühlte sich hart und schwer in der Tasche an, als er zur Arbeit ging, und erinnerte ihn ständig daran, dass seine Mum wieder nicht gefrühstückt hatte.

»Happy Birthday, Kumpel.« Richard drückte Nick eine Schachtel in die Hand, als sie sich zum Mittagessen trafen und er mit ihm in den Imbiss schlenderte, um ihnen beiden etwas zu essen zu kaufen, als wäre es keine große Sache, dass er Nick gerade ein iPhone geschenkt hatte. Nick hatte bisher nur ein Foto von einem gesehen – offensichtlich war es super, aber fast unmöglich zu bekommen.

»Was soll das denn? Das kann ich nicht annehmen, Kumpel.« Nick versuchte es Richard zurückzugeben, als der mit Tüten voller heißer salziger Pommes und goldfarbenem Fisch zurückkehrte. Es war nicht so, dass er nicht dankbar war, aber Richard gab ihm so viel, und es war einfach nicht fair, dass alles, was Nick ihm dafür hatte zurückgeben können, Fußballtrainingsstunden gewesen waren. Auch wenn er darin verdammt gut war.

»Ich möchte, dass du es nimmst.« Richard öffnete mit den Zähnen ein Tütchen mit Ketchup.

»Ich denke ...«

»Du denkst zu viel«, unterbrach Richard ihn. »Ich denke, du möchtest eins. Ich denke, du solltest eins haben. Ernsthaft.« Er beugte sich näher zu Nick und senkte die Stimme. »Ich werde immer tun, wovon ich denke, dass es richtig für dich ist. Keine Widerworte. Wir sind Kumpel. Wir unterstützen uns gegenseitig, oder?«

»Immer.« Nick hatte das Gefühl, sein Gesicht würde gleich in zwei Teile zerreißen, so sehr grinste er, als er die Schachtel öffnete und das Handy herausholte. »Das ist doch gerade erst rausgekommen. Wie hast du es geschafft, eins zu kriegen?«

Richard klopfte sich seitlich gegen die Nase. »Ich habe Kontakte. Ich kriege alles hin. Es geht nicht darum, was man weiß ...«

»Es ist toll!«

»Es ist nichts.« Richard zuckte mit den Schultern.

Aber es war etwas. Für Nick. »Ich schulde dir was.«

»Oh, das tust du«, meinte Richard. »Ich werde es nicht vergessen.«

Auf dem Nachhauseweg von der Arbeit kam Nick an einem Pfandleihhaus vorbei, und ihm kam eine Idee. Er brauchte keine zwei Handys. Er konnte eines verkaufen und seiner Mutter dafür etwas Schönes besorgen, ohne ihre Ersparnisse angreifen zu müssen. Einen Strauß Blumen vielleicht oder Pralinen?

Die Glocke an der Eingangstür läutete, als er die Tür aufstieß. Kaffeeduft strömte ihm entgegen. Der Mann mit lustigem Zwirbelbart hinter dem Tresen musterte Nick argwöhnisch.

»Wenn es gestohlen ist, habe ich kein Interesse.«

»Nein. Es war ein Geschenk. Ehrlich.« Nick stellte seinen Rucksack auf den Tresen und zog den Reißverschluss auf. Er wühlte in seiner Tesco-Arbeitskleidung herum, bis seine Hand auf das klobige Nokia-Handy stieß. Er zog es heraus und erinnerte sich an das strahlende Gesicht seiner Mutter, wie sie ihm dabei zugeschaut hatte, als er es heute Morgen ausgepackt hatte. Ihre Hände waren rau und rot vom Putzen gewesen, und sie hatte ihm ein Frühstück serviert, das sie sich selbst nicht erlauben konnte zu essen. Nick ließ das Handy los, als hätte er sich plötzlich daran verbrannt. Stattdessen zog er das iPhone heraus, das er von Richard geschenkt bekommen hatte, und versuchte das bedrückende Gefühl in seinem Herzen zu ignorieren, als er sah, wie die Augen des Mannes aufleuchteten. Obwohl der Mann Nick nur einen Bruchteil dessen bot, was das Handy gekostet haben musste, stopfte Nick dennoch die Geldscheine in sein Portemonnaie.

Noch bevor Nick die Haustür aufgeschlossen hatte, hörte er das Geschrei.

»Du hast das Haushaltsgeld für ein verdammtes Handy rausgeschmissen?«

Als würde ihn die Wut seines Vaters zurückdrängen, zögerte Nick. Er stand auf der Fußmatte und umklammerte die babyrosafarbenen Nelken, die er gekauft hatte. Verstaut in seinem Rucksack lagen Terry's-All-Gold-Pralinen. Noch immer war etwas Geld übrig, das er seiner Mutter geben wollte.

»Es ist sein Geburtstag. Hast du überhaupt daran gedacht? Er hat ein schönes Geschenk verdient.«

»Klar erinnere ich mich. Ich bin doch nicht blöd. So wie er. Die Schule zu verlassen ohne einen verdammten Abschluss.« Die nette Stimme, die sein Vater gehabt hatte, als seine Mutter krank gewesen war, war nur noch eine vage Erinnerung. Er schien nun, da es ihr besser ging, noch wütender zu sein als vor ihrer Krankheit. Mum sagte, das sei so, weil er solche Angst gehabt habe, sie würde sterben, doch das ergab für Nick überhaupt keinen Sinn.

»Er ist nicht derjenige, der blöd ist!«, schrie seine Mutter.

Das Geräusch des Schlags hallte durchs Haus. Nick ließ seinen Rucksack und die Blumen fallen und stürzte in die Küche.

»Mum?«

Sie stand mit dem Rücken zu Nick, umklammerte den Rand der Spüle und beugte sich darüber, als wäre ihr schlecht.

»Alles in Ordnung, Liebling. Geh nach oben.«

»Nein.« Nicks Stimme zitterte, aber er war jetzt ein Mann. Er arbeitete Vollzeit, und die Tage, an denen er sich mit den Händen auf den Ohren unter seiner Bettdecke verkrochen hatte, waren vorbei. Nie wieder würde er vorgeben, die Geschichten seiner Mutter zu glauben, sie wäre gegen den Schrank gelaufen oder ausgerutscht, als sie aus der Badewanne gestiegen war. Außerdem hatte er jetzt gegenüber seinem Vater einen Vorteil. Er war größer. Fitter. Schneller. Eigentlich sollte er keine Angst haben, aber Nick merkte, wie seine Knie zu zittern begannen, als sein Vater mit erhobener Hand auf ihn zukam.

Seine Mutter schrie: »Lass ihn in Ruhe!« Sie wirbelte herum, und Nick sah die geschwollene Lippe und das Blut, das von ihrem Kinn tropfte.

Er wusste, dass er nur den Bruchteil einer Sekunde hatte, um zu entscheiden, was er tun sollte. Weglaufen oder zurückschlagen. In seinen Ohren ertönte ein Summen, und sein Blut fühlte sich an, als stünde es in Flammen. Es jagte schäumend durch die Venen. Die Hand des Vaters traf auf seine Wange und ließ die Zähne aufeinanderschlagen. Nick spürte, wie eine unsichtbare Macht seine Faust nach hinten zog und sie dann immer wieder in das Gesicht seines Vaters schlug. Er hatte einen Tunnelblick, war von Dunkelheit umgeben, aber er hörte nicht auf. Konnte nicht aufhören. Im Hintergrund schrie seine Mutter, Knochen knirschten, und Nick knurrte bei jedem einzelnen Schlag. Die Wut über jede in der Vergangenheit von seinem Vater zugefügte Verletzung mischte sich mit der Wut, die jetzt von ihm Besitz ergriffen hatte. Erst als sein Vater schlaff und kraftlos zusammensackte, ließ Nick das Hemd los, an dem er ihn festgehalten hatte, und Kevin – Nick schwor auf der Stelle, ihn nie wieder Dad zu nennen – fiel zu Boden. Nach und nach ließ das Summen in Nicks Ohren nach, die schwarzen Punkte vor seinen Augen verschwanden, und als er entsetzt auf das lädierte, blutige Gesicht vor sich starrte, da wusste er, dass er zu weit gegangen war.

KAPITEL 25

Jetzt

Was muss Nick mir sagen? Ich suche sein Gesicht nach Hinweisen ab, als ich herumrate, was es sein könnte.

»Du siehst aus, als wäre jemand gestorben.« Ich bin es, die die Stille durchbricht.

Nick verschränkt seine Finger mit meinen. Ich spüre einen elektrischen Schlag und versuche, vor ihm zurückzuweichen, doch ich sehe die blanke Verzweiflung in seinen Augen. Also zwinge ich mich, nicht zu weinen, lockere meine Hand in seiner und warte.

Sekunden verschwimmen zu Minuten, und er redet immer noch nicht.

»Gibt es eine andere?«, frage ich.

»Was? Um Himmels willen nein! Wie kommst du denn darauf?«

»Du warst letzte Nacht nicht hier. Du hast mich belogen. Du bist seit Wochen distanziert, seitdem ...« Gefühle schnüren mir die Kehle zu. Meine Stimme wird leiser. »Seitdem dir Natasha eine SMS geschickt hat.«

»Kat ...«

»Und ich habe dich gehört«, unterbreche ich ihn. »Wie du mit Richard am Neujahrstag gesprochen hast. Er sagte, dass du mir etwas erzählen müsstest, und du sagtest: Es ist zu spät.«

»Das habe ich tatsächlich gesagt«, stimmt Nick mir kopfnickend zu. »Und jetzt sind wir es. Erwischt worden.«

»Ich verstehe nicht.«

»Es gibt ein Problem.« Seine Stimme klingt gefasst, aber nur, weil ich ihn so gut kenne, bemerke ich ein leichtes Zittern. »Bei der Arbeit. Aber darüber brauchst du dir keine Sorgen zu machen.«

»Bei der Arbeit?« Erleichtert stoße ich Luft aus, aber sein Gesichtsausdruck verrät mir, dass diese Sache ernst zu nehmender ist, als er zugibt, und dass ich trotz seiner Beschwichtigungen besorgt sein sollte.

»Was ist passiert?«

»Wir haben für die Renovierung eines denkmalgeschützten Hauses keine Baugenehmigung bekommen. Das war keine Absicht. Richard ist da ein Fehler unterlaufen, und als ihm das aufgefallen ist, da hatten wir schon angefangen und haben blöderweise entschieden, weiterzumachen und nicht Farbe zu bekennen. Es ist ein Herrenhaus und eine riesige Baustelle. Möglicherweise verlieren wir eine Menge Geld, ganz zu schweigen von unserem Ruf, aber wir haben es im Griff.«

»Warum hast du mir das nicht erzählt?« In einer Ehe sollte man keine Geheimnisse voreinander haben, und ich bin verletzt, dass er das für sich behalten hat, aber ich will es nicht auf uns beziehen. Auf unsere Beziehung. Er sieht so unglücklich aus.

»Du musstest mit so vielem fertigwerden – den Babys, dem Umzug –, ich hatte gehofft, ich könnte die Sache bereinigen, ohne dass du etwas merkst. Ich weiß doch, wie sehr du dich stresst.« Zumindest das letzte bisschen stimmt.

»Trotzdem ...«

»Ich weiß. Du bist stärker, als du aussiehst.«

»Und ist es das jetzt? Bereinigt?«

»Noch nicht. Gestern bin ich zur Baustelle gefahren, und die Besprechung ging so lange, dass ich über Nacht geblieben bin. Einmal muss ich wahrscheinlich noch mal hin.«

»Kann ich dir irgendwie helfen?« Ich weiß, dass ich das wahrscheinlich nicht kann, aber ich fühle mich hilflos, ihn so verunsichert zu sehen.

»Du kannst mir eine Tasse Tee machen.« Er gibt mir einen Kuss auf den Scheitel. »Ich gehe duschen.«

»Und das ist wirklich alles?« Gerade als er den Raum verlässt, muss ich einfach fragen. »Da ist nichts mehr mit Natasha?«

Nick dreht sich um. Sein Blick sucht meinen. »Bitte mach dir um sie keine Gedanken.«

»In den letzten vierundzwanzig Stunden war das nicht einfach.«

Nick zieht sein Handy aus der Tasche und scrollt durch seine Kontakte. Als er zu Natashas Namen kommt, drückt er *Löschen* und sucht in meinem Gesicht nach einer Reaktion.

»Ich kann dir versprechen, dass du dir um eine Affäre zwischen Natasha und mir *niemals* Sorgen machen musst.« Er blinzelt nicht oder schaut weg, und ich glaube ihm tatsächlich, aber ich fühle mich immer noch beklommen. Und ich weiß einfach nicht, warum.

* * *

Später, nachdem Nick seinen Trainingsanzug angezogen hat und wir das Abendessen beendet haben, räume ich die Teller mit Suppe ab, die wir kaum angerührt haben. Ich wische mir die Brotkrümel in die Hand und lasse sie in den Abfalleimer rieseln. Ich bin müde, komme aber nicht zur Ruhe und sehne mich danach, Nick von Lisa zu erzählen, doch er hat sich in seinem Arbeitszimmer eingeschlossen, sagte, er müsse ein paar Telefonate erledigen.

Der Korb mit schmutziger Wäsche quillt über, und ich fange an, nach Farben zu sortieren. Dabei kontrolliere ich jede Tasche. Ich stopfe gerade Nicks Hosen und die Kleidung, die ich gestern getragen habe, in die Trommel, als ich einen Zettel bemerke, der zu Boden flattert. Ich hebe ihn auf und sehe, dass es eine Quittung vom *Farncaster Bean Café* ist.

Ich bin total müde, als ich die Quittung zusammenknülle und in den Mülleimer werfe. Nachdem ich Weichspüler in die Schublade gegossen und die Waschmaschine eingeschaltet habe, bringe ich den Kaffee ins Wohnzimmer und rufe nach Nick, damit er mir Gesellschaft leistet.

Er lässt sich aufs Sofa fallen und sieht erschöpft aus. Wir sind beide in den letzten Jahren gealtert. Es ist Zeit, ihm Lisas Neuigkeiten zu erzählen. Ich knie vor Nick und nehme seine Hand. Die Wärme geht von seiner Handfläche auf meine über, und meine Sehnsucht wächst. Ich drücke meine Lippen auf seine, und meine Finger fummeln an den Knöpfen seines Hemdes herum, aber er hält meine Hand fest.

»Kat, ich bin kaputt.«

Verletzt versuche ich von ihm zurückzuweichen, doch er zieht mich näher zu sich und rutscht auf dem Sofa zurück, um mir Platz zu machen. Ich lege mich neben ihn. Mein Kopf ruht an seiner Brust, und ich spüre das Schlagen seines Herzens.

»Erzähl mir, was du heute gemacht hast.« Seine Finger spielen träge mit meinen Haaren, und ich merke, wie ich mich gegen ihn sinken lasse.

»Das Autofenster wurde auf einem Parkplatz eingeschlagen, aber nichts gestohlen.«

»Ich lasse es morgen früh reparieren.« Er wickelt eine Haarsträhne um seinen Finger. »Hast du sie gefunden?«, fragt er leise. »Lisa.«

Niemals wäre ich irgendwo anders gewesen.

»Es tut mir leid, dass es nichts geworden ist, Kat«, sagt er nach kurzem Schweigen. »Ich möchte das Vorhaben, eine Familie zu gründen, nicht aufgeben. Ich weiß, wie viel dir das bedeutet, aber können wir mal eine Pause machen? Eine Weile *normal* sein?«

»Normal?« Das Wort versetzt mir einen Stich, aber ich weiß, was er meint. Ich habe Schwierigkeiten, mich an die letzte Unterhaltung zu erinnern, in der Adoption und Leihmutterschaft nicht Thema waren. Babys stehen bei uns ganz hoch im Kurs, und wir haben noch gar keins.

»Ich meine nicht, dass du nicht normal bist, weil du nicht schwanger werden kannst, das weißt du doch, oder?« Er streicht mir den Pony aus den Augen. »Es ist alles so verzehrend, oder? Diese ständige Sorge. Die Hoffnung. Die Enttäuschung. Ich glaube, alles, was wir brauchen, ist eine Pause, und dass wir uns vielleicht damit abfinden, niemals Eltern zu werden.«

»Im August.«

»Fahren wir in den Urlaub? Italien?«

»Nein. Werden wir Eltern.« Ich stütze mich auf den Ellbogen ab, damit ich Nicks Gesicht sehen kann. »Lisa ist immer noch schwanger.«

»Aber sie ist hingefallen. Meinte doch, dass sie blute. Krämpfe habe.«

»Der Arzt glaubt, es waren Zwillinge, und sie hat einen verloren. Sie hatte eine Ultraschalluntersuchung und ist mit Bestimmtheit noch schwanger.«

»Ist das denn möglich? Das hört sich unwahrscheinlich an.« Sein Blick sucht meinen, verlangt Bestätigung.

»Ist es. Ich hab's gegoogelt, und es ist nicht ungewöhnlich, dass ein Baby eine Fehlgeburt ist.«

»Sie ist wirklich noch schwanger?« Der Ausdruck in seinem Gesicht schwankt zwischen Ungläubigkeit und Begeisterung.

»Ist sie. Schau.« Ich wedele mit dem Ultraschallfoto vor ihm herum, als wäre es ein Zauberstab, der seine Zweifel verschwinden lassen kann. »Das hier ist unser Baby.«

Nick muss lächeln, als er auf das Foto schaut. »Man sieht, dass er gut bestückt ist. Er muss nach mir ...«

»Blödmann.« Ich schlage ihn auf den Arm. »Du schaust auf sein Bein. Oder ihr Bein. Es ist noch zu früh, um das Geschlecht zu erkennen.«

»Aber es *waren* Zwillinge?« Nicks Gesicht verdunkelt sich wieder.

»Ja. Die liegen bei Lisa in der Familie. Hör mal. Es gibt da etwas, was ich dir noch nicht erzählt habe.« Plötzlich scheint es mir wichtig zu sein, dass ich ehrlich bin. »Lisa hatte einen Zwillingsbruder, Jake – er ist bei einem Verkehrsunfall gestorben.«

»O nein!« Nick schüttelt den Kopf.

»Und ich war bei ihm. Im Auto. Es war nicht nur ein kleiner Unfall, wie ich dir erzählt habe. Wir waren neunzehn, schon fast auf der Uni. Er war ...« Ich hole tief Luft. »Mein fester Freund. Die erste Liebe sozusagen.«

»O Kat, das tut mir leid.« Nick sieht entsetzt aus, als er mich an sich zieht und mir übers Haar streicht. Er zittert am ganzen Körper, und ich weiß nicht, ob er meinetwegen oder Lisas wegen traurig ist. Oder weil der Junge sein Leben nicht leben durfte oder weil wir das Baby verloren haben. Ich warte, gebe ihm Zeit, alles zu verarbeiten, während ich mich gedanklich auf die unvermeidlichen Fragen vorbereite, doch als Nick spricht, sagt er: »Tut mir leid, Liebling, ich bin kaputt. Möchtest du weiter darüber reden, oder ist es okay, wenn ich mich ein paar Stunden hinlege?«

»Es macht nichts, wenn du müde bist.« Ich versuche, nicht enttäuscht zu klingen.

Nick stützt sich auf meiner Hüfte ab und klettert über mich hinweg. Unsere Blicke treffen sich einen Augenblick, bevor er seinen abwendet und ich mich auf so viele verschiedene Arten schäme.

»Es tut mir leid«, sage ich. »Ich hätte es dir erzählen müssen.«
»Ist schon in Ordnung.«
»Aber was ist, wenn das Baby wie Jake aussieht? Daran hätte ich denken sollen.«
»Dann wird er oder sie als Erinnerung dienen. Einige Dinge dürfen nicht vergessen werden. Sie ... sie *sollten* nicht vergessen werden.« Er stolpert über seine Worte, und ich weiß nicht, ob es mit seiner Müdigkeit oder mit seinen Gefühlen zusammenhängt. Was ich allerdings weiß, als ich ihn schweren Schrittes die Treppe hinaufstapfen höre, ist, dass ich einen Anfang mit der Wahrheit gemacht habe, und ich frage mich, welche Konsequenzen es hätte, wenn ich mich Nick vollkommen öffnen würde. Die Holzdielen knarren über mir, und ich greife nach der Fernbedienung und zappe mich auf der Suche nach etwas Stumpfsinnigem durch die Kanäle. *Dirty Dancing* bringen sie wieder. Das ist einer meiner Lieblingsfilme, aber als Babe eine Wassermelone trägt, werden meine Augenlider schwer, und als mich der Schlaf übermannt, gebe ich mich ihm gerne hin.

* * *

Die Dunkelheit war alles verzehrend, schluckte meine Fähigkeit, klar zu denken. Ruhig zu bleiben. Panik stieg in mir auf, und obwohl ich wusste, dass ich mich ruhig verhalten sollte – ich sollte ihn nicht verärgern –, konnte ich das Wimmern in meiner Kehle nicht zurückhalten, das sich in einen Schrei verwandelte. In einen gellenden Aufschrei.

»Bitte!« Ich tastete in der Dunkelheit herum, versuchte den Türknauf zu finden. Mein Herz setzte einen Schlag aus, als ich für eine furchtbare Sekunde glaubte, er wäre weg, doch dann fanden meine Finger das kalte Metall, das sich schnell unter meinen schweißigen Händen erwärmte. Ich zog und drehte und rüttelte, wusste, dass es keinen Unterschied machte, doch ich konnte nicht untätig sein.

»Bitte!« Ich schlug mit den Händen immer wieder gegen die Tür, aber jeder Schlag schürte nur meine Angst. *»Lass mich raus!«* Die Worte rissen sich von mir los, und wegen des Schlagens meiner Hände, des Rauschens von Blut in meinen Ohren, hörte ich es zuerst fast nicht. Das von draußen kommende Geräusch. Ich drückte die Stirn gegen die Tür, versuchte, meine stoßweisen Atemzüge unter Kontrolle zu bekommen, stellte mir vor, wie er das Gleiche auf der anderen Seite tat. Meine Panik wurde zu blankem Entsetzen, als die Bedrohung durch das Holz zu sickern schien. Ich trat zurück, stolperte über etwas, was ich nicht sehen konnte, und ging ungebremst zu Boden. Das Letzte, an was ich mich erinnerte, war das Aufschlagen meines Kopfes.

Ich war nicht sicher, wie lange ich bewusstlos gewesen war, aber als ich mit trockener Kehle und benebeltem Kopf wieder zu mir kam, war meine Blase zum Bersten voll. Meine Muskeln verkrampft. Ich versuchte, die Beine auszustrecken, aber meine Füße trafen auf die Wand. Ich streckte die Hände aus, spürte das Feste unter den Fingerspitzen und strengte mich an, meine Atmung zu beruhigen, bevor ich mit zitternden Knien aufstand. Ich hielt inne und wackelte mit den Zehen, um das Blut wieder ungehindert zum Fließen zu bringen.

»Bitte«, flüsterte ich jetzt, als ich die Tür berührte. Heiße Tränen der Demütigung brannten in meinen Augen. Sosehr ich mich auch davor fürchtete, was mich auf der anderen Seite der Tür erwartete, so beschämend war der Gedanke einzunässen. Meine Finger berührten den Türknauf und ohne Hoffnung drehte ich ihn erneut. Die Tür war immer noch verschlossen.

***

Als ich aufwache, weiß ich nicht, wo ich bin, und mir ist kalt vor Angst. Ich meine, ein Baby schreien zu hören, doch meine Wangen sind feucht, und ich glaube, ich selbst habe geweint. Alles ist so verworren. Die Albträume, von denen ich dachte, ich hätte sie hinter mir gelassen, suchen mich wieder öfter heim, und ich glaube, es liegt daran, dass Lisa erneut in mein Leben getreten ist und die Vergangenheit aufgewühlt hat. Jenseits des Wohnzimmerfensters ist der Himmel dunkel. Wolken verdecken den Mond und die Sterne. Ich muss stundenlang geschlafen haben, obwohl das nicht verwunderlich ist, denn letzte Nacht war ich kaum zur Ruhe gekommen. Im Fernsehen kündigt der Meteorologe ein baldiges Gewitter an, das den Schnee schmelzen lassen wird. Was hat mich aufgeschreckt?

Ich peile die Fernbedienung an, um den Fernseher auszuschalten und stattdessen auf Geräusche von Nick zu horchen. Doch nur das Ticken der Uhr im Flur, das durch die Stille verstärkt wird, ist zu hören. Meine Haut kribbelt. Irgendetwas stimmt nicht. Langsam setze ich mich auf.

Das Gefühl, beobachtet zu werden, ist so stark, dass sich mir die Nackenhaare sträuben. Unwillkürlich zittere ich und schlinge die Arme um mich. Ein leises schlurfendes Geräusch kommt von draußen. Es ist kaum wahrnehmbar, und wenn das Adrenalin nicht durch jede Zelle meines Körpers strömen und meine Sinne schärfen würde, hätte ich es vielleicht gar nicht gehört.

Da draußen ist jemand.

Für Besucher ist es recht spät, aber ich warte darauf, dass es an der Haustür klingelt. Sekunden vergehen und nichts passiert. Ich kann den Blick nicht vom Fenster abwenden. Durch den Schnee ist es draußen nicht ganz dunkel, aber ich sehe in der Scheibe nur die sich darin spiegelnden Wohnzimmermöbel. Ich sage mir, dass es nichts ist, obwohl ich weiß, dass da etwas ist. Innerlich stähle ich mich, bevor ich aufstehe und hinüber zum Fenster gehe, Angst habe, dass plötzlich ein Gesicht dort auftaucht. Jetzt wird gegen das Fenster gehämmert. Immer und immer wieder. Mir wird klar, dass das vorhergesagte Gewitter angekommen ist und Hagelkörner gegen die Fensterscheibe prasseln. Ich zwinge mich, ruhig zu werden, aber als ich beide Arme ausstrecke und nach den Vorhängen greife, da sehe ich es, bevor ich die Gardinen mit einem Ruck zuziehen kann. Ein Schatten. Eine Bewegung.

Da draußen ist jemand.

Außer meinem Spiegelbild kann ich nicht viel erkennen, als ich nach draußen starre. Eigentlich möchte ich rennen und Nick holen, aber fast wie auf Kommando lasse ich den Vorhang los, und meine Füße tragen mich zum Flur. Ich schalte die Außenbeleuchtung ein. Meine Hand greift nach der Klinke der Haustür. Ich drücke mein Ohr gegen das Holz. Ein zuckender Blitz lässt mich fast umkehren und die Treppe hinauflaufen, aber stattdessen öffne ich langsam einen Spaltbreit die Tür. Licht strömt herein. Keiner ist da, und ich trete hinaus. Schnee und Regen durchnässen meine Socken und betäuben die Zehen. In der Zeit, in der ich geschlafen habe, ist noch mehr Schnee gefallen, und die Einfahrt ist mit einem weißen Tuch bedeckt. Aber an der Seite des Gartens, neben dem Zaun, dort, wo jemand entlanggehen würde, der nicht gesehen werden will, entdecke ich Fußabdrücke. Sie führen zum Wohnzimmerfenster, wo sie verharren, kehrtmachen und die Haustür meiden.

Da draußen *war* jemand.

Und er hat mich schlafen gesehen.

Es fühlt sich an wie eine Warnung.

Du darfst es nicht erzählen, Kat.

Kapitel 26

Jetzt

Ich habe mir in den letzten Wochen angewöhnt, das Frühstück ausfallen zu lassen. Seitdem ich die Fußabdrücke im Schnee gesehen habe, werde ich das Gefühl nicht mehr los, beobachtet zu werden. Ich schlafe schlecht, und mein Appetit ist auch nicht mehr derselbe. Es ist unwahrscheinlich, sagt mir meine Vernunft, dass mir jemand aus Farncaster nach Hause gefolgt ist, aber mein Verstand überschlägt sich, springt von einer Schlussfolgerung zur nächsten. Immerhin hat mich Nancy in diesem Magazin gesehen, oder? Gott weiß, wer das noch getan hat. Mir ist klar, dass es höchstwahrscheinlich Lisas Rückkehr ist, die mich nervös macht. Das Nahen des zehnjährigen Jahrestages. Aber mitten in der Nacht, wenn sich Schatten abzeichnen und Dielenbretter knarren, umgibt mich eine Aura des Grauens. Die kalten knochigen Finger der Vergangenheit greifen nach mir.

Doch heute muss ich stark sein. Ich werfe ein paar Speckscheiben in die Pfanne und trete vom Herd zurück, als sie brutzeln und spritzen. Obwohl ich weniger esse, ließen sich die Reißverschlüsse in meinen Kostümen bei der letzten Probe nicht mehr hochziehen. Beschämt spürte ich, wie sich die Hitze von den Zehen bis zu meinem Kopf ausbreitete, als Tamara mir versicherte, ich solle mir keine Sorgen machen und sie könne sie problemlos in einer größeren Größe bestellen. Das hielt mich jedoch nicht davon ab, mich sofort auf die Waage zu stellen, als ich nach Hause kam. Sie zeigte dasselbe Gewicht an. Die Feuchtigkeit im Bad musste etwas mit der Anzeige gemacht haben. Also nahm ich mir vor, eine neue Waage zu kaufen. Das ist das Ärgerliche, wenn man zu Hause arbeitet und in Leggings lebt. Man merkt nicht, dass die Bündchen eng werden, und ich mochte zwar Mahlzeiten auslassen, aber ich esse immer noch Schokokekse bei der Arbeit. Ich stopfe sie mir in den Mund, als würde das gedankenlose Kauen meine zähnefletschenden Erinnerungen in Schach halten. Doch das tut es nicht.

Draußen ist der Garten eine Farbenpracht. Der Regen im April hat das Unkraut um die Pflanzen sprießen lassen. Nick verspricht ständig, die Rabatten in Ordnung zu bringen.

Im Radio läuft Corinne Bailey Raes' »Put Your Records On«. Es ist einer meiner Lieblingssongs, aber ich singe nicht mit, sondern konzentriere mich darauf, das knusprige Weißbrot zu schneiden. Eine Scheibe ist ungefähr zweieinhalb Zentimeter dick, und durch die andere kann man praktisch hindurchsehen, aber ich tauche sie sowieso in Ketchup. Ich esse im Stehen und habe mir ein Geschirrtuch in den Ausschnitt meines Tops gesteckt, um es vor dem Fett zu schützen, das mir vom Kinn tropft. Als ich mit dem Essen fertig bin, schreibe ich eine SMS an Lisa.

Wann ist heute die Ultraschalluntersuchung?

Immer noch um 15 Uhr!!

Der Arzt hatte die frühe Ultraschalluntersuchung nicht wiederholt, die gemacht worden war, als Lisa dachte, sie hätte eine

Fehlgeburt gehabt. Also werde ich heute das Baby zum ersten Mal sehen. Beanie ist jetzt zweiundzwanzig Wochen alt, und ich bin so ungeduldig gewesen. Ich habe im Internet gelesen, dass manche Frauen ihre für die zwanzigste Schwangerschaftswoche vorgesehene Ultraschalluntersuchung bereits in der achtzehnten Woche haben – jedes NHS-Krankenhaus ist anders, sagte Lisas Hebamme –, aber das hielt mich nicht davon ab, mir zu wünschen, wir gehörten zu denjenigen, die den Ultraschall früher hatten. Beanie ist jetzt so schwer wie eine Tüte Zucker. Mit Augenlidern und Augenbrauen und angelegten Zahnknospen. Ein richtiger kleiner Mensch. Ein Mini-Jake, denke ich, schiebe den Gedanken jedoch beiseite, als Nick den Kopf zur Tür hereinsteckt.

»Ich bin dann weg.«

»Warte!« Ich eile durch die Küche. »Kuss?« Ich stelle mich auf die Zehenspitzen, und er wischt mir mit dem Daumen die Mundwinkel ab.

»Ketchup«, sagt er, bevor er seine Lippen auf meine drückt.

»Hast du Hunger?«, frage ich.

»Nein.«

Er schläft und isst auch nicht ordentlich. Ich solle mir keine Sorgen wegen des Geschäfts machen, sagt er, aber es ist schwer, das nicht zu tun, wenn er es offensichtlich macht. Ich wünschte, er würde richtig mit mir reden.

Ich weiß nicht, wie groß die Schwierigkeiten sind, in denen wir stecken. Nicht mit dem Schlimmsten zu rechnen ist unmöglich. Es ist egoistisch, ich weiß, aber ich frage mich, ob wir umziehen müssen, wenn Nick die Sache nicht in Ordnung bringen kann. Ob wir das Haus verlieren. Wo würden wir dann das Baby großziehen? Ich könnte mir einen Vollzeitjob suchen, aber was würde dann aus der Wohltätigkeitsorganisation werden? Wenn ich ein Gehalt bekäme, müssten wir die Beratungen kürzen, die wir anbieten, und ich will auf keinen Fall, dass das geschieht. Sie sind so wichtig für die Leute.

»Ich wünschte, du könntest heute mit ins Krankenhaus kommen, und verstehe nicht, wie du dir das entgehen lassen kannst.«

»Ich weiß. Es tut mir auch leid, aber ich habe so viel zu tun. Du bekommst doch bestimmt ein Foto, und ich werde ihn oder sie doch bald persönlich kennenlernen.«

»Ich kann es nicht erwarten.«

»Ich auch nicht.« Er reibt seine Nase an meiner. »Es wird jetzt real, nicht wahr?«

»Sehr. Ich bin um drei Uhr aufgewacht und dachte, ich würde ein Baby schreien hören. Mein Unterbewusstsein bereitet mich wohl schon auf schlaflose Nächte vor.« Ich versuche mich davon zu überzeugen, dass ich fast jede Nacht von dem Baby träume, das wir bald haben werden, und nicht von denen, die ich verloren habe.

»Bist du sicher, dass du heute klarkommst?« Er streicht mir die Haare hinters Ohr. »Es ist eine lange Fahrt. Für dich. Und du bist in letzter Zeit so ... angespannt gewesen.«

»Ich bilde mir nichts ein.« Ich weiche einen Schritt zurück.

»Ich weiß, dass du glaubst, Fußspuren gesehen zu haben ...«

»Das habe ich auch.« Ich kann mir das Fauchen nicht verkneifen.

»Sie waren aber nicht da, als ich nachgeschaut habe.«

»Der Regen hatte sie weggewaschen.« Als Nick sich hinausgewagt hatte, war der Rasen voller Matsch gewesen und nichts mehr zu sehen. Wenn es das je gewesen war.

Zehn Jahre.

»Ich habe dir doch gesagt, dass da draußen auch jemand gewesen ist.« Im vergangenen Monat hatte ich mehrere Male versucht hinauszugehen, und jedes Mal, wenn ich die Haustür öffnete, stolzierte jemand mit den Händen in den Taschen die

Straße entlang, oder ein Schatten kreuzte unsere Einfahrt. In unserer Sackgasse gibt es nicht viele Häuser, und nur selten fällt einem etwas Ungewöhnliches auf. Ich bleibe immer öfter zu Hause und bin nicht in der Lage, das Unbehagen abzuschütteln, das von mir Besitz ergriffen hat.

»Wie letztens?«

»Musst du das wieder ansprechen?« Ich hatte an unserem Schlafzimmerfenster gestanden und den Blick auf die reglose Gestalt geheftet gehabt, die halb versteckt am Ende der Einfahrt gestanden hatte. In meinen Händen bildete sich Schweiß, meine Finger kribbelten, und als Nick aus der Dusche kam, umklammerte ich erstarrt die Fensterbank. »Er beobachtet mich.« Wegen meiner Atemnot war es schwer gewesen zu sprechen, und Nick hatte mich mitleidig mit dunklen blauen Augen angeschaut. »Kat, es ist nur die schwarze Mülltonne. Ich habe sie vorhin rausgestellt.« Er hatte behutsam die Vorhänge zugezogen und mich zum Bett geführt, wo ich gelegen und darauf gewartet hatte, dass mein Pulsschlag sich normalisierte und das Summen in meinem Kopf aufhörte.

»Was ist in letzter Zeit nur mit dir los?«, fragte Nick, und die Matratze sank ein, als er sich an mich kuschelte.

Du darfst es nicht erzählen, Kat.

Meine Lippen waren aufeinandergepresst, als ich mich zur Wand drehte.

»Clare hat niemanden herumschleichen sehen«, sagt Nick jetzt, als wäre damit alles in Ordnung.

»Du hast mit Clare über mich gesprochen? Wann?« Wieder durchströmt mich ein Gefühl von Kälte, und ich reibe meine Arme, als könnte ich mich dadurch selbst wärmen.

»Ich habe keine Zeit für so etwas.« Nick nimmt seine Aktentasche.

»Du hast keine Zeit für mich.« Die Worte versengen mir die Zunge.

Als ich ihn gehen sehe, möchte ich ihn zurückrufen. Möchte ihm sagen, dass es mir leidtut. Ich mache einen Schritt nach vorne, aber die Welt da draußen stürzt sich auf mich, und in meinem peripheren Blickfeld sehe ich Bewegung. Ich drehe den Kopf, doch es ist nur der Wind, der den Kirschbaum schüttelt. Nick steigt in sein Auto, aber bevor ich seine Aufmerksamkeit erregen kann, höre ich rechts neben mir ein Geräusch. Ich zucke zusammen, doch es ist nur eine leere Bierdose, die über unsere Einfahrt scheppert. Hastig werfe ich die Haustür zu und lehne mich von innen dagegen.

Mein Handy vibriert in der Tasche, und ich ziehe es heraus. Mir wird ein bisschen bange, als ich sehe, dass es Tamara ist.

»Morgen, Tam.«

Sie hält sich nicht mit Höflichkeiten auf. »Du hast gestern Nachmittag eine weitere Probe verpasst, Kat. Was ist los?«

»Tut mir leid.« Ich erkläre nicht, dass ich den festen Willen gehabt hatte zu kommen, aber ich bildete mir ein, jemanden neben meinem Auto kauern zu sehen. Also hatte ich Jacke und Schuhe wieder ausgezogen und mich stattdessen hingelegt.

»Wir haben bald Premiere und schon Eintrittskarten verkauft.«

»Ich weiß. Ich werde bereit sein. Wirklich.« Aber wir beide wissen, dass ich das nicht sein werde. Ich vergesse ständig den Text. Die Tanzschritte. Ich kann mich nicht konzentrieren.

»Wenn du nicht aufpasst, klappt das mit dem Hals- und Beinbruch wirklich. Ich könnte deine Rolle übernehmen ...«

»Nein!«, zische ich schärfer als beabsichtigt.

»Ich will doch nur das Beste für das Stück.« Ich höre die Verzweiflung in ihrer Stimme und spüre einen schuldbewussten Stich. In den letzten Monaten habe ich Tamara ziemlich liebgewonnen, und wir sind so etwas wie Freundinnen geworden. Ihr Leben dreht sich um das Ensemble, und ich sollte mich mehr anstrengen. Ich bin unfair.

»Zur nächsten Probe komme ich. Versprochen. Dann können wir alles richtig durchsprechen. Entschuldigung, aber ich muss los.«

Ich beende das Gespräch. Es dauert noch Stunden, bis ich losfahren muss, um mich mit Lisa zu treffen. Ich schaue aus dem Fenster. Auf der Straße ist es ruhig. Mucksmäuschenstill. Drinnen tickt die Uhr. *Hals- und Beinbruch.* Das ist so ein Wunsch unter Theaterkollegen. Nicht mehr. Ich bin ängstlich und angespannt, als ich abwarte, ob ich eine weitere Panikattacke bekomme. Manchmal ist die Angst, eine zu bekommen, die schlimmste Angst. Ich atme flach, aber ich glaube, mit mir ist alles in Ordnung. Da ist ein Klopfen, als die Waschmaschine zu schleudern beginnt, und ich erschrecke mich.

Ich ziehe meine Schuhe an und öffne die Haustür. Clare ist daheim. Ihr Auto steht in der Einfahrt. Meine Haut kribbelt. Ich kriege es hin, über die Straße zu gehen und bei Clare einen Kaffee zu trinken. Das ist etwas Kleines. Etwas Normales.

Ich kann das.

Bestimmt.

»Du siehst nicht gut aus.« Clare schiebt mir einen Kaffeebecher zu, schaut aber auf meine zitternden Hände und stellt ihn auf die Seite des Tisches.

»Mir geht's gut.« Ich ziehe die Füße unter die Schenkel und mache mich so klein wie möglich, während ich darauf warte, dass sich mein Puls beruhigt.

Ada baut einen Turm auf dem Teppich vor dem Kamin. »Schau mal!« Sie reißt ihre großen blauen Augen auf, als sie einen weiteren Bauklotz obendrauf legt.

»Sie wächst so schnell«, sage ich und fühle mich jetzt ruhiger. Ich greife nach einem Vanillekeks.

»Und bald bist du an der Reihe. Wie geht's Lisa?«

»Gut. Heute Nachmittag hat sie die Ultraschalluntersuchung.«

»Gehst du mit?«, fragt Clare.

»Ja. Es wird eine Erleichterung sein zu sehen, dass alles in Ordnung ist.«

»Machst du dir Sorgen?«

»Ein bisschen. Es ist härter, als ich dachte. Ich nehme an, weil ich es nicht in der Hand habe.« Ich weiß nicht, wo Lisa sich aufhält. Was sie isst. Ob sie ihre Folsäure nimmt. Es ist nicht so, wie ich es mir vorgestellt habe. Ich lege meine Hand auf den Bauch, sehne mich danach, das Blubbern eines neuen Lebens zu spüren. Winzige tretende Füße. Spitze Ellbogen.

»Aber es wird die Sache wert sein. Wenn er erst da ist. Oder sie.«

»Ja, dauert nicht mehr allzu lange. Nächste Woche wird Lisa in der dreiundzwanzigsten Schwangerschaftswoche sein, und die Lunge des Babys ist ausreichend entwickelt, dass es überlebt, wenn es eine Frühgeburt wird. Stell dir das vor! Beanie ist dann so groß wie eine große Mango.«

Clare lacht.

»Tut mir leid. Ich übertreibe ein bisschen. Nick scheint das nicht zu interessieren.« Ich fühle mich treulos, weil ich meine Bedenken laut ausgesprochen habe, und stopfe mir einen weiteren Keks in den Mund, als könnte ich die Worte damit zurückschieben.

»Das ist oft so bei Männern. Akhil hat praktisch jedes Mal die Augen verdreht, wenn ich ihn bat, mir die Füße zu massieren oder die Dehnungsstreifen mit Aveeno einzureiben. Man hätte denken können, er hatte überhaupt nichts mit der Empfängnis zu tun.«

»Und jetzt?« Ich habe ihn schon eine Weile nicht gesehen.

»Er hat Ada ewig nicht gesehen. Seine Mutter ist eigentlich schuld. Sie war nie mit mir einverstanden. Und sie war enttäuscht, dass Ada ein Mädchen war, ihre Haut zu hell ist und wir ihr einen westlichen Namen gegeben haben.

Schwiegermütter!« Ada verdreht die Augen. »Aber mach dir keine Sorgen. Nick wird ein großartiger Vater sein. Du musst dir nur anschauen, wie er mit Ada umgeht, dann weißt du das. Hast du die Eintrittskarten mitgebracht? Für die Aufführung?«

»Nein. Sollte ich das?«

»Letzte Woche habe ich dich um drei gebeten. Ich bringe meine Eltern mit.«

»O Gott. Tut mir leid.« Mein Kopf ist voller gähnender Löcher, durch die Erinnerungen verschwinden. Das ist der Stress. Ich weiß es. »Wahrscheinlich habe ich es aus meinem Gedächtnis gelöscht. Tamara hat mich gerade angerufen, um mir zu sagen, dass ich auf der Bühne in der Tat Hals- und Beinbruch riskiere. Ich kann es ihr nicht verübeln. Ich bin eine Niete.«

»Das bist du sicherlich nicht. Das ist nur ihre Art, oder? Versuch dich zu entspannen. Du wirst fantastisch sein.«

»Das sagt Nick auch immer.«

»Du kannst froh sein, dass du ihn hast.« Clare nickt, als sie das sagt. »Die meisten Frauen würden alles dafür geben, einen Mann wie deinen zu haben.« Ihre Augen funkeln, als sie zuschaut, wie Adas Turm gefährlich wackelt. Eine falsche Bewegung, und er wird zusammenbrechen.

Clares Handy leuchtet auf. Sie stürzt sich förmlich darauf, um es umzudrehen, aber ich habe trotzdem den Namen auf dem Display erkannt.

Lisa Sullivan

»Weshalb schickt dir Lisa eine SMS?« Soweit ich weiß, hatten sie sich nur einmal auf unserer Silvesterparty getroffen.

»Oh, ich ...« Clare schaut weg, bevor sie wieder meinem Blick begegnet. »Wir haben nur Schwangerschaftserfahrungen ausgetauscht. Ich hoffe, du hast nichts dagegen.« Ihre Wangen sind gerötet.

Das führt mir wieder einmal vor Augen, dass ich nie so ganz verstehen werde, wie es sich anfühlt, wenn ein neues Leben in einem wächst – egal, wie viele Bücher ich darüber gelesen habe. Sodbrennen, geschwollene Knöchel, morgendliche Übelkeit – und plötzlich möchte ich in meinen Kaffee weinen.

Kapitel 27

Jetzt

Auf Richard zu treffen ist das Letzte, was ich möchte, aber es gibt in Bezug auf die Wohltätigkeitsorganisation einiges zu unterschreiben. Seine Kanzlei liegt auf meinem Weg nach Farncaster, und ich habe vor der Ultraschalluntersuchung noch Zeit. Normalerweise vermeide ich es, Richard allein zu treffen. Das Gespräch mit ihm ist immer angespannt und peinlich.

»Kann ich Ihnen das dalassen?«, frage ich die Empfangsdame, aber das Telefon klingelt, und sie gibt mir Zeichen, nach oben zu gehen, als sie den Hörer abnimmt.

Ich klopfe an die Tür und stoße sie auf. In Richards Büro ist es wie immer stickig. Aftershave hängt schwer in der Luft.

»Morgen.« Ich lasse meine Stimme lebhaft und fröhlich klingen und hoffe, ihm fällt nicht auf, dass ich den Umschlag wie einen Schutzschild vor meiner Brust halte.

»Kat.« Irgendetwas blitzt in seinem Gesicht auf, und ich weiß nicht, ob es Verärgerung oder Panik ist, als er Papiere in eine Schublade stopft, bevor er diese geräuschvoll zuschiebt. Ich frage mich, ob sie mit Nicks Geschäft zu tun haben, und fühle mich plötzlich unbehaglich, weil ich nicht genau weiß, was vor sich geht und wie schlimm es ist. Obwohl ich vorgehabt hatte, gleich wieder zu gehen, ziehe ich einen Stuhl vor und setze mich.

»Welch unerwartetes Vergnügen.« Aus seinem Tonfall höre ich, dass es für ihn genauso wenig ein Vergnügen ist wie für mich.

»Ich bringe dir den Vorschlag für die Schirmherrschaft. Kannst du dir den bitte genau anschauen?«

»Jetzt? Ich habe viel zu tun.« In seiner Stimme liegt eine Kälte, die mir auf die Nerven geht, und ich unterdrücke den Drang, ihn anzufauchen, dass die Gründung einer Wohltätigkeitsorganisation seine Idee gewesen war. Für seine Großmutter. Da ist es doch das Allermindeste, dass er mehr Interesse zeigt. Er tut immer so, als wäre es eine lästige Pflicht, oder vielleicht bin ich es nur, die er lästig findet.

»Ich kann es hierlassen.«

»Ich wollte sowieso mit dir reden. Über Lisa.« Er legt die Fingerspitzen aneinander, und sein Gesichtsausdruck ist nicht zu deuten.

»Ich bin auf dem Weg zu ihr. Sie hat heute ihre Ultraschalluntersuchung.«

»Du hast zusätzliche Zahlungen genehmigt, sagt Nick? Wir hatten eine Abmachung ...«

»Nick und ich sind überglücklich mit unseren Vereinbarungen«, kontere ich ein bisschen zu heftig, obwohl ich gar nicht weiß, ob Nick glücklich damit ist. Ein Hitzeschauer überkommt mich. Ich hatte Nick gefragt, ob ich wegen des Ärgers mit seiner Firma weniger ausgeben solle, und er hatte gesagt, ich solle nicht albern sein. Daraufhin war ich ziemlich wütend geworden, weil er mich nicht als gleichwertig behandelte.

»Ich führe die Wohltätigkeitsorganisation fast allein. Also bin ich wohl kaum ein hilfloses Wesen«, hatte ich geblafft.

»Komisch. So kommst du mir aber vor, wenn du glaubst, dass du draußen jemand herumschleichen gesehen hast und beschützt werden willst«, hatte er erwidert, und obwohl wir uns beide schnell beruhigt und entschuldigt hatten, war die Kluft zwischen uns ein kleines bisschen größer geworden.

Früher hatten wir nie gestritten. Wir sollten die letzten Wochen zu zweit eigentlich genießen, und ich schwöre, mir mehr Mühe zu geben.

»Vielleicht ist es an der Zeit, dass ich ein Gehalt von der Organisation beziehe, wenn es so schlimm ist«, schlage ich Richard vor, aber ich bin zaghaft. Es widerstrebt mir, von dem Geld zu nehmen, das ich durch harte Arbeit beschaffe.

Richard lehnt sich auf seinem Stuhl zurück und hält meinem Blick so lange stand, dass ich an die Wettbewerbe im Starren erinnert werde, die wir ausgetragen hatten: Lisa, Jake und ich. Ich hatte immer zuerst weggeschaut. So wie jetzt. Ich wende den Blick ab und schaue aus dem Fenster, wo die Sonne sich auf den Dächern spiegelt.

»Bist du es?«, frage ich, als die Stille unerträglich wird. »Der, der eigentlich die Baugenehmigung für denkmalgeschützte Gebäude beantragen muss?«

»Natürlich.«

»Und du hast es trotzdem nicht gemacht?«

»Nicht gemacht?«

»Das Herrenhaus ...« Ich krame in meinem Gedächtnis. Wo war das laut Nick noch mal gewesen? »Steckt sie in großen Schwierigkeiten? Seine Firma?«

»Schwierigkeiten kann man immer finden, Kat. Wenn man danach sucht.«

Ich warte darauf, dass er näher darauf eingeht, doch das tut er nicht. Ich seufze und weiß, dass ich so etwas wie eine klare Antwort nicht bekommen werde. »Ich muss los. Sehen wir uns an diesem Wochenende?«

»Ich weiß noch nicht. Ich werde später mit Nick darüber reden.«

Ich nicke. Weiter gibt es nichts zu sagen. Eigentlich hatte ich gedacht, Richard würde mir gegenüber mit den Jahren milder werden, aber seine Verachtung hatte ganz im Gegenteil noch zugenommen. Nick sieht das nicht so. Er sagt, dass das einfach Richards Art sei. Aber wenn Richard so viel von Nick hält, dann sollte er doch bei der Leihmutterschaft mehr Unterstützung zeigen, oder? Es fühlt sich an wie ein ständiges Tauziehen um Nicks Aufmerksamkeit, und ich frage mich zunehmend, wie lange ich noch ziehen kann. Aber irgendetwas muss passieren, hoffentlich nicht mit mir.

Der Krankenhausparkplatz ist voller Autos, die wie Haie herumkreisen, und ich brauche fünfundzwanzig Minuten, bis ich eine Parklücke finde. Ich werfe all mein Kleingeld in den Parkscheinautomaten und lege das weiße Ticket, das fast so viel kostet wie ein Essen im Pub, auf das Armaturenbrett.

Ich bin spät dran und renne auf den Eingang zu. Fast knicke ich mit dem Fuß um, als ich einem Rollstuhl ausweiche. Doch ich bin erleichtert, als ich sehe, dass Lisa noch da ist und von einem Fuß auf den anderen tretend auf ihre Uhr schaut.

»Entschuldige«, keuche ich. »Ich habe ewig eine Parklücke gesucht.«

»Du hättest dich nicht beeilen müssen.« Lisa verzieht das Gesicht. »Ich wollte mich gerade anmelden, und da habe ich erfahren, dass der Arzt, der den Ultraschall macht, heute krank ist.«

»Was? Nein!«

»Tut mir leid. Du hast die Fahrt umsonst auf dich genommen.«

»Lass uns mit ihnen reden, erklären, dass ich extra hergekommen bin. Es muss doch jemand anderen geben, der das machen kann.«

»Gibt es nicht. Das ist eine kleine Abteilung.«

»Haben sie dir einen anderen Termin angeboten?«

»Ich soll nächste Woche anrufen. Fragen, ob er zurück ist.«

Man muss mir meine Enttäuschung ansehen, denn Lisa drückt meinen Arm. »Wenn er länger krank ist, werden sie eine Vertretung bekommen oder mich an ein anderes Krankenhaus überweisen. Sie haben mir versprochen, dass wir nicht zu lange warten müssen. Höchstens ein paar Wochen.«

»Meinst du, du kannst deine Hebamme anrufen und fragen, ob ich heute die Herztöne hören kann?« Meine Stimme klingt leise. Lisas Hebamme scheint bezaubernd zu sein und beruhigt sie immer. Als Lisa wegen der Schwangerschaftsstreifen besorgt war – sie ist so verlegen, wenn sie darüber spricht –, gab ihr ihre Hebamme irgendein Bioöl zum Ausprobieren. »Darüber machen sich schwangere Frauen am meisten Sorgen. Der Umfang ihres Bauches«, hatte sie Lisa erzählt. »Bei jeder Frau wächst er in seinem eigenen Tempo. Schwangerschaftsstreifen werden verblassen.« Sie hört sich fürsorglich an, und es beruhigt mich zu wissen, dass sie sich um Lisa kümmert.

»Sie praktiziert in den Räumen meiner Ärzte und ist wirklich ausgebucht. Ich glaube aber, man kann das Gerät kaufen, mit dem man die Herztöne hören kann.«

»Wirklich?«

»Du glaubst nicht, was man alles auf eBay kaufen kann! Ich frage meine Hebamme, wie geeignet sie sind. Lass uns in die Cafeteria gehen und eine heiße Schokolade trinken.«

Als könnten Sahne und Zucker den Verlust wiedergutmachen, den ich spüre. Ich drücke meine Hand auf Lisas Bauch. »Dann sehe ich dich wohl an einem anderen Tag«, sage ich, aber es folgt keine Bewegung, die mir zeigt, dass das Baby mich gehört hat, und auch wenn er es hätte – ich stelle mir jetzt immer vor, es wäre ein Junge –, dann würde er nicht wissen, dass ich seine Mum bin. Er hört täglich Lisas Stimme. Ich bin nicht mehr als eine Fremde. Vor Selbstmitleid sammeln sich Tränen in meinen Augen, und Lisa zieht behutsam meine Hand von ihrem Bauch.

»Komm schon.« Sie führt mich ins Krankenhaus. Zurück zu jenem Ort, in den ich nach dem Unfall aufgenommen worden war. Fest umklammere ich ihre Hand, als wir uns durch Flure schlängeln, und erst, als wir uns in der Schlange für Getränke anstellen, lasse ich Lisa los. Sie schüttelt die Finger, als würden sie so wehtun wie mein Herz.

* * *

»Hier arbeitest du also?« Ich löse den Plastikdeckel vom Pappbecher, dem eine Wolke nach Schokolade duftenden Dampfes entweicht.

»Ja. Aber natürlich nicht in der Cafeteria.«

»Wie hältst du das aus?« Ich rede nicht vom ständigen Lärm, dem Klappern der Rollwagen, dem Gestank nach Vernachlässigung, aber Lisa weiß instinktiv, was ich meine.

»Ich denke die ganze Zeit an jene Nacht. Hast du die schwarzen Plastikstühle in der Notaufnahme gesehen? Da haben wir gesessen. Mir war schlecht, als die Krankenschwester herüberkam, aber ich dachte, sie müsste gute Neuigkeiten haben. Denn wenn es schlechte wären, hätte sie uns doch in ein kleines Zimmer mitnehmen müssen, wie sie das im Fernsehen immer machen. Mit Topfpflanzen, deren Blätter glänzen, und bequemen Sofas, aber so war es nicht. Als sie uns mitteilte, dass Jake gestorben war, verließen wir das Krankenhaus, und ich hoffte, ich würde niemals zurückkommen. Sogar der Geruch von Desinfektionsmitteln hat mir noch jahrelang den Magen umgedreht. Aber nicht mehr zurückzukommen ...« Sie schüttelt kurz und traurig den Kopf. »Das ändert nicht, was geschehen ist, und ich habe hier eine gute Arbeitsstelle. Ich helfe Menschen.«

Ich nicke. Als ich den Kopf hebe, um einen Schluck der heißen Schokolade zu trinken, sehe ich jemanden vor der Tür, der seine Nase gegen das Glas drückt wie ein Hund, der bettelt, hereinkommen zu dürfen.

»Ist das …« Ich zeige auf ihn. »Aaron?«

Lisa dreht den Kopf, aber gerade drängt eine Familie herein. Die Kinder quengeln nach Süßigkeiten, und der Moment ist vorbei.

»Ich kann nicht glauben, dass ich ihn schon wieder gesehen habe.« Ich schlinge die Arme um mich.

»Schon wieder?« Lisa hebt die Augenbrauen.

»Als ich das letzte Mal hier war, habe ich ihn in der Stadt gesehen.«

»Hat er etwas gesagt?« Ihre Stimme klingt schrill.

»Nein.« Aaron musste nichts sagen. Ich konnte seinen Hass spüren, glühend und abgrundtief, und ich hatte mir gewünscht, ich könnte ihn auch hassen, aber das Gefühl, das ich hatte und das ich habe, wenn ich an ihn denke, ist immer Angst. »Glaubst du, das ist er?« Ich recke den Hals.

»Könnte sein. Er arbeitet hier«, erzählt Lisa.

»Wie kann ihn jemand einstellen, nachdem er …?« Ich bin mir nicht sicher, ob ich glaube, dass jeder eine zweite Chance verdient.

»Ich weiß. Ich muss noch mal auf die Toilette, und dann gehen wir.« Lisa hievt sich hoch, und ich schaue ihr nach, wie sie zur Toilette an der Ecke watschelt und mit einer Hand ihren Bauch bedeckt.

Meine anfängliche Sorge verwandelt sich in Wut, die mich auf die Füße springen lässt. Ich will Aaron nicht in unmittelbarer Nähe von Lisa sehen, als könnte er irgendwie mein Baby vergiften. Ich schleiche mich auf den Flur, und da steht er. Er studiert das Schwarze Brett, als wäre es das Interessanteste auf diesem Planeten.

»Dachte ich es mir doch, dass du das warst«, sage ich leise und balle an meinen Seiten die Hände zu Fäusten. »Was machst du hier?«

Er fährt herum und hebt die Hand. Ich zucke zusammen, aber er kratzt sich nur am Kopf, während er mich auf die ihm eigene Weise eingehend betrachtet. Mir entgeht nicht sein Ehering. Welcher klar denkende Mensch würde ihn denn heiraten? Jemand, der nicht weiß, was er getan hat.

Trotz meines Wagemuts von vorhin stelle ich fest, dass ich zittere. Er macht einen Schritt auf mich zu. Ich mache einen Schritt zurück. Wieder macht er einen Schritt auf mich zu, und mein Herz klopft aufgeregt, als der Abstand zwischen uns immer kleiner wird. Ich rieche Tabak in seinem Atem. Sehe die Wut in seinen Augen. Ich weiche zurück, bis ich in eine Ecke gedrängt bin und mich nirgends verstecken kann.

KAPITEL 28

Damals

Der Wirt des *The Three Fishes* starrte uns an, während er schaumiges Bier in hohe Gläser goss und noch eine weitere Bemerkung über unsere Schuluniformen machte, aber das war uns egal. Nach der letzten Schulstunde hatte offiziell die Freistellung vom Unterricht begonnen, damit wir uns zu Hause auf die Prüfungen vorbereiten konnten, und das wollten wir feiern.

»Ich habe etwas für dich«, sagte Jake und schob mir ein Handy über den Tresen zu. »Es ist nur ein billiges, aber ich habe ein Guthaben auf die Karte geladen. Jetzt können wir uns Textnachrichten schicken, und es wird nicht mehr so schlimm sein, wenn du Hausarrest hast.«

Ich schlang die Arme um ihn und bedeckte sein Gesicht mit Küssen. Es war schlichtweg albern, dass ich in meinem Alter noch Hausarrest bekam. Letzten Sonntag hatte ich meinen Eltern erzählt, ich sei bei Lisa, um zu lernen, und war stattdessen mit Jake ins Kino gegangen. Mum hatte bei Lisa angerufen, weil sie wollte, dass ich auf dem Nachhauseweg Instantsoße mitbrachte. Lisa hatte ihr Bestes gegeben, mich zu decken, und behauptet, ich sei über einem Lehrbuch eingeschlafen, aber

Mum hatte ihr nicht geglaubt und darauf gedrungen, sie solle mich wecken. Da musste Lisa zugeben, dass ich gar nicht da war. Sie versuchte, mich zu finden und zu warnen, aber sie hatte keine Ahnung, wo ich war. Nach dem Film schwebte ich auf Wolke sieben in die Küche und wusste nicht, dass ich direkt in den Zweiten Weltkrieg geriet.

»Wo zum Teufel bist du gewesen?« Mein Vater saß kerzengerade und so starr am Tisch wie das Holz, auf dem er seine Ellbogen stützte. Er hatte die Hände wie bei einem Gebet zusammengepresst, und das Kinn lag auf den Zeigefingern.

»Bei Lisa.« Gleich nachdem die Worte stockend meinen Mund verlassen hatten, hätte ich sie am liebsten wieder eingefangen, denn ich sah, wie Mum die Schultern straffte, während sie Gemüse schnitt und das Geräusch des Messers auf dem Glasbrett wie *Lügnerin-Lügnerin-Lügnerin* klang.

»Wir wissen, dass du da nicht warst.« Dads Stimme klang bedächtig und ruhig, und das war irgendwie schlimmer als das Geschrei, das ich erwartet hatte. »Und selber schuld, wenn du mit einem Jungen aus warst. Die wollen nur das eine.«

Ich konnte nicht verhindern, dass meine Mundwinkel zuckten, als ich daran dachte, wie Jake meine Bluse aufgeknöpft, die Finger in meinen BH geschoben und seine Lippen fest auf meine gedrückt hatte.

»Meinst du, das ist lustig, Katherine?«

»Ich bin neunzehn«, sagte ich, als würde das meine Eltern besänftigen, was es auch nicht tat.

»Kat.« Meine Mutter wischte sich die Hände an ihrer Schürze ab. »Gerade weil du neunzehn bist, beunruhigt uns das. Für dich ist das ein richtiger Wendepunkt. Nächsten Monat wirst du die Schule verlassen, und es ist wichtig für dich, bei den Prüfungen gut abzuschneiden. Ich möchte, dass du die Zukunft hast ...«

»Sie wird überhaupt keine Zukunft haben, wenn sie Gott weiß wo herumrennt«, sagte Dad.

»In ein paar Wochen werde ich nicht mehr zu Hause wohnen, und dann könnt ihr mich nicht mehr einsperren. Ich kann es gar nicht mehr abwarten. Ich hasse euch!« In dem Augenblick, in dem mir diese Worte aus dem Mund sprudelten, wusste ich, dass es die falschen gewesen waren.

»Du hast Hausarrest!«, rief mein Vater.

»Du kannst mir keinen Hausarrest mehr erteilen. Ich bin erwachsen!«

»Mir ist egal, wie alt du bist. Solange du die Füße unter meinen Tisch steckst, tust du, was ich dir sage.«

»Ich kann es gar nicht erwarten, bis ich meine Füße nicht mehr unter deinen Tisch stecke. Mum ...« Aber sie wandte sich von mir ab und wieder dem Gemüse zu. Dad nahm die *Sunday Times* und hielt sie wie eine Barriere zwischen uns. Und mir nichts, dir nichts war ich entlassen.

Jetzt drehte ich im Pub das Handy, und es fühlte sich an, als hielte ich die Unabhängigkeit in den Händen.

»Sollen wir etwas zu essen bestellen?«, fragte Aaron.

»Ich könnte eine Schale Käsepommes vertragen.« An jenem Morgen hatte ich keine Lust aufs Frühstück gehabt, und der aus der Küche herüberwehende Duft nach frittiertem Essen machte mich heißhungrig.

»Ich auch.« Jake schlang die Arme um meine Taille und rieb die Nase an meinem Hals.

»Lis?«

»Ich habe keinen Hunger.«

»Drei Schalen Käsepommes, bitte.« Aaron reichte dem Wirt einen Zwanzigpfundschein.

»Prost, Kumpel.« Jake nippte an seinem Bierglas.

Ich wischte mit dem Daumen den Schaumbart von seiner Oberlippe.

»Das war er also. Unser letzter Schultag«, sagte Aaron, als wir zu einem der Stehtische gingen. Die durch das Fenster hereinfallenden Sonnenstrahlen spiegelten sich auf der Edelstahlfläche, und ich musste mir die Hand über die Augen halten, als ich auf einen der hohen Hocker kletterte und immer noch Aaron zuhörte. »Ich kann nicht glauben, dass ich jetzt noch fünf Jahre Uni vor mir habe. Wenn meine Mum nicht so stolz auf mich gewesen wäre, glaube ich wirklich, ich hätte mir das noch mal überlegt. Sie hat jedem erzählt, ich würde Arzt werden.«

»Was soll eigentlich dieser elterliche Druck?«, fragte ich.

»Dein Vater hat deinen Studiengang ausgesucht, oder, Kat?«, wollte Aaron wissen.

»Ja, schon, aber ... Nein, ihr müsst raten.« Um die Spannung zu erhöhen, trommelte ich mit den Fingern auf dem Tisch.

»Du gehst gar nicht zur Uni?« Die Hoffnung in Lisas Stimme war spürbar, und ich legte ernüchtert die Hand auf den Tisch.

»Doch, werde ich, aber ich habe die Zulassungsstelle angerufen, und es gibt noch Plätze im Studiengang Darstellende Kunst. Also werde ich tauschen.«

»Wow! Und was ist mit deinem Vater?«

Ich zuckte mit den Schultern. »Was er nicht weiß, macht ihn nicht heiß.« In Wahrheit hatte ich Angst, er würde es herausfinden, bevor ich zur Uni ging, aber nachdem er mir Hausarrest erteilt hatte, hatte ich lange und intensiv nachgedacht. Er würde mich immer wie ein Kind behandeln, wenn ich mich wie eines benahm. Es war an der Zeit, mein Leben in die Hand zu nehmen.

»Auf nach Hollywood.« Jake hob sein Glas.

»Ich wäre schon mit einer Theaterkarriere glücklich.« Wir stießen an.

»Alles in Ordnung mit dir?«, fragte ich Lisa. Sie stieß mit dem Strohhalm in ihr Mineralwasser. Die halbe Zitronenscheibe bewegte sich auf und ab.

»Euch ist das allen recht. Auf zur Uni.«

»Du wolltest doch nicht. Mum hat gesagt ...«, fing Jake an.

»Ich weiß, dass ich nicht wollte«, blaffte sie. »Will ich immer noch nicht, aber ... ich weiß nicht. Irgendwie dachte ich, die Schule wäre niemals zu Ende. Es ging so schnell. Ihr verlasst mich alle, und jetzt ist Dad weg.« Lisas und Jakes Vater hatte eine Affäre gehabt und war mit seiner fünfundzwanzigjährigen Geliebten auf und davon. Lisa hatte geschworen, nie wieder mit ihm zu reden. »Ich will Mum nicht allein lassen«, sagte sie. Jedes Mal, wenn ich sie besuchte, spuckte Nancy Gift und Galle und hetzte gegen Frauen, die Affären mit verheirateten Männern hatten.

»Wir verlassen dich nicht.« Über den Tisch hinweg drückte ich ihre Hand.

»Es ist ja nicht so, dass du mich nie wiedersehen wirst, Schwesterherz«, meinte Jake. »Ich werde in sämtlichen Semesterferien und manchmal auch am Wochenende nach Hause kommen.«

»Ich wette, das wirst du nicht«, hielt Lisa dagegen. »Deine Uni ist nicht weit entfernt von Kats. Ihr werdet all eure Zeit zusammen verbringen.«

»Wir werden immer Zeit für dich haben«, versprach ich ihr.

»Aber es wird anders sein. Ihr werdet alle ein aufregendes Leben führen, und ich werde hier in irgendeinem blöden Job im beschissenen Farncaster festsitzen.«

»Es ist doch nichts Schlimmes, im selben Ort zu bleiben«, sagte ich, obwohl ich begierig darauf war wegzukommen. »Bis wir mit der Uni fertig sind, werden wir abgebrannt sein und einen Berg von Schulden haben. Du hast dich wahrscheinlich niedergelassen, einen tollen Mann geheiratet und eine Familie gegründet.«

»O Gott, nein.« Lisa schauderte. »Du weißt doch, was ich von Kindern halte. Furchtbare weinerliche Dinger. Babys sind nichts für mich.«

»In ein paar Jahren denkst du vielleicht anders darüber. Menschen ändern sich«, sagte ich.

»Genau davor habe ich Angst.« In ihren Augen schimmerten Tränen.

»Sei nicht paranoid. Ich werde mich nicht ändern. Egal, wie viele neue Leute ich auch kennenlerne, du bleibst immer meine beste Freundin, Lis.«

»Versprochen?«

»Versprochen.«

Und damals meinte ich es auch so.

* * *

Meine Euphorie bezüglich der Zukunft wurde von Traurigkeit überschattet, als ich meinen Spind leerte. Es war das Ende einer Ära. Auf dem Flur waren keine Schüler, aber er war gestopft voll mit Erinnerungen. Wie Lisa und ich mit hängenden Köpfen und auf dem Linoleum quietschenden neuen Schulschuhen an unserem ersten Tag in einer neuen Schule, die so anders war als unsere kleine, sichere Grundschule, über die Flure geschlurft waren. Später, wie wir zur Cafeteria sprinteten, weil wir wussten, dass die Pizza immer schnell weg war, und kichernd abbremsten, als Mr Lemmington bellte: »Ihr sollt gehen, nicht laufen!«

Auf meinem Weg zu Lisas Spind drückte ich die Ecke des *West-Side-Story*-Posters an, die von der Wand hing. Nicht mehr lange bis zur Aufführung.

»Du bist ja fast fertig.« Ich klopfte Lisa auf die Schulter. Sie zuckte zusammen, und ihre Bücher polterten zu Boden.

»Tut mir leid.« Ich ging in die Hocke und sammelte die verstreuten Habseligkeiten zusammen.

»Lass das!« Lisa schirmte ihr Hab und Gut mit den Armen ab, als wären es wertvolle Edelsteine und keine zerfledderten Lehrbücher.

»Ist ja schon gut.« Ich hob einen Ordner hoch und ein Päckchen fiel heraus. Gelbliches Pulver darin. »Was ist das?«

»Geht dich nichts an«, sagte Aaron.

Ich hatte nicht bemerkt, dass er neben mir aufgetaucht war. Er versuchte, mir das Päckchen wegzuschnappen. Ich hielt es fest.

»Aaron, was hast du ...?« Mein Blick sprang zwischen seinem und Lisas Gesicht hin und her. Das Schuldgefühl und der Schock. Die Wut. Ich trat zurück. Meine Hand eine feste Faust.

»Was ist hier los, Lisa?«

»Nichts.«

»Wenn es nichts ist, weshalb versteckst du es dann?«

Lisa biss sich auf die Unterlippe.

»Wenn du es mir nicht sagst, gehe ich zu Mr Lemmington.« Meine Stimme wurde vor Wut immer lauter.

»Es ist ein Appetitzügler«, blaffte Lisa.

»Was genau ist das? Dieser Appetitzügler?«

»Verdammt, Kat, hör auf zu schreien«, zischte Aaron.

Ich wollte gerade sagen, dass keiner auf dem Flur war, der mithören konnte, aber sein Gesichtsausdruck hielt mich zurück.

»Er ist harmlos«, meinte er. »Meine Schwester hat ihn genommen.«

»Er wird also in der Drogerie verkauft, oder? Wenn ich das Zeug dem Verkäufer zeigen würde, dann wüsste er, was es ist?«

Es folgte eine kurze Pause.

»Was – ist – es?«, wollte ich wissen.

»Es ist Mephedron, aber ...«

»Verdammt, Lisa! Wir haben das in Bio durchgenommen. Die Wirkungsweise ...«

»Wenn man große Mengen davon nimmt, ja, aber ich nehme es nicht, um high zu werden. Kleine Mengen als Appetitzügler sind in Ordnung. Aaron sagt ...«

»Aaron ist kein verdammter Arzt, oder?«

»Es ist absolut sicher, Kat«, meinte Aaron.

»Keine Droge ist sicher.« Ich wusste nicht, ob ich wütend auf Lisa war, weil sie es nahm, oder auf mich selbst, weil ich es nicht bemerkt hatte. »Deshalb hast du auch diese Stimmungsschwankungen. Ich kann nicht glauben, dass du sie dazu ermuntert hast«, sagte ich zu Aaron. Er verschränkte die Arme und starrte mich an, und plötzlich verstand ich. Warum er ohne Teilzeitjob immer Geld im Pub hatte. Wie er in der Uni *klarkommen* würde. »Du bist derjenige, der es ihr gegeben hat. Deine Schwester hat keine *spezielle Diät* gemacht. Du dealst!«

»Ich *deale* nicht. Ich helfe Mädchen im Teenageralter, die Gewicht verlieren wollen. Es ist nur ein bisschen Geld für die Uni. Mehr nicht. Du musst zugeben, dass Lisa toll aussieht, seitdem sie dünner ist. Ich biete nur eine öffentliche Dienstleistung.«

»Du Mistkerl!« Bilder aus den Filmen, die wir während des Drogenunterrichts gesehen hatten, tauchten vor meinem inneren Auge auf. Die Langzeitfolgen für die geistige Gesundheit. Die Menschen, die daran gestorben waren. Wie konnte er sich Lisas Freund nennen?

»Ich zeige dich an.« Das musste ich doch, oder? Ich konnte nicht zulassen, dass er Leben ruinierte.

»Mach das nicht, Kat. Die Leute werden ein falsches Bild bekommen. Es sind kleine Mengen. Eine Diäthilfe, mehr nicht.«

Ich zögerte. War das wirklich alles, was er tat? Kleine Mengen an Mädchen verkaufen? Aber dann erinnerte ich mich daran, wie Perry auf seiner Party auf Aaron zugekommen war. »Hast du ein Geschenk für mich?«, hatte er gefragt und war offensichtlich zugedröhnt gewesen.

»Ich glaube dir nicht«, sagte ich leise.

Es passierte im Bruchteil einer Sekunde. Mein Rücken knallte gegen die Spinde, und seine Hände umklammerten meinen Hals. Er roch nach Bier, als er knurrte: »Wenn du mich anzeigst, werde ich vielleicht verhaftet. Verliere meinen Studienplatz. Ich schwöre dir, Kat, wenn du etwas verrätst, wenn du meine Zukunft ruinierst, dann werde ich dich umbringen, und wenn es das Letzte ist, was ich tue.«

KAPITEL 29

Jetzt

»Bist du sicher, dass du fahren musst?« Ich hocke auf der Bettkante, während Nick Hemden von Kleiderbügeln zieht, Socken aus Schubladen holt und alles ordentlich in seine Reisetasche packt. Er sieht blass und erschöpft aus, und ich weiß, ich sollte ihn unterstützen, für ihn packen, aber das Zusammentreffen mit Aaron im Krankenhaus hat mich zutiefst erschüttert, obwohl er davongeschlichen war, als Lisa sich zwischen uns gestellt und ihn aufgefordert hatte: »Verpiss dich!« Etwas war merkwürdig an diesem Zusammentreffen gewesen, und das geht mir nicht aus dem Kopf, aber ich weiß nicht genau, was es ist. Ich habe in den letzten beiden Wochen kaum geschlafen. Ständig schaue ich aus dem Fenster und bin überzeugt, Schritte auf dem Kies knirschen zu hören. Ich habe mir angewöhnt, den ganzen Tag die Vorhänge zugezogen zu lassen. Gedanklich beschäftige ich mich wieder viel mit den Fußabdrücken im Schnee, und ich versuche, mich an die Größe von Aarons Füßen zu erinnern. War er hier? Der Verfolgungswahn windet sich um mich wie Efeu, und beschämenderweise redet Nick jetzt langsamer mit mir, als hätte ich Mühe, ihn zu verstehen, und das habe ich tatsächlich. Oft ist es, als würde er aus weiter Ferne mit mir sprechen. Sogar der Meteorologe, der vorhersagt, dass der sich mit großen Schritten nähernde Mai der wärmste seit Jahren werden wird, hebt meine Laune nicht. Jemand versucht, mir Angst zu machen, das weiß ich, aber wenn ich wieder darauf beharre, dass jemand unser Haus beobachtet, dann schaut mich Nick an, und seine Augen sind voller Sorge und Mitleid.

»Tut mir leid. Ich habe dir doch gesagt, dass ich noch einmal zur Baustelle muss. Es lässt sich nicht vermeiden.« Er zieht den Reißverschluss seiner Tasche zu. »Bitte versuch, dich zu entspannen, Kat. Ich mache mir Sorgen um dich. Mir scheint, du kannst kaum auf dich selbst aufpassen, und schon in drei Monaten könnten wir hier ein Baby haben.«

Seine Worte verletzen mich, aber noch schlimmer ist das Gefühl, dass er recht hat.

»Ich versuche es.« Ich weiß, dass er mich sagen hören möchte, dass es mir gut geht, aber das kann ich nicht, deshalb sage ich, was ich meine fühlen zu müssen. »Es ist nur so, dass Lisas Schwangerschaft endlos zu sein scheint, und nach Dewei und Mai... habe ich solche Angst, dass wieder etwas schiefgeht.« Mit den Worten kommen die Tränen, und ich glaube, dass ich vielleicht unbeabsichtigt die Wahrheit gesagt habe. Ich habe Angst, dass ich niemals Mutter werde, deshalb projiziere ich meine Angst auf etwas anderes, etwas Eingebildetes, denn wenn ich aufhöre, an all das zu denken, was mit diesem Baby schiefgehen könnte, dann würde ich wahnsinnig werden.

Die Matratze gibt nach, als Nick sich neben mich setzt und die Arme um mich schlingt. Ich lege meinen Kopf auf seine Schulter.

»Glaubst du nicht, dass ich das Gleiche fühle? Es ist schwer, positiv zu bleiben, wenn man durchgemacht hat, was wir durchgemacht haben. Ich habe auch diese Was-wäre-wenn-Gedanken. Es könnte bei der Geburt etwas schiefgehen. Lisa könnte eine Bindung zu dem Kind entwickeln und sich weigern, den Verzicht auf das Aufenthaltsbestimmungsrecht zu unterschreiben. Das Gericht könnte die Zahlungen nicht billigen, aber wir können nicht zulassen, dass unsere Zweifel dieses Ereignis überschatten.«

»Ich weiß. Tut mir leid.« Ich schniefe laut und fühle mich Nick näher als seit Wochen. »Kann ich nicht mit dir kommen?«

»Zu einer Baustelle? Das ist nicht lustig. Außerdem hast du deine Proben, und Lisa kommt doch zu Besuch, oder?«

Sofort hebt sich meine Stimmung. Ich freue mich so darauf, Zeit mit Lisa zu verbringen, über Babys zu reden.

Nick packt weiter, wirft Toilettenartikel in seinen Kulturbeutel, und ich versuche, zu ignorieren, dass er das Boss-Aftershave mitnimmt, das ich ihm zu Weihnachten geschenkt habe, und nicht das vom Body Shop, das er normalerweise für die Arbeit nimmt.

»Ich gehe noch auf die Toilette, und dann bin ich weg.« Die Badezimmertür fällt ins Schloss, und ich sitze auf dem Bett und zupfe niedergeschlagen an einem Hautfetzen am Fingernagel. Ich hasse Verabschiedungen und bin erleichtert, als das Festnetztelefon klingelt und ich nach unten renne.

Ich bin aus der Puste, als ich den Hörer abnehme. Wir sollten wirklich noch einen Apparat für oben anschaffen, aber wir benutzen das Festnetz so selten. Ich warte darauf, dass sich jemand meldet, der mir etwas verkaufen will, und frage mich, weshalb ich überhaupt ans Telefon gegangen bin. Doch am anderen Ende der Leitung ist Stille, und ich sage ein paarmal *hallo*, bevor ich auflege.

»Das war merkwürdig«, sage ich zu Nick, als er Sekunden später seine Reisetasche nach unten schleppt. »Es war niemand am Telefon.«

»Wahrscheinlich ein Callcenter in Indien. Die können nicht immer eine Verbindung herstellen.«

»Kann sein.«

»Also, ich bin dann mal weg.« Nick nimmt seine Jacke von der Garderobe. »Hast du meinen Schal gesehen?«

»Den, den ich dir zu Weihnachten geschenkt habe? Nein. Hoffentlich wirst du ihn nicht brauchen. Es wird wärmer, heißt es.« Bei uns ist vorläufig noch die Heizung an.

Nick ist fahrig, als er mir einen Abschiedskuss gibt. Ich ziehe ihn in eine Umarmung, vergrabe meinen Kopf an seiner Brust, und er drückt mich fest an sich. »Alles ist gut«, versichert er mir, obwohl ich nicht gefragt habe. Es scheint, als wollte er sich selbst beruhigen.

Die Luft ist kühl, als ich in der Tür stehe und zuschaue, wie Nick seine Sachen in den Kofferraum wirft. Obwohl die Frühlingsblumen durch die Erde brechen – die Rabatten sind mit gelben, weißen und blauen Blüten übersät –, bildet mein Atem Wölkchen vor mir. Nick steigt in sein Auto und fährt weg. Ich winke, bis er um die Ecke verschwindet, schließe die Tür und gehe in Richtung Küche. Hinter mir klingelt das Telefon.

»Hallo.« Dieses Mal melde ich mich sofort nach dem Abheben, aber wieder herrscht Schweigen am anderen Ende. Ich warte kurz, ob es tatsächlich ein Callcenter ist, das eine Verbindung herstellen will, und da höre ich es. Atmen. Ich bedecke die Sprechmuschel mit der Hand. War es mein Atmen, das ich gehört habe? Und da ist es wieder. Atmen. Kaum hörbar, aber da ist jemand. Ich werfe das Telefon zurück auf die Station und reibe mir über die Arme. Sie sind immer noch kühl von der Morgenluft, aber die Gänsehaut bleibt.

Ich gehe in die Küche, um den Wasserkocher einzuschalten, als es erneut klingelt. Ich reiße das Mobilteil von der Station und rufe: »Wer ist da?« Dann warte ich. Die Stille ist erdrückend. Schwer. Da ist ein schwaches raschelndes Geräusch, und ich denke an all die Leute, die es sein könnten. An all die Leute, von denen ich nicht will, dass sie es sind, und langsam lege ich auf. Es ist nichts, sage ich mir, doch es fühlt sich wie etwas an.

Tamara schnalzt mit der Zunge, als ich wieder eine Tanznummer verpfusche. Meine Brust hebt sich, und ich weiß, dass mein Gesicht genauso aussieht wie mein rotes T-Shirt, das vor Anstrengung feucht ist.

»Du konzentrierst dich nicht, Kat. Beschäftigt dich etwas?«, fragt sie.

»Tut mir leid«, sage ich vornübergebeugt. Hände auf den Knien. Fast wünsche ich mir, ich wäre nicht gekommen, aber wenn ich noch eine Probe verpasse, dann werde ich ausgetauscht, und ich bin noch nicht ganz bereit, meinen Traum aufzugeben.

»Ist schon okay. Das braucht Zeit.« Alex stoppt die Musik.

»Und ein gewisses Maß an Fitness«, murmelt Tamara laut genug, dass ich es höre.

Ich hatte vorgehabt, jeden Morgen zu trainieren. Flotte Spaziergänge um den Block. Ich wollte, dass es zur Gewohnheit wird, damit ich mit dem Baby täglich rausgehen kann, wenn es hier ist, aber das Haus zu verlassen wird immer schwieriger. Jeden Tag finde ich eine neue Entschuldigung. Ein sich verdunkelnder Himmel. Drohender Regen. Jetzt habe ich Seitenstiche, mein Herz rast, und ich wünschte, ich hätte mich mehr angestrengt. Wir sind nur zu dritt und versuchen, die Tony-und-Maria-Stellen vor der morgigen Probe, wenn der Rest der Mitwirkenden dabei sein wird, zu perfektionieren.

»Ich brauche Wasser.« Ich schlurfe in die Küche. Meine Beine sind wackelig, die Muskeln ermüdet. Ich drehe den Hahn auf, halte die Hände trichterförmig unter das kalte Wasser und bespritze mein Gesicht, bevor ich es in einen von Tee verfärbten Becher laufen lasse und gierig trinke.

»Du machst das gut.«

Ich zucke zusammen. Ich hatte Alex nicht hereinkommen hören, und Wasser tropft mir vom Kinn. Mit dem Handrücken wische ich es ab.

»Ich weiß nicht, ob es zu viel für mich ist.« Das sage ich bei jeder Probe. »Es ist nicht so leicht, wie ich es in Erinnerung habe.« In meinem Kopf bin ich immer noch ein Teenager, aber mein Körper weiß es besser.

»Ich glaube, du bist begabt. Sehr begabt.« Alex sagt das immer. Er macht einen Schritt auf mich zu, streckt die Hand aus und streicht mir mit dem Daumen über die Wange. »Eine Wimper.« Er bläst über seine Daumenkuppe. »Wünsch dir was.«

»Ich wünschte, wir könnten mit der Probe weitermachen«, murmelt Tamara hinter uns.

»Tut mir leid.« Das scheint alles zu sein, was ich heute zu sagen habe.

Alex geht aus der Tür. Als ich ihm folge, ruft mich Tamara zurück.

»Ich habe hier sowieso noch etwas für dich.« Sie drückt mir eine Broschüre in die Hand. Sie ist von *Weight Watchers*. »Ein paar von der Gruppe gehen hin«, sagt sie. »Du musst nicht, aber ...« Sie zuckt mit den Schultern. »Es ist doch nicht so einfach, wie ich dachte, die Kostüme umzutauschen. Wäre einfacher, wenn du ein paar Pfund abnimmst.«

Zurück auf der Bühne, starren Alex und ich uns in die Augen, während wir »Tonight« singen. Meine Stimme schwankt, und ich singe falsch. Tamara hält die CD-Begleitung an.

»Können wir Feierabend machen?«

Mit einem Gefühl von Versagen schnappe ich mir meine Tasche, und als ich auf den Ausgang zueile, beginnt Tamara »Tonight« zu singen, und es klingt so wunderschön. So mühelos. Der Druck in meiner Brust nimmt zu.

Der einladende Duft von Tomaten-Basilikum-Suppe empfängt mich, als ich die Haustür aufstoße. Ich bin froh, dass ich mir die Zeit genommen habe, den Schongarer auszugraben, und das Mittagessen vorbereitet habe, bevor ich zur Probe gefahren bin. Trotz der katastrophalen Leistung, die ich abgeliefert habe, spüre ich so etwas wie Erfolg, weil ich immerhin das Haus verlassen habe.

Nachdem ich geduscht und mich umgezogen habe, ist kaum noch Zeit, die Kissen aufzuschütteln, bevor Lisa an die Tür klopft und ich sie in eine feste Umarmung ziehe. Trotz des locker fallenden T-Shirts sehe ich, dass ihr Bauch beträchtlich gewachsen ist, und ich bin froh, dass sie offensichtlich ihren Appetit zurückgewonnen hat. Ich lege ihr die Hand auf den Bauch und spüre die Festigkeit.

»Er ist hart, oder?« Ich denke an meine weichen Speckröllchen.

»Das muss so sein, damit das Kleine geschützt ist. Wie in seinem eigenen Zimmer, vermute ich.« Sie weicht zurück.

»Tut mir leid. Ich wollte dir nicht zu nahetreten.« Ich nehme ihre große Reisetasche und führe sie ins Haus.

»Ist schon okay. Es ist erstaunlich, wie viele Leute glauben, meinen Bauch anfassen zu können. Gestern in der Schlange bei Tesco hat sich die Kassiererin vorgebeugt und ihn getätschelt, und ich hätte fast gesagt: Ich bin kein verdammter Buddha; das wird Ihnen kein Glück bringen. Eine Frau wollte meinen Bauch sehen, als würde ich wollen, dass jeder auf meine Schwangerschaftsstreifen guckt! Seltsame Person.«

»Wie aufdringlich«, sage ich, aber wenn ich es wäre, würde ich jeden teilhaben lassen.

»Die Frau bei der Post wollte wissen, in der wievielten Woche ich bin, und als ich es ihr sagte, meinte sie, mein Bauch sei aber dick, und fragte, ob ich Zwillinge erwarte.«

Für einen Moment schweigen wir beide.

»Die Leute können so verdammt unverschämt sein. Mein Bauch ist zu dick. Zu flach. Er sitzt hoch, deshalb ist es ein Mädchen, oder er sitzt tief, und deshalb ist es ein Junge. Jeder hat seine eigene Meinung. Sogar meine Hebamme denkt, es ist ein Junge, weil die Herzfrequenz niedrig ist.«

»Niedrig?«

»Ja, aber normal. Nichts, worüber man sich Sorgen machen muss.«

Ich greife nach ihrer Tasche. »Leg die Füße hoch. Ich flitze nach oben und packe für dich aus.«

»Nein!« Lisa schreit fast, und ich lasse die Henkel ihrer Tasche los, als hätten sie mich verbrannt.

»Tut mir leid.« Sie lächelt schwach. »Ich kann selbst auspacken, aber zuerst muss ich dir etwas erzählen.« Lisa sieht erschöpft aus, als sie aufs Sofa sinkt und auf den Platz neben sich klopft.

Fasziniert setze ich mich neben sie und schaue zu, wie sie ihr iPhone aus der Tasche zieht.

»Hör zu.« Sie drückt auf *Play*.

Zuerst hört es sich an wie das Geräusch, das man hört, wenn man am Strand eine Muschel ans Ohr drückt. Rauschen und Störgeräusche, aber dann höre ich es. Ein schnelles Bum-Bum-Bum.

»Ist das …?«

»Das ist der Herzschlag des Kleinen.« Lisa legt die Hand oben auf ihren Bauch.

»Darf ich?«

Lisa drückt wieder auf *Play*, und es ist das süßeste Geräusch, das ich je gehört habe. Der Klang des Lebens. Der Hoffnung. Für mich hört es sich kein bisschen langsam an. Jeder Schutzinstinkt, der in meinen Zellen schlummert, erwacht zum Leben.

»Ich werde es als MP3 an dich schicken«, sagt Lisa, und ich merke erst, dass ich weine, als mir Lisa mit den Fingerspitzen die Tränen von den Wangen wischt.

Wie sitzen lange Zeit da, Lisas Kopf auf meiner Schulter, unsere Finger miteinander verschränkt, während ich die

Aufnahme immer wieder abspiele. Und in diesem Moment merke ich vielleicht zum ersten Mal, dass ich nicht nur Liebe für dieses Baby empfinde, sondern dass ich Liebe *bin*.

Ich bin Mutter.

* * *

Ich schöpfe Suppe in Schalen und trage sie vorsichtig hinüber zum Tisch, bevor ich mich Lisa gegenüber auf einen Stuhl schiebe.

»Brot?« Ich halte ihr den Korb mit dem Baguette hin.

Lisa streckt den Arm aus, und ihr Ärmel rutscht hoch. Ihr Unterarm ist mit winzigen blauen Flecken übersät.

»Nimmst du genug Eisen zu dir?«

»Meinst du Fleisch? Ich glaube schon. Warum?«

»Die blauen Flecken.« Ich deute auf ihren Arm. »Das sind Anzeichen von Anämie. Vielleicht solltest du einen Bluttest machen lassen. Du siehst auch blass aus.«

Lisa sieht nicht so rosig aus wie einige schwangere Frauen, sondern erschöpft mit dunklen halbmondförmigen Ringen unter den Augen.

»Ich werde es beim nächsten Hebammentermin erwähnen.«

»Lisa, du passt doch auf dich auf, oder?« Sie weiß, was ich meine.

»Kat, wir haben ausführlich darüber gesprochen, bevor wir mit dieser Leihmuttersache begonnen haben. Ich habe als Teenager einen Fehler gemacht, als ich unbedingt dünn sein wollte. Bitte bring das Thema nicht mehr auf. Das war vor zehn Jahren. Wir haben darüber gesprochen, und ich habe dir gesagt, dass ich seitdem nichts mehr genommen habe.«

»Ich weiß. Und ich glaube dir auch. Ehrlich. Aber du siehst wirklich nicht gut aus.«

»Alles ist gut. Außerdem habe ich einen neuen Termin für eine Ultraschalluntersuchung. Nächsten Freitag. Kommst du mit? Dann wirst du selbst sehen, dass das Baby gesund ist.«

»Das reicht nicht, Lisa. Ich habe online beim National Institute for Health und Care Excellence nachgeschaut. Du hättest längst eine Ultraschalluntersuchung haben müssen.«

»Idealerweise ja. Meine Hebamme ist auch verärgert darüber, aber sie hat mich deshalb besonders im Auge. Wenn kein Arzt verfügbar ist, der den Ultraschall machen kann, was kann ich da tun? Du weißt doch, wie überlastet unser Gesundheitssystem ist. Fast täglich schreien mich Leute für etwas an, was nicht meine Schuld ist.«

»Das glaube ich dir. Ich habe gelesen, dass einige Frauen keine Ultraschalluntersuchung wollen, und ich frage mich, warum nicht.«

»Weiß der Geier. Ich kann meine jedenfalls nicht abwarten. Das ist eine Möglichkeit, sein Baby zu sehen.« Lisa lächelt, als sie mich anschaut. »Möchtest du das Geschlecht wissen?«

»Ich weiß nicht.« Ich lege meinen Löffel neben die Schale. »Bei Mai und Dewei haben wir das natürlich gewusst, und es hat bei der Einrichtung des Kinderzimmers und bei der Kleidung geholfen.« Ich versuche, nicht an die zusammengefalteten Schlafanzüge zu denken, die sie niemals tragen werden. »Aber dieses Mal wäre eine Überraschung schön. Was denkst du?«

Lisa schaut mich kurz an, bevor sie antwortet. »Ich finde, du *solltest* dich überraschen lassen, Kat.«

Ihr Tonfall verwirrt mich für einen Moment, bis sie mir eine in Geschenkpapier verpackte Schachtel zuschiebt.

»Was ist das?« Ich drehe die Schachtel in den Händen, als könnte sich mir der Inhalt offenbaren.

»Mach sie auf.«

Ich reiße das gestreifte bonbonfarbene Papier ab und lache. Es ist eine Flasche Eva-Parfüm.

»Eva Longoria ist endlich in die Pötte gekommen.« Lisa lächelt, als ich mir etwas auf die Handgelenke sprühe.

»Du hast dich daran erinnert«, sage ich, als ich Jasmin- und Maiglöckchenduft inhaliere.

Lisa schaut mir geradewegs in die Augen. »Ich erinnere mich an *alles*.«

* * *

Später, nachdem ich die Sachen vom Mittagessen weggeräumt habe, sitze ich mit unter den Körper gezogenen Füßen auf dem Sofa und blättere durch eine Ausgabe von *Mother and Baby*, die ich gekauft habe. Ich habe Lisa für ein Nickerchen nach oben geschickt. Sie sah müde und erschöpft aus.

Das Telefon klingelt, und ich eile auf den Flur und nehme ab, bevor Lisa geweckt wird. Als ich den Hörer ans Ohr halte, höre ich Rauschen. »Hallo?« Es ist eine Frage, keine Begrüßung, und die Luft fühlt sich spannungsgeladen an. Plötzlich bin ich wütend, nicht mehr verängstigt. Wer mir auch immer die Zeit stiehlt, wird schon sehen, was er davon hat. Ich lege nicht auf, sage nichts, warte, dass der Anrufer gelangweilt ist. Auflegt. Aber Minuten vergehen, und ich trete von einem Fuß auf den anderen. Gleich wird Lisa herunterkommen, und jetzt erscheint mir das hier kindisch. Ohne Erfolg. Ich werfe das Mobilteil auf die Station, aber bevor ich zurück ins Wohnzimmer gehe, sehe ich einen Schatten. Vor dem Milchglas der Haustür steht eine Gestalt. Ich warte darauf, dass es klopft, doch stattdessen wird es im Flur wieder heller und Schlurfen ist zu hören, als krieche jemand über die Veranda. Auf Zehenspitzen schleiche ich ins Wohnzimmer, biege die Lamellen der Jalousie mit Daumen und Zeigefinger auseinander. Der Nachmittag ist heiter. Ruhig. Es ist niemand da. Kein Geräusch von einem Fahrzeug.

Ich gehe zurück zur Haustür und drücke mein Ohr dagegen. Nur das Zwitschern der Vögel ist zu hören. Ich reiße die Tür auf, und ein Luftzug weht mir entgegen. Niemand ist auf der Straße. Keine mysteriöse Gestalt. Ich tadele mich wegen meiner wilden Fantasie.

Doch das tue ich, bevor ich nach unten schaue.

Bevor ich ihn sehe.

Auf der Türschwelle liegt ein Kranz. Ein grünes Band zieht sich über die Mitte. *RIP* steht darauf in blutroten Buchstaben geschrieben.

KAPITEL 30

Jetzt

Sonntäglicher Sonnenschein fällt durch das Fenster, aber er hellt meine Stimmung nicht auf. Letzte Nacht habe ich kaum geschlafen. Der Kranz und die Telefonanrufe hatten mich an die Grenze gebracht. Obwohl Lisa hier ist, scheint das Haus ohne Nick zu kalt zu sein. Zu leer. Gestern Abend ging ich hinüber zu Clare, um sie zu fragen, ob ihr jemand aufgefallen sei, der sich am Haus herumgetrieben habe, aber sie war nicht da. Ich rief Nick an, um das mit ihm zu besprechen, doch mein Anruf ging direkt auf die Mailbox. Im Bett war ich immer nervöser geworden und hatte mich hin und her geworfen. Dieses *RIP … Requiescat in pace … Ruhe in Frieden …*, geschrieben in blutroten Buchstaben, hatte sich in mein Gedächtnis gebrannt. Ich lag da und starrte an die Decke, während das Haus um mich herum knarrte und zur Ruhe kam, und stellte mir bei jedem Ächzen der Dielenbretter vor, dass jemand die Treppe heraufgeschlichen kam. *RIP*. Erst als ich mir die Ohrhörer einstöpselte und die Aufnahme vom Herzschlag des Babys abspielte, entspannte ich mich.

Meine Beine fühlen sich schwer an, als ich heute Morgen aus dem Bett steige. Ich trotte hinüber zur Tür und nehme meinen flauschigen Morgenmantel vom Haken. Es mag Frühling sein, aber morgens ist es immer noch kühl.

Lisa ist schon in der Küche und knabbert an einem Toast.

»Hast du alles gefunden, was du brauchst?« Auf der Frühstückstheke steht nichts außer Lisas Teller. Ich mache den Schrank auf und hole Gläser mit Honig aus der Region, Aprikosenmarmelade und Marmite-Aufstrich heraus.

»Willst du, dass ich mich übergebe?«

»Ist dir morgens immer noch schlecht? Hast du das deiner Hebamme gegenüber erwähnt?« Meinem Buch zufolge müsste die Übelkeit vorbei und Lisa voller Energie sein. Sie sieht so erschöpft aus, wie ich mich fühle.

»Sie sagte, manche Frauen haben sie die ganze Schwangerschaft über. Ich habe einfach Pech, nehme ich an.«

»Aber wenn du nicht genügend Nährstoffe bekommst …«

»Ich sieche ja wohl kaum dahin.« Lisa streicht sich über den Bauch. »Aber du siehst heute Morgen auch nicht gerade wie das blühende Leben aus.«

Ich sitze auf einem Hocker neben Lisa und nehme mir eine Scheibe Toast aus dem Ständer. »Ich habe nicht gut geschlafen. Dieser Kranz …«

»Du denkst doch wohl nicht mehr darüber nach! Er ist wahrscheinlich an die falsche Adresse geliefert worden.«

»Aber warum hat derjenige, der ihn geliefert hat, nicht geklingelt? Es ist doch seltsam, ihn einfach auf die Türschwelle zu legen, findest du nicht?«

»Nicht wirklich. Schließlich ist es keine Lieferung roter Rosen, oder? Etwas Freudiges. Wo ein Kranz benötigt wird, ist ein Verlust zu beklagen, und da fühlt sich jeder unbehaglich.«

»Und was, wenn er doch für mich bestimmt war?«

»Warum sollte er?«, fragt Lisa.

»Als Strafe?«

»Wofür?« Ich spüre Lisas Blick auf mir, aber ich kann sie nicht anschauen. »Wegen Jake?«

Ich berühre das Kreuz um meinen Hals. »Jemand hat es auf mich abgesehen. Das weiß ich.« Die Paranoia ist so zähflüssig wie die Erdbeermarmelade, die ich auf meinem Toast verteile. Sie sieht aus wie Blut. Ich schiebe den Teller von mir.

»Lis.« Ich hasse mich dafür, diese Frage zu stellen. »Was war gestern in deiner Tasche, was ich nicht sehen sollte?« Ich kann nicht anders, als ihre Panik zu analysieren, die sie bei meinem Angebot, ihre Tasche auszupacken, erfasst hatte.

»Das Parfüm. Verdammt noch mal, Kat! Was willst du damit andeuten?«

»Nichts. Tut mir leid. Es ist nur so, dass es sich bald jährt.« Ich tue mich zu dieser Jahreszeit immer schwer, aber irgendwie ist es in diesem Jahr schlimmer.

Zehn Jahre.

»Glaub nicht, dass ich nicht wüsste, wann der verdammte Jahrestag ist.« Lisa wirft mir einen stechenden Blick zu.

»Tut mir leid, ich ...«

»Das sollte es auch.«

»Jake würde nicht wollen, dass wir ...«

»Glaubst du nicht, dass ich weiß, was Jake wollen oder nicht wollen würde? Er war *mein* Bruder, Kat.«

»Ich weiß. Tut mir leid. Können wir es bitte vergessen?«

Lisa sagt nichts. Sie ist immer noch wütend.

»Lisa. Vergibst du mir?«

»Klar.« Wir beugen uns vor und umarmen uns ungeschickt mit einem Arm. Mit der Vergebung sollte Frieden kommen, aber der Kranz vor der Haustür scheint uns zu verspotten. *RIP.* Für diejenigen, die zurückbleiben, gibt es nicht immer Frieden, oder?

»Bist du sicher, dass es dich nicht langweilen wird?«, frage ich Lisa, lege den Rückwärtsgang ein und stoße an Lisas Fiat

500 vorbei aus der Einfahrt. Ich bin froh zu sehen, dass er nach dem ganzen Geld, das ich ihr für Reparaturen gegeben habe, wieder läuft. Mir ist schwummerig bei dem Gedanken, dass mich jemand bei der Probe sieht. Weiß Gott, wie ich mich auf der Bühne vor Publikum fühlen werde.

»Ich freue mich darauf«, sagt Lisa, und ich glaube ihr. In der Schule hatte sie immer im Schneidersitz auf dem Boden der Aula gesessen, während ich probte. Ihr Blick war jeder meiner Bewegungen gefolgt, und sie hatte auch dann geklatscht, wenn ich meinen Text vergessen hatte.

Ich fahre langsam an Clares Haus vorbei und suche nach Anzeichen, dass sie wach ist. Ich möchte sie fragen, ob sie gesehen hat, wer gestern den Kranz geliefert hat. Ihre Schlafzimmervorhänge sind immer noch zugezogen, und die Post steckt nach wie vor im Briefkasten. Ada scheint sie ausschlafen zu lassen.

Im Gemeindezentrum stelle ich Lisa allen vor, und sie wird von den Frauen mit Fragen bombardiert. Sie schaut mich unbehaglich an, ist unsicher, was sie sagen soll. Ich beobachte den Wirbel, den jeder um sie macht. Der Stuhl, der geholt wird, das Getränk, die Kekse. Ich möchte ihnen erzählen, dass Beanie mit fast sechsundzwanzig Wochen so groß ist wie eine ganze Frühlingszwiebel, kleine Mengen Fruchtwasser ein- und ausatmet und sich die Lunge entwickelt, aber keiner kommt darauf, mich zu fragen.

Tamara ist heute freundlicher und lächelt, als sie das Halbplayback startet. Weil ich den Blick auf Lisa gerichtet halte, ist es einfach, mir vorzustellen, zurück in der Schulaula zu sein. Ich schlenkere und schüttele meine Unsicherheiten als Erwachsene ab, bis ich wieder das junge Mädchen voller Hoffnung und Möglichkeiten bin. Ich mache einen Schritt zur Seite, wirbele herum, und meine Stimme hat noch nie solche Höhen erreicht. Sie trägt meine Gefühle hinauf zu den fluoreszierenden Neonröhren, die an der Decke summen und flackern. Vor mir verwandelt sich Lisa in Jake, und alles, was ich bin, alles, was ich sein möchte, fließt in meine Darbietung ein, bis die letzten Takte verklingen und ich mit sich hebendem und senkendem Brustkorb auf der Bühne kauere. Wieder nehme ich wahr, wie Alex behauptet, ich sei großartig. Lisa steht auf und klatscht, und ihr gestresster Gesichtsausdruck von vorhin ist reiner Freude gewichen. Ich weiß, dass sie ihn auch spürt. Jake.

Meine Beine zittern, als ich von der Bühne abtrete. Alex streckt mir die Hand entgegen, und ich nehme sie. Er lässt sie auch dann nicht los, als ich wieder auf ebenem Boden stehe, aber ich bin froh darüber und lehne mich kraftlos an ihn.

»Du warst wunderbar.« Lisa umarmt mich. »Maria! Endlich!«

»Nicht ganz so glamourös.« Ich ziehe an meinem T-Shirt, das auf der Haut klebt. »Ich muss mich erst mal frisch machen.«

Die Toilette ist klein und schmuddelig. Ich ziehe blaue Papiertücher aus dem Spender und tupfe meine Haut trocken, bevor ich meine Haare kämme. Sobald ich angezogen bin, ziehe ich an der Tür, aber sie ist abgeschlossen. Das kann nicht sein. Der Hausmeister schließt sie auf, wenn er weiß, dass wir kommen, und wieder ab, nachdem wir gegangen sind. Wieder ziehe ich am Griff. Sie ist definitiv abgeschlossen. Der Raum ist heiß und stickig. Es gibt keine Fenster, und vom Kopf her weiß ich, dass ich hier nicht für immer festsitzen werde. Jemand wird kommen und mich finden. Aber Panik überkommt mich trotzdem, und ich schnappe nach Luft, spüre, wie mir die Chemikalien des Toilettenreinigers in der Kehle brennen. Ich bin gefangen. Mir ist schwindelig, und mein Herz rast. Ich hämmere mit den Fäusten gegen die Tür und bekämpfe den Drang zu schreien. Angst steigt in mir auf, und ich weiß nicht mehr, was damals und was heute ist.

* * *

»Bitte hilf mir.« Es war fast ein Flüstern. Ich war seit Stunden allein, und meine Kehle war wund vom Schreien. Meine Hände brannten vom Hämmern gegen die Tür, die jedes Mal klapperte und vibrierte, wenn ich dagegenschlug. Ich musste daran glauben, dass er mir nicht wehtun würde, aber ich hatte den Ausdruck in seinen Augen gesehen und war mir nicht sicher.

»Bitte. Ich werde brav sein. Bitte.« Meine Hände waren gefaltet, und ich kam mir vor, als würde ich zu Gott sprechen, aber er antwortete nicht. Niemand antwortete. Es war heiß. Die Luft verbraucht von meiner eigenen Angst. Ich griff mir an den Hals. Mit kurzen, scharfen Zügen sog ich Sauerstoff durch die Nase ein, und in der Brust baute sich ein zunehmender Druck auf. Ich würde ersticken. Hier würde ich sterben. »Bitte!« Dieses Mal schrie ich und rüttelte so fest ich konnte an der Tür. »Was willst du?« Doch als ich diese Frage stellte, wurde mir auf furchtbare Weise bewusst, was er wollte. Ich lag auf dem Boden und rollte mich zusammen. »Nein. Nein. Nein. Das werde ich nicht tun. Niemals!«

* * *

»Kat?«

»Lisa. Gott sei Dank. Ich kann nicht raus.« Ich zerre an der Tür.

»Warte.« Es folgt eine Pause. Der Türknauf dreht sich und kalte Luft strömt herein, als die Tür aufgeht. »Sie hat nur geklemmt. Das ist alles.«

»Ich dachte …« Wieder steigt Verzweiflung in mir auf.

»Ich weiß, was du dachtest.« Lisa streicht mir übers Haar. »Ich weiß.«

Und ich klammere mich an ihr fest und bin froh, dass sie da ist.

KAPITEL 31

Damals

Der Griff des Spindes bohrte sich tief in meinen Rücken, aber mein Körper wurde taub, und das Gefühl von Aarons Händen, die mir die Kehle zudrückten, ließ nach. Meine Finger krallten sich in seine Hände. Es fühlte sich an, als würde sich mein Kopf ausdehnen, als wäre ein Ballon darin, der sich aufblies. Ich konnte nicht atmen. Nicht schlucken. Meine Augäpfel schmerzten, der Rand des Sehfeldes verschwamm und wurde immer dunkler, und ich merkte, wie ich abglitt ... immer mehr. Gerade als ich mich dem Nichts ergab, kamen Licht und Geräusche zurück. Ich sank zu Boden, bedeckte meinen Hals mit den Händen und sog gierig Luft ein.

»Verdammte Scheiße, Aaron!« Lisa schlug ihn vor die Brust.

»Ich habe nicht ...« Ich spürte seinen Blick auf mir. »Ich werde nicht ...«

»Hau einfach ab!« Lisa schob ihn weg. Mit aller Kraft.

»Aber wenn Kat ...«

»Ich werde mit Kat reden.«

Ihre Worte waren gedämpft. Mein Körper zitterte vom Schock.

Aaron fuhr sich mit den Fingern durch die Haare, und für eine Sekunde dachte ich, er würde nicht gehen, aber dann sagte er: »Sorg bloß dafür, dass sie schweigt, Lis.« Als seine Füße den Flur entlangstampften, versuchte ich aufzustehen, doch meine Beine trugen mich nicht.

»Lass uns gehen und reden.« Lisa griff nach meinen Händen, um mich hochzuziehen, und zum ersten Mal fiel mir auf, wie hinfällig sie geworden war. Wie furchtbar sie aussah. Riesige lilafarbene Schatten unter den Augen. Blasse Haut. Ich hatte gedacht, es sei Prüfungsdruck – was war ich nur für eine Freundin?

»Ich bin mit Jake verabredet.« Es tat weh zu sprechen. Ich strich mir über den Hals und spürte noch immer den Druck.

»Jake? Es ist immer der verdammte Jake, oder?« Plötzlich war sie wütend. »Hier geht es nicht um dich oder Jake oder Aaron. Es geht um mich. Ausnahmsweise einmal um mich.«

»Du brauchst Hilfe«, sagte ich mit einer Stimme, die überhaupt nicht nach meiner klang. Der Ballon in meinem Kopf fiel in sich zusammen, und wegen des Schwindelgefühls neigte sich der Boden.

»Weshalb? Weil ich dünner werden will? Wenn das der Fall ist, brauchen die meisten Mädchen in unserem Jahrgang ebenfalls Hilfe.«

»Es gibt gesunde Methoden …« Ich konnte nicht klar denken, mir schwirrte der Kopf.

»Es ist nichts anderes als Slimfast-Shakes oder diese Kräutertabletten, die schnellen Gewichtsverlust versprechen. Beides kannst du überall kaufen. Wenn es ungesund wäre, würden sie das nicht verkaufen, oder?«

»Es hat nicht im Entferntesten mit Slimfast zu tun. Warum hast du nichts gesagt, Lis? Ich bin doch für dich da.«

»Das ist ja ganz was Neues.« Sie machte kehrt und rannte davon, und ich stolperte, als ich versuchte, sie einzuholen. Mit der Schulter prallte ich gegen die Metallspinde.

»Lisa, warte!«

***

Wir waren schon auf halbem Wege zu ihr, als ich sie einholte. Sie wirbelte herum und schaute mich an.

»Du darfst es nicht erzählen, Kat.« Es war das erste Mal, dass ich in jener Woche diese Worte hören sollte. Das zweite Mal … Ich versuche, nicht an das zweite Mal zu denken. Das ist fast mehr, als ich ertragen kann.

»Lisa, es geht doch nicht nur um dich. Was ist, wenn jemand schlecht darauf reagiert? Stirbt? Willst du das auf dem Gewissen haben?«

»Niemand wird sterben. Es ist doch kein Heroin, Kat. Okay, ich bekomme davon einen kleinen Rausch, aber nichts Schlimmes. Es fühlt sich gut an. Macht mich glücklich. Du solltest es versuchen, und dann würdest du sehen, dass es nicht so schlecht ist.«

»Lisa, hör dir mal selbst zu!«

»Das muss ich ja. Du hörst mir doch nicht mehr zu!«

»Das ist nicht fair, ich …«

»Es geht immer nur um meinen Bruder, oder? Ich bin dir doch egal.«

»Bist du nicht.« Und das war die Wahrheit, aber vielleicht kümmerte ich mich nicht mehr auf die alles verzehrende, absolut hingebungsvolle Weise um sie wie zuvor. Das Gewebe, aus dem unsere Beziehung bestand, war zerfasert und auf völlig andere Art wieder zusammengeflickt worden. Die Ränder waren nicht mehr makellos. Manchmal wurde einem schwindelig, wenn man mit der ständig wechselnden Dynamik mithalten wollte. Dem Wetteifern um Aufmerksamkeit.

»Jake. Jake. Jake.« Lisa drehte sich langsam im Kreis und hielt sich wie ein Kind die Ohren zu. Es war beängstigend. Ich erkannte sie fast nicht mehr.

»Hör auf!« Ich griff nach ihren Handgelenken und drückte die Arme nach unten.

»Jake. Jake ...«

Die Ohrfeige, die ich ihr gab, brannte auf meiner Handfläche und knallte wie eine Peitsche. Bis heute weiß ich nicht, wer von uns schockierter war. Lange nachdem Lisa um die Ecke verschwunden war, stand ich noch wie angewurzelt auf dem Bürgersteig, und als ich mich umdrehte und nach Hause ging, kribbelte meine Hand noch immer.

An jenem Abend hatte ich meinen Eltern erzählt, mir sei zu schlecht, um Abendbrot zu essen. Zumindest stimmte das. Ich schrieb Jake eine SMS, dass ich Kopfschmerzen hätte und früh ins Bett gehen würde. Ich wusste nicht, was ich zu ihm sagen sollte. Lisa war seine Schwester, und er hatte ein Recht, es zu erfahren, aber sie war auch meine beste Freundin, und meine Loyalität machte den Eindruck, als wäre sie in Stücke zerrissen. Was sollte ich tun? Ich brauchte eine Ewigkeit, bis ich eine Entscheidung fällte, während ich mich in der Hitze im Bett hin und her wälzte, die Bettdecke wegtrat, bevor ich sie wieder bis zum Kinn hochzog, weil mir kalt war.

Um Mitternacht vibrierte mein Handy. Jake.

Geht's dir besser? Vermisse dich.

Vermisse dich auch.

Hast du Lust, dich mit mir im Park zu treffen? Ist doch zu warm zum Schlafen.

Ich zögerte. Irgendwann musste ich ihm sowieso gegenübertreten, mit ihm reden.

Treffe dich in zwanzig Minuten.

Eine Schraubzwinge legte sich um meine Brust, als ich leise über den Flur schlich und aufpasste, dass ich das lose Stück Teppichboden oben auf der Treppe vermied, das Dad immer noch nicht befestigt hatte. Eine Stufe. Zwei. Die dritte knarrte, obwohl ich die Schuhe in der Hand hielt. Ich erstarrte, wartete darauf, dass Licht den Flur flutete. Darauf, dass meine Eltern riefen: »Wohin willst du denn?« Aber nichts geschah. Irgendwie schien die Stille das Lauteste zu sein. Ich schlich die restlichen Stufen, so schnell ich konnte, hinunter und hielt den Atem an, als könnten sie mich ausatmen hören. Doch ich war nicht in der Lage, das Klopfen meines Herzens zu beruhigen, das sich entsetzlich laut anhörte. Der Flur war in Dunkelheit gehüllt. Ich stieß mir die Hüfte am Griff des Schrankes unter der Treppe, und der heftige Schmerz wollte mir einen Schrei entlocken. Doch ich biss die Zähne zusammen und humpelte in die Küche. Dort war es heller, denn das Mondlicht fiel durchs Fenster. Mein Magen knurrte beim abgestandenen Geruch nach Spiegeleiern, die Mum fürs Abendessen gebraten hatte. Was tat ich? Ich streckte die Hand nach der Hintertür aus, und meine Fingerspitzen tasteten nach dem Schlüssel. Jede Faser meines Körpers sagte mir, ins Bett zurückzugehen. Ich würde bestimmt erwischt werden. Und trotzdem schlüpfte ich in meine Schuhe und drehte den Schlüssel. Die Hintertür öffnete sich knarrend.

Auf Zehenspitzen lief ich an der Seite des Hauses entlang und hielt nur kurz an, als ich den Riegel am Gartentürchen quietschend zurückschob. Es war noch nicht zu spät. Ich konnte zurück ins Bett gehen, aber während mein Verstand schwankte, zögerten meine Füße nicht. Ich rannte, so schnell ich konnte, und drosselte das Tempo erst, als ich den Park erreichte.

Er war da, im Schatten, drehte sich langsam auf dem Karussell, das unaufhörlich quietschte.

Ich nehme an, ich hätte bemerkt, dass die Gestalt nicht Jake sein konnte, wenn ich langsamer gelaufen wäre. Sie war zu groß. Zu stämmig. Ich nehme auch an, mir wäre der weiße Transporter vor den Parktoren aufgefallen. Aber so bemerkte ich erst, dass es überhaupt nicht Jake war, als ich näher an ihn herankam.

Es war Aaron.

Der anfängliche Stich wegen des Betrugs, den ich spürte, als mir klar wurde, dass Lisa mir von Jakes Handy eine SMS geschickt haben musste, verblasste im Vergleich zu der Angst, die in mir aufstieg, als Aaron aufstand und sich mit einem verzerrten Gesichtsausdruck bedrohlich auf mich zubewegte.

KAPITEL 32

Jetzt

Das Gemeindezentrum wird in meinem Rückspiegel immer kleiner. Lisa plaudert über den Gesang und das Tanzen, aber alles, was ich höre, ist Rauschen. Die panische Angst, die ich gespürt hatte, als ich in der Toilette eingeschlossen gewesen war, steckt mir immer noch in den Gliedern, und ich fahre schneller, als ich sollte. Ich will schnellstens nach Hause. In Sicherheit.

»Mist!« Ich bin zu schnell in die Sackgasse eingebogen und fast auf die Spur des Fleurop-Transporters geraten. Mit kreischenden Bremsen komme ich zum Stehen.

Als der Transporter anhält und der Motor ausgestellt wird, schiebe ich die Automatikschaltung in den Leerlauf und ziehe die Handbremse an. Der Fleurop-Mitarbeiter steigt aus, öffnet die hinteren Türen, und ich befürchte das Schlimmste, aber anstelle eines Kranzes holt er einen Blumenstrauß heraus. Goldgelbe Sonnenblumen mit cremefarbenen Rosen. Ich stoße einen Seufzer der Erleichterung aus. Sonnenblumen sind meine Lieblingsblumen, und Nick lässt sie in jeden Strauß binden, den er mir schickt. Ich nehme an, er hat ein schlechtes Gewissen, weil er weggefahren ist, obwohl ich an seinem Auto in der Einfahrt erkenne, dass er schon zurück ist.

»Sind die für mich?« Ich steige aus dem Auto und strecke lächelnd die Hände aus.

»Nummer acht?«, fragt der Fahrer.

»Nein, ich ...« Ich blicke über die Straße und deute auf Clares Haus. Er bedankt sich, und ich stehe wegen der Sonne mit der Hand über den Augen da und sehe, wie Clare die Tür öffnet. Sogar aus dieser Entfernung kann ich sehen, wie sie vor Freude strahlt.

Drinnen rufe ich nach Nick und renne durchs Haus. In der Küche höre ich das Gurgeln des Wassers, das über mir durch die Leitungen rauscht. Nick muss unter der Dusche stehen. Ich sage zu Lisa, dass ich gleich zurück bin, laufe, zwei Stufen auf einmal nehmend, die Treppe hinauf und stürme ins Bad.

»Du bist zu Hause!«, spreche ich das Offensichtliche aus.

»Alles okay mit dir?« Nick schaut mich prüfend an, und ich weiß nicht, was ich sagen soll. Wie kann ich ihm erzählen, dass ich dachte, ich sei in der Toilette eingeschlossen? Jemand einen Kranz an die falsche Adresse geliefert und ein anderer die falsche Nummer gewählt hat? Das klingt absurd, und er schaut mich bereits besorgt an. Wie bei meinen schlimmen Panikattacken. Wenn ich nach Luft schnappe. Hilflos bin. Er würde es nicht verstehen, und wie kann er das auch, wenn ich ihm nicht die Wahrheit sage? Der Drang, ehrlich zu sein, nagt an mir, aber die Auswirkungen wären enorm, und ich würde unter ihrem Gewicht zusammenbrechen.

»Wie war die Fahrt?«, lenke ich ab. Sogar im Dampf des Badezimmers sieht Nick erschöpft aus.

Das Pfefferminzduschgel, das in seifigem Schaum um seine Füße wirbelt, hat ihn offensichtlich nicht erfrischt. Er hat an Gewicht verloren. Sein Bauch ist fast flach. Er dreht das Wasser ab, und der Duschkopf tropft und tropft und tropft. »Ganz okay. Bald ist alles geregelt. Kann allerdings sein, dass ich noch einmal ein Wochenende wegmuss.« Er gähnt. »Ich hab nichts dagegen, früh ins Bett zu gehen.«

»Ich auch nicht.« Ich schlafe besser mit ihm neben mir.

»Ich könnte doch heute Nacht im Gästezimmer schlafen. Ich bin so kaputt. Du kannst mit Lisa aufbleiben und musst dir keine Sorgen machen, mich zu wecken, wenn du ins Bett kommst.«

Meine Einwände kommen und gehen. Er hat noch nie im Gästezimmer geschlafen, aber seine Augen sind rot gerändert, und er sieht wirklich erschöpft aus.

»Ich bereite das Abendessen vor.«

»Ich habe keinen großen Hunger.« Er tritt aus der Duschkabine.

»Du musst mit uns essen. Lisa ist da.«

»Ich weiß nicht, ob ich all das Gerede über Babys verkrafte. Den Familienkram. Tut mir leid«, fügt er hinzu, als ich ein langes Gesicht mache. »Natürlich geselle ich mich zu euch. Ich bin nur kaputt. Ich komme gleich runter.«

Ich zögere kurz, bevor ich das Bad verlasse, aber er sagt nichts mehr, sondern reibt wütend mit einem rauen weißen Handtuch über die Haut, als wünschte er, er könnte sich wegrubbeln.

**

In der Küche ist Lisa dabei, Sachen aus dem Kühlschrank zu holen. »Ich dachte, ich koche mal.« Sie stellt eine Schachtel mit Eiern zur Seite.

»Aber ich sollte mich um dich kümmern.«

»Ich weiß, dass du aufgewühlt bist. Wegen dem, was vorhin passiert ist.«

»Glaubst du, dass mich jemand absichtlich eingeschlossen hat?«

»Warum sollte das jemand tun?« Lisa legt den Kopf auf die Seite, als sie auf meine Antwort wartet.

»Ich weiß nicht.« Draußen verdunkelt sich der Himmel. Der Tag geht in die Nacht über. »Was kochst du?«

»Wie wäre es mit Frittata? Hast du eine Silikonform?«

»Nein, aber Clare vielleicht. Ich muss sowieso fragen, ob sie schon ihre Lose für die Benefizveranstaltung am Feiertag verkauft hat.« Ich schlüpfe wieder in meine Schuhe.

Draußen peitscht der Wind durch den Kirschbaum vor unserem Haus, und er biegt sich ächzend. Ich klopfe an Clares Tür und schlinge die Arme um mich, um während des Wartens die beißende Kälte zu vertreiben.

»Kat!« Sie sieht überrascht aus.

Ich trete von einem Fuß auf den anderen, um mich warm zu halten. »Könnte ich eine Backform aus Silikon ausleihen?«

»Klar.« Sie zögert, schaut hinter sich, bevor sie einen Schritt zurücktritt. »Komm doch kurz rein.«

»Wunderschöne Blumen.« Der vorhin gelieferte Strauß steht in einer durchbrochenen Silbervase auf dem Sofatisch. »Hast du einen heimlichen Verehrer?«

»Leider nicht.« Ich warte darauf, dass sie fortfährt, aber sie geht in die Küche und ruft über die Schulter: »Ich hole schnell die Silikonform.«

Ihre Absätze klackern auf den Fliesen in der Küche. Ich kann nicht widerstehen, gehe durchs Wohnzimmer und ziehe die Karte aus dem Blumenstrauß. Mit blauem Kugelschreiber ist der Buchstabe N hingekritzelt, und ein einziges x steht für ein Küsschen, doch das reicht aus, um mir den Boden unter den Füßen wegzuziehen. Clares Schritte werden lauter, und ich stecke schnell die Karte zurück und nehme eine Broschüre über Italien in die Hand, die ich durchblättere, ohne die Bilder von einem prächtigen blauen Himmel und weißen Sandstränden zu registrieren. Nick und ich haben diesen Urlaub nie gebucht.

»Es sieht fantastisch aus, oder?« Clare späht über meine Schulter. »Ich schwärme für die Küste, aber ich glaube, ich werde mit Rom anfangen.«

»Teuer?« Das Wort kommt mir automatisch über die Lippen, denn sie beschwert sich immer, dass Akhil keinen Unterhalt bezahlt.

»Man darf ja wohl noch träumen.« Sie nimmt mir die Broschüre aus der Hand und gibt mir dafür die Silikonform. »Die brauche ich nicht so schnell zurück.«

Als sie mich hinaus zum Flur geleitet, frage ich nach den Losen, aber verstumme in der Mitte des Satzes, als ich auf einem Haken hinter der Haustür einen Schal hängen sehe: einen blauen Kaschmirschal, der genauso aussieht wie Nicks. Ich drehe mich zu Clare. Mit gesenktem Kopf und vors Gesicht fallenden Haaren beschäftigt sie sich damit, die Haustür aufzuschließen, aber die zwei roten Flecke auf ihren Wangen kann sie nicht verbergen.

Nick spricht gedämpft, und ich lungere vor seinem Arbeitszimmer herum und drücke ein Ohr an die Tür.

»Nächstes Mal bleibe ich länger«, sagt er, und nach einer Pause fährt er fort: »Nein, ich habe es ihr nicht gesagt.« Ein Seufzer. »Ich weiß, ich weiß, aber es ist nicht einfach. Seitdem ist viel Wasser den Bach heruntergeflossen.«

Mein Herzschlag beschleunigt sich, und in meinen Ohren beginnt es leise zu summen.

Ich stehe immer noch auf dem Flur, als die Tür des Arbeitszimmers aufgeht. Mit einer Hand stütze ich mich an der Wand ab, als wollte ich mich versichern, dass einige Dinge stabil sind. Verlässlich.

»Mit wem hast du gesprochen?«

»Mit Richard«, sagt Nick, ohne zu zögern.

»Worüber habt ihr geredet?«

»Ich habe ihn angerufen, um ihn zum Mittagessen einzuladen. Ich hoffe, das ist okay.«

Das wäre es, wenn ich ihm glauben würde, aber ich kenne meinen Mann, und die Rötung an seinem Hals verrät mir alles, was ich wissen muss. Er lügt. Keiner von uns sagt etwas. Wir übermitteln stille Botschaften mit den Augen. Irgendwann sage ich »gut« und gehe hoch erhobenen Hauptes in die Küche, wo ich den Kühlschrank öffne und mir ein Glas Wein eingieße. Ich trinke langsam davon, während ich versuche, meine Gedanken in eine gewisse Ordnung zu bringen. Ich brauche Zeit, um über alles genau nachzudenken, aber wenn ich die Sache mit dem Blumenstrauß und dem Schal nicht hinterfrage, akzeptiere ich dann seine Lügen? Macht mich das zu einem genauso schlechten Menschen wie ihn? Nur ein Lügner kennt einen Lügner, und noch nie habe ich mich meinem Mann so nah oder so fern gefühlt wie in diesem Moment.

Ich trinke mein Glas Pinot aus und wende mich zu Nick um, der den Raum betritt. »Wann kommt Richard?«, frage ich, und in Nicks Gesicht spiegelt sich Erleichterung. Ich habe einen Präzedenzfall geschaffen. Gebe vor, ihm zu glauben. Für alles, was jetzt geschieht, werde ich mir selbst die Schuld geben müssen.

Ich gieße mir ein weiteres Glas Wein ein.

Richard trifft eine Dreiviertelstunde später ein, und ich schlucke meine Verwunderung hinunter, als wir uns mit Luftküssen begrüßen. Vielleicht hat Nick vorhin wirklich mit ihm telefoniert. Vielleicht ist es nur der zehnjährige Jahrestag, der mich nervös und paranoid macht. Ich versuche, mich an die Unterhaltung zu erinnern, aber mein Gedächtnis ist vom Alkohol benebelt. Lisa serviert die Frittata, und ich reiche die Salatschüssel weiter. Es könnte irgendein Mittagessen mit Freunden sein, aber irgendwie ist die Atmosphäre aufgeladen. Ich bin nicht sicher, ob es der Funke Misstrauen ist, der meinen Magen füllt und mir den Appetit verdirbt, oder ob es die anderen auch spüren. Ich beobachte Nick, der seine Gabel mit mehr Aggression in eine Cherrytomate sticht als notwendig. Lisa beugt sich vor und berührt seine Hand.

»Alles okay, Nick?«

»Bin nur müde.«

»Das überrascht mich nicht«, sagt Richard. Er schaut Nick an, und irgendetwas Unsichtbares wird zwischen ihnen ausgetauscht.

Am liebsten würde ich weinen. Hat Nick eine Affäre? Weiß das jeder? Ich schiebe meinen Teller weg und ziehe das Glas näher zu mir, umfasse es mit beiden Händen.

Es klingelt an der Haustür, und Nick hebt die Hand, um zu signalisieren, dass er nachschauen geht. Er schiebt seinen Stuhl zurück. Gedämpfte Stimmen dringen in die Küche, und ich strenge mich an, herauszufinden, mit wem er spricht, aber Richard füllt die Stille mit seiner dröhnenden Stimme.

»Lisa, ich weiß gar nicht viel von dir.«

»Da gibt's nicht viel zu erzählen«, sagt Lisa. »Ich bin Krankenschwester.«

Nick kommt zurück und setzt sich wieder. Ich hebe fragend die Augenbrauen.

»Clare«, sagt er. »Sie hat die Losabschnitte und das Geld rübergebracht. Ich habe ihr gesagt, dass wir essen, deshalb schreibt sie dir eine Nachricht im Arbeitszimmer. Sie findet alleine raus. Oh, und sie hat mir auch meinen Schal mitgebracht. Den muss ich drüben vergessen haben, als wir bei ihr letztens abends etwas getrunken haben.« Er senkt den Blick und nimmt sein Besteck.

Ich versuche mich daran zu erinnern, ob er den Schal trug, als wir hinübergegangen sind. Es war einer dieser seltenen Frühlingsabende, an denen wir draußen sitzen konnten, deshalb nehme ich an, es war nicht warm genug, aber ich kann mich auch täuschen. Mein Kopf wirbelt herum, als Metall gegen Porzellan klirrt. Ich fühle mich, als wäre ich auf der verrückten

Teeparty des Hutmachers in *Alice im Wunderland* und würde gegen eine Unterströmung anschwimmen, die ich nicht ganz einschätzen kann.

»Und gefällt dir das? Als Krankenschwester zu arbeiten?«, fragt Richard, als hätte es die Unterbrechung nie gegeben.

»Sehr. Die Arbeitszeiten sind hart. Schichtdienste. Und manchmal«, sagt sie und legt die Stirn in Falten, »sterben Leute.« Als sie das sagt, schaut sie mich an.

»Ich kann mir vorstellen, dass das schwer ist.« Richard gießt sich Wein nach, und ich neige mein Glas in seine Richtung.

»Und die Bezahlung für Krankenschwestern ist natürlich auch nicht besonders gut. Wo wir gerade von Geld reden. Ich wollte das eigentlich nicht ansprechen, aber ...«

»Brauchst du mehr? Wofür?«, fragt Richard, und ich bin der Meinung, er sollte sich aus Dingen heraushalten, die ihn nichts angehen.

»Ich habe eine Mieterhöhung für meine Wohnung bekommen.«

»Wir sollten die Zwanzigtausend-Pfund- ... Grenze nicht außer Acht lassen. Mir fällt gerade kein besseres Wort ein. Wir wollen doch die Gerichtsverhandlung nicht verkomplizieren, wenn es um die Elternverfügung geht, oder?«, fragt Richard, obwohl es keine richtige Frage ist.

»Natürlich nicht«, antwortet Lisa. »Normalerweise wäre das mit meinen Überstunden auch kein Problem, aber mit diesem Kleinen hier habe ich Kat versprochen, meine Stunden zurückzuschrauben.« Sie tätschelt ihren Bauch. »Ich wäre nicht erpicht darauf, zu meiner Mutter zurückziehen zu müssen.« Ihre Lippe zittert. »Ich würde mich so gefangen fühlen.«

Als sie *gefangen* sagt, trifft ihr Blick auf meinen. Irgendetwas geschieht mit mir, und ich bin wieder zurück im Gemeindezentrum, zurück in der Toilette, kämpfe, um herauszukommen. Mir kommt der flüchtige Gedanke, dass Lisa mich eingeschlossen haben könnte, aber ich schlage ihn mir sofort wieder aus dem Kopf. Sie ist doch meine Freundin, oder? Aber plötzlich fällt mir ein, was merkwürdig daran war, Aaron zu treffen. Die Tatsache, dass Lisa mir am Neujahrstag erzählt hatte, sie würde Aaron nie sehen. Aber sicher werden sie sich doch ab und zu über den Weg laufen, wenn sie beide im selben Krankenhaus arbeiten. Weshalb erinnere ich mich erst jetzt daran, dass sie mich schon zuvor betrogen hat?

Ich habe das Gefühl, dass sich die Erde schneller dreht, und fühle mich zerrissen. Abgetrennt. Nach dem Essen täusche ich eine Migräne vor und schleiche nach oben ins Schlafzimmer, sehne mich nach zehn Minuten Ruhe. Ich habe nicht ganz gelogen. Hinter meinen Augen brauen sich Kopfschmerzen zusammen, und ich drücke mit den Fingern gegen die Schläfen, um den Schmerz wegzumassieren.

Auf dem Nachttisch liegt Nicks Handy, und ich kann es nicht lassen und greife danach. Es fühlt sich schwer an, voller Geheimnisse. Mein Daumen streicht über das Display, das aufleuchtet. Obwohl ich mir einrede, ich würde nur nach der Uhrzeit schauen, wische ich nach rechts, aber das Handy fragt nach einem Sperrcode. Nun weiß ich, dass Nick mir etwas verheimlicht. Noch nie hatte er sein Handy gesichert. Ich versuche es mit meinem Geburtstag, seinem Geburtstag, unserer Hausnummer und gebe fast schon auf, als ich die Buchstaben auf seinem Nummernschild eingebe. Geschafft! Meine Hand zittert. Will ich das wirklich? Nichts Gutes wird dabei herauskommen. Sobald ich es weiß, kann ich es nicht mehr aus meinem Gedächtnis streichen, und trotzdem nagt die Neugier an mir. Und dann öffne ich seine E-Mails.

Ich überfliege die Liste. Arbeit. Spam. Amazon. Nichts Verdächtiges. Ich sage mir, dass ich aufhören sollte, ehe es zu spät ist, aber das hält mich nicht davon ab, seine SMS zu lesen. Die oberste ist von einer Nummer, nicht von einem Namen:

> Es war so schön, dich zu sehen. Danke, dass du über Nacht geblieben bist. X

Etwas, was einem Schrei ähnelt, baut sich in mir auf. Nicht jetzt. Nicht Nick. Wir bekommen endlich bald ein Baby. Alles sollte perfekt sein, aber es löst sich um mich herum auf, und ich weiß nicht, wie ich es aufhalten kann. Jemand kommt mit festen Schritten die Treppe herauf. Nick? Ich sperre das Handy, werfe es scheppernd auf den Nachttisch und flitze zum Fenster, als würde ich gerade die Aussicht genießen.

Draußen, unter der Pergola, beginnen gerade die Rosen zu blühen. Cremefarbene für Dewei und zitronengelbe für Mai. Aber hinter der Pergola, fast außer Sichtweite, stehen Richard und Lisa in ein Gespräch vertieft. Er fuchtelt mit den Händen herum, und sie runzelt die Stirn. Trotz der Doppelverglasung höre ich laute Stimmen. Lisa dreht sich um und stolziert zurück zur Küche. Ich sehe, wie ihr Tränen über die Wangen laufen.

Ich drücke eine Hand gegen die Fensterscheibe und eine gegen meine Brust. Was hat Richard getan? Was hat er gesagt? Ich denke an Mai und Dewei. Die Babys, die ich verloren habe. Die Babys, die *er* für uns verloren hat. Er hebt den Kopf und schaut zum Fenster hoch. Unsere Blicke treffen sich, und sein Gesicht hat einen merkwürdigen Ausdruck. Ist es Hass? Oder Nervosität? Ich trete vom Fenster zurück. Erschöpft von den ganzen Gefühlen. Ich versuche, mir nicht endlos den Kopf zu zerbrechen, weiß jedoch, dass ich das tun werde. Tun kann. Tue. Panik steigt in mir auf, bereit, die Oberhand zu gewinnen.

Die Haustür schlägt zu. Ein Motor brummt. Reifen quietschen.

Ich renne die Treppe hinunter.

Lisa ist weg.

KAPITEL 33

Jetzt

Mit einem Ruck wache ich auf. Das Baby schreit in meinen Gedanken. Zusammengekauert sitze ich im Schaukelstuhl im Kinderzimmer. Draußen verschwindet die Sonne gerade hinter den Dächern, und über den Himmel ziehen sich rote und goldene Streifen. Ich habe noch immer meine Ohrstöpsel in den Ohren und drücke *Play* auf meinem Handy, um mir die Aufnahme noch einmal anzuhören. Den Kopf an ein Kissen gelehnt, beginne ich zu schaukeln, starre so lange an die Decke, bis schwarze Flecken in mein Sichtfeld schwimmen. Ich kann nicht glauben, dass ich gedöst habe. Ich war in die Küche geplatzt und hatte wissen wollen, wohin Lisa gefahren war. Die Stille milderte kaum meine Panik, und ich hatte erneut gefragt. Dieses Mal lauter.

»Wo ist sie?«

»Auf dem Weg nach Hause, nehme ich an«, hatte Richard gesagt.

»Aber sie sollte doch noch eine Nacht bleiben. Sie hat sich nicht einmal verabschiedet.« Ich starrte ihn wütend an.

»Du sagtest, du habest Migräne. Wahrscheinlich dachte sie, das Richtige zu tun.«

»Nick?« Aber er zuckte nur mit den Schultern, und aufgebracht war ich wieder die Treppe hochgestampft und hatte eine SMS an Lisa geschrieben, sie gebeten, mich anzurufen. Doch mein Handy war still und stumm geblieben. Meine Augenlider wurden immer schwerer, als ich die Zehen im Teppich vergrub, mit dem zerknautschten Stoffhasen auf meinem Schoß vor und zurück schaukelte und dem berstenden neuen Leben auf meinem Handy lauschte. Dann musste mich der Schlaf übermannt haben.

Ich massiere meinen Nacken und biege den Kopf von links nach rechts, bevor ich zum Fenster hinübertrotte und durch die Vorhänge spähe. Richards Auto ist weg, und ich bin beruhigt, dass Nicks Auto noch dasteht. Hat er eine Affäre? Was hat Richard zu Lisa gesagt? Weshalb ist sie weggefahren? Gedanken stürmen auf mich ein. Ich spüre, dass ich kurz vor etwas stehe, aber vor was, das weiß ich nicht.

Ich neige den Kopf, bis meine Stirn auf dem kühlen Glas liegt.

Schon wieder.

Alles bricht wieder auseinander.

Nick kam gestern Abend nicht ins Bett, und das Frühstück verläuft angespannt. Sein Blick klebt auf dem Handy, und die Daumen klopfen auf das Display. Eifersucht steigt in mir auf, als ich mich frage, mit wem er chattet. Mein Toast ist zu dunkel. Zu knusprig. Ich streiche eine dicke Schicht Honig darauf und beiße hinein, lasse die klebrige Süße die Kehle hinabrinnen und eine Barriere gegen die Beschuldigungen bilden, die blubbern und emporsteigen.

Nick verlässt mit immer noch auf das Handy gerichtetem Blick den Tisch. Er murmelt »Tschüss«, und auf meinem Kopf vermisse ich das Gefühl seines Kusses. Es scheint unglaublich, dass wir noch vor vier Monaten das glücklichste Paar waren, das ich kannte. Ich kann so nicht weitermachen. Vielleicht sollten wir zur Eheberatung gehen, bevor wir wie Clare und Akhil enden. Ich weiß nicht, wie sie ohne einen Vater für Ada zurechtkommt.

Das Haus fühlt sich zu groß an. Zu leer. Regen peitscht gegen die Fenster. Ich ziehe die Strickjacke fester um mich. Es ist kaum zu glauben, dass ich gestern noch Shorts trug. Mein erneuter Anruf bei Lisa geht direkt auf die Mailbox. Wahrscheinlich ist sie bei der Arbeit. Ich kann nicht vergessen, wie ihr Gesicht einen hohlen Ausdruck anzunehmen schien und die Farbe aus ihren Lippen wich, als sie mit Richard redete. Wieder hämmere ich eine SMS ein:

Bitte lass mich wissen, wie es dir geht.

Und in der Sekunde, in der ich das Handy ablege, reiße ich es auch schon wieder hoch und schaue nach, ob eine Antwort gekommen ist, obwohl es nicht gepiept hat.

Ich bin gereizt. Unruhig. Laufe in der Küche hin und her. Es gibt nichts zu putzen.

Mir geht so vieles durch den Kopf. Ich stelle das Radio auf Classic FM, und beruhigende Musik, Vivaldi, glaube ich, füllt den Raum. Die Regentropfen scheinen im Takt der Melodie gegen die Scheiben zu prasseln. Ich breite die Papiere der Wohltätigkeitsorganisation auf dem Küchentisch aus. Die Küche ist mein Lieblingsort. Normalerweise finde ich es beruhigend, den Vögeln zuzuschauen, wie sie sich vom Vogelhäuschen vor dem Fenster emporschwingen und wie das Licht durch die Fenster hereinströmt und die Fliesen in ein warmes Apricot taucht. Manchmal kann ich mir fast vorstellen, wie ein Hund an der Verandatür liegt, den Körper angewinkelt, um sich in der Sonne zu wärmen. Ich wollte immer einen Labrador. Vielleicht ist dafür jetzt der richtige Zeitpunkt. Wir könnten lange Spaziergänge machen. Kinderwagenräder, die durch orangefarbenes Herbstlaub knirschen, der Geruch feuchter Erde, ein Welpe, der an der Leine zieht. Die Vorstellung ist so verdammt perfekt, dass ich eine Sekunde brauche, um zu merken, was mich zurück in die Küche katapultiert hat. Keine schlammigen Gummistiefel und feuchten Regenjacken, keine Sammlung von Rosskastanien in einer Schale auf dem Sideboard, sondern glänzende Böden und saubere Arbeitsflächen.

Das Festnetztelefon klingelt.

»Hallo.« Ich bin verärgert über die Unterbrechung. »Hallo?« Mein Ton ist jetzt schärfer. Ich warte. Lausche. Höre Atmen, leise und hauchend.

»Wer ist da?« Mit dem Mobilteil am Ohr gehe ich mit großen Schritten zur Haustür. Drehe am Knauf, um sicherzustellen, dass sie abgeschlossen ist. Alles stürmt auf mich ein. Die Telefonanrufe. Der Kranz. Das zerbrochene Autofenster. Ich verliere wieder die Kontrolle, und alles, was ich will, scheint so nah und doch so weit entfernt zu sein.

Du darfst es nicht erzählen, Kat. Ich höre die Worte, scharf und klar, aber ich weiß, sie sind Teil der Erinnerungen, die sich aus der verschlossenen Kiste befreien wollen, in der ich sie so lange unter Verschluss gehalten habe. Ich schmeiße das Mobilteil zurück auf die Station, als würde ich den Deckel der Kiste zuwerfen, aber als ich versuche, ihn erneut zu verriegeln, springt er wieder auf. Da ist der gewohnte Druck auf der Brust. Ein Gefühl von Leichtigkeit. Meine Fingerknöchel sind fast blau, als ich mich am Flurtisch festklammere, während die Welt um mich herum schwankt. *Mir geht's gut.* Ich höre ein Geräusch. Eine SMS. Von Lisa.

Tut mir leid, Kat.

Ich drücke auf *Wählen*, aber ihr Handy ist ausgeschaltet. Ich lasse mich auf die unterste Treppenstufe sinken und lege den

Kopf auf die Knie. Was tut ihr leid? Dass sie gestern weggefahren ist? Oder etwas anderes? Etwas Schlimmeres? Ich schreibe ihr, dass sie mich anrufen soll, und kaue so heftig auf meiner Lippe herum, dass ich zusammenzucke.

Jetzt zittere ich. Springe auf, darf nicht denken, dass etwas schiefgeht. Ich darf kein weiteres Baby verlieren. Werde ich auch nicht. Ich werde mich den Büchern der Wohltätigkeitsorganisation widmen. Werde normal sein. Gestern habe ich ein paar Lose bei der Probe verkauft. Ich nehme meine Handtasche vom Haken und ziehe den Reißverschluss auf, um die Losabschnitte herauszuholen. Viel habe ich nicht darin, und ich sehe sofort, dass mein Portemonnaie fehlt. Ich wühle herum zwischen Make-up, Taschentuchpäckchen, Hustenbonbons und Haarbürste, aber nirgends blitzt lilafarbenes Leder auf. Schließlich knie ich mich auf den Teppich und kippe den Inhalt aus, aber das Portemonnaie ist definitiv nicht da. Ich schließe die Augen und gehe gedanklich meine Schritte durch. Wann hatte ich das Portemonnaie zum letzten Mal in der Hand? Ich erinnere mich daran, es gesehen zu haben, als wir bei der Probe ankamen und ich meine Schlüssel in die Tasche fallen ließ, aber war es auch noch da, als ich sie wieder herausholte?

Ich rufe Nick an, um ihn zu fragen, ob ich die Kreditkarten sperren lassen soll, aber er hat sein Handy ausgestellt, also schreibe ich ihm eine SMS. Kurz bin ich ratlos. Ich will heute all das Bargeld nachzählen, das ich bekommen habe, die Bilanz fertigstellen und eine Zahlung an die Bank vornehmen. Dann erinnere ich mich an das Geld im Safe. Ich hatte vier Hefte verkauft, also werde ich mir zwanzig Pfund nehmen. Allerdings sollte ich wirklich warten, bis Nick nach Hause kommt. Er war letztens verärgert, als ich das Geld für das Taxi aus dem Safe genommen und ihm nichts davon gesagt hatte. Ich hatte ihm versprochen, das nicht mehr zu tun. Sollte ich allerdings mein Portemonnaie wiederfinden, käme er nie dahinter, und wenn ich das nicht tue, sitze ich nur herum und mache mir düstere Gedanken. Also gebe ich Nicks Geburtstagskombination ein und öffne die Tür. Mir klappt der Mund auf, als ich sehe, was im Safe ist. Oder besser nicht ist.

Anstelle des Bündels Geldscheine sitzt da ein Teddybär. Ich nehme ihn heraus und berühre die um seinen Hals gebundene rote Schleife. Er ist nicht neu. Das Fell ist an einigen Stellen dünn, und seine Nase hängt herunter. Woher war er? Nick würde ihn doch nicht unserem Baby schenken. Ich schnüffele am Kopf des Bären. Muffig. Auf einmal will ich Nick anrufen und ihn danach fragen, aber ich entdecke eine kleine schwarze Schachtel in der Ecke des Safes. Darin befindet sich auf schwarzem Samt ein Ring. Ein Smaragd und Diamanten funkeln. Ich streiche mit den Fingern über die Steine. Er muss für meinen dreißigsten Geburtstag sein. Das erklärt das fehlende Geld. Wir haben ein gemeinsames Bankkonto, und uns gegenseitig Geschenke zu kaufen, ist immer peinlich. Letzte Woche hatte ich meinen Geburtstag angesprochen, wollte nicht, dass Nick verschwenderisch ist, und er war mir ausgewichen. Jetzt weiß ich, warum. Er hatte bereits darüber nachgedacht. Ich kann nicht anders, schiebe mir den Ring auf den Zeigefinger und halte die Hand gegen das Licht, sehe, wie die Diamanten funkeln. Er passt perfekt, und ich übe, die Augen aufzureißen, den Mund aufzusperren und das perfekt überraschte Gesicht zu machen, aber ich kann einfach keine falsche Begeisterung aufbringen. Woher kam der Bär, und warum hat Nick ihn mir nicht gezeigt? Jetzt kann ich ihn nicht einmal fragen, weil er sonst weiß, dass ich den Ring gesehen habe. Mir wird heiß, und ich packe alles genau so zurück, wie ich es vorgefunden habe. Das Telefon klingelt erneut. Ich werde dieses Mal nicht rangehen. Auf keinen Fall.

Als ich aus dem Arbeitszimmer komme, erhasche ich einen flüchtigen Blick auf eine Gestalt am Ende der Einfahrt, die auf das Haus starrt. Warum stellt sich jemand da draußen in den strömenden Regen? Schnell überkommt mich Panik. Jemand hat es auf mich abgesehen. Nick wird mir nicht glauben. Ich kann mich nicht beruhigen und frage mich, in wen ich mich verwandele. Meinen Mann kenne ich auch nicht mehr. Weshalb bekomme ich so schlecht Luft. Ich ziehe den Ausschnitt meines T-Shirts vom Hals weg.

Das Telefon verstummt. Sekunden später wird heftig und unermüdlich an die Haustür gehämmert. Ein fülliger Mann ist durch das Glas zu erkennen. Ich halte es nicht mehr aus. Wie von selbst drehen meine Finger zunächst den Schlüssel und dann den Türknauf. Mein Puls rast wie wild, als ich mich darauf vorbereite, demjenigen gegenüberzutreten, der da draußen steht.

KAPITEL 34

Damals

Einen furchtbaren Augenblick lang glaubte Nick, seinen Vater zu Tode geprügelt zu haben, aber er rappelte sich wieder auf. Weder Nick noch seine Mutter hielten ihn auf, als er den Flur entlangschwankte, immer wieder mit der Schulter gegen die Wand prallte und die Hand an den Kopf gedrückt hielt. Sie waren beide zusammengezuckt, als die Haustür zugeschlagen wurde.

Die Dämmerung brach herein und warf Schatten quer durch die Küche, aber Nick und seine Mutter schalteten nicht das Licht ein. Nick wollte nicht die Enttäuschung in ihren Augen sehen, und er wünschte sich, die Dunkelheit möge sich ein bisschen schneller ausbreiten, damit seine Schamgefühle verhüllt wurden.

»Glaubst du, er kommt zurück?« Nick starrte in seinen nicht angerührten Kaffee, auf dem sich eine Haut bildete. Er hielt die Hände unter dem Tisch verborgen, wo er die geschwollenen Knöchel nicht sehen konnte, aber ihr Pochen immer noch spürte.

»Ich weiß nicht, wohin er sonst gehen sollte.« Nicks Mutter nippte an ihrem Tee, der jetzt abgekühlt war, und hütete sich davor, die Tasse gegen die linke Seite ihres Mundes zu drücken.

»Mum. Du solltest ihn verlassen. Rausschmeißen. Irgendwas.«

»Er war nicht immer so, weißt du? Wir haben uns bei einer Tanzveranstaltung kennengelernt. Elvis sang ›Are you Lonesome Tonight?‹, und er reichte mir die Hand und schwenkte mich über die Tanzfläche. Danach haben wir stundenlang geredet, und keiner war jemals so interessiert daran gewesen, was ich zu sagen hatte. Wir haben so viel gelacht.«

Nick glaubte nicht, dass seine Mutter im Halbdunkel die leicht hochgezogenen Augenbrauen sah, doch sie sagte: »Ich weiß. Ich weiß. Aber er war lustig und nett und damals ganz anders. Der Unfall hat ihn verändert. Die ständigen Schmerzen. Arbeitsunfähig zu sein. Er fühlte sich nicht mehr richtig als Mann, nehme ich an. Verlor seinen Daseinszweck.«

»Aber das entschuldigt nicht, dass er dich schlägt«, sagte Nick leise.

»Ich weiß, aber ich habe weiter gehofft, dass er zurückkommen würde. Der Mann, in den ich mich einmal verliebt hatte. Als ich krank war, da war er wieder der Alte, hat mir Tee gebracht und während der Chemo meine Hand gehalten. Nicht diese andere Version von ihm.« Ihr versagte die Stimme.

Sie verfielen in Schweigen. Nick wusste nicht, was er sagen sollte. Draußen sprang eine Autoalarmanlage an. Nick starrte aus dem Fenster auf den Mond, und obwohl er erwachsen war, wünschte er sich manchmal immer noch eine Rakete, mit der er ins All sausen konnte. Der mit Sternen übersäte Himmel erschien immer so ruhig. So friedlich.

»Dieser Mann kann er doch wieder werden, oder?« Seine Mutter schniefte, und Nick brach es das Herz, als er merkte, dass sie weinte. »Das hat doch schon einmal geklappt, und er muss noch irgendwo in ihm sein. Verborgen unter dem Schmerz, der Wut, dem Frust. Der Mann, der mir freitags immer einen Strauß Nelken brachte und am Sonntag ein Schinkensandwich ans Bett. Ist es zu spät, Nick? Wird er nie wieder der Vater, der er einmal war? Er war doch so vernarrt in dich. Hat ein Geldstück hinter deinem Ohr hervorgezaubert, und du hast ihn so erstaunt angeschaut. Mit so viel Liebe.«

Nick kniff die Augen zusammen und kramte in seinem Gedächtnis. Es hörte sich an, als würde seine Mutter über jemand anderen reden, doch trotz alledem spürte er, wie etwas in ihm weicher wurde. Er wollte sie gerade fragen, wie alt er gewesen und wann alles schiefgelaufen war, wollte diesen anderen Vater, diesen Fremden kennenlernen, als es an der Haustür klopfte.

»Ich wette, er hat seine Schlüssel vergessen.« Mum schob schrammend den Stuhl zurück, aber Nick streckte die Hand aus und berührte sie am Arm.

»Lass mich gehen.«

Nick fühlte sich merkwürdig ruhig, als er zur Haustür ging, den Entschuldigungen seines Vaters entgegen. Und er fragte sich, ob das für sie alle ein neuer Anfang sein könne. Eine Chance, sich zusammenzusetzen und zu reden. Neu zu beginnen. Doch als er die Tür öffnete, fuhr es ihm in den Magen.

»Nicholas White?«, fragte der Polizeibeamte mit ernstem Gesichtsausdruck. »Ich nehme Sie fest wegen des Verdachts auf Körperverletzung.« Und als der Polizeibeamte Nick seine Rechte vorlas, hörte er nur noch das Klicken der Handschellen. Er drehte den Kopf und sah hinter sich seine Mutter mit vor dem Mund gehaltenen Händen, aber er fühlte nichts außer dem kalten Metall und seinem eiskalten Herzen.

KAPITEL 35

Jetzt

Haarige Knie sind das Erste, was ich sehe, als ich die Haustür einen Spalt öffne.

»Guten Morgen, Mrs White.« Unser immer gut gelaunter Postbote, der auch bei schlechtem Wetter nichts anderes trägt als Shorts, reicht mir ein regenfeuchtes Päckchen. Mein Blick ist über seine Schulter gerichtet, und da steht ein ungepflegt aussehender Mann mit grau meliertem Bart, der mich direkt anstarrt. Instinktiv weiß ich, dass er derjenige ist, der bereits hier war. Unsere Blicke treffen sich, und er schaut zu Boden, aber er bewegt sich nicht. Schnell schließe ich die Tür und lehne mich dagegen. Die geriffelte Oberfläche drückt sich unangenehm in mein Kreuz. Das Päckchen fühlt sich schwer an in meinen Händen. Ein Teil von mir möchte es wegwerfen, ohne es zu öffnen, denn garantiert enthält es nichts Gutes. Das Bild des Kranzes ist in mein Gedächtnis eingebrannt.

Meine Finger zittern, als ich am durchnässten Karton ziehe, der sich beim bloßen Anfassen in seine Bestandteile auflöst. Darin befindet sich ein Buch

Wie man mit dem Tod fertigwird.

Es fällt mir aus der Hand, als mich die Angst in die Knie zwingt. Ich kann es nicht. Ich kann mit dem Tod nicht fertigwerden.

Zehn Jahre.

Du darfst es nicht erzählen, Kat.

Ich sehne mich danach, es zu erzählen, zu büßen, aber ich habe Angst. Immer noch zu viel Angst. Mit den Armen bedecke ich meinen Kopf, als könnte dadurch alles verschwinden.

* * *

Das Klingeln des Telefons durchschneidet meine umherschweifenden Gedanken. Ich hocke noch immer auf der Fußmatte, das Buch zu meinen Füßen. Ich muss hier raus. Unter Leute. Weg vom Haus und dem Telefon und dem endlosen Warten darauf, dass etwas Schreckliches passiert. Ich greife nach meinen Autoschlüsseln. Mir ist, als wären meine Füße auf der Matte festgeklebt. Ich umfasse den Türknauf fest mit beiden Händen, dränge meine Handgelenke, sich zu drehen, aber Panik lässt meinen Körper erstarren. Ich kämpfe darum, die Kontrolle wiederzuerlangen. Hitzewogen ergießen sich von Kopf bis Fuß über mich, und ich merke, wie ich schwanke.

Es fühlt sich an wie Stunden, dauert aber nur Minuten, vielleicht Sekunden, als das durch meinen Körper pulsierende Angstgefühl nachlässt. Ich bleibe mit einem zittrigen, ängstlichen Gefühl zurück. Mein Kopf schmerzt. Ich schüttele eine Aspirintablette aus dem Röhrchen und schlucke sie zusammen mit meinem Schuldgefühl und meiner Angst hinunter und sage mir, dass ich nicht wieder durchdrehe, aber sogar für mich klingen diese Worte nicht wahr.

Ich atme langsam und tief ein, als ich aus der Tür trete. Der Regen lässt nach, und die Sonne bricht durch die Wolken, aber es ist immer noch windig. Ich gehe zurück, um meine Jacke zu holen, und lasse die Tür einen Spalt offen stehen. Mir ist kalt. Wenn ich nicht vor Panik glühe, ist mir ständig kalt.

In der Stadt ist es ruhig, wie immer an einem Montag. Ich trage meine Handtasche und ein Gefühl von Unruhe mit mir herum. Überall sehe ich Schatten. Jedes Schaufenster wird zu einem Versteck. Ich schrecke zurück, als mich eine ältere Dame beim Vorübergehen streift. Wie ein Leuchtfeuer, das mich nach Hause zieht, sehe ich das Schild von *Mothercare* und eile darauf zu. Ich fühle mich ungeschützt, entblößt, und sehne mich danach, von vier Wänden eingehüllt zu werden.

Ich werde verfolgt. Das weiß ich. Hinter mir höre ich Schritte, die sich meinen anpassen und durch Pfützen platschen, die ich gerade hinter mir gelassen habe. Ich umklammere den Riemen meiner Handtasche noch ein bisschen fester. Als ich mein Tempo erhöhe, tut das auch mein Verfolger. Körperlich spüre ich, dass mein Herz rast, aber meine Sinne sind abgestumpft, durch Erschöpfung gedämpft. Ich biege scharf links ab. Das Geräusch ist immer noch da. Das Klatschen von Leder auf nassem Asphalt, und jetzt verfängt sich ein penetrantes Aftershave in meiner Kehle. Ich gehe noch schneller. Habe zu viel Angst, stehen zu bleiben und mich umzudrehen. Die Tür zum Geschäft ist vor mir, und ich bin fast bei den lächelnden Verkäuferinnen und dem weichen honigfarbenen Licht. In der Eile rutsche ich auf einem Pflasterstein aus, stolpere und schramme mit der Hand an einer Wand entlang, als ich Halt suche. Meine Handfläche brennt vom rauen Backstein, und das Aftershave brennt mir in der Nase. Ein Schatten taucht drohend in meinem peripheren Sichtfeld auf, und ein pickeliger Teenager, dessen Blick auf dem Handy klebt, stolziert an mir vorbei, ohne mich zu bemerken.

Unsichtbar. Ich bin unsichtbar.

Sonst ist niemand in der Nähe. Ich lehne an der Mauer, bis eine Hupe die Stille durchbricht und ich zusammenzucke wie eine Marionette. Ich stoße mich von der Mauer ab und gehe weiter, jetzt jedoch langsamer.

»Hallo, Kat!«

Eigentlich sollte es mir ein bisschen peinlich sein, dass mich alle Verkäuferinnen bei *Mothercare* mit Namen kennen, und ich fühle mich verpflichtet, ihnen zu sagen, dass Mai, wie auch Dewei, nicht mehr mir gehören, aber ich fühle mich fast wie betäubt, als ich einen zartgelben Strampler von der Kleiderstange nehme und das flauschige, weiche Material zwischen beiden Fingern reibe, um mich daran zu erinnern, dass ich immer noch fühlen kann.

»Suchen Sie heute nach etwas Bestimmtem?«, werde ich gefragt. Die hellen Neonröhren scheinen grell über mir, und die Farbe schwindet aus meinem Sehvermögen, als ich mit voller Wucht von der Panik erfasst werde.

»Nein. Tut mir leid …« Ich weiche zurück. Fühle mich benommen. Ich hätte nicht herkommen sollen. Es ist nicht sicher draußen. Ich muss nach Hause.

Irgendetwas Scharfes bohrt sich in meinen Rücken, und ich wirbele herum. Ein Regalbrett wackelt, aber meine Reflexe sind langsam, als ich erschrocken sehe, wie ein Bilderrahmen zu Boden fällt. Das Geräusch splitternden Glases ist schrill, und ich entschuldige mich immer wieder, während ich den silbernen Rahmen aufhebe und hinlege. Das Archivbild zeigt ein Baby in einem pinkfarbenen Schlafanzug mit Punkten, das in seinem Bettchen die Arme in die Höhe streckt. Es kommt mir bekannt vor, und ich frage mich, ob ich den gleichen Rahmen zu Hause habe. In den letzten Jahren habe ich so viel gekauft. Jemand legt seine Hand auf meinen Arm. Eine sanfte Stimme sagt mir, ich solle mir über den zerbrochenen Rahmen keine Gedanken machen. Ich drehe mich um und fliehe.

In der Haupteinkaufsstraße ist jetzt mehr los. Der Imbiss hat seine Tür geöffnet, und der Geruch von heißem Öl vermischt sich mit den Abgasen. In meinen Schläfen beginnt es zu pochen. Der Zeitungskiosk ist gerüstet, und die Schlagzeilen schreien mir *Mord* entgegen. Das schlechte Gewissen nagt an mir.

Als ich bei meinem Auto ankomme, sind meine Wangen nass von Tränen, und ich bin nicht sicher, ob ich über das weine, was ich getan habe, oder über das, was auf dem Spiel steht. Meine Hand zittert, als ich das Handy ans Ohr halte. Ich will unbedingt, dass Lisa sich meldet, mir sagt, dass alles in Ordnung ist. Aber das ist es nicht, oder? Nicht wirklich. Das Buch von heute Morgen bestätigt nur, was ich bereits wusste.

Jemand ist auf Rache aus.

* * *

Es ertönt ein Hupkonzert. Kreischende Bremsen. Ich bin über eine rote Ampel gefahren. Mir wird kochend heiß, dann eiskalt. Ich forme mit den Lippen Entschuldigungen an den Fahrer des Autos, der gezwungen war, mit quietschenden Bremsen zum Stehen zu kommen. Er lässt das Fenster herunter und schreit: »Blöde Kuh!« Ich fahre vorsichtig weiter, schaue ständig in die Spiegel, als machte ich meine Führerscheinprüfung.

Der Rest meiner Fahrt verläuft langsam. Beständig. Die ganze Zeit murmele ich vor mich hin. Beruhigende Worte. Ich bekomme es nicht in den Griff, und es ist nur natürlich, sage ich mir, dass ich mir Sorgen mache. Jede angehende Mutter würde Was-wäre-wenn-Zweifel haben, und ich mag zwar mit meinem Kind nicht schwanger sein, bin aber emotional genauso involviert.

Ich steige aus dem Auto. Durch die Anspannung sind meine Muskeln steif, und ich glaube, ich werde ein Bad nehmen und das Jo-Malone-Badeöl hineingießen, das Nick mir zum Valentinstag geschenkt hat und das auf dem Regal so schön aussieht, dass ich es noch nicht benutzt habe. Wenn ich mich erst einmal beruhigt habe, werde ich Lisa anrufen und ihr erzählen, wie sehr ich befürchte, es könnte etwas schiefgehen. Dann können wir richtig darüber reden.

Ich habe das Gefühl, dass sich die Haustür schwerer öffnen lässt. Über den Flur weht ein Luftzug, der sie ins Schloss fallen lässt. Ich ziehe die Stirn kraus, als ich meine Stiefel ausziehe und sie in der Hand halte, während ich leise in die Küche trotte. Habe ich etwa die Hintertür nicht abgeschlossen? Ich zögere. Bin nicht sicher, was mich erwartet. Die Tür ist geschlossen, aber nicht das Fenster über der Spüle. Ich erinnere mich nicht daran, es einen Spalt offen stehen gelassen zu haben. Als ich mich recke, um es zu schließen, entdecke ich draußen Fußabdrücke in der Rabatte. Sie sind in den Matsch gedrückt. Große Fußabdrücke. Definitiv nicht meine. Und dann höre ich oben ein Krachen.

KAPITEL 36

Damals

In der Dunkelheit funkelten Aarons Augen gefährlich. Man würde denken, im Park wäre nachts kein Mucks zu hören. Es wäre still. Leise. Aber der Wind hauchte allem Leben ein. Die Schaukel quietschte, eine leere Getränkedose klapperte über den asphaltierten Weg und Büsche wiegten sich.

»Was willst du?« Langsam wich ich zurück.

»Nur reden. Schau nicht so erschrocken, Kat. Wir sind doch Freunde, oder?«

»Nein.« Ich hätte mir in den Hintern treten können, sobald ich das gesagt hatte. Ich hätte mitspielen sollen. Doch jetzt hatte ich das Gefühl, dass einige Dinge außer Kontrolle gerieten.

»Die ach so perfekte Kat. Hast du noch nie einen Fehler gemacht? Etwas getan, wofür du dich geschämt hast?« Ein Zweig knackte unter seinem Fuß, und ich dachte an den Tag im Wald. Jakes Hände auf mir. Mein halb nackter Körper an den Baumstamm gedrückt. Das furchtbare Gefühl, beobachtet zu werden. Ich verschränkte die Arme vor der Brust, als ich einen weiteren Schritt zurück machte.

»Lass mich in Ruhe!«

»Ich werde dich nicht anfassen. Hör mal, ich war dumm, ich weiß. Ich habe mir über die Folgen keine Gedanken gemacht. Anfangs wollte ich nur meiner Schwester helfen, Gewicht zu verlieren. Sie war so unglücklich. Wurde gemoppt. Es waren wirklich kleine Mengen.«

»Aaron, ich ...«

»Bitte, Kat. Erzähl das niemandem. Ich werde mit einer Vorstrafe fürs Drogendealen niemals Arzt werden, und trotz allem, was du denkst, bin ich kein schlechter Mensch. Wirklich nicht.«

»Es ist zu spät.« Ich leckte mir über die trockenen Lippen. »Ich habe Mr Lemmington bereits eine E-Mail geschickt.« Aaron bewegte sich nicht mehr, und ich dummerweise auch nicht. »Vielleicht verfolgt er das nicht weiter. Ich habe weder Lisa noch deine Schwester erwähnt. Ich bin sicher, wenn du dich entschuldigst und ...«

»Du verdammte Schlampe!« Er stürzte auf mich zu.

Mein Blick huschte zum Ausgang. Er war nicht weit entfernt, aber Aaron war schneller. Er hatte längere Beine und würde mich im Nu einholen, aber ich musste es versuchen. Angetrieben durch mein Adrenalin, schaffte ich es überraschenderweise durch die Tore, war fast am Lieferwagen vorbei, bevor ich am Kragen zurückgerissen wurde. Ich trat so heftig um mich, wie ich nur konnte. Wurde zurückgestoßen und prallte gegen die Lieferwagentür.

»Hört auf!«

Wir schauten uns beide um.

Unter dem verschwommenen orangefarbenen Schein der Straßenlaterne stand – Lisa.

Kapitel 37

Jetzt

»Es ist jemand im Haus.« Mein Flüstern klingt zu laut. Ich kauere im Hauswirtschaftsraum neben dem Wäschetrockner und drücke die Stiefel an die Brust wie ein Kind seinen Teddybären.

»Bei uns ist eingebrochen worden?«, fragt Nick, den ich angerufen habe. »Du solltest das Haus verlassen.«

»Hier unten ist nichts durcheinander, aber das Küchenfenster war offen. Ich bin sicher, dass ich es geschlossen habe, bevor ich weggefahren bin. Und oben habe ich etwas gehört. Soll ich die Polizei anrufen?«

»Es gibt also keine Anzeichen, dass jemand im Haus ist?« Zweifel durchsetzen Nicks Stimme. »Ist das wieder so etwas wie mit dem Abfalleimer, wo du dir eingebildet hast ...«

»Ich bilde mir das hier nicht ein«, fauche ich.

»Verlass das Haus. Ich bin auf dem Weg.«

Ich stehe auf. Meine Beine fühlen sich schwach an. Langsam mache ich die Tür, die in die Küche führt, einen Spalt auf. Ich sehe niemanden. Höre niemanden. Doch das bedeutet nicht, dass keiner da ist. Ich mache einen astronautenähnlichen Schritt nach dem anderen auf die Hintertür zu und zähle. Eins. Zwei.

Drei. Schweißperlen rinnen zwischen meinen Brüsten hindurch. Vier. Fünf. Sechs. Da ist ein Schrammen, ein stechender Schmerz an der Hüfte. Ich war so fixiert auf die Tür, dass ich gegen einen Stuhl gestoßen bin. Ich erstarre. Meine Instinkte schreien mich an, das Haus zu verlassen, aber ich bin näher am Hauswirtschaftsraum und weiß nicht, ob ich mich wieder dort verstecken soll. Ein Knarren. Eine Holzdiele? Sieben. Acht. Neun. Jetzt bin ich schneller. Achte nicht mehr darauf, ob ich Lärm mache. Will unbedingt nach draußen. Zehn. Elf. Zwölf. Ein weiteres Knarren. Diesmal lauter. Mit zitternder Hand will ich den Schlüssel in der Hintertür drehen. Er bewegt sich nicht. Ich frage mich, ob ich ihn in die falsche Richtung gedreht habe. Ob die Tür bereits offen ist? Doch das ist sie nicht. Der Schlüssel gleitet aus dem Schlüsselloch und fällt scheppernd auf die Fliesen. Mir bleibt fast das Herz stehen. Da ist wieder dieses Knarren, und ich schnappe mir den Schlüssel und schiebe ihn zurück ins Schlüsselloch. Dann drehe ich nach links, nach rechts, nach links. Warum kann ich mich nicht daran erinnern, wie man eine verdammte Tür aufschließt? Ein Klicken. Ein Nachgeben. Ich reiße die Tür auf und laufe hinaus.

Der Zaun schwankt knarrend im Wind. Ich durchquere den Garten, ignoriere das feuchte Gras, das meine Socken durchnässt, die Blumen, die ich niedertrampele. Fast falle ich durch das hintere Gartentürchen auf die Einfahrt. Der knirschende Kies bohrt sich scharf und spitz in meine Füße. Mit gesenktem Kopf, rudernden Armen und den Stiefeln in der Hand renne ich an der Seite des Hauses entlang. Ich zucke zusammen, als Backsteine an meinem Handgelenk entlangschaben. Werde langsamer, schaue auf. Ein Mann steht am Randstein. Ungepflegt. Grau melierter Bart. Tiefe Furchen in die Stirn gemeißelt. Derselbe Mann, der bereits heute Morgen hier war. *Was will er?* Ich befürchte das Schlimmste und werfe meine Stiefel auf ihn. Er weicht aus.

So schnell ich kann, renne ich über die Straße zu Clare und trommele mit den Fäusten an die Haustür. Gleichzeitig schaue ich über die Schulter zu der Gestalt. Sie steht stocksteif da und beobachtet mich. Die Vorhänge bewegen sich am Fenster eines Hauses ein paar Türen von unserem entfernt. Die neugierige Frau mit den roten Haaren späht heraus. Warum hilft sie mir nicht? Die Haustür wird geöffnet, und gleichzeitig schiebe ich Clare mit einer Hand zurück, stolpere ins Haus und knalle die Tür hinter mir zu. Mit zitternder Hand lege ich die Sicherheitskette vor.

»Kat?« Clares Stimme klingt fest, als ich die Vorhänge im Wohnzimmer zuziehe. Doch wie sie ihr iPad aufs Sofa wirft, durchs Zimmer zu der vor dem Kamin mit einer Stoffpuppe spielenden Ada eilt, ihre Tochter auf den Arm nimmt und sie schützend an sich drückt, verrät ihre Sorge.

»Bist du okay? Wo sind deine Schuhe?«

Ich kaue am Daumennagel und starre auf den Bildschirm des iPad, das Bild vom Kolosseum und des Hotelzimmers. Clare muss den Urlaub buchen, den sie gewollt hat. Ich wünschte, ich wäre nicht hier.

»Dunkel«, sagt Ada, obwohl Sonnenstrahlen durch die dünnen Vorhänge scheinen.

Clare geht zum Lichtschalter.

»Nicht.« Ich pirsche in die Küche, zur Hintertür, drehe einmal, zweimal, dreimal den Türknauf. Die Fenster sind verschlossen. Wir sind sicher.

Elektrisches Licht erhellt den Raum hinter mir, und ich wirbele herum, aber der Ausdruck in Clares Gesicht hält mich davon ab, sie anzuweisen, es auszuschalten.

»Mummy?« Adas Finger spielen mit Clares Kettenanhänger. Ada klingt so klein, so unsicher.

»Ist schon gut, Ada.« Ich wuschele durch ihre wunderschönen Locken. »Wir spielen ein Spiel. Verstecken.«

Wortlos verlässt Clare den Raum, und als sie die Treppe hinaufstapft, erlaube ich mir, einen verstohlenen Blick nach draußen zu werfen. Niemand ist zu sehen. Wer war dieser Mann? War er im Haus? Hat ihn jemand geschickt? Beim letzten Gedanken beiße ich mir auf die Lippe, und Blut sammelt sich in meinem Mund. In der Küche spucke ich es in die Spüle, drehe den Wasserhahn auf und sehe, wie sich das Wasser rosa färbt, bevor es in den Abfluss fließt.

»Was zum Teufel ist hier los?« Clare spricht leise, aber ihre Wut ist aus jedem einzelnen Wort zu hören. »Du hast Ada Angst gemacht.«

»Geht's ihr gut?« Ich richte mich auf und wische mir mit dem Ärmel übers Kinn.

»Sie spielt in ihrem Zimmer. Vor wem versteckst du dich?«

»Jemand hat bei uns eingebrochen.«

Clare hält sich vor Schreck den Mund zu und reißt die Augen auf. Ich lasse mich auf einen harten Holzstuhl sinken und stütze den Kopf mit den Händen ab. Sie berührt meine Schulter.

»Wurde viel gestohlen? Kommt die Polizei?«

Ich schüttele den Kopf. »Unten war alles unberührt, aber es war jemand oben. Nick ist auf dem Weg hierher.«

»Bist du sicher, dass jemand eingebrochen ist?« Aus ihren Worten klingen Zweifel, und ich schließe die Augen. Ich war sicher gewesen. Aber jetzt stelle ich mich selbst infrage. Was hatte ich gesehen? Gehört? Ein offenes Fenster und ein Geräusch. »Du stehst in letzter Zeit unter so viel Druck. Ich mache mir Sorgen um dich.«

»Da waren Fußabdrücke«, erinnere ich mich. »Und da war ein Mann …« Ich verstumme allmählich. Es ist alles so diffus, aber trotzdem. »Es war jemand da«, beharre ich, als Clare den Wasserkocher füllt und Teebeutel in Tassen hängt. Aber ich klinge nicht so überzeugend, wie ich es mir gewünscht hätte.

»Hier.« Clare schüttet löffelweise Zucker in den dunkelbraunen Tee und pult mit den Fingernägeln an einer Packung mit Vollkornkeksen, als wäre das hier ein Freundschaftsbesuch. Ich schüttele den Kopf.

Clare rutscht auf den Stuhl mir gegenüber, und als sie sich bewegt, funkelt die Sonne in ihrem Kettenanhänger und wirft Miniregenbögen an die eierschalenfarbenen Wände.

»Erzähl mir etwas vom Baby«, fordert sie mich auf.

Das ist die Ablenkung, die ich brauche. »Beanie ist jetzt praktisch siebenundzwanzig Wochen alt und hat die Größe eines Blumenkohls. Er hat Schluckauf, feste Schlaf- und Wachzeiten und öffnet und schließt die Augen. Lisa hat für Freitag einen neuen Termin für die Ultraschalluntersuchung ausgemacht. Ich habe mir diese 4D-Bilder angeschaut. Sie sehen unglaublich aus, sind aber teuer. Ich werde Nick fragen, ob wir uns eines leisten können. Dann würden wir sämtliche Gesichtszüge sehen. Sein Gesicht ist mittlerweile vollständig ausgebildet mit Wimpern, Augenbrauen und Haaren. Aber die Pigmentierung fehlt noch, also ist es noch weiß, aber bald wird es eine Farbe entwickeln.« Ich frage mich, ob er Lisas schwarze Haare haben wird. Wie Jake. Wie Nick. »Ich sage immer *er*, aber vielleicht ist es gar kein Junge. Ich kann mich nicht entscheiden, ob wir uns das sagen lassen sollen.«

An das Baby zu denken hilft mir, mich zu entspannen, und wir plaudern, bis Clares Handy vibriert und auf dem Tisch zwischen uns herumrutscht. Clare greift danach und legt es sich auf den Schoß. Ihre Wangen glühen, aber ich habe Lisas Namen auf dem Display aufleuchten sehen. Ihre Freundschaft muss mittlerweile über die gelegentliche SMS hinausgehen. Bevor ich Clare danach fragen kann, klingelt es an der Haustür. Wir starren uns misstrauisch an. Clare legt die Hände auf den Tisch und drückt sich vom Stuhl hoch.

Ich folge ihr in den Flur und mache mich auf das Schlimmste gefasst, als sie die Tür aufschließt. Erleichtert lasse ich die Schultern sinken, als ich sehe, dass es nur Nick ist, der meine Stiefel in der Hand hält.

Er sieht blass aus, müde. Ich umarme ihn und weiche zurück, als ich spüre, dass sich sein Körper verkrampft.

»Was ist passiert?« Ich betrachte ihn eingehend und erwarte schlechte Neuigkeiten. Das obere Stockwerk verwüstet.

»Nichts. Da war keiner.«

Mit gerunzelter Stirn dränge ich mich an ihm vorbei, gehe auf unser Haus zu, glaube ihm fast nicht.

»Aber ich habe ganz sicher etwas gehört«, sage ich, aber er antwortet nicht, und ich drehe mich um.

Er steht immer noch an Clares Haustür, und es tut weh, als ich sehe, dass sie sich umarmen. Sehe, dass er nicht vor ihr zurückweicht.

»Das verstehe ich nicht.« Ich stehe in der Tür zum Kinderzimmer, zögere hineinzugehen, weil ich nur Socken trage. Das Bild mit dem Spruch *Zusammen sind wir eine Familie* liegt auf dem Boden, und der Bilderrahmen ist zersplittert. Glasscherben liegen auf dem Teppichboden verteilt. Einige auch im Kinderbett. Zum ersten Mal bin ich froh, dass kein Baby darin liegt.

»Der Nagel war wahrscheinlich zu schwach, um es zu halten«, sagt Nick. »Ich hätte einen Bilderhaken nehmen sollen.«

»Aber …« Ich schaue mich im Zimmer um. Ansonsten ist nichts durcheinandergebracht worden. »Vor dem Küchenfenster waren Fußabdrücke.«

»Ich habe am Wochenende um die Rosenbüsche herum Unkraut gejätet und dachte mir, dass ich in die Rabatten auch gleich Ordnung bringen könnte. Seitdem hat es nicht geregnet. Vielleicht waren es meine.«

»Da war ein Mann.« Ich schlinge die Arme um mich. »Er hat vor dem Haus herumgehangen. Ich habe ihn schon einmal gesehen.«

»Vielleicht besucht er jemanden. Hör mal, Kat«, sagt Nick und legt mir eine Hand auf die Schulter, »es ist eine furchtbar stressige Zeit gewesen. Der Umzug, die Adoptionen und jetzt die Leihmutterschaft.«

Ich schüttele seine Hand ab. »Ich drehe nicht durch.«

»Das habe ich nicht behauptet. Ich bin nur ... besorgt. Deine Stiefel lagen mitten auf der Straße, Himmelherrgott noch mal!« Er fährt sich mit den Fingern durch die Haare. Seine Locken sind so lang geworden. Er sieht hager aus, und ich fühle mich schrecklich, weil ich nur daran gedacht habe, wie mich das berührt. Aber ich zähle die Dinge zusammen, die in letzter Zeit schiefgegangen sind, und wieder überkommt mich Paranoia.

»Nick, ich glaube *wirklich*, dass jemand im Haus gewesen ist. Gestern war mein Portemonnaie ...«

»Auf dem Anrufbeantworter ist eine Nachricht«, sagt Nick, bevor ich vom fehlenden Geld im Safe berichten kann. »Das Gemeindezentrum hat angerufen. Ein Handwerker hat dein Portemonnaie in der Toilette gefunden. Er hat das defekte Schloss repariert.«

»Aber ich habe meine Tasche nicht einmal aufgemacht.« Doch als ich das sage, fällt mir ein, dass ich meine Haarbürste aus der Handtasche geholt hatte.

»Was ist los, Kat? Sprich mit mir.« Er sieht verzweifelt aus, und alles zwischen uns scheint zerbrochen. Ein großer Teil von mir möchte sich an ihn lehnen und alles herauslassen, aber ich schweige.

Du darfst es nicht erzählen, Kat.

Ich bin eine Bewahrerin von Geheimnissen, eine Hüterin der Wahrheit.

Nick geht in die Hocke und beginnt, die großen Glasscherben aufzuheben. Leise verlasse ich das Zimmer.

* * *

Mein Verstand rattert unaufhörlich, als ich in unser Schlafzimmer stakse. Prüfend schaue ich mich um. Habe ich die Zierkissen in diesem Winkel aufs Bett gelegt? Habe ich die Patchworkdecke nicht glatt gestrichen, bevor ich gegangen bin? Ich bin verstört. Irgendetwas stimmt nicht – ich spüre das. Die Luft ist irgendwie dicker. Ich schiebe unseren Schrank auf und hole das Schmuckkästchen heraus, streiche über Ketten, Ringe und Armbänder. Es fehlt nichts. Meine Handtaschen sind dort, wo ich sie hingehängt habe. Meine Schuhe stehen in einer Reihe. Ich schiebe die Tür wieder zu, als ich Nicks lederne Messenger-Bag entdecke. Ich habe sie ihm zu unserem ersten Weihnachtsfest geschenkt und empfinde Wehmut, als ich mich an den Truthahn erinnere, den ich zubereitet habe. Nick hatte sich nicht einmal beschwert, dass er trocken war und nach nichts schmeckte oder der Rosenkohl steinhart war. Er ertränkte das unappetitliche Essen in klumpiger Soße und aß alles auf. Wie jung wir damals waren. Wie hoffnungsvoll. Wir dachten, wir könnten mühelos alles erreichen. Die Familie. Das Glück und die Zufriedenheit bis ans Lebensende.

Gefühle überschlagen sich, als ich die Tasche vom Haken nehme, sie mir vor die Nase halte und den Ledergeruch einatme. Fast rieche ich die Kiefer, die in der Ecke des Wohnzimmers gestanden hatte. Den Glühwein, der in der Küche erhitzt wurde. Eine Familie. Das ist alles, was ich je gewollt habe, aber zu welchem Preis? Dass Lisa wieder in mein Leben getreten war, glich dem Entkorken einer Flasche Erinnerungen, und ich schaffe es nicht, den Korken wieder hineinzudrücken. Die Wahrheit ist eine wabernde schwarze Masse mit spitzem

Schwanz und aufgerissenem Rachen. Ich habe es satt davonzurennen, bin ständig gestresst und nervös. Nick sieht erschöpft und unglücklich aus. Eigentlich wollte er nie wirklich Kinder, oder? Es hatte ihm nichts ausgemacht, als ich ihm erzählte, ich könne keine bekommen. Plötzlich spüre ich die Last von allem schwer auf meinen Schultern. Habe ich uns ins Verderben gerissen? Drängend. Wollend. In ein paar Monaten werden wir zu dritt sein, und schon jetzt reicht mir das nicht, und ich möchte, dass wir zu viert sind. Doch in meinem Kopf schreit ein Baby, es braucht eine Mutter, und ich weiß, ich kann nicht wieder eines verlieren. Ich lasse los, und die Messenger-Bag fällt zu Boden. Ein Blatt Papier flattert heraus. Ein Kontoauszug. Ich runzele die Stirn. Nick bewahrt sämtliche Papiere in seinem Büro auf, aber dieses Konto lautet nur auf seinen Namen. In der Tasche befinden sich noch weitere Kontoauszüge. Jeden Monat geht die gleiche Summe ein, und genau dieser Betrag wird an ein Konto überwiesen, das ich nicht kenne.

Ich laufe im Zimmer auf und ab, bemühe mich, mir einen Reim darauf zu machen. Wofür zahlt Nick? Was verheimlicht er mir? Ich erreiche das hintere Fenster, drehe um. Eine Ratte im Käfig. Das vordere Fenster. Ich schaue hinaus. Clare schließt die Haustür. Hat Ada auf dem Arm.

Ada.

Ich lasse ihre lockigen schwarzen Haare auf mich wirken. Wie Nicks. Die helle Haut. Denke an Akhils Verschwinden. Den nicht gezahlten Unterhalt. Die Papiere rutschen mir aus den Händen. Clare kommt ganz allein in diesem großen Haus in dieser Sackgasse zurecht, in die Nick unbedingt ziehen wollte. O Gott! Mir wird immer flauer im Magen. Die Blumen von *N*. Sein Schal in ihrem Flur. Die Fahrten mit Übernachtung. Die SMS. Könnte Ada seine Tochter sein? Sind das hier Unterhaltszahlungen? Clare kommt aus Cornwall, wo Nicks Großvater Basil lebte. Hatten sie sich schon als Kinder gekannt? Als Erwachsene wiedergefunden? Eine Affäre gehabt? Der Teppich scheint sich unter meinen Füßen zu senken, als mir diese Gedanken durch den Kopf gehen, die ich eigentlich gar nicht haben will. Ich muss mich täuschen, oder?

Plötzlich weiß ich nicht mehr, wem ich trauen kann. Nick. Clare. Ich sehne mich danach, mit Lisa zu sprechen. Die Person, die mich besser kennt als alle anderen. Diejenige, die mir nicht sagen wird, dass ich verrückt werde.

Lisas Handy klingelt und klingelt, bis ich widerwillig auflege. Ich laufe im Zimmer hin und her, klopfe mir mit dem Mobilteil gegen das Kinn. Ich sollte sie bei der Arbeit nicht anrufen. Das weiß ich. In Krankenhäusern ist immer viel los, und sie wird keine Zeit zum Telefonieren haben. Und trotzdem würde mich das Hören einer vertrauten und freundlichen Stimme beruhigen. Vielleicht kann ich mich nach ihrer Schicht mit ihr treffen. Ich googele die Telefonnummer vom Farncaster General und bitte darum, mit Lisa Sullivan verbunden zu werden.

»Auf der Personalliste kann ich sie nicht finden. Welche Station?«

»Stonehill«, sage ich, und der Klingelton ertönt erneut, bevor ich mit der richtigen Abteilung verbunden werde.

»Lisa Sullivan«, wiederhole ich zum zweiten Mal.

»Tut mir leid«, sagt eine genervte Stimme. Sie klingt überhaupt nicht, als täte es ihr leid. »Hier arbeitet niemand mit diesem Namen.«

»Sind Sie ...«, setze ich an, aber es wird aufgelegt.

Ich wähle erneut, und diesmal spreche ich mit einer anderen Rezeptionistin, die bestätigt, was mir bereits gesagt wurde. Im Krankenhaus gibt es niemanden mit Namen Lisa Sullivan.

***

Aufgewühlt gehe ich wieder ins Kinderzimmer, als wollte ich mich überzeugen, dass es tatsächlich da ist. Ein Baby wird erwartet. Als der weiche Flor meine Füße verschluckt, bohrt sich ein Glassplitter in den großen Zeh. Ich gehe in die Hocke und ziehe ihn heraus. Unter dem Wickeltisch steht eine grüne Schachtel, in der ich Krimskrams aufbewahre. Bei ihrem Anblick kommt mir ein Gedanke. Mit einem flauen Gefühl in der Magengegend ziehe ich die Schachtel heraus. Das Brummen in meinen Ohren wird immer lauter.

Meine Hände liegen auf dem Deckel. Ich will die Schachtel nicht öffnen. Will eigentlich nicht sehen, was ich weiß, das sich darin befindet, aber automatisch hebe ich den Deckel an. Hole den Inhalt langsam und widerwillig heraus, bis ich finde, wonach ich suche. Einen silbernen Bilderrahmen, den ich letztes Jahr bei *Mothercare* gekauft habe. Darin steckt das Archivbild eines Babys in einem pinkfarbenen Schlafanzug mit Punkten, das in seinem Bettchen die Arme in die Höhe streckt. Ein Baby, das ich kenne.

Gabrielle.

Das Baby, das mir Lisa auf ihrem Handy gezeigt hat. Das Baby, das Lisa für Stella zur Welt gebracht hat. Das Ziehen in meinem Herzen, als ich das Foto zum ersten Mal sah, war keine Emotion, es war ein Wiedererkennen.

Das hier kann nicht Gabrielle sein.

Das Kind, von dem Lisa behauptet hat, es sei ihr Baby.

Stellas Baby.

Ganz sicher nicht, oder?

Es ist ein Archivbild.

Nur so echt wie das Baby, das jetzt immer lauter in meinem Kopf schreit, bis ich die Hände vor die Augen halte und mich vornüberbeuge.

Kapitel 38

Jetzt

In der Dusche schrubbe ich meinen Körper mit Zitronenduschgel, als könnte ich die Dinge abwaschen, die ich herausgefunden habe. Die Dinge, die ich jetzt weiß. Nachdem ich das Foto gesehen hatte, wollte ich nicht glauben, dass Lisa gelogen hatte. Ich hatte ihren Bauch gefühlt. Das erste Ultraschallfoto des Babys hing an meinem Kühlschrank. Ich hatte seinen Herzschlag gehört. Ich googlete und fand einen Herzschlag auf YouTube, der sich genauso anhörte. Meine zitternden Finger drückten immer wieder die falschen Tasten, als ich weiter googlete. »Du glaubst nicht, was man alles auf eBay kaufen kann!«, hatte Lisa gesagt, und sie hatte recht gehabt, dachte ich, als ich ungläubig auf eine Babybauchprothese mit der *Jetzt-kaufen*-Option starre.

In meinem Kopf höre ich Gelächter. Dumm. Ich bin so dumm.

Es gibt kein Baby. *Wie konnte mir Lisa das antun?* Das Wasser ist zu heiß. Der Dampf steigt auf, und meine Hoffnungen sinken. Ich bin wütend, fühle mich betrogen, aber ein Gedanke setzt sich über all das hinweg: Ich habe es verdient. Rache. Ich bin ein furchtbar schrecklicher Mensch. Mir wird schwindelig, und ich stütze mich mit den Händen an den Fliesen ab. *Ich werde nicht Mutter.* Durch die Nase atme ich kurz und scharf ein. *Ich werde niemals Mutter.* Ich bekomme weiche Knie und sinke zu Boden. Das Wasser prasselt auf mich herab, aber ich weiß, dass ich mich nie mehr sauber fühlen werde, egal, wie lange ich unter der Dusche bleibe. Wie konnte ich das nicht gewusst haben? Das Geld, das sie verlangt hat. Die Termine, von denen sie mich fernhielt. Der Bauch, der sich nie bewegte, wenn ich ihn berührte. »Wir glauben, was wir glauben wollen«, hatte Lisa gesagt. Oh, wie musste sie darüber gelacht haben, dass ich alles aufgesogen hatte.

Die Sonne verschwindet hinter den Dächern, und der Himmel sieht aus, als stünde er in Flammen. Ich wickele mich in ein Handtuch, und meine feuchten Haare hängen mir um die Schultern. Dann hocke ich auf dem Bettrand, als würde ich nicht hierhergehören. Als wäre das nicht das Bett, in dem mein Mann und ich miteinander geschlafen hatten. Pläne für unsere Zukunft geschmiedet hatten. Ich weiß nicht, was ich tun oder sagen, wie ich mich verhalten soll. Ich habe alles verloren. Nick läuft im Erdgeschoss herum, und es ist fast, als wäre ich plötzlich Teil einer komischen Reality Show im Fernsehen und würde mich von ganz oben beobachten. Darauf wartend, was ich tun werde.

Lisa.

Sie hat mir das Herz gebrochen, wie ich ihres gebrochen hatte, als ich mich in ihren Zwillingsbruder verliebte. Wie konnte ich glauben, dass sie mir verziehen hatte, ihn zu lieben? Diejenige gewesen zu sein, die da war, als sein Leben ausgelöscht wurde.

Ich muss mit ihr reden, finde sie in meiner Favoritenliste. Ihr lachendes Gesicht verwandelt meinen Kummer in Wut.

Ich muss sie treffen. Von Angesicht zu Angesicht. Und ich weiß bereits jetzt, dass sie wieder eine Ausrede finden wird, um die Ultraschalluntersuchung in dieser Woche zu vermeiden.

Lange und angestrengt denke ich nach, bevor ich eine SMS schreibe.

> Wir müssen über Geld reden.

Die Antwort kommt fast sofort.

> Ich bin bei der Arbeit. Rufe dich später an. X

Am liebsten hätte ich *Lügnerin* geschrieben, doch stattdessen tippe ich:

> Würde das lieber persönlich mit dir besprechen. Weiß, dass ich dich am Freitag treffe, aber habe nachgedacht und bin der Meinung, dass wir dir nicht genug für die Auslagen zahlen. Fühle mich furchtbar.

Zumindest der letzte Satz ist wahr.

> Du bist süß.

Mir kommt die Galle hoch und brennt in der Kehle.

> Ich könnte morgen vorbeikommen – habe frei.

> Freue mich drauf.

Und ich stelle fest, dass das irgendwie stimmt.

Kapitel 39

Jetzt

Gestern Abend hatte ich zu viel Wein getrunken. Wollte die scharfen Kanten der Wahrheit abrunden. Nick und ich waren umeinander herumgeschlichen und hatten vorgegeben, dass alles in Ordnung sei, als wir eine Lasagne zubereiteten, die keiner von uns essen konnte. Stattdessen hatten wir zusammen eineinhalb Flaschen Shiraz getrunken, als wäre das an einem Montagabend normal. Nick war nervös. Fahrig. Wir aßen in den Trümmern unserer Ehe und starrten auf Nicks Handy, das zusammen mit dem Parmesan und den Geheimnissen dunkel und still zwischen uns lag. So etwas Ähnliches wie ein letztes Abendessen. Als ich mich fürs Zubettgehen fertig machte, war der Garten hinter dem Haus plötzlich hell erleuchtet. Irgendetwas hatte den Bewegungsmelder ausgelöst. Oder irgendjemand. Ich hatte aus dem Fenster gestarrt und auf die sich wiegenden Büsche geschaut. Ein Schatten bewegte sich. Doch anstelle von Angst spürte ich eine gewisse Unvermeidbarkeit. Es war immer klar gewesen, dass es auseinanderbrechen würde. Es wunderte mich nur, dass es zehn Jahre gedauert hatte.

»Morgen.« Nick schlurft in die Küche und riecht, wie ich wahrscheinlich auch, nach abgestandenem Alkohol. Er gähnt, obwohl er viel besser zu schlafen scheint als ich. Jedes Mal, wenn ich wegnickte, wurde das Gelächter, das Schreien eines Babys immer lauter, bis ich mich herumrollte, den Mund in das Kissen drückte und schrie. Nick rührte sich nicht. Jetzt streicht er sich mit der Hand übers Kinn, als könnte er sich nicht daran erinnern, ob er sich rasiert hat. Hat er nicht.

»Morgen. Ich fühle mich mies.« Das ist wahrscheinlich das einzig Wahre, das ich heute von mir geben werde.

»Ich mich auch. Ich weiß nicht, was in uns gefahren ist. Und dann noch an einem Wochentag!«, sagt er, als er Brot in den Toaster steckt.

Ich denke daran, wie es wäre, in einem solchen Zustand mein Kind in der Frühe für die Schule fertig machen zu müssen, voller Panik die Sportsachen zusammenzusuchen, die Hausaufgaben. Aber darüber brauche ich mir keine Gedanken zu machen, weil es so etwas nie für mich geben wird.

Draußen zieht ein Flugzeug über den klaren blauen Himmel einen Kondensstreifen hinter sich her, und im kalten Licht des Tages beginne ich, an mir selbst zu zweifeln. Habe ich mich geirrt? Es scheint unvorstellbar, zu glauben, dass Lisa gelogen hat. In unserer Jugend hatte es Zeiten gegeben, in denen sie manchmal schadenfroh und geheimnistuerisch gewesen war, aber niemals boshaft. Nie grausam. Und trotzdem beugt und bricht die Trauer uns Menschen. Macht uns zu denen, die wir nie sein wollten. Bald werde ich es sowieso erfahren, und wenn Lisa gelogen hat, dann weiß ich nicht, wozu ich fähig sein werde. Immerhin habe ich nichts zu verlieren.

»Was hast du heute vor?«, fragt Nick.

Es ist eine völlig unschuldige Frage, aber aus jedem Wort ist Besorgnis herauszuhören, und ich frage mich, ob er mich aus dem Weg haben will, um sich mit Clare zu treffen. Ada zu sehen. Es versetzt mir einen Stich, zu glauben, nicht mehr der Mittelpunkt seines Lebens zu sein, wenn ich das jemals gewesen bin. Ich weiß, dass ich ihn damit konfrontieren muss, aber ich kann mich immer nur auf eine Sache konzentrieren.

»Lisa kommt.«

Der Toast springt heraus, und Nick streicht eine dicke Schicht Erdnussbutter mit Stückchen auf eine Scheibe. »Wie nett. Ich versuche, früher nach Hause zu kommen. Hör mal, ich weiß, dass ich in letzter Zeit abgelenkt war, aber ich bin wirklich glücklich über das Baby. Sogar aufgeregt. Es dauert jetzt nicht mehr lange und scheint irgendwie realer.« Er dreht sich um und schaut mich an. »Es tut mir leid, dass ich mich bisher nicht so sehr engagiert habe, wie ich es hätte tun sollen. Die Probleme bei der Arbeit … sie sind jetzt aus der Welt geschafft. Vorbei.« Er sagt das mit aufrichtigem Bedauern, und als er durch die Küche auf mich zukommt und die Arme fest um mich schlingt, da bröckelt meine Entschlossenheit. Ich merke, wie ich ihn ebenfalls fest an mich drücke, und unsere Umarmung sollte nicht so voller Liebe sein, aber irgendwie ist sie das doch.

Ich sehe blass und müde aus. Also tupfe ich mit einem Schwamm Foundation auf mein Gesicht. Trage ein bisschen zu viel Pink auf meine Wangen auf. Lasse meine Lippen ein bisschen zu sehr glänzen. Male mir eine Fassade auf. Es klingelt an der Haustür. Es ist so weit. *Lass deine Maske nicht verrutschen.*

Lisa watschelt durch die Tür, und ich umarme sie zur Begrüßung, versuche nicht zurückzuzucken, als ich ihren runden, harten Bauch spüre. Ich kann nicht glauben, dass er echt ist.

Schwindel.

Alles an ihr ist Schwindel, denke ich, als sie von ihrer Fahrt erzählt, dem abtrünnigen Schaf, das den Verkehr zum Stillstand gebracht hat. Sie lacht schallend, als sie von dem übergewichtigen Geschäftsmann erzählt, der versucht hatte, das Schaf zurück aufs Feld zu scheuchen, und mit hochrotem Gesicht kehrtmachte und zu seinem sicheren Auto lief, als das Schaf ihn jagte.

»Natürlich konnte ich nicht helfen«, sagt sie, und ich nicke zustimmend, als ich den Wasserkocher fülle und Instantkaffeepulver in Becher gebe.

Ich betrachte sie eingehend, als wir an unserem Kaffee nippen.

»Wie läuft es bei der Arbeit?«, frage ich.

»Gut.« Sie geht nicht näher darauf ein, und als ich sie auffordere, mir von ihrem Lieblingspatienten zu erzählen, wechselt sie das Thema. Warum ist mir nie aufgefallen, wie sie ausweicht? Sie rutscht auf ihrem Platz herum, und der Stuhl knarrt.

»Ich hoffe, die Stuhlbeine brechen nicht.« Sie verzieht das Gesicht zu einer Grimasse. »Ich bin jetzt wie ein kleiner Elefant.« Sie erzählt mir, dass sie zurzeit gar nicht aufhören kann zu essen. Pikante Sachen. Salzige. Ich warte darauf, dass sie einen Fehler macht. Warte auf ein Zeichen. Doch sie spricht über die Schwangerschaft, als wäre sie echt, und erst als ich das Geld erwähne, huscht ihr Blick unruhig im Zimmer herum und weicht meinem aus.

»Brauchst du mehr? Kommst du zurecht?« Ich beuge mich vor und streiche ihr beruhigend über den Arm.

Sie umfasst ihren Bauch und schüttelt zuckend meine Hand ab.

»Er tritt wie verrückt.«

Schnell bin ich an ihrer Seite. Ich lege ihr beide Hände auf den Bauch und ignoriere ihre Versuche, mich daran zu hindern. Nichts regt sich. Keine Bewegung. Nur ein fester, unnatürlicher Hügel.

Wir warten einen Augenblick, gefangen in dieser Heuchelei, bis sie seufzt und sagt: »Jetzt hat er es sich wieder gemütlich gemacht.«

Ich reiße meine Hände weg, als hätten mich ihre Worte verletzt, und irgendwie haben sie das auch.

Sie gähnt. Reibt sich die Augen. »Tut mir leid. Ich bin fix und fertig. Bei der Arbeit ist so viel los. Ich muss heute Nachmittag wieder hin.«

»Kannst du nicht bleiben?« Ich mache ein langes Gesicht. »Du fehlst mir.« Irgendetwas berührt mich, als ich das sage, und ich weiß, dass ich die Person vermisse, die sie einmal gewesen ist. Nicht die, die sie jetzt ist. Diese Lisa kenne ich nicht.

»Ich wünschte, ich könnte es ...« Sie sieht wehmütig aus, und irgendetwas ist da zwischen uns. Etwas Unterschwelliges. Verständnis? Ein Aufflackern von etwas, das hätte sein können, wenn sich die Dinge anders entwickelt hätten.

»Warum nimmst du nicht ein Bad, während ich Mittagessen mache. Das wird dich nach der Autofahrt entspannen.«

»O nein, ich kann nicht ...«

»Natürlich kannst du. Ich habe Jo-Malone-Badeöl und -Bodylotion, beides nie benutzt. Wir können heute Nachmittag so richtig schön quatschen.«

»Das ist verlockend. Mir tut alles weh.«

»Also abgemacht.« Ich stehe auf und dränge sie, das ebenfalls zu tun. »Lass immer heißes Wasser nachlaufen, wenn es abkühlt. Fürs Mittagessen brauche ich einige Zeit. Es besteht also keine Eile. Umziehen kannst du dich im Gästezimmer. Dort hängt auch ein Bademantel hinter der Tür.«

»Vielleicht bereust du das noch. Ich könnte den ganzen Tag in der Wanne liegen.« Sie stemmt die Hände ins Kreuz, als täte ihr der Rücken weh. »Danke, Kat. Du verwöhnst mich.« Dann hievt sie sich vom Stuhl hoch.

»O Lisa.« Ich lächele warmherzig. »Was hast du letztens noch gesagt? Wir bekommen *immer*, was wir verdienen.«

***

Ich drücke das Ohr gegen die Badezimmertür, und als ich Wasser plätschern höre und Lisas erleichtertes Stöhnen, als sie sich in die Wanne setzt, eile ich ins Gästezimmer. Ich entdecke ihre Handtasche zwischen ihren ausgezogenen Kleidungsstücken und kippe den Inhalt aufs Bett. Taschentücher, Portemonnaie, Bürste, Lippenstift, Autoschlüssel, Handy. Ich drücke die Taste oben und werde aufgefordert, die Touch-ID zu verwenden oder mein Passwort einzugeben. Ohne bewusst nachzudenken, gebe ich 0509 ein – ihren und Jakes Geburtstag –, und kurz werde ich zurückversetzt zu Kerzenwachs auf Papiertellern, Schokoladenkuchen mit zu süßem Zuckerguss, Partyspielen, die Lisa immer gewann.

Auf dem Bettrand hockend, öffne ich Lisas E-Mails und gebe *Stella* in die Suchleiste ein. Sie hatte mir erzählt, dass Stella ihr immer Aktuelles über Gabrielle schicke, und sicher hatte sie diese Mails nicht gelöscht. Es werden keine Ergebnisse gefunden. Mir wird noch flauer im Magen, und ich merke, dass ich immer noch ein Fünkchen Hoffnung hatte, mich geirrt zu haben. Ich öffne den Fotoordner und tippe *Baby* in die Suchleiste. Das Bild springt auf, das Lisa uns als Erstes gezeigt hatte. Das Baby im pinkfarbenen Schlafanzug mit den Punkten, das die Arme emporstreckt. Ich habe nicht den winzigsten Zweifel daran, dass es dasselbe Baby ist wie das oben im Bilderrahmen. Als Nächstes scrolle ich durch ihre Textnachrichten. Namen, die ich nicht kenne. Aber einen schon. Aaron. Ich öffne die Nachricht.

Lisa hatte geschrieben:

Ich muss es Kat sagen. Ich kann das nicht mehr tun.

Nein. Auf keinen Fall. Jetzt nicht.

Aarons Antwort.

Ich kann so nicht mehr leben.

Du hast zehn Jahre lang nicht die Wahrheit gesagt. Du wirst doch jetzt nicht damit anfangen? Dann wirst du alles ruinieren.

Welche Lüge erzählt Lisa seit Jakes Tod? Ich kenne ihre jetzige. Sie täuscht eine Schwangerschaft vor. Sie und Aaron müssen Komplizen sein. Wie müssen sie darüber gelacht haben, dass ich jeden Monat Geld überwiesen, für Extras geblecht und niemals gefragt habe, wofür es war. Oder hat Aaron sie irgendwie gezwungen, erpresst? Was verheimlichte sie? Ich denke über die letzten Monate nach. Die Zeit, in der Lisa ihren Schutzpanzer abgelegt hatte und wir in Erinnerungen über *Desperate Housewives* und Schoko-Karamell-Riegel schwelgten. Barcadi Breezer und die Gruppe *Snow Patrol*. Ich kann nicht glauben, dass all das hier reiner Boshaftigkeit entspringt. Wenn ich sie frage, wird sie mir wahrscheinlich nichts sagen, aber ich muss es wissen. Ich will wissen, was es wert ist, mich fertigzumachen, denn ich habe den Boden unter den Füßen verloren und fühle mich am Ende. Aber ich muss mich zusammenreißen. Ich habe nicht viel Zeit.

Ich hämmere eine SMS an Aaron ein.

Ich muss dich treffen!

Dann laufe ich im Zimmer auf und ab und überlege, was alles schiefgehen könnte. Aaron könnte sich weigern, wenn er die Nachricht überhaupt bekommt. Er könnte bei der Arbeit sein. Sein Handy nicht dabeihaben. Mein Körper wird immer steifer, und der Frust versteinert meine Muskeln.

Die Minuten erscheinen endlos, aber schließlich vibriert das Handy in meiner Hand.

> Wir dürfen nicht zusammen gesehen werden.

> Ich bin nicht in Farncaster. Komm hierher.

Ich tippe meine Adresse ein.

Das Handy bleibt still und dunkel. Ich glaube, zu weit gegangen zu sein, aber ich kann es immer noch zurücknehmen, wenn er unbedingt will, dass Lisa schweigt. Ich schicke eine weitere SMS.

> Ich kann nicht mehr und habe Angst zusammenzubrechen. Zu beichten.

Aus dem Badezimmer nebenan höre ich das Rauschen von Wasser, das Lisa zulaufen lässt. Mein Herz klopft. Mir ist heiß. Der Mund trocken. Aber schließlich erhalte ich eine Nachricht.

> OK.

Ich eile in mein Badezimmer und drehe den Wasserhahn auf. Dann kippe ich die Zahnbürsten aus dem Glas und fülle es mit Wasser, bevor ich Lisas SIM-Karte aus dem Handy hole. Ich lasse sie ins Glas fallen und wirbele sie langsam herum. Danach fische ich sie wieder heraus, schüttele die Wassertropfen ab und tupfe auf der Karte mit einem Handtuch herum. Minuten später fühlt sie sich trocken an und sieht normal aus. Ich schiebe sie wieder ins Handy, drücke die Einschalttaste und lächle, bevor ich das Telefon zurück in Lisas Handtasche werfe.

Aaron sollte in einer Stunde hier sein.

Und so fängt es an.

KAPITEL 40

Jetzt

Es ist Mittagszeit, als Lisa klamm und mit vom Baden geröteter Haut und feuchten Haaren in die Küche zurückkommt. Ich klappe meinen Laptop zu, denn ich habe alles herausgefunden, was ich wissen muss.

Im Backofen habe ich eine Quiche aufgewärmt. Ich hole sie heraus und schneide sie in Stücke. Dabei muss ich den Kopf wegdrehen, um dem Geruch von Käse und Zwiebeln auszuweichen. Ich kann unmöglich etwas essen. Der Teig krümelt, als ich Viertel auf Teller schiebe und Olivenöl über Rucola träufele.

»Ich muss immer daran denken, wie wir im Krankenhaus Aaron begegnet sind«, sage ich, als unser Spiel beginnt, wenn ich es so nennen kann.

»Weshalb musst du an ihn denken?«

»Es muss schwer für dich sein, dass er auch im Krankenhaus arbeitet.«

»Er gehört zum Reinigungspersonal.« Lisas Tonhöhe verändert sich. Sie fühlt sich unwohl. »Wir laufen uns eigentlich nie über den Weg.«

Ich ändere meinen Kurs, will sie überrumpeln.

»Ich liebe das Parfüm von Eva Longoria, das du mir geschenkt hast. Das war sehr lieb von dir.«

»Gern geschehen.« Sie lächelt. Ist erleichtert über den Themenwechsel.

»Ist lustig, dass Stella für ihr Baby den Namen Gabrielle ausgewählt hat. Das war doch die Figur, die Eva gespielt hat, oder?« Ich spieße mit der Gabel Rucola auf, beobachte jedoch Lisas Reaktion aus dem Augenwinkel. Wie sie tief Luft holt. Nach ihrem Glas greift und Wasser hinunterstürzt, als wäre ihr etwas im Hals stecken geblieben. Vielleicht die Wahrheit?

»Ach, wirklich?« Lisas Stimme klingt zu fröhlich. Zu hoch. Aber ich kenne sie so gut und höre das Zittern heraus. Bemerke die Röte, die sich um ihren Hals ausbreitet, und stelle mir genau dort meine Hände vor.

Sie legt ihr Messer und ihre Gabel am Rand des Tellers ab. »Es tut mir leid, Kat.«

»Ach, wirklich?« Ich beuge mich vor. Dränge sie fast, ehrlich zu sein.

»Ja. Es muss ewig gedauert haben, dieses Mittagessen zuzubereiten. Ich bin wirklich schnell satt, weil er jetzt so wächst.«

Ihre Hand streicht über ihren Bauch, und ich sinke zurück auf meinen Stuhl, stopfe die Hände unter die Schenkel, bevor ich nachgebe und alles, was auf dem Tisch steht, auf den kalten Fliesenboden wische, wo sich Porzellanscherben mit den Teilen meines gebrochenen Herzens vermischen würden.

»Ich muss gehen.« Lisa fühlt sich nicht wohl.

»Aber ich habe noch Lemon Meringue im Backofen.«

»Tut mir leid.« Sie steht auf.

Ich habe nichts anderes erwartet.

»Du wirst also das zusätzliche Geld überweisen?« Sie bittet um Bestätigung, und ich nicke, traue meiner Stimme nicht und befürchte, dass sie bricht, wenn ich spreche. »Bis bald, Kat.«

Sie weiß nicht, wie bald.

***

Ich habe den restlichen Salat in den Mülleimer geworfen und die Teigkrümel ins Vogelhäuschen, als es an der Haustür klingelt. Noch bevor ich den Flur entlanggehe, sehe ich den Schatten in der Milchglasscheibe und weiß, wer es ist. Lisa. Ich konnte sie doch nicht einfach gehen lassen, oder?

»Das ging aber schnell.« Meine Stimme zittert vor Nervosität. Vor Adrenalin. Vor Aufregung.

»Mein Auto springt nicht an.«

»O nein!« Ich täusche Überraschung vor, trete zurück und lasse sie herein. Hinter dem Rücken umfasse ich meine Hände. Während Lisa im Bad war, hatte ich mit einer Nagelbürste meine Haut geschrubbt, bis die Finger rot und rau waren, aber man kann immer noch Ölspuren sehen. Einen Hauch von Schwarz unter den Fingernägeln. Lisa hatte vor all den Jahren recht. Es ist erstaunlich, was man alles auf YouTube lernen kann.

»Nick kennt sich mit Autos aus. Ich werde ihm sagen, dass er sich deinen Wagen anschauen soll, wenn er nach Hause kommt.«

»Ist schon okay«, sagt Lisa. »Ich bin AA-Mitglied. Allerdings stimmt etwas nicht mit meinem Handy. Es zeigt an, dass die SIM-Karte fehlt, aber ich habe nachgeschaut, und die Karte ist immer noch drin. Ich glaube, ich muss es bei *Carphone Warehouse* vorbeibringen. Kann ich dein Festnetztelefon benutzen?«

»Nein!«, platze ich heraus. So war das nicht geplant. Sie sollte in der Küche sitzen, auf Nick warten und nicht wissen, dass Aaron zuerst eintreffen würde. Ich wollte sie zusammen konfrontieren und kann sie nicht wegfahren lassen. Das geht einfach nicht. Was werde ich tun, wenn ich bei Aarons Eintreffen allein bin? Was wird *er* tun? »Das Telefon geht nicht.« Ich spreche undeutlich. »Erinnerst du dich an die anonymen Anrufe?« Sie nickt. Ich hatte sie ihr gestanden, und sie hatte mich mit

Mitleid überschüttet. Damals wusste ich noch wenig, aber es war möglich, dass sie dahintersteckte. Oder Aaron. Vielleicht beide. »British Telecom meint, es stimme etwas mit der Leitung nicht. Du musst mein Handy nehmen.«

Ich gehe in die Küche, aber die Kellertür fällt mir ins Auge. Ich zögere. Drehe mich zu Lisa um und runzele die Stirn, als würde ich nachdenken.

»Ich suche es schon den ganzen Vormittag und glaube, es gestern Abend da unten gelassen zu haben.« Ich nicke in Richtung Kellertür.

»Was hast du da gemacht?«

»Ich hatte Nick zum Abendessen gerufen, und er hat mich nicht gehört. Ich musste also in den Keller gehen und ihn holen. Er hat sich mit mir unterhalten, während er sein Lauftraining beendete.« Lisa ist nicht die Einzige, die lügen kann. Ich neige den Kopf zu einer Seite. »Ich erinnere mich daran, das Handy auf den Tisch gelegt zu haben, als ich mich aufs Sofa setzte. Spring mal runter und schau nach. Ich muss die Lemon Meringue aus dem Ofen retten, bevor ich das Haus niederbrenne.«

Ich mache auf dem Absatz kehrt und eile in die Küche, wo ich mit dem Rücken an der Wand lehne. Meine Knie fühlen sich an, als wären sie aus Gummi. In meinem Kopf ertönt Gelächter, aber es ist nicht meins, und ich kämpfe dagegen an. Ich kann das doch nicht tun, oder? Ich kann sie nicht einsperren.

Ihre Füße stampfen die Treppe hinunter. Langsam. Gleichmäßig. Keine Hetze mit ihrem falschen Bauch und ihrem falschen Baby, und plötzlich bin ich wütend. Mein Wunsch, die Wahrheit herauszufinden, ist stärker als der Wunsch, das Richtige zu tun. *Worüber hatte sie seit Jakes Tod gelogen?* Ich gehe hinüber zur Kellertür und ziehe sie zu. Schließe sie ab. Die Stirn an die Tür gelehnt, stelle ich mir vor, wie Lisa auf der anderen Seite mit den Fäusten dagegenhämmert, schreit, herausgelassen werden will, und dieses Bild wirbelt mir im Kopf herum, bis ich es bin, die an die Tür hämmert und um Hilfe schreit.

Ich weiche zurück, laufe den Flur entlang und spüre noch immer das Brennen in den Handflächen, das raue Gefühl im Hals vom Schreien. Ich weiß nicht mehr, wer ich bin und wer sie ist, drücke meine Hände fest auf die Ohren und kneife die Augen zu, stürze zu Boden. Nur eine Familie wollte ich. Das war doch nicht zu viel verlangt, oder? Das Dröhnen in meinem Kopf, das Heulen, wird durchschnitten vom schrillen, verzweifelten Schrei eines Babys. Ich wiege mich vor und zurück, als wollte ich einen Säugling beruhigen. Mich selbst beruhigen. *Bitte, bitte, lass es aufhören. Ich glaube nicht, dass ich noch mehr ertrage.* Aber ich muss weitermachen. Aaron wird bald hier sein, und mein Plan ist völlig schiefgegangen. Ich weiß nicht, was ich machen soll.

***

Er kommt nicht.

Die Wolken sind schwer und aufgequollen und sehen nach Regen aus. Der Himmel ist grau in grau.

Er kommt nicht.

Wenn er Farncaster nach der SMS verlassen hätte, müsste er mittlerweile hier sein, und es ist fast fünf Uhr. Ich kann nicht auf Lisas Handy nachschauen, ob er geschrieben hat, dass er es sich anders überlegt hat, denn ich habe es kaputt gemacht. Nick wird in einer Stunde hier sein. Ich gehe im Wohnzimmer auf und ab. Auf und ab. Wie ein Löwe im Käfig. Ich stelle mir vor, wie Lisa das Gleiche im Keller macht.

Das Teelicht unter der Duftlampe in der Ecke flackert, aber der Lavendelduft tut wenig, um mich zu beruhigen. Ich glaube nicht, dass ich je wieder ruhig sein kann.

Ich halte Jakes goldenes Kreuz zwischen den Fingern. Was würde er denken, wenn er mich jetzt sehen könnte? Wie würde er sich fühlen? Scham überkommt mich, und es fährt mir in den Magen. Ich habe seine Schwester eingesperrt wie ein Tier, und auch wenn sie gelogen und uns um Geld betrogen hat, Jake würde das nicht gutheißen. Ich kann fast die Enttäuschung in seinen Augen sehen, die mich einmal mit Leidenschaft angeschaut haben. Mit Begierde. Mit Liebe.

Rache.

Es war nie bloß ums Geld gegangen. Das weiß ich. Lisa macht mich immer noch für Jakes Tod verantwortlich. Er hätte an jenem Abend nicht bei mir sein sollen. Er hätte bei ihr sein sollen, und das muss an ihr nagen, sie zerstören und ihr Gefühl für richtig und falsch verätzt haben. Aaron macht mich immer noch dafür verantwortlich, dass er seinen Studienplatz an der Universität verloren hat, seine ersehnte Karriere als Arzt. Wie erniedrigt muss er sich fühlen, in dem Krankenhaus zu putzen, in dem er einmal dachte Chirurg zu werden. Ich fange an zu weinen. War es nicht genug, mich glauben zu lassen, ich würde Mutter werden, und mir dann meine Träume zu entreißen? Mussten sie auch noch dafür sorgen, dass ich glaubte, verrückt zu werden? Die Anrufe, der Kranz, das Buch. Der zerschlagene Fotorahmen. Das Einschließen in der Toilette. Die eingeschlagene Autoscheibe. Der Mann, der das Haus beobachtete – war das jemand, den sie mit der Aussicht auf leichtes Geld von einer verzweifelten Frau eingespannt hatten? Denn verzweifelt war ich auf alle Fälle.

Liebe.

Ich habe so viel Liebe, die ich einem Kind geben kann. Solch eine Sehnsucht, ein Baby in den Armen zu halten, das leise Schniefen an meinem Hals zu hören, den Geruch von Babypuder, aber das hat sich erledigt.

Ich bin erledigt.

In mir herrscht grenzenlose Traurigkeit. Ich bin gebrochen. Das Kreuz scheint sich zwischen meinen Fingern zu erwärmen.

Ich muss Lisa rauslassen. Sie ist jetzt still, und ich hoffe, sie wird friedlich sein. Ich muss sie gehen lassen. Die Antworten, nach denen ich mich sehne, werden das Kinderbett oben nicht füllen. Sie werden mich nicht wie durch ein Wunder zur Mutter machen.

Es ist vorbei.

Meine Beine sind schwer vor Traurigkeit, als ich mich zur Wohnzimmertür umdrehe und einen Schritt in Richtung Kellertür mache. Einen. Zwei. Drei.

Ein Geräusch von draußen. Ich erstarre. Aber es ist nur das vorhergesagte Gewitter. Der Regen prasselt gegen das Fenster, will hereingelassen werden, wie Lisa wahrscheinlich herausgelassen werden will.

Vier Schritte. Fünf.

Plötzlich ist der Flur lichtdurchflutet. Ein Motorengeräusch. Stille. Eine Tür wird zugeschlagen.

Aaron.

Er ist hier.

KAPITEL 41

Jetzt

Ich habe das Gefühl, meine Füße kleben am Boden fest. Ich weiß nicht mehr, wie man sich bewegt. Kommt das Dröhnen, das ich höre, aus meinem Kopf, aus dem Keller oder von der Haustür? Panik überkommt mich und schlägt wie eine Flutwelle über mir zusammen, dass ich fast den Boden unter den Füßen verliere. Ich stolpere rückwärts. Lehne mich an die Wand, kann nicht mehr alleine stehen. Schritte dröhnen im Takt mit meinem Herzen. Mein Mut von vorhin, angetrieben durch Wut, entgleitet mir, schlängelt sich durch die Risse in der Wand und die Fußleisten und verschwindet auf Nimmerwiedersehen. Was habe ich mir dabei gedacht, Aaron hierherzubitten?

Schlüssel klimpern, und wieder befinde ich mich in jener Nacht. Jake, der seinen Schlüssel ins Zündschloss steckt. Der Motor, der zum Leben erwacht. Ich schüttele den Kopf, und das Geräusch wird durch ein weinendes Baby ersetzt, oder bin ich es, die weint? Ich berühre meine Wangen mit den Fingerspitzen, und sie sind nass. Gelächter. *Stopp das Lachen.* Was kann ich tun, damit es aufhört?

Die Haustür wird aufgestoßen, und Nick kommt herein. Er hat ein Taschentuch ins Gesicht gedrückt, das durchtränkt ist von Blut, das immer noch tropft.

»Ich habe mir die Nase an der Autotür angestoßen ...« Er verstummt langsam, als er sieht, in welchem Zustand ich bin.

Ich zittere und schluchze, und er rennt auf mich zu. Sein Mund öffnet und schließt sich, aber seine Stimme klingt dumpf und hallend, und ich kann die Worte nicht verstehen. Ich starre über seine Schulter auf die Kellertür, möchte, dass er meine Gedanken liest. Weiß, was ich getan habe. Macht, dass alles gut wird. Doch stattdessen legt er mir den Arm um die Schultern und führt mich in die Küche. Die Sanftheit seiner Stimme kämpft gegen das Kratzen der Stuhlbeine über den Fliesenboden. Sein Tonfall beruhigt mich, obwohl ich nicht verstehe, was er sagt. Er wäre so ein guter Vater gewesen. Das Zischen in meinen Ohren wird immer lauter, und jedes Mal, wenn ich den Kopf bewege, wird mir schwindelig.

***

Ich bin wieder auf Perry Evans Party. Rote und grüne Lichter blitzen hell in meinem Kopf. Die Dekokatzen seiner Mutter auf dem Regal klirren im Takt mit dem vibrierenden Bass. Wodka entspannt meine Muskeln, als ich mich zur Musik wiege. Paul Weller singt, und Jakes Hand liegt warm auf meinem Rücken. Seine Stimme murmelt. Er zieht mich an sich. Meine Augenlider flattern, und ich lege den Kopf in den Nacken. Öffne die Lippen. Beuge mich vor, um mich küssen zu lassen, aber über Jakes Schulter sehe ich Lisas Gesichtsausduck. Den Schmerz. Die Wut.

Lisa.

Ich drücke die Handballen auf meine Augen und die Fingerspitzen in meinen Schädel.

***

Doch Nicks Hand liegt auf meinem Kreuz. Er ist es, der etwas murmelt. Das dumpfe Schlagen ist nicht der Bass. Es ist mein eigenes schuldbewusstes Herz.

»Kat. Schhh. Ist ja gut.«

Ich versuche, den Kopf zu schütteln, umklammere seine Hand, möchte, dass er weiß, was los ist, aber er fragt nicht, und ich denke daran, wie oft er in letzter Zeit nach Hause gekommen ist. Wie oft ich ihm erzählt habe, dass jemand das Haus beobachtet, im Haus gewesen ist. Meine fast hysterischen Ausbrüche, und ich werfe ihm fast nicht vor, dass er nicht fragt. Aber ich muss ihm von Lisa erzählen. Ich kann sie dort nicht stundenlang einsperren, so wie ich es gewesen war. Verängstigt. Allein. In der Dunkelheit. Immerhin hat sie Licht, argumentiere ich, ein Sofa. Das ist nicht so schlimm. Doch, das ist es. Es ist sehr, sehr schlimm.

»Nick …« Ich schnappe nach Luft, während ich versuche, meinen Worten den Anschein von Ordnung zu geben. Es ist fast unmöglich zu wissen, wo ich anfangen soll.

»Was ist das denn?« Auf Nicks Stirn bilden sich tiefe Furchen, als er über meine Schulter zum Fenster starrt.

Es blitzt, und ich halte fast die Luft an, als ich auf das Donnergrollen warte. Was hat er gesehen?

Oder wen?

Obwohl ich es erwarte, zucke ich auf meinem Stuhl zusammen, als es donnert. Nick richtet sich auf.

»Was ist los?«, flüstere ich.

Nick schüttelt den Kopf, aber er kann seinen Blick nicht vom Fenster losreißen. Fast in Zeitlupe drehe ich mich um. Das Licht in der Küche wird von der Glasscheibe reflektiert, und ich kann nur unsere Küchenmöbel und unsere schemenhaften Gestalten erkennen.

»Jemand war da draußen«, sagt Nick, und meine Hand tastet im Nichts herum, bis ich seine Finger finde. Fest umklammere ich sie.

»Lass uns nach oben gehen.« Meine Worte klingen eindringlich.

Mein Blick fällt auf das Ultraschallfoto am Kühlschrank – Gott weiß, woher Lisa das hatte –, und mir wird bewusst, dass Nick am Boden zerstört sein wird. Er wird wieder nicht Vater, und alles ist meine Schuld. Ein Teil von mir möchte Lisa aus dem Haus komplimentieren. Möchte Nick erzählen, dass die Leihmutterschaft gescheitert ist, aber es gibt bereits so viele Lügen. Ich werfe einen Blick auf sein Profil. Sein lockiges Haar fällt ihm in die Augen. Haare wie Ada. Ist er bereits Vater? Plötzlich drückt mich die Vergangenheit nieder, und das ist fast mehr, als ich ertragen kann. Es ist an der Zeit, dass wir beide ehrlich sind. Mit allem. Ich atme so tief ein, dass ich das Gefühl habe, mein Brustkorb wird gleich platzen, als sich meine Lunge weitet, aber bevor ich sprechen kann, keucht Nick, und diesmal sehe ich es auch. Das Gesicht, das hereinschaut. Die Augen, die uns anstarren. Ich habe keine Kraft zu reagieren, als Nick durch die Küche sprintet und die Hintertür aufreißt. Ich halte mir den Mund zu. Der Regen prallt heftig und laut vom Oberlicht ab.

Ein gedämpfter Schrei.

Blitz.

Das Geräusch einer Schlägerei.

Donner.

»Nick?« Ich stürze zur Hintertür, aber bevor ich hinaustreten kann, fällt Nick fast in die Küche. Tropfnass und schwer atmend. Er ist nicht allein. Er schleift jemanden mit sich, und sie fallen beide auf den Küchenboden. Ein abscheuliches Krachen ertönt, als ihre Köpfe auf den Fliesen aufkommen.

Nick liegt ausgestreckt auf dem Rücken und blinzelt wütend, als er sich mit der Hand an die Stirn fasst. Ich schicke einen stillen Dank gen Himmel, als ich sehe, dass er okay ist. Aber was ist mit Aaron?

Er liegt reglos da. Still. Mit dem Gesicht nach unten.

Langsam bewege ich meinen Fuß stückchenweise vorwärts und stoße ihm meinen Zeh in die Seite.

Er bewegt sich nicht.

KAPITEL 42

Jetzt

»Nick?« Ich falle auf die Knie. Auf den Fliesen bilden sich pinkfarbene Pfützen, und zuerst weiß ich nicht, was das ist, doch dann kommt mir die furchtbare Erkenntnis. Das Regenwasser mischt sich mit Blut.

»Nick!« Ich ziehe seine Hand von der Stirn. Entlang seines Haaransatzes verläuft eine klaffende Wunde. Ich beuge mich über ihn und reiße die Schublade auf, ziehe ein sauberes Geschirrtuch heraus. Als ich es auf die Wunde drücke, färbt sich die reine weiße Baumwolle blutrot. Ich schaue über meine Schulter, erwarte fast, dass nach meinem Knöchel gegriffen wird und sich Hände um meinen Hals legen, aber nichts geschieht.

Regentropfen wehen mir ins Gesicht, und der Wind lässt die Hintertür gegen die Küchenarbeitsplatte krachen. Ich eile um Nick herum und drücke die Tür zu. Fast rutsche ich mit den Socken auf dem Wasser aus, das sich auf dem Boden sammelt. Den Weg zurück zu Nick wähle ich jetzt sorgfältiger.

»Kannst du dich aufsetzen?« Ich schiebe meine Hände unter seine Achseln und ziehe mit aller Kraft. Als sich sein Oberkörper aufrichtet, weicht sämtliche Farbe aus seinem Gesicht. Er schwankt leicht und holt tief Luft, als er sitzt.

»Tut mir leid. Ich hätte dir glauben sollen. Dass ein Mann hier herumlungert. Alles.«

»Ist er ...?« Ich schaue über meine Schulter, kann mich nicht dazu durchringen, das Wort auszusprechen. Doch dann bemerke ich, dass sich Aarons Oberkörper bewegt. Er atmet. Er lebt. »Sollten wir ...« Ich zittere jetzt so heftig, dass ich das Gefühl habe, mein Körper bricht gleich auseinander. Ich weiß, dass wir die Polizei rufen müssen. Zumindest einen Krankenwagen, aber zuerst muss ich Nick sagen, dass Lisa im Keller ist. Wie kann ich das erklären? Vielleicht lande ich im Gefängnis. Nur der Gedanke daran nimmt mir den Atem, und ich kann mich nicht bewegen. Kann nicht sprechen. Ich bin gefangen in einem Wirrwarr aus Geheimnissen und Lügen, und ich weiß nicht, wie ich es entwirren kann.

»Ich muss dir was sagen, Kat.« Nick umfasst meine Hand so fest, dass es wehtut.

»Nicht jetzt ...«

»Doch. Jetzt.« Nicks Ton ist so scharf wie zerbrochenes Glas, und ich zucke zusammen. »Es *muss* jetzt sein.«

»Wir können nicht reden, wenn hier ein Körper auf dem Boden liegt. Er braucht Hilfe. Ich rufe jetzt einen ...« Ich befreie mich aus seinem Griff und stehe auf.

»Nein!« Nick greift mit einer Hand nach meinem Handgelenk, verdreht die Haut, reißt mich wieder zu Boden, und ein blitzartiger Schmerz schießt mir den Arm empor. »Hör mir zuerst zu.« Die Finger seiner anderen Hand tasten nach seiner Narbe, als er anfängt zu erzählen.

Zuerst klingen seine Worte gestelzt, gezwungen. Seine Zunge ist nicht daran gewöhnt, die Wahrheit zu formulieren. Mein Kopf schreit Nein, als mich das Gewicht von Nicks Vergangenheit zermalmt. So schwarz und schwer wie die aufgeblähten Wolken, die vor dem Küchenfenster vorbeitreiben. Er weint beim Reden, und seine Schultern, von denen ich dachte, sie wären breit genug, um uns beide zu tragen, scheinen vor meinen Augen zu schrumpfen. Seine Worte überschlagen sich, wollen unbedingt gehört werden. Ich will nicht hören, was er zu sagen hat, und gleichzeitig weiß ich, dass ich es muss. Und unaufgefordert durchschneidet meine Stimme seine, sitzen wir hier auf dem nassen Fußboden in unserer makellosen Küche und zeigen, wer wir wirklich sind. Noch nie habe ich mich verletzlicher und entblößter gefühlt. Ich offenbare mich, alles von mir, und er macht es genauso. Ich bin völlig ergriffen, als mir klar wird, dass die Fäden unseres Lebens auf eine Weise miteinander verwoben sind, die ich mir unmöglich hätte vorstellen können. Sind wir es? Sollten wir es immer sein, die dazu bestimmt waren? Nicht Jake? Nie Jake?

Ich versuche, ihm meine Hand zu entziehen, aber er hält mich fest, bis er seine Geschichte beendet hat und ich ihm meine erzählt habe. Als wir, von der Wahrheit erschlagen, schweigen, ziehe ich meine Hand aus seiner Umklammerung. Ich will nicht, dass er mich berührt. Ich will nie wieder, dass er mich berührt.

KAPITEL 43

Damals

Nick hockte sich in den Eingang des Ladens, hatte den Kopf wegen des schneidenden Windes gesenkt und die eiskalten Hände in den Taschen vergraben. Richard verspätete sich, und Nick sehnte sich nach den Tagen, an denen er nach seinem Freund rufen konnte und zu ihm nach Hause eingeladen wurde. Doch das war vor seiner Inhaftierung gewesen. Bevor er wegen der Sache mit seinem Dad eine Bewährungsstrafe wegen einfacher Körperverletzung bekommen hatte. Richard sagte, dass es keine Rolle spiele. Seine Eltern würden Nick nicht verurteilen. Er hatte ihnen erklärt, dass es mildernde Umstände gegeben hatte. Im Alter von neunzehn Jahren klang Richard schon so wie der Anwalt, der er entschlossen war zu werden. Trotzdem hatte Nick die kühle Missbilligung von Richards Vater gespürt. Er hatte bemerkt, wie Richards Mum ihm nicht mehr in die Augen schaute, und sich gefragt, ob er immer nach jenem Abend beurteilt werden würde. Das schien kaum gerecht zu sein. Er hatte seinem Chef im Supermarkt von der Verurteilung erzählt, und schon am nächsten Tag war er entlassen worden. Das war offenbar Zufall. Aufgrund von Kürzungen, sagte sein Chef, aber Nick glaubte das nicht. Er wusste nicht, wie er je wieder etwas anderes fühlen sollte als Traurigkeit und Wut. Vom Imbiss nebenan wehte Essiggeruch zu Nick herüber, der sich mit dem von heißem Fett vermischte, und sein Magen knurrte. Er wünschte, er könnte auf knusprigen Backteig beißen, vom weichen weißen Fisch darin kosten, während das Papier, in dem die Köstlichkeit eingewickelt war, seinen Schoß wärmte, aber er war pleite.

Das Summen eines Motors veranlasste Nick, den Kopf zu drehen und die Straße entlang zu spähen, aber es war nicht Richard in dem BMW, den er zum Geburtstag bekommen hatte. Nick atmete weiße Wölkchen aus. Seine Finger würden zu kalt sein, um das Lenkrad zu umfassen, wenn Richard ihm eine weitere Fahrstunde auf dem alten Industriegelände gab. Er konnte jetzt in drei Zügen wenden und fast parallel einparken. Richard sagte, er sei bald bereit für die Prüfung, und das wäre ein weiterer Schritt in Richtung Freiheit. Zu Hause herrschte dicke Luft wegen der Dinge, über die nie gesprochen wurde. Das Gesicht von Nicks Vater war verheilt, und seine Mum, die dünner denn je war, schwebte durch das Haus wie ein Geist. Man konnte fast denken, diesen Abend hätte es nie gegeben, aber seither konnte sein Vater ihm nicht mehr richtig in die Augen schauen. Das war ein kleiner Sieg.

Schließlich durchschnitten Scheinwerfer den Nebel, und Richard kam langsam vor Nick zum Stehen. Sein Auto vibrierte im Takt zum wummernden Bass der Tanzmusik, die aus Lautsprechern der Spitzenklasse dröhnte.

»Hast dir aber Zeit gelassen.« Nick rutschte auf den Beifahrersitz und blies in seine Hände, um sie zu wärmen.

»Wo ist mein Jackett?«, fragte Richard.

»Mist! Tut mir leid.« Nick hatte das Jackett mitbringen wollen, das er sich für ein weiteres Vorstellungsgespräch ausgeliehen hatte – für einen Job, den er nie bekommen würde, wenn er zugab, dass er vorbestraft war. Er wusste, dass Richard es für eine noble Veranstaltung brauchte, zu der er an jenem Abend mit seinem Vater gehen wollte. »Networking«, hatte er gesagt. Es klang affektiert. Als Nick gerade Anstalten gemacht hatte, das Haus zu verlassen, war sein Dad heimgekommen, und dann war er in solcher Eile gewesen, dass er das Jackett vergessen hatte.

»Lass uns zu euch zischen und es holen. Es wird danach noch Zeit bleiben für eine Fahrstunde, eben nur eine kürzere.«

Nick kaute am Rand seines Daumens, als Richard losfuhr.

Vor Nicks Haus ließ Richard den Motor laufen und das Radio plärren.

»Beeil dich.« Er holte sein Handy aus der Tasche und tippte auf dem Display herum, als Nick aus dem Auto sprang, den Weg entlangrannte und die Haustür aufstieß.

Irgendetwas stimmte nicht.

Er spürte es, noch bevor er auf die Fußmatte trat. Mit angespannten Muskeln und klopfendem Herzen blieb er stehen und versuchte zu erkennen, weshalb die Luft so dick war. So schwer. Da war der Geruch von geräuchertem Schellfisch, den sie vorhin gegessen hatten, aber das war nicht alles.

Irgendetwas stimmte nicht.

Nick rief nicht nach seiner Mutter, wie er es normalerweise tat, als wüsste er instinktiv, dass sie nicht würde antworten können. Er schaltete auch das Licht nicht ein.

Irgendetwas Schlimmes war passiert.

Davon war Nick felsenfest überzeugt. Er schlich den Flur entlang, stieß die Tür zur Küche auf und blinzelte in die Dunkelheit. Nichts war, wo es sein sollte. Tisch und Stühle waren umgeworfen. Er machte einen Schritt nach vorne. Seine Füße zertraten bereits zerbrochenes Geschirr. Draußen ertönte ein Knall. Das Gartentor?

Angst.

Nick hatte wahnsinnige Angst. Er streckte die Hand aus und tastete nach dem Lichtschalter. Sogleich war die Küche lichtüberflutet, aber es war kein warmes oder behagliches Licht, sondern ein Scheinwerfer, der auf das Durcheinander gerichtet war. Die Keksdose, in der Mum ihr Fluchtgeld verwahrte, war offen und leer und lehnte an der Herdplatte. Auf dem Boden lag das große scharfe gezahnte Edelstahlmesser, das zum Schneiden des Sonntagsbratens benutzt wurde. Nicks Blick wanderte über den Boden. Und dann sah er es. Atmete scharf ein. Er legte die Hand auf die Brust, als hätte er Schmerzen.

Blut.

Dunkel und getrocknet auf dem schmuddelig grauen Linoleum.

Blut.

Und genau in dem Moment setzte die Panik ein.

Kapitel 44

Damals

»Ist Lisa da?«, fragte ich Nancy. Ich hatte versucht, sie auf ihrem Handy zu erreichen, aber es war wieder ausgeschaltet.

Es folgte eine kurze Pause. Und eine murmelnde Stimme war zu hören, als würde jemand mit der Hand auf dem Telefonhörer reden. »Tut mir leid, Kat. Du hast sie gerade verpasst«, sagte Nancy ein wenig zu fröhlich. Da wusste ich, dass sie log.

Nachdem mich Lisa in jener Nacht im Park von Aaron weggezerrt hatte, hatte ich mich auf dem Weg nach Hause vor Schock zitternd an sie geklammert. An unserer Haustür sagte ich wieder: »Wenn du nicht gekommen wärst ...«, aber Lisa hatte die Hand gehoben und war einen Schritt zurückgetreten.

»Du hättest Mr Lemmington nichts sagen sollen, Kat.«

Ich war sprachlos. Es war doch nicht meine Schuld! »Das musste ich. Jemand hätte verletzt werden können. Oder sogar sterben. Was wäre gewesen, wenn du allergisch darauf reagiert hättest? Aaron musste gestoppt werden. Übrigens, hast du den Ausdruck in seinen Augen gesehen? Wer weiß, wozu er fähig ist? Er wird versuchen, sich zu rächen. Das weiß ich.« Ich lallte. Voller Angst stieß ich hektisch die Worte aus.

»Hör auf, an dich zu denken. Was ist, wenn er der Polizei sagt, dass er das Zeug an mich verkauft hat? Hast du daran schon gedacht?«, schrie sie.

»Das wird er nicht. Weshalb sollte er das? Mach dir keine Sorgen«, entgegnete ich, aber sie war ohne eine Antwort gegangen.

Seit zwei Tagen hatte ich das Haus aus Angst vor Vergeltung nicht verlassen, und jetzt rief mich Lisa nicht zurück. Dennoch glaubte ich nicht, dass meine Furcht vor Aaron das Einzige war, was mir Übelkeit verursachte.

Ich schwang die Beine aus dem Bett und zog das Sommerkleid von gestern an, bevor ich meine Schublade öffnete. Unter dem Durcheinander aus BHs und Slips zog ich die Papiertüte der Drogerie hervor. Meine Regel war überfällig, und ich konnte mir nicht mehr einreden, dass meine Abneigung gegen das morgendliche Frühstück und die tägliche Übelkeit um die Mittagszeit Zufall waren. Ich musste mir Gewissheit verschaffen. Also faltete ich das Blatt Papier auseinander, das in der Schachtel steckte, und las es langsam und sorgfältig durch. Doch trotz meiner durchweg sehr guten Noten in der Schule musste ich die Anleitung dreimal lesen, bis ich sie halbwegs verstanden hatte, und wünschte mir verzweifelt, Lisa wäre hier bei mir.

Ich zögerte, bevor ich mit dem Test ins Badezimmer ging. Abgesehen von dem einen Mal im Wald, hatten wir immer Kondome benutzt, und niemand wurde doch gleich beim ersten Mal schwanger, oder? Aber die kleine Stimme in meinem Kopf spottete: *Da willst du immer so schlau sein!* Und wenn ich Klarheit haben wollte, dann war jetzt der richtige Zeitpunkt, denn ich war den ganzen Tag allein im Haus. *Wenn* ich Klarheit haben wollte.

Auf der Toilette hockend, überflog ich noch einmal die Gebrauchsanweisung, nur um sicherzugehen. Meine Blase platzte fast, aber ich konnte kein Wasser lassen. Eine Ewigkeit musste ich den Wasserhahn laufen lassen, bis ich es konnte. Ich steckte die Kappe wieder auf den Test und legte ihn auf den Rand des Waschbeckens, bevor ich die Zeit überprüfte und meine Hände wusch. Auf der Packung hieß es, dass sich das Ergebnis nach sechzig Sekunden bis fünf Minuten zeigen würde. Um sicherzugehen, dass der Test funktionierte, sollte ich ganze fünf Minuten warten, aber in dem kleinen Raum konnte ich nur begrenzt auf und ab gehen – die Nerven zum Zerreißen gespannt –, bevor ich den Stick schnappte und ungläubig auf das Pluszeichen im Ergebnisfenster starrte. Obwohl ich wusste, dass es *positiv* bedeutete, schaute ich mir das Bild vorne auf der Schachtel noch einmal ganz genau an, nur um sicherzugehen. Ich bekam weiche Knie und ließ mich neben der Badewanne zu Boden sinken. Ich konnte doch nicht schwanger sein! Das war einfach nicht möglich. Ich war zu jung, aber auch alt genug, um es besser zu wissen. *Wir* waren alt genug, um es besser zu wissen, ermahnte ich mich. Ich saß nicht allein in diesem Dilemma, aber trotzdem hätten wir ein Kondom benutzen sollen. Mein Blick huschte zwischen der Schachtel und dem Stick hin und her, und die Worte *Zu neunundneunzig Prozent genau* sprangen mich an. Ich ließ die Schultern ein wenig hängen. Natürlich. Es musste eine einprozentige Fehlerquote geben.

Ich nahm unsere Zahnbürsten aus dem Glas auf der Fensterbank und rieb trockene Zahnpasta vom Rand, bevor ich lauwarmes Wasser hineinlaufen ließ, das ich hinunterkippte. Ich brauchte vier Gläser und zwanzig Minuten, bevor ich eine kleine Menge Urin für den zweiten Test zusammenbekam. In der Hoffnung, dass es genug war, schob ich die Kappe auf den Stick. Diesmal konnte ich den Blick nicht vom kleinen quadratischen Fenster abwenden, das über meine Zukunft entschied. Als das Pluszeichen zunächst schwach, doch dann mit jeder Sekunde deutlicher erschien, stand ich kurz davor, mich zu übergeben. Ich schüttelte den Stick wie ein Quecksilberthermometer und überprüfte das Fenster erneut, als könnte ich dadurch ein anderes Ergebnis erzielen. Doch es war immer noch positiv. Positiv. Welch ein harmloses Wort mit immensen Auswirkungen. Mein Verstand spulte vor zu einer Zeit, in der ich in einer schäbigen Einzimmerwohnung leben würde. Aus dem Mundwinkel hing mir eine Kippe – lächerlich, denn ich habe nie geraucht –, und ich rührte in einem Topf mit Bohnen, der auf der einzigen Kochplatte stand, während ein Kleinkind in einem fleckigen T-Shirt mit den Füßen aufstampfte und nach Aufmerksamkeit schrie. Und doch gab es ein anderes Bild, das das erste beiseitestieß. Ich sah mich die Küche durchqueren, während ein Hähnchen im Backofen brutzelte, um Jake einen Willkommenskuss zu geben, als er von der Arbeit nach Hause kam, und so jung, wie ich war, *gefiel* mir diese Vorstellung. Babys hatten mich von jeher angezogen. Ich wollte immer Mutter sein, und es kam mir in den Sinn, dass ich es unterbewusst getan haben könnte, um aus diesem Haus, vor meinem Dad zu flüchten, aber als ich an meinen Vater dachte, wurde mir wieder schlecht. Wie sollte ich ihm das erklären? Wie würde ich es Jake beibringen?

Die Haustür wurde zugeschlagen, und ich fuhr zusammen. Eigentlich sollte niemand zu Hause sein. Schwere Schritte stampften die Treppe herauf. Es wurde an der Tür gerüttelt.

»Kat?«

»Dad. Ich dachte, du wärst bei der Arbeit.«

»Ich habe etwas vergessen und muss jetzt auf Toilette.«

Eilig schaute ich mich um. Käme ich mit der Schachtel und den Tests aus dem Badezimmer, würde er es sehen, und unter meinem Kleid konnte ich nichts verstecken. In der Ecke lag ein Stapel Handtücher, und ich stopfte alles unter das erste. Sobald er wieder weg war, würde ich es verschwinden lassen.

»Mach schon.« Seine Ungeduld war durch die Tür spürbar.

Ich schloss auf und drängte mich an ihm vorbei, war nicht in der Lage, ihn anzuschauen. In meinem Zimmer glättete ich die Bettdecke und schüttelte die Kissen auf. Ich wartete ängstlich darauf, dass die Wasserspülung betätigt wurde, doch nichts dergleichen geschah. Ein Schatten fiel von hinten über mich, und als ich herumwirbelte, sah ich mich dem wütenden Gesicht meines Vaters gegenüber. Er hob die Hand und schlug mir heftig ins Gesicht. Ich fiel aufs Bett und begann zu weinen, aber er zerrte mich wieder hoch und schüttelte mich, als wäre ich nichts. Mit wildem Blick funkelte er mich an, und ich hatte Angst. Richtige Angst. So streng er auch war, er hatte nie Hand an mich gelegt.

»Schlampe.«

Das Wort traf mich wie ein Speerstich. Ich öffnete den Mund, aber mir fiel nichts ein, was es hätte besser machen können. »Konntest du deine Beine nicht zusammenhalten? Wir haben Zeit, um das in Ordnung zu bringen.«

Ich sah, wie er im Geist bereits Zeitspannen festlegte, und sagte: »In Ordnung bringen?« Obwohl ich genau wusste, was er meinte.

»Du kannst es unmöglich behalten«, sagte er, und in diesem Moment spürte ich, wie ich von der Liebe für das Baby übermannt wurde. Mein Baby. Jakes Baby.

»Kann ich doch.«

»Du wirst es verdammt noch mal abtreiben lassen.«

»Du kannst mir nicht vorschreiben, was ich tun soll. Du schreibst mir immer vor, was ich tun soll!« Neunzehn Jahre aufgestauter Groll entluden sich.

»Solange du deine Füße unter meinem Tisch …«

»Dann suche ich mir einen anderen Tisch!« Ich drängte mich an Dad vorbei, stieß ihn mit der Schulter an, zog meine Schublade auf und warf Kleidung aufs Bett.

»Sei nicht albern«, sagte er. »Wohin willst du denn?«

»Überallhin, nur nicht hier.«

»Du bleibst in deinem Zimmer, bis ich von meinem Meeting zurück bin.«

»Das werde ich nicht.« Ich war aufsässig.

»Und ob du das tun wirst. Und dann reden wir, wenn deine Mum nach Hause kommt.«

»Bis dahin bin ich weg.« Das glich fast schon einer Provokation, aber ich war zu wütend, um behutsam vorzugehen. Ich wusste, dass ich zu weit gegangen war, als sich seine Finger in meine Schulter gruben und seine Hand auf mein Kreuz drückte und mich vorwärts zwang.

»Ich werde dafür sorgen, dass du noch hier bist.«

Ich versuchte, mich steif zu machen, streckte die Arme nach etwas aus, an dem ich mich festhalten konnte, aber meine Hände griffen ins Leere. Bevor ich wieder zu Atem kam, zwang er mich die Treppe hinunter. Beim Anblick des Flurschranks mit dem Schloss in der Tür wusste ich, was er vorhatte.

»Bitte!« Meine Stimme klang hoch und schrill. Schweiß bedeckte meine Haut. »Tu das nicht. Du musst das nicht zu tun.«

Hinter mir ertönte ein Grunzlaut und das Geräusch schweren Atmens. Ich tat alles, um es ihm zu erschweren. Ich machte mich steif und setzte mich zur Wehr, und es gab einen kurzen Moment, da löste er seinen Griff, und ich war frei. Aber gerade, als mein Verstand registrierte, dass keine Hände mehr auf mir lagen, öffnete er die Schranktür. Ich versuchte wegzulaufen, doch sofort war da wieder ein Druck auf meinen Oberarmen, und ich wurde heftig geschüttelt. Ich hatte das Gefühl, mein Gehirn würde im Kopf herumgeschleudert, biss mir auf die Zunge und schluckte zusammen mit dem metallischen Geschmack von Blut meine Angst hinunter.

Mir verschwamm die Sicht, der Boden unter meinen Füßen gab nach und mein Körper wurde schlaff. Ich hatte das Gefühl zu fallen, bevor ich zurückgerissen und dann nach vorne gestoßen wurde. Schmerzhaft landete ich auf allen vieren. Mein Kopf schlug gegen etwas Hartes, Festes, und ein glühender Schmerz schoss durch meine Arme bis in den Nacken.

Benommen hörte ich fast nicht das Zuschlagen der Tür hinter mir. Das Klicken des Schlosses.

»Nein! Warte! Dad!« Ich sprang auf die Füße. Alles schien zu schwanken und mir wurde schlecht. Wie blind streckte ich die Arme aus, versuchte die Tür zu finden. Die Dunkelheit war überwältigend. Erdrückend. Meine Hände zitterten, als ich gegen die Wände schlug, mich drehte, bis ich ihn schließlich fand. Ich umfasste den Türknauf, aber meine Hand war schweißnass, und ich brauchte drei Anläufe, bis ich ihn drehen konnte. Doch es bestätigte sich, was ich bereits wusste.

Ich war gefangen.

KAPITEL 45

Damals

Etwas Furchtbares war geschehen. Nick wusste es, als er entsetzt auf die demolierte Küche starrte. Er wusste nicht, ob er die Polizei rufen oder den Rest des Hauses durchsuchen sollte. Noch nie hatte er gespürt, wie das Blut durch seinen Körper rauschte, aber jetzt fühlte er alles. Das Dröhnen seines Pulses in den Ohren, die Hitze in seinen Venen, das Prickeln der Kopfhaut. Er hob das Messer auf und hielt es vor sich, als er die Küche verließ. Das Wohnzimmer war leer. Auf dem Sofatisch eine zusammengedrückte Dose Bier, klebrige Flüssigkeit auf der Glasplatte. Wieder etwas, was seine Mutter aufräumen musste. *Mum*. Das Wort füllte seinen Kopf, hüpfte darin herum. Er musste sie finden, und doch fürchtete er sich fast davor.

Heute Abend war hier etwas Furchtbares geschehen.

Er hörte ein schwaches Klopfgeräusch, und zuerst dachte Nick, es müsse seine Mutter sein, aber es war nur der Kühlschrank. Über das Haus legte sich wieder eine gespenstische Stille. Im Flur schaltete Nick das Licht an, und es fuhr ihm schnell und schmerzhaft in den Magen, als er die Blutspur entdeckte, die den Flur entlang und dann die Treppe hinauf verlief. Er drückte den Schaft des Messers. Seine Hände waren jetzt schweißnass und sein Griff nicht mehr so fest, wie er es sich gewünscht hätte.

Ungewollt stiegen seine Füße die Treppe hinauf. Eins, zwei, die dritte knarrte. Sein ganzer Körper war angespannt. Als er oben ankam, erwartete er fast, dass ihn eine Faust traf und die Treppe wieder hinunterbeförderte, aber da war nichts außer einer Vorahnung, die an ihm klebte wie eine zweite Haut. Auf dem Flur roch er das minzige Duschgel, das er verwendet hatte, bevor er gegangen war. *Wohin?* Zum Badezimmer auf der linken Seite? Oder zum Schlafzimmer seiner Eltern auf der rechten?

Sein ganzer Körper pulsierte wie im Auto wegen Richards Dance Music, und beim Gedanken an seinen Freund fragte sich Nick, ob er ihn bitten solle hereinzukommen. Zu mehreren ist man sicherer. *Feigling*, flüsterte die Stimme in seinem Kopf, und Nick zwang seine Füße vorwärts.

Mum.

Er schlich zum Schlafzimmer seiner Eltern. Befürchtete das Schlimmste und hoffte das Beste.

Er schaltete das Licht ein und schnappte nach Luft.

KAPITEL 46

Damals

Ich hatte jegliches Zeitgefühl verloren, als ich mit den Knien vor der Brust dasaß, die Arme um die Schienbeine geschlungen. Meine Augen hatten sich an die Dunkelheit gewöhnt, und ich konnte Umrisse erkennen. Wenn ich ab und zu blinzelte, hatte ich das Gefühl, sie würden sich bewegen, aber ich wusste, dass das unmöglich war. Ich war allein.

Zu meiner Schande hatte ich wie ein Tier in die Ecke uriniert, und der Gestank von Ammoniak biss fast genauso wie die Erniedrigung, die ich fühlte. Jedes Mal, wenn ich schluckte, verstärkte sich der Schmerz in meinem Hals. Ich hatte es aufgegeben zu schreien. Durch mein Gesicht zogen sich Streifen getrockneter Tränen, und die Haut spannte. Ich brauchte dringend etwas zu trinken und strengte meine Augen in der Dunkelheit an, als ob dadurch ein Getränk erscheinen könnte. Schon lange hatte ich aufgehört, an Zauberei zu glauben, aber ich hatte immer noch Hoffnung. Er konnte mich hier nicht ewig einschließen. Jemand würde mich doch vermissen, oder? Würde bald Fragen stellen.

Jake.

Mein Mund formte seinen Namen, und mir tat das Herz weh. Draußen war ein kratzendes Geräusch zu hören. Ich riss den Kopf hoch und richtete den Blick auf die Tür. Richtig sehen konnte ich nicht, betete aber gleichzeitig, dass sie sich öffnete, und sehnte mich genauso danach, dass sie geschlossen blieb.

Da war das leise Klicken, und Licht durchschnitt die Dunkelheit. Ich schirmte die Augen mit der Hand ab und wimmerte, als eine Hand nach meinem Ellbogen griff und mich auf die Füße zerrte.

KAPITEL 47

Damals

Ein Haufen lag auf dem Bett. Nick hatte gedacht, es sei ein Körper, aber als er von oben darauf schaute, war es nur eine zusammengeknüllte Bettdecke. Der saure Geruch seines Vaters und Traurigkeit verpesteten die Luft, und er drehte sich um und verließ das Zimmer.

Mum.

Quietschend ließ sich die Badezimmertür einen Spalt öffnen, dann klemmte sie. Irgendetwas Schweres verhinderte, dass sie sich ganz öffnen ließ. Nick lehnte die Stirn gegen die Tür. Ihm war schlecht. *Feigling.* Er steckte die Hand durch den Spalt und tastete nach der Zugschnur für die Lampe. Ruckartig zog er daran, und das Licht schaltete sich ein. Nick drehte den Kopf von einer Seite zur anderen, als er durch den Türspalt spähte, und sah die gespreizten Beine seiner Mutter auf den weißen Fliesen. Neben ihr die Blutspur.

Das Messer fiel ihm aus der Hand, als er vorsichtig die Tür aufdrückte, sich durch den Spalt zwängte und vor dem zu reglosen, zu stillen Körper auf die Knie fiel. *Mum.* Er hatte sie gefunden, aber er war voller Selbstverachtung, als er seine Finger an ihren Hals drückte. Einen Puls konnte er nicht fühlen. Er war zu spät gekommen. Die Haustür schlug zu, und die Treppenstufen knarrten unter dem Gewicht von Schritten.

Dad.

Weiß glühende Wut überkam ihn, und er wusste nicht mehr, was gut und schlecht, richtig und falsch war.

Er hob das Messer auf und wartete.

KAPITEL 48

Damals

»Du stinkst.« Dad zog mich aus dem kleinen Schrank unter der Treppe. Meine Beine waren steif, und ich stolperte. Es war mir zu peinlich zuzugeben, dass ich meine Blase nicht unter Kontrolle gehabt hatte, aber der Uringestank verriet mich. Sein Blick voller Abscheu ließ mich noch kleiner fühlen als je zuvor. Der Teppich auf dem Flur verrutschte auf den Holzdielen, und ich verlor wieder den Halt, als Dad nach meinem Ellbogen griff und mich vorwärtstrieb.

»Geh und wasch dich. Mum wird gleich nach Hause kommen, und dann reden wir.«

»Wozu denn, wenn du mir nicht zuhörst?« Jeder Funke Logik sagte mir, ich solle still sein, aber die Worte brachen aus mir hervor. »Ich will Jake. Jake liebt mich.«

»Liebe!«, fauchte Dad, als er mich die Treppe hinaufschleifte. Es war schwierig, denn wir waren zwischen den beiden Holzgeländern eingeklemmt. Ich rutschte aus, und meine Füße suchten nach Bodenhaftung, aber er lockerte nicht einmal seinen Griff. In diesem Moment nahm ich alles überdeutlich wahr: die vom Geländer abblätternde gelbe Lackfarbe, den Teppichboden, der an den Rändern dunkler war, die sich über den Fußleisten wellende Tapete. Mir war, als wüsste ich, dass ich all das zum letzten Mal sah und mir deshalb jedes kleinste Detail einprägen musste.

»Ich werde dir erzählen, was Liebe ist. Ein Mädchen zu heiraten, das dumm genug war, schwanger zu werden. Deine eigenen Träume aufzugeben, um eine Familie zu unterstützen, die du nicht wolltest.«

Wir kamen im ersten Stock an, und ich stand Dad gegenüber. Suchte in seinem Gesicht nach Anzeichen von Zuneigung.

»Du sprichst von Mum? Von mir?« Ich war außer Atem. Dad war nicht besonders warmherzig, das wusste ich, aber nicht einmal war mir der Gedanke gekommen, er habe mich nicht gewollt. Ich dachte, seine Strenge sei ein Zeichen von Liebe und nicht Angst, dass ich die gleichen Fehler machte. »Wolltest du mich nicht?«

»Nicht nur ich. Deine Mutter hatte auch ihre eigenen Pläne, aber ihre Eltern waren katholisch. Sie konnte nicht abtreiben.«

»Und das war dein Wunsch gewesen? Dass sie mich abtreiben sollte?« Ich konnte nicht glauben, was ich hörte.

»Jetzt schau mich nicht mit so großen Augen an, Kat. Wir haben das Beste daraus gemacht und waren doch gute Eltern, oder?«

»Du hast mich in den Schrank gesperrt!«

»Nur um dich davon abzuhalten davonzurennen. Wir haben dich ermuntert, hart zu arbeiten, deine Träume zu verwirklichen.«

»Du hast mich ermuntert, *deine* Träume zu verwirklichen. Ich wollte nie Ärztin werden, sondern Schauspielerin!« Jetzt schrie ich.

»Du hast uns reingelegt und bist mit diesem Faulenzer rumgezogen.«

»Jake ist kein Faulenzer, er ist ...«

»Nicht mehr in deinem Leben, das ist er. Wir können dich in eine Privatklinik bringen, und da wird das in Ordnung gebracht, bevor die Uni beginnt.«

»*Das*«, ich legte die Hände auf meinen Bauch, »*das* ist dein Enkelkind.«

»Es ist nicht mehr als ein Zellhaufen.«

»Es ist mein Baby!« Mein Hals war rau, als ich die Worte ausstieß.

»Du wirst dein Leben ruinieren.« Dads Stimme übertönte meine, und alles, was ich hätte tun oder sagen sollen, damit er sich beruhigte, ich Zeit gewann, wurde von einer Tatsache verdrängt, die ich nicht für mich behalten konnte.

»Ich liebe Jake.« Meine Stimme war zwar leise, aber fest, und sogar für mich klangen meine Worte wahr.

Dad sah aus, als wäre er um Jahre gealtert, als er sich mit den Fingern durch sein schütteres Haar fuhr. Ich spürte einen Schmerz des Verlustes darüber, dass mir mein Vater entglitt, und ich trauerte auch um den Vater, den ich immer hatte haben wollen. Doch Picknicks im Sommer und Monopoly-Partien an Sonntagnachmittagen hatte es in unserer Familie nie gegeben. Ich schwor mir, dass es mit meinem Kind anders werden würde. Hinter Dad, durch das Flurfenster, beobachtete ich, wie Wolkenfetzen vorbeizogen, und ich konnte fast sehen, wie meine Träume mit ihnen davongefegt wurden. Doch so stark der Drang auch war, auf der Bühne zu stehen, Applaus zu hören, ich konnte mir nichts Schöneres vorstellen, als die Tage damit zu verbringen, Kartoffelstempel herzustellen und wilde Tiere aus Playdoh zu formen. Das Verlangen, mein Baby in den Armen zu halten, weckte in mir eine stille Entschlossenheit, die die Angst verjagte. Meine Sehnsucht wurde immer heißer und heller.

»Ich werde es nicht abtreiben.« Mein Blick traf auf Dads, und ich meinte Bedauern darin zu sehen, aber dann wurden seine Augen kalt und hart, als er wieder meinen Ellbogen umklammerte.

»Du wirst tun, was ich dir verdammt noch mal sage.« Dann begann er, mich zu schütteln. Ich versuchte, ihn wegzustoßen, aber sein Griff war fest. Und plötzlich setzte ein Urtrieb ein, mein Baby zu beschützen. Ich schüttelte meinen Arm frei und legte ihm beide Hände auf die Brust. Meine Handflächen brannten und kribbelten, als ich ihn, so heftig ich konnte, wegstieß.

Die Welt hörte auf, sich zu drehen, und kam zum Stillstand. Die Spannung in der Luft, der Schreck in Dads Gesicht wurden mir deutlich bewusst, als er, mit den Armen rudernd, rückwärts die Treppe hinunterfiel. Automatisch trat ich zur Seite, damit er mich nicht mit sich ziehen konnte. Jeder Aufprall war scheußlich. Sein Körper hüpfte und verdrehte sich, und als er unten ankam, schlug er mit dem Kopf auf dem harten Holzfußboden auf. Ich hielt mir beide Hände vors Gesicht. Auf die Stille drückten Schuldgefühle, als ich auf ein Stöhnen wartete, das Geräusch von Bewegung, die Erlösung, aber da war nichts außer dem Klopfen meines Herzens gegen die Rippen. Es dauerte eine Ewigkeit, bis ich die Finger spreizte und auf meinen Vater schaute, der mit dem Gesicht nach unten auf dem Boden vor der Treppe lag. Sein Bein war unnatürlich abgewinkelt, und Blut sickerte unter seinem Kopf hervor.

Es gab so vieles, was ich hätte tun können. So vieles, was ich hätte tun sollen. Aber als ich mit zitternden Knien und immer noch heißen, kribbelnden Handflächen die Treppe hinunterging und über seinen reglosen Körper stieg, griff ich nicht zum Telefon, um Hilfe zu holen, sondern ging auf die Haustür zu. Ich war allem gegenüber wie betäubt und hatte nur einen Gedanken im Kopf: Ich wollte zu Jake. Und es verfolgt mich bis zum heutigen Tag, dass ich auf der Treppe nicht eine einzige Sekunde zögerte.

Ich schaute nicht zurück.

Ich rannte davon.

KAPITEL 49

Damals

In der Eile, schnell aus dem Haus zu kommen, hatte ich meine Tasche und mein Portemonnaie vergessen, aber ich konnte nicht zurück. Was, wenn Dad bei Bewusstsein war? *Und was, wenn er es nicht war?* Ich lief unsere Straße entlang. Der knallrote Briefkasten, in den ich Bewerbungen für Universitäten geworfen hatte, auf die ich nicht gehen wollte; Mrs Phillips Bungalow, sie hatte mir immer einen Apfel gegeben, wenn ich auf dem Weg zur Schule bei ihr vorbeikam; der Kirschbaum, dessen blassrosa Blütenpracht den Bürgersteig bedeckte und mein mit Kreide aufgemaltes Himmel-und-Hölle-Spiel verbarg. Dad würde mir niemals vergeben, und Mum auch nicht, sobald sie davon erfuhr. Es hatte ausgesehen, als wäre sein Bein gebrochen, denn es hatte in einem dieser merkwürdigen Winkel vom Körper abgestanden, die wir für die GCSE-Prüfung in Mathe hatten lernen müssen und von denen ich gedacht hatte, dass ich nie wieder etwas damit zu tun haben würde. Er musste unvorstellbare Schmerzen haben, wenn er aufwachte. Ich verringerte das Tempo, dachte darüber nach zurückzugehen, zumindest, um Hilfe zu holen, bei ihm zu sitzen, bis der Krankenwagen eintraf. Aber dann würde Mum von dem Baby erfahren, und die unvermeidbaren Tränen, die Schuld, die ich wegen Dads Unfall spürte, würden vielleicht mein Urteilsvermögen beeinträchtigen. Sie würden mich eventuell genauso zu einer Abtreibung zwingen, wie sie mich zu einem Studium gezwungen hatten, das ich nie wollte. So war es am besten, doch mein Gefühl für richtig und falsch tobte, bis die Grenzen verschwammen und ich nicht mehr wusste, was richtig war. Ich stand an der Ecke und schnappte nach Luft. Immer noch brannten und kribbelten meine Handflächen, als könnten sie Dads Brust noch unter sich spüren, das Klopfen seines Herzens, bevor ich ihn stieß und er mit gebrochenen Knochen und blutend auf dem Boden lag. Mum musste jede Minute nach Hause kommen. Er würde also nicht stundenlang mit Schmerzen allein dort liegen, aber ich hatte mich noch nie so hin und her gerissen gefühlt. Ich legte die Hände auf das Baby, das ich noch nicht spüren konnte. Jakes Baby. Und dann lief ich weiter.

Als ich Jakes Haus erreichte, hatte ich Seitenstiche. Nachdem ich gegen die Tür gehämmert hatte, drückte ich beide Hände gegen die Rippen, um sie zu lindern.

»Hallo, Kat, Liebes. Geht's dir gut?« Nancy sah besorgt aus. »Natürlich nicht. Komm rein.«

Im Wohnzimmer setzten wir uns aufs Sofa, und ich sehnte mich danach, die Treppe hinaufzulaufen und mich in Jakes Arme zu werfen. Aber das Zittern hörte nicht auf, und ich glaubte nicht, dass meine Beine es schaffen würden. Nancy reichte mir ein Taschentuch, und ich wischte mir über die Augen, putzte mir die Nase.

»Was ist passiert?« Nancy nahm meine Hände in ihre. »Zwischen dir und Lisa. Es bricht mir das Herz, dass ihr zerstritten seid. Erzähl mir alles.«

»Ich weine nicht wegen Lisa.« Ich verstummte. Wo sollte ich überhaupt anfangen?

»Was auch immer es ist, ich kann helfen.«

Ich sehnte mich danach, ihr zu erzählen, dass ich mit ihrem ersten Enkelkind schwanger war, aber sie durfte nicht die Erste sein, der ich es erzählte.

»Ist Jake da?«

»Nein. Er ist mit Lisa im *Three Fishes*.«

Ich stand auf. »Da werde ich ihn finden.«

»Ich würde dich hinfahren, aber er hat mein Auto genommen.«

»Schon gut«, sagte ich, aber ich konnte an ihrem besorgten Blick erkennen, dass sie meinen Worten genauso wenig glaubte wie ich.

»Jake!« Meine Stimme war zu laut, als ich durch die Weinstube nach ihm rief. Köpfe drehten sich, aber mir war egal, dass meine Kleidung zerknittert, mein Gesicht voller Tränen war. Ich warf mich in seine Arme.

»Ich muss doch sehr bitten. Darf ich nicht mal einen Abend mit meinem Bruder ausgehen?« Lisa Stimme klang heiter, als würde sie einen Witz machen, aber ihr Tonfall verdeckte nicht ganz den Groll, der unter ihren Worten gärte.

Gekränkt zog ich an Jakes Hand. Jetzt war nicht die Zeit, meine Beziehung zu Lisa zu kitten, obwohl ich das gern getan hätte. »Wir müssen gehen.«

»Das glaube ich aber nicht.« Lisa machte einen Schritt zur Seite und stand nun zwischen uns und der Tür. »Es dreht sich nicht immer alles um dich, Kat.«

»Ich weiß, aber ...« Das Bild von Dad, der wie eine Stoffpuppe vor der Treppe lag, war in mein Gewissen gebrannt, aber ich konnte in der Öffentlichkeit nicht sagen, was ich getan hatte. »Ich muss mit Jake unter vier Augen reden.«

»Unter vier Augen? Ich bin deine beste Freundin, oder hast du das vergessen? Aber mit mir verbindet dich ja nichts mehr, oder? Du hättest mich in große Schwierigkeiten bringen können.«

»Wovon redet sie?«, fragte Jake mich, aber die Feindseligkeit in Lisas Worten hatte mich verstummen lassen. Also richtete er seinen Blick auf Lisa. »Was hast du getan?«

»Es ist nicht so schlimm, wie sie denkt.« Lisa spuckte die Worte förmlich aus. »Nicht so schlimm, wie den Zwillingsbruder der besten Freundin zu daten und vorher nicht einmal mit ihr darüber gesprochen zu haben.« Lisa drehte mir das Gesicht zu. Ich roch billigen, sauren Weißwein. »Meinen eigenen verdammten Bruder!« Jetzt wurde sie laut.

Ich spürte die neugierigen Blicke der anderen Gäste und hätte am liebsten geschrien, dass sie sich um ihre eigenen Angelegenheiten kümmern sollen, aber stattdessen sagte ich leise: »Mein Vater hat mich im Schrank eingeschlossen.«

»Was?« Beide schauten mich ungläubig an.

»Den ganzen Tag. Ich war den ganzen Tag in einem winzigen Schrank eingeschlossen. Im Dunkeln. Ich dachte, ich würde ersticken, und hatte wahnsinnige Angst.« Ich fing wieder an zu weinen.

»Lass uns rausgehen.« Jake legte mir den Arm um die Schultern. »Das Auto steht draußen.«

»Nein! Du hast gesagt, wir lassen es hier und nehmen zurück ein Taxi. Du hast getrunken, Jake.« Lisa hielt ihn am Arm fest.

»Ich hatte nur ein Glas Bier, und ich fühle mich gut.«

»Wir wollten reden. Ich habe dir etwas zu sagen. Es ist wichtig.«

»Du siehst doch, in welchem Zustand Kat ist. Du kannst es mir später sagen.«

»Geh nicht!« Jetzt flehte sie ihn an, und Jake tat mir furchtbar leid. Es war, als müsste er eine Wahl treffen.

»Ich muss.« In Jakes Worten lag eine Endgültigkeit.

Lisa sah erbärmlich aus, als sie sagte: »Gut. Ich rufe euch ein Taxi.« Sie stolzierte nach draußen und hämmerte dabei bereits eine Nummer in ihr Handy.

»Bist du in Ordnung?« Jake umfasste mein Gesicht mit den Händen.

»Nicht wirklich. Es gibt da noch etwas, das du wissen musst.«

»Komm schon.« Jake nahm meine Hand und führte mich durch die Hintertür auf den Parkplatz.

»Und was ist mit Lisa?« Ich setzte mich auf den Beifahrersitz.

»Die kommt schon klar.« Langsam lenkte er das Auto auf die Straße, und geschützt im Eingang stehend, drehte sich Lisa mit dem Handy am Ohr um. »Warte!«, rief sie, aber Jake fuhr davon, und als ich in den Seitenspiegel schaute, sah ich sie dort stehen. Sie war so aufgelöst, dass ich mich furchtbar fühlte. *Gibt es eigentlich irgendjemanden, den ich heute nicht verletzt habe?*

Auf der kurzen Fahrt aus der Stadt hinaus sprachen wir nicht miteinander. Jakes Handy klingelte, Lisas Name leuchtete auf, und Jake stellte es aus. Er fuhr das Auto seiner Mutter auf einen Rastplatz außerhalb des Waldes, und wir öffneten beide schweigend die Türen und stiegen aus. Staubige Erde wirbelte auf und kitzelte mir in der Nase, als ich meine Füße auf dem Boden aufsetzte. Wortlos nahm Jake meine Hand, und wir gingen im Gleichschritt los. Beide wussten wir instinktiv, wohin wir gingen. Jake hatte keine Fragen gestellt, als wüsste er, dass das, was ich ihm zu sagen hatte, unser Leben für immer verändern würde. Ich hoffte, dass er es als einen Beginn und nicht als das Ende ansehen würde. Gesplittertes Holz verhakte sich in meinem Kleid, als ich mit Gänsehaut auf den Armen über den Holzzaun stieg. Unter dem Blätterdach war es kälter, und ich zögerte, fragte mich, ob wir nicht zurückgehen sollten, aber Jake legte mir den Arm um die Schultern, und ich wärmte mich an seiner Gegenwart.

Unter unseren Füßen knackten Zweige, und hoch über den Baumkronen schimmerte der Mond, dem die Sonne Platz gemacht hatte. Es wurde immer dunkler, bis wir die Lichtung erreichten, auf der Jake zum ersten Mal mit mir geschlafen hatte. Es fühlte sich passend an, es ihm hier zu erzählen. Jake zog seine Jacke aus und legte sie auf den Boden. Wir setzten uns beide eng aneinandergelehnt darauf. Ich spürte die Wärme, die von seinem Körper ausging. Seine Stirn war schweißbedeckt. Er sah ängstlich aus.

»Ich weiß es«, sagte er.

Mir wurde flau im Magen. »Was weißt du?«

Er nahm meine Hand, rieb zärtlich mit dem Daumen über meine Fingerknöchel. »Du bist schwanger«, sagte er, und er klang nicht traurig oder verärgert oder auf irgendeine Weise so, wie ich es mir vorgestellt hatte. Er sprach die Tatsache aus, als wäre sie unvermeidlich.

»Ja.«

Die Zeit blieb stehen, als ich darauf wartete, dass er etwas sagte. Der Wind hörte auf zu wehen, die Blätter raschelten nicht mehr. Ich drückte den Daumen meiner freien Hand und betete, dass er sagte, es sei in Ordnung. Doch stattdessen ließ er meine Hand los und stand strauchelnd auf. Der erste Schritt, den er sich von mir entfernte, brach mir fast das Herz.

KAPITEL 50

Damals

Wieder machte Jake einen Schritt, und es fühlte sich an, als würde mir alles entrissen werden, doch dann drehte er sich um und fiel vor mir auf die Knie.

»Heirate mich, Kat.«

»Sei nicht albern.« Ich schaute dem Jungen, den ich liebte, in die Augen, und ich wusste, ich musste ihm erzählen, was ich mit meinem Vater gemacht hatte. Wahrscheinlich würde er mich dann in einem ganz anderen Licht sehen.

»Albern?« Er fing an, mich zu kitzeln. »Gut aussehend, lustig und ach so sexy, aber albern? Nein. Total verliebt in dich. Ja. Wir können das schaffen.«

»Wirklich?« Mehr als alles andere wollte ich ihm glauben.

»Wirklich.«

»Aber ...«

»Aber nichts. Es mag zwar früher sein als gehofft, aber du und ich, Kat, wir sind füreinander bestimmt.« Er streckte in einer großartigen, beeindruckenden Geste den Arm gen Himmel. »Ein Baby! Eine Familie zu dritt. Es wäre sowieso irgendwann passiert. Du kannst trotzdem Schauspielerin werden. Ich kann trotzdem Architektur studieren. Es wird alles gut.

Besser als gut. Du wirst sehen.« Die Worte sprudelten in aller Eile aus ihm heraus, und seine Euphorie steckte mich an und schob die Zweifel beiseite. »Hier.« Er öffnete den Verschluss der Kette mit dem goldenen Kreuz, die er immer trug. Ich hob meine Haare hoch, als er sie mir um den Hals legte. »Ich kaufe dir natürlich einen Ring. Wir mögen jung sein, aber wir machen alles ordentlich«, sagte er, und als er dieses Mal mit mir schlief, war es nicht hart und schnell an einem Baum lehnend, sondern zärtlich und süß auf dem Waldboden. Mir war es egal, ob wir es niemals in einem Bett tun würden, solange ich den Rest meines Lebens in Jakes Armen liegen konnte. Wäre der Nieselregen nicht gewesen, hätte ich nichts dagegen gehabt, stundenlang mit ineinander verschlungenen Gliedmaßen liegen zu bleiben, aber als die kalten Regentropfen größer und schwerer wurden, rannten wir zum Auto, hielten Jakes Jacke über unsere Köpfe, und ich hatte das Gefühl, wir würden in unsere Zukunft laufen.

***

»Ich kann nicht nach Hause.« Nervös lutschte ich am Daumen und saß auf dem Beifahrersitz.

»Dann komm mit zu mir. Mum ist in der Beziehung gelassen.«

Kaninchen wagten sich jetzt bei Einbruch der Dunkelheit auf den Grünstreifen trotz des Regens, der auf das Autodach prasselte und die Straße noch dunkler aussehen ließ. Jake fuhr schneller als sonst. Das Radio war auf den altmodischen Sender eingestellt, den Nancy liebte. *The Monkees* sangen »I'm a Believer«. Ich warf einen Blick auf Jakes Profil. Seine Haut glänzte, und sein Oberkörper war über das Lenkrad gebeugt, als könnte er dadurch erreichen, dass das Auto noch schneller fuhr.

»Geht's dir gut?« Ein Teil von mir fragte sich, ob er vielleicht unter Schock stand. Ob die Neuigkeiten zu viel für ihn gewesen waren. Er drehte sich zu mir, und seine Augen funkelten im Dunkeln.

»Mir ist tatsächlich ein bisschen schlecht und schwindelig. Du bist doch sicher, oder? Mit dem Baby? Ich werde wirklich Vater?«

»Ja. Halt an und schnapp ein bisschen frische Luft. Du fährst sowieso zu schnell.« Ich legte eine Hand auf meinen Bauch. Aus der Heizung blies warme Luft, aber die Windschutzscheibe war trotzdem beschlagen. Ich holte aus meiner Handtasche ein Taschentuch und versuchte, sie abzuwischen, aber ich verteilte die Feuchtigkeit nur und machte es noch schlimmer.

»Ich will einfach nach Hause. Muss das alles richtig verarbeiten. Eltern! Wir!« Das Auto machte einen Satz nach vorne, als er Gas gab und wir mit quietschenden Reifen die Kurve nahmen.

The Monkees gingen über in »Are You Lonesome Tonight?«, und Elvis Presleys Stimme klang so wehmütig, dass es fast wie ein Zeichen schien. Irgendetwas Schlimmes würde passieren.

»Jake.«

»Entspann dich. Ist schon gut.«

Sein Blick heftete sich auf meinen. Er nahm eine Hand vom Lenkrad und strich mir die Haare hinters Ohr. Seine Berührung war so zärtlich. Das Auto war erfüllt von Musik, und es fühlte sich an wie der absolut perfekte Moment, bis mich Scheinwerfer durch die Windschutzscheibe blendeten. Ruckartig drehte ich den Kopf zur Straße. Ich war wie gelähmt durch das Licht des anderen Autos, das uns auf der falschen Straßenseite viel zu schnell entgegenkam.

Alles lief wie in Zeitlupe ab. Ich weiß nicht mehr, ob ich zuerst schrie oder die Hände vors Gesicht hielt. Metall knirschte, der Sicherheitsgurt schnitt in mich, als ich nach vorne geschleudert und dann durch den sich aufblasenden Airbag zurückgedrückt wurde. Mein Kopf knallte gegen die Scheibe, und Finsternis hüllte mich ein.

* * *

Ich weiß nicht, wie lange ich ohnmächtig gewesen war, aber das Erste, was ich wahrnahm, war die erdrückende Finsternis. Es war dunkel. So dunkel. Ich konnte nichts sehen, und Panik überfiel mich. Es kostete mich alle Kraft, die Augen aufzumachen, und ich blinzelte heftig, als sie sich mit Tränen füllten.

Es war heiß. Unerträglich heiß. Beißender Rauch nahm mir den Atem, und als ich immer wieder hustete, brannte meine Lunge vom Versuch, Luft einzusaugen. Meine Rippen fühlen sich an, als würden sie zerspringen. »Jake!« Immer wieder schrie ich seinen Namen, aber ich glaube, das tat ich nur in meinem Kopf, denn ich hörte nichts. Nur für einen einzigen Augenblick herrschte absolut perfekte Stille, bevor meine Sinne wieder zum Leben erwachten. Jemand schrie, qualvolle Schreie, die ich nie wieder vergessen würde. Ich glaubte nicht, dass sie von mir kamen. Ich konnte mich nicht bewegen. Konnte nicht denken. Wo war ich? Ich war gefangen, und ich hatte Angst. Furchtbare Angst. Irgendwie sang Elvis immer noch, aber ich war mir nicht sicher, ob es echt war. Ich war mir nicht sicher, ob ich echt war. Etwas Warmes, Klebriges lief mir übers Gesicht, und als es mir von der Nase tropfte, roch ich das Blut. Jede Zelle meines Körpers schrie mich an, mich zu bewegen. Zu rennen. Doch ich konnte nicht. Jake! *Ich muss zu ihm*, aber ich konnte meinen Sicherheitsgurt nicht lösen. Ich spürte meinen Körper nicht richtig. Schmerzen hatte ich keine. Weshalb hatte ich keine Schmerzen? »Jake!« Ich versuchte, mich auf meinem Sitz zu bewegen. Ich war schwach, aber ich schob die Hände unter mich und schob mich ein wenig hoch. Und als ich wieder auf den Sitz sank, spürte ich Nässe zwischen meinen Beinen. Ich hatte solche Angst, denn ich dachte, ich hätte eingenässt.

»Jake!«

Er antwortete nicht. Ich schaute nach rechts. Seine Augen waren geöffnet, und ein blutroter Strom ergoss sich aus seiner Schläfe. Er sah aus wie aus Wachs. Reglos, und seine Reglosigkeit beschwor das Bild von meinem Vater herauf, wie er blutend und mit gebrochenen Knochen vor der Treppe lag.

Kurz berührte ich das goldene Kreuz um meinen Hals, und es kam mir in den Sinn, dass das irgendeine göttliche Strafe dafür war, was ich getan hatte.

Kapitel 51

Damals

Nick stand da und umklammerte den Griff des Messers. Die Stahlklinge funkelte im Licht. Die Schritte erreichten den oberen Flur, und eine Stimme rief: »Nick? Hast du mein Jackett gefunden?« Nick trat aus dem Badezimmer, und sein Mund öffnete und schloss sich. Stumm sah er, wie sich Verwirrung, Sorge und dann schreckliche Erkenntnis auf Richards Gesicht abzeichneten, als er Nicks Mutter auf dem Boden liegen sah.

»Angela?« Richards Stimme klang laut. Fest. Kontrolliert. Nick sackte gegen den Türrahmen und war dankbar, dass Richard einen Erste-Hilfe-Kurs gemacht hatte. Nick versprach im Stillen, ebenfalls so einen Kurs zu belegen, damit er sich nie wieder so hilflos fühlen würde. Er hielt sich beide Hände vor den Mund, als er dabei zusah, wie Richard seine Finger gegen den Hals seiner Mutter drückte. Nick hatte keinen Puls gefühlt, aber Richard wusste genau, wo er drücken musste. Er nickte und sagte: »Sie lebt.«

»Ich rufe einen Krankenwagen«, erklärte Nick, doch bevor er die Treppe erreicht hatte, hörte er seine Mutter wimmern und stöhnen. Er eilte an ihre Seite.

»Mum.« Nicks Stimme brach. »Ich dachte, du wärst ...«

»Wo ist er?« Die Stimme seiner Mutter klang krächzend, ihre Augen waren glasig. Als sie sich mühevoll aufzusetzen versuchte, presste sie eine Hand an ihre Schläfe. Scharlachrote Blutstropfen rannen ihr durch die Finger.

»Er ist nicht hier.« Nick tauschte einen besorgten Blick mit Richard und wusste nur zu gut, dass sein Vater jederzeit zurückkehren konnte. »Mum, ich hole einen Arzt.«

»Nein! Mir geht's gut.« Doch seine Mutter zuckte zusammen, als sie sich bewegte. »Er hat es herausgefunden.« Sie riss Toilettenpapier von der Rolle und tupfte damit den Schnitt in ihrer Lippe ab. »Das Geld. Er wusste, dass ich gehen würde. Ich dachte«, wimmerte sie, »ich dachte, er würde mich umbringen.«

»Ich rufe die Polizei, Angela.« Richard drückte ihren Arm. »Er wird nicht mehr in deine Nähe kommen.«

»Nein! Nicht sicher.« Sie stand auf und stolperte. Nick schlang ihr den Arm um die Taille, und sie fiel gegen ihn. Er erinnerte sich an die Zeit, als er immer seinen kleinen Körper gegen ihre Beine und den Kopf gegen ihren Bauch gedrückt hatte, um das Schreien auszublenden. »Ich will weg! Ich muss weg!« Sie wurde hysterisch, und Nick beruhigte sie, wie sie ihn immer beruhigt hatte.

»Schhh. Schon gut.«

»Es ist nicht gut.« Aber ihre Stimme klang leiser. Ruhiger. »Wir *müssen* gehen. Wenn wir in Sicherheit sind, können wir die Polizei rufen.«

»Und wohin?«

»Zu meiner Schwester. Deiner Tante. Sie wird uns aufnehmen.«

»Wohnt sie hier, Angela? Ich kann euch hinbringen.« Richard schaute auf seine Uhr. Nick wusste, dass er an die Veranstaltung dachte, zu der er gehen musste, und an die eiskalte Missbilligung seines Vaters, wenn er nicht kam.

»Es ist ungefähr eine Stunde Autofahrt«, sagte Mum.

Nick tauschte einen Blick mit Richard. Eine Taxifahrt würde ein Vermögen kosten. Geld, das sie nicht hatten.

»Richard? Könntest du mir bitte Geld leihen?« Nick hasste es zu fragen.

Richard holte tief Luft und klopfte mit den Schlüsseln gegen sein Bein, was er immer tat, wenn er nachdachte.

»Nimm die hier.« Er drückte Nick die Autoschlüssel in die Hand. »Ich habe nicht viel Bargeld dabei, und ich muss gehen. Bin ohnehin schon spät dran. Ich hole mein Jackett und nehme den Bus an der Ecke. Du bringst deine Mutter hier raus. Weg von …« Richards Blick wanderte über das Blut auf dem Boden, das Messer.

»Aber ich habe doch den Test noch nicht bestanden«, gab Nick zu bedenken, obwohl sich seine Finger bereits um den Schlüsselanhänger schlossen.

»Ich weiß, aber du bist gut genug. Du hattest einen tollen Fahrlehrer.« Nick lächelte schwach, und es gab so viel, was Nick sagen wollte, aber sein Kopf war voll mit den Sachen, die sie einpacken mussten, und dem Gedanken, dass sein Vater zurückkommen konnte. Stattdessen klopfte er Richard auf die Schulter. Manchmal brauchte es keine Worte.

»Warum habe ich von dieser Tante nie etwas gehört?«, fragte Nick. Der Regen ging sintflutartig nieder. Nick wusste, dass er seine volle Aufmerksamkeit der Straße widmen sollte, aber er war mit der Fernsehserie *Casualty* aufgewachsen, und die eigroße Beule auf der Stirn seiner Mutter sagte ihm, dass er sie am Reden halten musste. Er hatte Angst, dass sie einschlief, bevor sie ankamen. Wohin er fuhr, wusste er sowieso nicht.

»Wir hatten als Schwestern eine enge Bindung, als wir heranwuchsen«, begann seine Mutter. Wegen ihrer verletzten Lippe sprach sie undeutlich, und Nick stellte das Radio leise, damit er sie verstand. Er wollte keine Lieder hören, in denen jemand an die Liebe glaubte. Als er das zerschundene Gesicht seiner Mutter anschaute, bezweifelte er, dass er je wieder an etwas glauben würde. »Nachdem ich deinen Dad geheiratet hatte, bestand er darauf, dass wir wegzogen, und jedes Mal, wenn sie uns besuchen kam, war er unhöflich zu ihr. Allerdings drehte er es immer um und behauptete, *sie* würde ihn nicht mögen. Es war irgendwie heikel, sie im Haus zu haben. Ich besuchte sie zunächst noch, aber jedes Mal, wenn ich das vorhatte, kam etwas dazwischen. Deinem Dad ging es nicht gut, oder es war nicht genug Geld für die Zugfahrt da. Ich weiß nicht.« Mum drückte mit den Händen gegen die Rippen, zuckte zusammen und rutschte auf dem Sitz herum. Nick versuchte, beruhigend zu lächeln, als er zu ihr hinüberschaute, aber er hatte die Zähne zusammengebissen und umklammerte das Lenkrad. Fast wünschte er sich, sie lägen um den Hals seines Vaters.

»Für mich war das eine unmögliche Situation, denn ich stand zwischen beiden. Sie war der Meinung, er sei ein Tyrann, und er meinte, sie versuche mich gegen ihn aufzuhetzen. Wir standen uns einmal sehr nahe.« Mum schnaubte tüchtig, und Nick dachte, sie würde über Dad reden, doch dann sprach sie weiter. »Viele meiner Freundinnen hatten Geschwister, mit denen sie im Streit lagen, aber bei uns war das nicht so. Unsere Geburtstage lagen dicht beieinander, und wir feierten sie immer zusammen. Mum konnte uns keine zwei Partys spendieren, aber das war uns egal. In einem Jahr hatte sie sich zwei verschiedene Mottos ausgedacht – Meerjungfrauen und Prinzessinnen. Aber wir wollten das Gleiche sein und haben letztendlich die Kostüme gemischt, damit wir identisch aussahen. Ich hatte eine Flosse und eine Tiara. Diese Feier werde ich nie vergessen …« Mums Stimme wurde schwächer, bevor ihre Worte nicht mehr voneinander zu unterscheiden waren, und Nick war mehr als angespannt, als er den Kopf drehte, um sie anzuschauen. Selbst in der Dunkelheit des

Autos konnte er erkennen, wie leichenblass sie war. Wie ihre Augenlider flackerten in dem Versuch, sie offen zu halten.

»Erzähl vom letzten Mal, als du mit ihr gesprochen hast.« Nick fühlte sich furchtbar, weil er sie mit Fragen bombardierte, aber er wollte nicht, dass sie eindöste. Noch nicht.

»Sie hatte ein Haus gekauft und uns gefragt, ob wir mit einziehen wollten. Du und ich.« Sie streckte die Hand aus und berührte Nick am Arm. »Dad tobte, und dann rief *jemand* anonym ihren Chef an und erzählte ihm, sie hätte damit geprahlt, Sachen von ihrer Arbeitsstelle gestohlen zu haben. Das war eine komplette Lüge, aber sie verlor ihren Job und das Haus. Dad hat es nie zugegeben, aber ich wusste, dass er es gewesen war. Er hatte immer zu viel Angst gehabt, den Leuten direkt gegenüberzutreten.«

Nick blinkte links. Allerdings wusste er nicht genau, ob das die richtige Abzweigung war. »So ein Mistkerl.«

»Ja, aber damals habe ich Entschuldigungen für ihn gefunden. Ich dachte, wie schwer es für ihn sein musste, seinen Job und Geld verloren zu haben und auf mich angewiesen zu sein. Kein Wunder, dass er seinen Stolz verloren hatte.«

»Du kannst es beschönigen, wie du willst, aber unterm Strich ist er ein Feigling.« Nick beugte sich vor. Die Sicht war schlecht, und er kannte die Strecke nicht.

»Warum hast du Dad nicht verlassen? Wenn du sogar eine Zuflucht hattest.«

»Ich weiß es nicht.« Die Verzweiflung in der Stimme seiner Mutter erschütterte Nick bis ins Mark. »Meine Schwester war wütend und meinte, ich müsse mich zwischen ihm und ihr entscheiden. Dein Vater war lieb und meinte, sie sei eifersüchtig. Ich hätte einen Mann und sie nicht. Wenn er will, kann er sehr überzeugend sein. Eine Scheidung wäre fast eine Schande gewesen. Meine Eltern hätten das nicht mit ansehen können.

Sie glaubten, dass das Eheversprechen fürs Leben sei. Und ich auch.«

Am Rand seines Sichtfeldes bemerkte Nick, wie seine Mutter den Ehering um ihren Finger drehte. Er hoffte, sie würde ihn abziehen und aus dem Fenster in die Dunkelheit und den strömenden Regen werfen.

»Es ist nicht zu spät für dich, Mum.« Nick glaubte, dass das stimmte. »Du kannst wieder glücklich werden. Ohne *ihn*.«

»Ich gehe nicht zurück. Diesmal nicht.« Und trotz ihrer Erschöpfung und ihrer Angst klangen ihre Worte völlig überzeugt. »Ich werde einige Zeit mit meiner Schwester verbringen, und dann werde ich reisen. Mir all die Orte anschauen, an denen ich nie gewesen bin. Neues Essen probieren. Andere Kulturen kennenlernen. Ich will *leben*.« Sie atmete hörbar aus, als würde sie ihre Sehnsucht zu reisen in die Welt hinausblasen, die sie so gerne sehen wollte.

Im Radio begann Elvis zu schmachten »Are You Lonesome Tonight?«. Mum beugte sich vor, um die Lautstärke aufzudrehen.

»Das ist mein Lieblingslied«, sagte sie.

»Weißt du, wo wir sind?« Nick hatte das Gefühl, als wären sie schon ewig unterwegs. Bei fehlender Straßenbeleuchtung und draußen auf dem Land schien er seit vielen Meilen kein Straßenschild mehr gesehen zu haben. »Da ist ein Schild nach Shillacre. Kennst du das?«

Aber seine Mutter antwortete nicht. Sie hatte die Augen geschlossen und wiegte sich, versunken in der Musik, leicht auf ihrem Sitz. Versunken in einer glücklicheren Vergangenheit oder von den Zeiten träumend, die noch vor ihr lagen.

Nick drehte sich um und nahm die Karte zur Hand, die er sich vorhin angeschaut hatte. Er schüttelte sie auf seinem Schoß auseinander und suchte nach Farncaster, der Stadt, in der seine Tante Natasha lebte, aber es war zu dunkel, um richtig sehen zu können. Er schaltete für eine Sekunde die Innenbeleuchtung ein und nahm den Fuß vom Gaspedal. Er hatte Farncaster auf der Karte markiert, bevor sie losgefahren waren. Mit dem Finger fuhr er über das Gewirr von Linien und sah, dass er die Abzweigung verpasst hatte. Er musste eine Toreinfahrt oder etwas Ähnliches finden, um zu wenden.

Alles schien gleichzeitig abzulaufen. Die Stimme seiner Mutter erklomm höhere Tonlagen, als sie klar und kräftig sang, sein Fuß drückte aufs Gaspedal, weil er jetzt wusste, dass sie fast da waren, das grelle Licht der herannahenden Scheinwerfer, das furchtbar flaue Gefühl im Magen, als er den Kopf ruckartig hochriss. Die Feststellung, dass er nur für den Bruchteil einer Sekunde auf die falsche Straßenseite geraten war. Alles schien in Zeitlupe abzulaufen, und bis seine Reaktionen wieder einsetzten, war es zu spät. Da waren das Quietschen von Bremsen und der Ausdruck des Entsetzens im Gesicht der Beifahrerin in dem anderen Auto, bevor sie die Arme vors Gesicht riss. Die zusammengekniffenen Augen und der zu einem Schrei geöffnete Mund waren ein Anblick, den Nick niemals mehr würde vergessen können. Dann das knirschende Geräusch von Metall. Seine Mutter und er wurden nach vorne geschleudert und gleich darauf wieder zurückgerissen. Nicks Reflexe erwachten erneut zum Leben.

»Mum.« Fast hatte er zu viel Angst hinzuschauen. Zu viel Angst, nicht hinzuschauen. Aber als er sich zur Seite drehte, lösten sich Tränen der Erleichterung, denn der Blick seiner Mutter war auf ihn gerichtet. Trotz des Schocks in ihrem Gesicht und des Rinnsals von Blut, das ihr über die Wange lief, schien sie in Ordnung zu sein.

»Ich werde Hilfe holen«, sagte er. Er öffnete die Tür, und als er ausstieg, hörte er wegen des Jammerns, das aus dem anderen Auto kam, in dem eine Frau immer wieder *Jake* schrie, fast nicht seine Mutter.

»Warte«, sagte sie. »Du solltest nicht hier sein. Du hättest nicht fahren dürfen. Du hast keinen Führerschein, und mit deiner Bewährungsstrafe landest du im Gefängnis.« Mit kleinen ruckartigen Bewegungen wuchtete sie sich auf den Fahrersitz. »Ich werde sagen, dass ich allein war. Du musst gehen.«

»Ich lasse dich nicht im Stich.« Über Nicks Augenbraue war eine Schnittwunde zu sehen. Er wischte sich das Blut aus dem Auge. Nick wusste, dass er bleiben sollte. Er wollte bleiben. Aber hatte seine Mutter recht? Sollte er fliehen? Der Klang von Elvis' Stimme wurde übertönt von einem Getöse in Nicks Ohren, das immer lauter wurde. Das Wort *Gefängnis* wirbelte unaufhörlich in seinem Kopf herum.

Das Letzte, was er hörte, war seine Mutter, die ihn aufforderte: »Renn weg.« Und zu seiner ewigen Schande tat er das auch.

Kapitel 52

Damals

Da waren Schatten an der Decke, als mich das Bewusstsein wachrüttelte. Dunkle bösartige Kreaturen mit schnappenden Mäulern und geblähten Nüstern. Mein Krankenhaushemd kratzte. Winzige Spinnen huschten über meine Haut. Ich legte die Hände auf meinen Bauch, als könnte ich die Monster in Schach halten, mein Baby beschützen, aber ich wusste, dass eines von ihnen in meinen Kopf geschlüpft war, während ich schlief, und mir zugeflüstert hatte, dass es zu spät für Jake sei. Das Bild von ihm, zusammengesunken auf seinem Sitz, die Augen aufgerissen, der leere Blick, war kaum zu ertragen, aber der Schlaf wartete, und ich flüchtete mich in seine Arme, die mich warm und weich umfingen.

Als ich wieder aufwachte, saß Mum neben mir und fingerte am Saum ihres Kleides herum.

»Wie geht es dir?«, fragte sie, aber ich konnte nicht antworten, sondern heftete meinen Blick auf den durchsichtigen Plastikkrug neben meinem Bett. Sie goss Wasser in einen Becher und stützte meine Kissen ab, damit ich schlückchenweise trinken konnte. Ihre Berührung war so zärtlich, so unerwartet, dass sie Erinnerungen in mir wachrief, in denen ich als Kind auf dem

Sofa lag. Mit entzündetem Hals und hohem Fieber. Mein Kopf hatte auf ihrem Schoß gelegen, und sie hatte mir über die Stirn gestrichen. Die Zeit war vergangen, als ich zwischen Schlafen und Wachen dahingetrieben war, und wir mussten stundenlang so verharrt haben, bis sich Dads Schlüssel im Türschloss drehte und Mum in die Küche eilte, um das Abendessen zuzubereiten. Und zum ersten Mal fiel mir auf, dass sie mich liebte.

»Mum.« Ich wusste nicht, was ich sagen wollte. Ich wusste nicht, was ich wollte, dass sie sagte, aber sie schwieg und hantierte stattdessen hektisch mit dem Wasser herum, von dem etwas verschüttet worden war, das sie mit Papiertüchern wegwischte.

»Mum«, sagte ich wieder. Dieses Mal lauter.

Wieder folgte eine schmerzliche Pause, bis Mum langsam und vorsichtig sagte: »Es gab einen Unfall.« Durch das Weiße in ihren Augen zogen sich winzige Blutgefäße, als hätte sie lange Zeit geweint.

»Aber ich werde wieder gesund.« Ich veränderte meine Position im Bett. Mein Körper fühlte sich schwer an.

»Ich spreche von Dad. Er ist gefallen. Die Treppe hinunter. Während du mit Jake aus warst. Dieser lose Teppichboden, den er nie festgeklebt hat, nehme ich an.« Sie schaute mich nicht an.

»Aber es geht ihm gut?«

Wortlos schüttelte sie den Kopf, und ich tastete nach ihrer Hand, aber sie zog sie außer Reichweite. Ich spürte kein Schuldgefühl oder Bedauern oder irgendetwas, was ich erwartet hatte. Jedenfalls nicht zu dem Zeitpunkt. Alles, was ich fühlte, war Taubheit.

»Die Polizei will mit dir reden«, sagte sie. »Sie werden wahrscheinlich später vorbeikommen. Wegen des Autounfalls wollen sie auch mit dir sprechen. Aber ich habe ihnen schon von dem losen Teppichboden erzählt. Und dass du außer Haus warst, als es passiert ist.« Sie stand auf.

»Geh nicht!«, rief ich, als sie auf die Tür zuging, aber mir fehlten die Worte, um sie zurückzuholen. Sie blieb stehen, und ihre Hand schwebte über dem Türknauf.

Dann senkte sie den Kopf, und ihre Stimme war wegen des Klapperns der Rollwagen draußen auf dem Flur kaum zu hören. »Ich glaube, es ist besser, wenn du nicht nach Hause kommst, Kat. Wenn du hier rauskommst. Ich habe ein paar Kleidungsstücke mitgebracht.«

»Warum?«

»Du weißt, warum.« Sie drehte sich um und hielt mich mit ihrem Blick fest, der weißglühend brannte. Und diesmal war ich es, die sie nicht anschauen konnte. »Du darfst es nicht erzählen, Kat.«

Als die Tür hinter ihr ins Schloss fiel, wurde mir klar, dass sie wusste, was ich getan hatte. Und wenn ich ging, waren wir die Einzigen, die es wussten. Sie schenkte mir die Freiheit, und ich war zum zweiten Mal an diesem Tag sicher, dass sie mich liebte. Doch das war nur ein schwacher Trost.

Der Arzt stand vor dem Fenster. Ein Sonnenstrahl verlieh ihm einen bronzefarbenen Glanz und ließ ihn fast wie einen Gott aussehen. Er redete, aber es war so, als schaute ich einen ausländischen Film ohne Untertitel an.

»Wir haben natürlich eine Kürettage gemacht, als Sie eingeliefert wurden ...«

»Eine was?«

»Eine Ausschabung. Dabei entfernen wir Gewebe aus der Gebärmutter. Das CT hatte gezeigt, dass immer noch Gewebe vorhanden war.«

Langsam ging mir ein Licht auf, und mir wurde schlecht. Mein Krankenhausbett drehte sich unaufhörlich, und ich hielt mich an den Seiten fest, um nicht herauszufallen.

»Verstehen Sie, was passiert ist, Miss White?«

»Nein«, sagte ich, ohne zu zögern, denn wenn ich vorgab, es nicht zu verstehen, war es vielleicht nicht wahr. Es konnte nicht wahr sein. Doch das war es.

Ich hatte mein Baby verloren. Zusammen mit Jake.

Ich war ganz allein.

Er erklärte es mir noch einmal, bevor er auf seine Uhr schaute, davoneilte und mich in dem kalten, sterilen Zimmer mit den Monstern an der Decke und meinen düsteren Gedanken zurückließ.

Ohne eine Träne zu vergießen und stumm vor Trauer, rollte ich mich zusammen, während sich die Stunden hinzogen und ineinander verschwammen. Ich wandte der netten Krankenschwester mit den blonden Locken den Rücken zu, als sie tröstende Worte murmelte, die ich nicht hören wollte. Floskeln wie *völlig gesund werden* und *zukünftige Schwangerschaften* sprangen mich mit scharfen Krallen an, aber ich spürte immer noch nichts.

Irgendwann wurde mir ein schreiender Säugling auf einer entfernten Station zum Verhängnis. Ein Ansturm von Tränen und Reue und Scham ergoss sich über mich, während die Monster in meinem Kopf unaufhörlich lachten und mir prophezeiten, dass ich es immer hören würde. Das verlorene Baby. Mein Baby. Dass ich es nicht anders verdiente.

***

Tage später, als ich mich anzog, um das Krankenhaus zu verlassen, fand ich einen Umschlag in der Tasche mit der Kleidung, die Mum mir gebracht hatte. Darin befanden sich fünftausend Pfund. Genug, um neu anzufangen. Als ich das Krankenhaus verließ und die Reihe von Krankenwagen das grelle Sonnenlicht reflektierte, fühlte sich die Welt zu groß an. Ich war zu klein und von der Trauer verunstaltet. Und ich wusste, dass ich sie immer noch in mir hatte, die Dunkelheit. Was ich jedoch nicht wusste, war, dass das Narbengewebe von der Ausschabung es unmöglich für mich machen würde, noch einmal schwanger zu werden. Hätte ich es zu dem Zeitpunkt gewusst, wäre ich wahrscheinlich völlig zusammengebrochen.

Kapitel 53

Jetzt

Es ist das Tropfen des Wasserhahns in der Küche, das mich in die Gegenwart zurückbringt. Nick und ich waren auf dem Küchenboden zusammengesackt, als hätte uns das Aussprechen der Wahrheit schwerer und nicht leichter gemacht. Schließlich bin ich es, die zuerst spricht.

»Du hast Jake umgebracht. Und mein Baby.« Ich fauche die Worte. Die Wut verfängt sich in meiner Kehle.

Nick reibt seine Narbe, und dadurch bricht mein Zorn los.

»Du erwartest von *mir* verdammtes Mitleid, weil du eine Schnittwunde am Kopf davongetragen hast? Dieser Unfall hat Jake das Leben gekostet. Er hat mich unfruchtbar gemacht.«

»Es tut mir so leid.« Seine sinnlose Entschuldigung verkrallt sich in meiner Brust, wühlt sich in mein rasendes Herz, das aus dem Brustkorb zu brechen droht, um frei über den Küchenboden zu rutschen, wo es mit uns in den Scherben unserer Ehe sitzen wird.

»Du wusstest es? Wusstest, dass ich es war?«

»Ja.«

»Hast du mich geheiratet, weil du Schuldgefühle hattest? Aus Mitleid? Hast du mich überhaupt geliebt?«

»Kat, ich liebe dich. Wirklich.« Er greift nach meiner Hand, aber ich ziehe sie weg.

»Es war eine Lüge. Alles war eine Lüge.« Mir ist schwindelig, als ich kurz und scharf durch die Nase atme.

»Nein!«

»Wie schnell hast du bemerkt, dass ich es war?«

»Sobald ich dich auf der Hauptstraße gesehen habe. Dein Gesicht hatte ich nie vergessen können. Ich habe gewartet, bis du aus der Zeitarbeitsfirma kamst, bin direkt hineingegangen und habe dich für die Wohltätigkeitsorganisation engagiert.«

Ich spüre Druck in meinem Kopf. Tausend Finger drücken gegen die Schläfen.

»Ich habe niemals erwartet, mich in dich zu verlieben, Kat. Aber es ist geschehen. Ich liebe dich wirklich. Zuerst wollte ich nur irgendwie etwas gutmachen. Dir einen Job geben. Richard hatte mir dabei geholfen, das erste Investitionsobjekt zu kaufen, und ich war so erfolgreich, als der Markt boomte. Das erschien mir nicht gerecht. Du brauchtest auch Hilfe. Ich wollte dich wieder auf die Beine bringen.«

»Das kannst du *nie* wiedergutmachen.«

»Ich weiß.« Nick rutscht zurück, bis er mit dem Rücken am Schrank unter der Spüle lehnt. »Ich habe die letzten zehn Jahre jeden Tag mit dem gelebt, was ich getan habe. Aber dass du hierhergezogen warst ... Das schien Schicksal zu sein. Fast vorherbestimmt.«

»Sag das nicht!« Ich stürze mich auf ihn, schlage mit den Fäusten gegen seine Brust. »Sag das nie wieder!« Ich prügele meine Wut heraus, bis ich erschöpft bin. Gebrochen. Ich liege auf dem Rücken, starre auf die Strahler, bis ich nur noch unzählige Punkte sehe.

»Warum erzählst du mir das jetzt?« Meine Stimme klingt dumpf, als wäre es mir egal, aber das ist es nicht. Fast wünschte ich, es nicht zu wissen – Wissen kann nicht zurückgenommen werden, oder? Nach heute Abend wird nichts mehr so sein wie bisher.

»Seinetwegen.« Nick macht eine nickende Kopfbewegung, und ich stöhne. Fast hätte ich ihn vergessen.

»Aaron? Woher weißt du ...?«

»Das ist nicht Aaron«, sagt Nick mit Gewissheit.

Verwirrt rolle ich mich herum, krabbele auf allen vieren hinüber und drehe den Kopf der Gestalt auf dem Boden zu. Nick hat recht. Dieser Mann ist älter als wir, vielleicht in den Fünfzigern. Ich schaue ihn mir genau an. Seinen grau melierten Bart. Es der Mann, der unser Haus beobachtet hat.

»Wer ist das?«, frage ich.

»Mein Dad.«

Ich hocke mich auf die Fersen, und für einen Moment hört man in der Stille, die sich unter dem Gewicht all meiner Fragen ausdehnt, nur den tropfenden Wasserhahn.

»Dein Dad?« Ich habe Mühe zu verstehen. »Der Vater, von dem du sagtest, er sei tot?« Ich kann meinen Blick nicht von dem Mann auf dem Boden abwenden. Das ist mein Schwiegervater? Der Gestank billigen Alkohols zwingt mich, den Kopf wegzudrehen, als ich zwei Finger an seinen Hals drücke. »Immerhin lebt er. Wir müssen einen Krankenwagen rufen, Nick. Egal, was er getan hat, er ist immer noch dein Dad. Ich kann nicht glauben, dass du mir erzählt hast, er sei tot.«

»Du hast mir auch nicht die Wahrheit über deinen Vater erzählt«, faucht er zurück, als er seinen Dad in eine stabile Seitenlage bringt.

Ich stöhne leise und knicke in der Taille ab, als könnte ich mich vor dem, was ich getan habe, verstecken.

»Ich hab's nicht so gemeint, Kat. Es war ein Unfall. Du kannst dir dafür nicht die Schuld geben.«

Kann ich doch. Sollte ich. Tue ich.

»Lass uns ein bisschen warten, bevor wir Hilfe holen«, meint Nick. »Er stinkt nach Fusel. In diesem Zustand habe ich ihn schon ganz viele Male gesehen. Er kommt schon wieder zu sich.«

»Mein Dad nicht«, sage ich leise.

Mit den Jahren war es einfach geworden, so zu tun, als wäre es irgendwie nicht ganz real. Als würden meine Eltern noch im selben Haus leben. Als hätte ich beschlossen, sie nicht mehr zu sehen. Nick die Wahrheit zu sagen hatte daraus etwas anderes gemacht. Etwas Schlimmeres. Ich bin eine Mörderin. Ich kann den gleichen Fehler nicht noch einmal wiederholen. Werde ich auch nicht. Die Fragen, die ich an Nick habe und die sich in meinem Kopf mit Lichtgeschwindigkeit vervielfachen, werden warten müssen.

»Wir müssen einen Krankenwagen rufen, Nick. Er mag zwar betrunken sein, aber er hat sich den Kopf angeschlagen.«

»Er hat doch eine Mütze auf. Das hat den Schlag bestimmt gedämpft.«

»Es hörte sich nicht an, als …«

»Schh. Ich muss nachdenken«, sagt Nick, aber was er wirklich meint, ist, dass er sich eine Ausrede einfallen lassen muss.

»Da gibt es nichts nachzudenken …« Ich rappele mich auf, aber dann fällt mir ein, dass es tatsächlich einiges gibt, worüber man nachdenken muss.

Lisa ist immer noch im Keller eingesperrt.

KAPITEL 54

Jetzt

»Ist das dann alles?« Ich kann meinen Blick nicht von Nicks Dad abwenden und schaue ständig auf das beruhigende Heben und Senken seines Brustkorbs. »Oder taucht deine Mutter womöglich auch noch auf?« Meine Stimme klingt gehässig. Etwas, was ich gar nicht kenne. Eine Dunkelheit, die unter der Oberfläche schwelt.

»Nick«, sage ich bissig, als er nicht antwortet. »Wo ist deine Mutter?«

»Mum ist tot.« Er lässt den Kopf in die Hände sinken, und der Klang seiner brüchigen Stimme, sein gebrochener Anblick, hält das Dunkle in Schach. Obwohl er alles, von dem ich glaubte, es sei echt, zerschmettert und mich mit der bruchstückhaften Wahrheit bis ins Mark getroffen hat, will ich ihn instinktiv trösten. Doch ich tue es nicht. »Der Autounfall hat sie getötet.«

Ich bin überrascht. »Der Polizeibeamte, der mich befragt hat, sagte, dass nur Jake gestorben sei.«

»Sie ist nicht am Unfallort gestorben. Sie hatte einen Schlaganfall. Das ist gar nicht so selten nach Kopfverletzungen.«

»Deshalb die Wohltätigkeitsorganisation?« Ich versuche, mich auf das zu konzentrieren, was Nick sagt. »*Stroke Support* hatte mit dir zu tun?«

»Ja.«

»Also war der Schlaganfall von Richards Großmutter gar nicht der Grund? War das eine *weitere* Lüge?« Ich bin kaum in der Lage, über andere ein Urteil zu fällen, aber ich kann einfach nicht anders.

»Mum ist vor zwei Wochen gestorben.«

Ich habe das Gefühl, mir hätte jemand ins Gesicht geschlagen. Es kommt mir merkwürdig vor, aber von allem, was ich heute Abend erfahren habe, verletzt mich das am meisten. Die ganze Zeit hatte Nick eine Mutter gehabt, die ihn liebte. Die mich vielleicht geliebt hätte. Eine Familie. Seltsamerweise gebe ich ihr keine Schuld. Ich fühle mich mit ihr verbunden. Sie war die andere Beifahrerin bei dem Unfall und muss die gleiche kalte, harte Angst gespürt haben wie ich, als unsere Autos aufeinander zurasten. Sie war nicht diejenige gewesen, die mich belogen hatte.

»Sie hat die ganze Zeit gelebt? Warum hast du mir nichts von ihr erzählt? Warum habe ich sie nicht kennengelernt?«

»Sie hatte einen Hirnschaden, konnte nicht mehr sprechen. Wusste nicht einmal mehr, wer ich war. Es hätte wenig Sinn gemacht, sie dir vorzustellen.«

»Aber trotzdem…«

»Wenn ich dich mit zu ihr genommen hätte, hättest du eine Erklärung verlangt. Ich wollte nicht, dass du mich hasst.« Aus seiner Stimme klingt Reue und noch etwas anderes. Vielleicht Angst.

Aber ich kann ihm nicht versichern, dass ich ihn nicht hasse. Ich kenne ihn nicht einmal. Er ist ein Fremder für mich, dieser Mann, dem ich versprochen hatte, den Rest meines Lebens mit ihm zu verbringen. Dieser Mann, der mir die Chance entrissen hatte, ein eigenes Kind zu haben. Heiße, saure Bitterkeit brennt mir in der Kehle.

»Und wer hat sich um deine Mum gekümmert? Du offensichtlich nicht.« Ich werde von dem Bedürfnis verzehrt, alles über sie zu wissen. Die Frau, die ihren Sohn beschützt hat.

»Sie war jahrelang in einem Pflegeheim. Ich habe jeden Monat dafür gezahlt.«

Die Kontoauszüge. Die regelmäßigen Zahlungen. Überhaupt kein Unterhalt. »Also ist Ada nicht deine Tochter?«

»Ada? Natürlich nicht. Wie kommst du darauf?« Nick schüttelt den Kopf, als würde ihn nichts mehr überraschen.

»Aber du hast Clare Blumen geschickt. Dein Schal war bei ihr. Du hast dich mit ihr getroffen.«

»Sie hat mir dabei geholfen, die Überraschungsparty für deinen dreißigsten Geburtstag vorzubereiten – das ist alles. Sie hat großartige Arbeit geleistet. Hat mit Lisa gesprochen, herausgefunden, was dir gefallen würde. Das Motto hätte *Desperate Housewives* geheißen. Ich habe sie Kunden als Partyplanerin vorgeschlagen. Sie grast gerade richtig ab, und alles bar auf die Hand.«

»Du warst so fahrig. Ich dachte, du hättest eine Affäre.«

»Wie bist du denn darauf gekommen? Ich habe dir nie einen Grund dafür gegeben, mir nicht zu vertrauen ...« Nick hält sich die Hände vor den Mund und atmet tief durch die Nase ein, als wäre ihm gerade die Lächerlichkeit seiner Worte bewusst geworden.

Ich lasse das Thema nicht fallen. Der Regen peitscht gegen das Fenster, und der Wind heult. Es ist der Abend der Wahrheit. »Du bist zweimal über Nacht weggeblieben.«

»Mums Zustand hat sich am ersten Weihnachtsfeiertag verschlechtert. Meine Tante Natasha schickte mir eine SMS.«

»Deine Tante?« Natasha, die ihn mit SMS bombardiert hatte, als wir uns kennenlernten. Sie war überhaupt nicht seine Ex-Freundin.

»Ich habe Mum besucht. Nachdem Lisa die Fehlgeburt hatte und du weggefahren warst, habe ich die Gelegenheit genutzt und bin nach Farncaster ins Pflegeheim gefahren. Ich habe sie nicht wiedererkannt. Meine eigene Mutter.« Nicks Stimme klingt tränenerstickt. »Ich musste zur Rezeption zurück und nachfragen, ob ich im richtigen Zimmer gewesen war.« Wieder weint er, und meine Gefühle kämpfen in mir, als der Drang, ihn zu trösten, von dem Wissen gemildert wird, welch nicht wiedergutzumachenden Schaden er mir zugefügt hat. Uns zugefügt hat.

»Die Quittung im Wäschekorb«, sage ich fast zu mir selbst. Ich hatte gewusst, dass etwas faul war, es aber nicht genau ausmachen können. Das Café, in das ich gegangen war, hieß *The Coffee House* und nicht *The Farncaster Bean Café*. Die Quittung gehörte Nick.

»Das Geschäft war also nie in Schwierigkeiten?«

»Nein. Tut mir leid. Ich wusste nicht, was ich sonst hätte sagen sollen, um zu erklären, dass ich wegfahre.«

»Ich habe geglaubt, du hättest eine Affäre.«

»Das würde ich dir niemals antun!« Nick sieht so empört aus, dass ich fast lachen muss. Glaubt er wirklich, es wäre der schlimmste Betrug, mit jemand anderem zu schlafen?

»Ich wollte dir davon erzählen, als Mum starb. Bei der Beerdigung hätte ich dich an meiner Seite gebraucht, aber ich wusste nicht, wie ich es dir ohne noch mehr Lügen sagen sollte. Ich habe es so satt, Dinge zu verheimlichen.«

»Das zweite Mal, als du weg warst. War das die Beerdigung?«

»Natasha hat darauf bestanden, sie zu organisieren. Sie hat mich auch nicht zahlen lassen, aber es war meine Pflicht, oder? Ich habe ihr einen Umschlag mit Geld dagelassen.«

»Hast du das Geld aus dem Safe genommen?«

»Ja.«

Mir fällt ein, was ich fand, als ich nach dem Geld suchte.

»Der Teddybär? Der Ring?«

»Der Bär gehörte mir. Teddy Edward.« Der Hauch eines Lächelns umspielt Nicks Lippen. »Der Ring gehörte Mum. Es war der erste Ring meiner Großmutter. Wir können ihn weitergeben. Wenn es ein Mädchen ist. Wenn du immer noch willst …« Nick schlägt sich mit der flachen Hand vor die Stirn. »Ich bin blöd. Natürlich willst du mich jetzt nicht mehr«, sagt er, und trotzdem sehe ich Hoffnung in seinen Augen, als er mich anschaut.

Ich sage ihm nicht, dass ich ihn noch will. Das kann ich nicht.

Von Nicks Vater ist ein Stöhnen zu hören. Er bewegt sich. Ich glaube, er kommt zu sich.

»Natasha hat *ihm* von der Beerdigung erzählt.« Nick macht eine Kopfbewegung in Richtung seines Vaters. »Sie sagte, er habe ein Recht, es zu wissen, aber sie sagte ihm auch, dass er nicht willkommen sei. Gestern hat er mich abgepasst, als ich aus dem Büro kam. Er sagte, er habe auf unsere Türschwelle am Tag der Trauerfeier einen Kranz gelegt, dachte, ich würde ihn mitnehmen, aber ich war schon weg. Als könnte ein verdammter Kranz all die Jahre des Kummers wiedergutmachen, die meine Mum seinetwegen durchgemacht hat.«

»Der Kranz war also gar nicht für mich?« Die ganze Zeit hatte ich gedacht, Lisa wäre auf Rache aus. Oder ihre Eltern. Oder sogar meine Mutter, nachdem ich vor meinem alten Haus angehalten und gesehen hatte, dass sich die Gardine bewegte. Hatte mir vorgestellt, wie sie dahinterstand. Hatte ich wirklich alles so missverstanden?

»Kevin, also *er*«, fuhr Nick fort und warf seinem Vater böse Blicke zu, »sagte, er habe seit Jahren Kontakt mit mir aufnehmen wollen, aber nicht gewusst, wie, bis es Mum schlechter ging und jemand vom Pflegeheim ihm unsere Festnetznummer und Adresse gegeben habe. Er erzählte mir, er habe hier angerufen.«

»Aber er hat aufgelegt, wenn ich mich gemeldet habe«, fülle ich die Lücken.

»Er hat darauf gewartet, dass ich ans Telefon gehe. Ein paarmal ist er zum Haus gekommen. Wahrscheinlich nur, wenn er betrunken war und ein schlechtes Gewissen hatte. Er war zu feige, dir zu sagen, wer er war.«

»Er muss derjenige gewesen sein, der durchs Fenster geschaut und mich beim Schlafen beobachtet hat.«

»Er hoffte, mich zu sehen.«

»Hat er das Buch geschickt? *Wie man mit dem Tod fertigwird*. Ich dachte, es sei wegen Jakes Todestag oder wegen des Todes meines Vaters. Ich dachte, irgendjemand ...«

»Das habe ich bestellt. Ist es gekommen? Ich habe Schwierigkeiten.« Nick scheint vor meinen Augen zu schrumpfen. »Ich träume jede Nacht von Mum. Wie sie mir immer eine Gutenachtgeschichte vorgelesen hat, egal, wie spät sie auch nach Hause kam. Mit rauen roten Händen vom Putzen blätterte sie die Seiten um. Und sie roch immer nach Bleichmitteln. Ich kann nicht glauben, dass es sie nicht mehr gibt.«

Das Buch war für Nick. Der Aufkleber auf dem Päckchen war vom Regen feucht gewesen und hatte sich abgelöst. Nur unser Nachname und unsere Adresse waren lesbar. Ich hatte angenommen, es sei an mich geschickt worden. Ich hatte zu viel angenommen.

Nick wischt sich mit dem Ärmel über die Augen. »Dad hat gesagt, dass es ihm alles leidtäte, aber es ist zu spät, oder?« Das ist eine Feststellung, keine Frage. »Er hätte nicht herkommen sollen. Es ist alles seine Schuld.«

Ich schaue auf Nicks Vater, der ausgestreckt auf dem Boden liegt, und frage mich, was geschehen wäre, wenn er sich keine Rückenverletzung zugezogen und seinen Job nicht verloren hätte. Wir alle hätten einen anderen Weg eingeschlagen. Jake wäre vielleicht noch hier. Wir hätten eine glückliche drei- oder vierköpfige Familie sein können. Es ist fast unbegreiflich, wie die Handlungen eines völlig Fremden mein Leben geprägt haben. Der Schmetterlingseffekt. Es braucht nur einen Flügelschlag, und schon sind so viele Leben ruiniert. Meins eingeschlossen.

»Wolltest du eigentlich je eine Familie, Nick? Oder hast du versucht, das zu ersetzen, was ich verloren habe?« Meine Kehle brennt, als ich die Bitterkeit herunterschlucke. »Was du mir genommen hast.«

»Natürlich will ich die. Es war furchtbar mit anzusehen, wie weh es dir getan hat, als die Adoptionen gescheitert sind. Ich fühlte mich so machtlos. So verantwortlich.«

»Wenn wir es hier mit einer Adoption versucht hätten ...« Ich glaube einfach, dass es irgendwie anders gewesen wäre.

»Kat. Bei einer Adoption im Ausland gab es zwar viel Bürokratie, aber zumindest hat nur Richard die Papiere ausgefüllt, und wir haben unterschrieben. Aber hier, mit den ganzen persönlichen Interviews, den Hausbesuchen, wäre es unvermeidbar gewesen, dass du von meiner einfachen Körperverletzung erfahren hättest. Und um ehrlich zu sein, als wir damals das Kinderheim besucht und Dewei kennengelernt haben, da konnte ich mir nicht vorstellen, einem Kind mit solch einem familiären Hintergrund kein Zuhause zu geben.«

Ich nicke. Es ist die erste Sache, der ich zustimme. Ich spüre immer noch die Schwere des Verlustes von Dewei in meinem Herzen, sein Gewicht in meinen Armen. Ich erinnere mich nach wie vor an die Reihen von Kinderbetten, die in das winzige Zimmer gepfercht waren. Das endlose Geschrei. Den Geruch von Fäkalien und Verzweiflung.

»Ich war am Boden zerstört, als Dewei an eine andere Familie ging. Nach Mai ... Das war fast nicht zu ertragen. Ich beschloss, dass es doch besser sei, ein Kind aus dem eigenen Land zu adoptieren, und wollte dir sagen, dass ich vorbestraft war, aber dann schlugst du die Leihmutterschaft vor, und das schien, na ja, es schien die bessere Option zu sein. Und es klappt ja auch gut, oder?«

Seine Frage ignorierend, wandern meine Gedanken zurück zu unserem feierlichen Abendessen im *The Fox and Hounds*. Uns war schwindelig vom Champagner und von der Hoffnung. Das scheint alles so lange her zu sein.

»Hat Richard die Adoptionen sabotiert?«

»Um Gottes willen nein! Er hat hart gekämpft und sogar von seinem eigenen Geld angeboten, um Dewei hierherzubekommen. Wir sind ihm wirklich nicht gleichgültig. Er war nur immer auf der Hut, weil ich mit dir zusammen war und uns meine Vergangenheit einholen konnte. Und vergiss nicht, dass er die Polizeibeamten belogen hat, indem er behauptete, er habe Mum an dem Abend sein Auto geliehen, und sie sei allein gewesen.«

Der Betrug schlug Wellen.

»Als du mir erzählt hast, dass Lisa Jakes Schwester sei, war Richard zutiefst unglücklich über die Verbindung. An dem Tag, als wir alle zusammen zu Mittag gegessen haben, hat er mit Lisa im Garten geredet, sie beschuldigt, sie sei nur aufs Geld aus. Er wies sie an, uns bis zu den Wehen fernzubleiben, oder er würde die zusätzlichen Zahlungen stoppen. Er wollte nicht ... Es tut mir so leid. Ich weiß, wie sehr du an der Schwangerschaft teilhaben wolltest.«

»Es gibt keine Schwangerschaft«, sage ich barsch und sehe den Schmerz in Nicks Augen. Mir wird klar, wie sehr auch er ein Baby wollte. »Du kommst besser mit mir.«

»Wohin?«

Doch ich antworte nicht.

Nick folgt mir in den Flur. Ich öffne die Tür zum Keller. Es ist dunkel. Ruhig.

»Was soll das?«

»Schh«, mache ich. Angst überkommt mich, und ich weiß nicht genau, weshalb, aber ich kann fast spüren, dass etwas mit Lisa passiert ist. Ohne nachzudenken, eile ich die Treppe hinunter und muss mich gerade auf der Hälfte befinden, als ich den Halt verliere und ausrutsche. Ein markerschütternder Schrei voller Schmerz erfüllt den Keller. Mein Mund ist jedoch geschlossen.

Ich bin es nicht, die schreit.

Kapitel 55

Jetzt

Alles scheint in Zeitlupe abzulaufen. Meine Hände greifen ins Leere, als ich die Stufen hinunterstürze. Für eine Sekunde sehe ich meinen Dad fallen, höre das abscheuliche Krachen, als er unten vor der Treppe aufschlägt. In meinem Knie spüre ich einen stechenden Schmerz, als ich unbeholfen aufkomme, sowie ein merkwürdiges Gefühl des Schwebens, aber ich taumele zurück in die Realität, als er wieder erschallt.

Der Schrei.

Lisa liegt auf dem Sofa auf dem Rücken. Die Beine gespreizt.

»Lis?« Ich krabbele zu ihr.

»Es kommt.«

»Es?« Ich werde nicht schlau aus dem, was sie mir erzählt. Mein Kopf dröhnt, wo er gegen das Geländer geknallt ist.

»Das verdammte Baby!«, brüllt sie, und ich bin misstrauisch. Freudig erregt. Verwirrt.

»Es gibt ein Baby? Du hast es wirklich getan? Die Leihmutterschaft? Gott, es tut mir so leid, Lis, dass ich es angezweifelt habe.«

»Ich bin noch nicht bereit.« Lisas Verzweiflung breitet sich aus wie Wellen in einem Teich.

Ich merke, dass sich Nick hinter mir herumdrückt, und spüre, wie sich seine Panik meiner anpasst.

»Es sollte doch jetzt noch gar nicht kommen«, sage ich, als könnten meine Worte etwas daran ändern. Ich kann nicht glauben, was gerade geschieht.

Lisa sagt nichts mehr. Ihr Gesicht ist hochrot, der feuchte Pony klebt ihr auf der Stirn. Der ganze Raum stinkt nach Schweiß. Sie keucht, und ich streiche ihr übers Haar, lasse sie nach meiner Hand greifen.

Es gibt ein Baby.

»Ruf den Krankenwagen, Nick.«

»Es dauert doch ewig, bis in dieser ländlichen Gegend einer kommt. Das letzte Mal, als jemand im Dorf einen brauchte, war er erst nach einer verdammten Stunde da. Wir sollten sie lieber im Auto ins Krankenhaus bringen. Kannst du aufstehen, Lisa?«, fragt Nick.

»Nein. Ich spüre schon den Kopf.« Lisa weint.

»Ich schaue nach«, schlage ich vor.

Nick dreht sich zur Wand, als ich Lisa den Slip herunterziehe. »Sie hat recht. Wir haben keine Zeit mehr, sie irgendwohin zu bringen.«

»Mist!« Lisa wirft den Kopf in den Nacken und brüllt: »Ich kann das nicht! Ich kann nicht!«

»Doch. Du kannst das.« Ich spüre gegenüber Lisa eine Woge der Zuneigung. »Wir können das. Zusammen. Schau mich an.«

Sie dreht den Kopf, und ihre Augen sind voller Tränen. Wir sind verbunden in diesem Moment, in jedem Moment, der vorher gewesen war. Schulaufführungen, in denen sie mir zugejubelt hatte, Prüfungen, für die ich mit ihr gelernt hatte, missratene Haarschnitte, Geburtstagsfeiern, die erste Liebe, der erste Verlust. Immer zusammen, und all das hatte hierhergeführt. Ich bin fassungslos, aber ich kann es mir nicht erlauben, hier herumzustehen und darüber nachzudenken, wie ich sie falsch eingeschätzt habe.

»Nick.« Ich bin zurück in der Realität. »Bring heißes Wasser, Handtücher und eine Schere. Und etwas Warmes, um das Baby einzuwickeln.«

Er eilt die Treppe hinauf, und als er weg ist, sagt Lisa: »Kat. Es gibt da ein paar Dinge, die muss ich dir erzählen ... Verdammt! Das tut weh.«

Meine Rückenmuskeln schmerzen, als ich mich über sie beuge und mich an die vielen Male erinnere, die ich *One Born Every Minute* im Fernsehen geschaut habe. Ich beiße die Zähne zusammen, als ich den Kopf des Babys in den Händen halte und auf die nächste Wehe warte. Lisa hört nicht auf zu plappern. Zu schreien. Zu heulen. Und ich versuche nicht, sie zu lenken. Ihr Körper weiß, was zu tun ist, und sie wird es auf jede ihr mögliche Weise schaffen.

Ich habe das Gefühl, es dauert eine Ewigkeit, bis Nick mit dem siedenden Wasserkocher, aber ohne Schüssel zurückkommt. Die Handtücher aus dem Badezimmer sind feucht, weil wir sie benutzt haben, aber ich schicke ihn nicht zurück, um andere zu holen. Es ist fast geschafft. Lisa redet nicht mehr, jammert und ächzt. Ich weise Nick an, ihre Hände zu halten, und er schreit auf, als sie seine zu fest drückt.

Mit einem letzten kehligen Aufschrei presst Lisa, und das Baby rutscht in meine Arme. Obwohl es mit blutigem Schleim bedeckt ist, habe ich noch nie so etwas Schönes im Leben gesehen.

Aber es ist still. Reglos. Blau.

Es atmet nicht.

Merkwürdigerweise bin ich plötzlich ruhig. Im Fernsehen habe ich genug Geburten gesehen, um meinen Finger zwischen die Nabelschnur und den Hals des Babys zu schieben. Luft wird eingesogen, ein zittriger Atemzug. Ein durchdringender Schrei, und ich habe noch nie etwas so Entzückendes gehört. Er ist klein, aber nicht beängstigend klein. Perfekt geformt.

»Es ist ein Junge, Lis.«

Nick reicht mir die Schere, und ich schneide vorsichtig die Nabelschnur durch. Dann wickele ich das Baby in die flauschige Decke mit der Giraffe in der Ecke, die Nick aus dem Kinderzimmer geholt hat.

»Lis?«

»Etwas stimmt nicht mit mir, Kat.«

Plötzlich kommt Blut. Zu viel Blut. Lisas Lunge rasselt, und sie ist kalkweiß.

»Nick!« Ich lege das Baby vorsichtig auf den Boden. »Hol kaltes Wasser, einen Waschlappen und ein Telefon. Beeil dich.«

»Kat«, flüstert sie. »Ich habe Angst.«

»Alles wird gut«, beruhige ich sie, aber als ich ihr Gesicht mit den Händen umfasse, verdreht sie die Augen und verliert das Bewusstsein.

Kapitel 56

Jetzt

Ich höre nicht, wie Nick zurückkommt. Erst als er mich an der Schulter berührt, merke ich, dass er wieder da ist.

»Kat.« Er sagt mehr als nur meinen Namen, aber alles, was ich höre, ist Rauschen. Ich schluchze so heftig, dass ich nichts hören kann. Nicht sprechen kann. Mein Kopf liegt auf Lisas Brust, aber unter meinem Ohr höre ich nicht, dass ihr Herz schlägt.

»Kat«, sagt Nick wieder. Dieses Mal spüre ich seine Hände unter meinen Achselhöhlen, und er versucht, mich auf die Füße zu stellen, aber ich halte mich an Lisas T-Shirt fest.

»Neiiin!« Ich will sie nicht gehen lassen. »Bitte ...«

»Mach Platz, verdammt noch mal, Kat!«, schreit Nick. Neben mir höre ich ein Wimmern, und mein Blick fällt auf das Baby. Mein Baby. Seine winzigen Finger krümmen sich, die Augen sind zugekniffen. Ich nehme den kleinen Jungen hoch und trete zur Seite.

Nick neigt Lisas Kopf nach hinten, und obwohl ich Wiederbelebung unzählige Male im Fernsehen gesehen habe, spüre ich keine Anspannung wie bei *Casualty*, kein Drama, nur traurige Resignation, dass es zu spät ist. Dennoch schaue ich zu. Zwei Atemspenden. Dreißigmal Herzdruckmassage. Ich zähle in Gedanken mit. Zwei Atemspenden. Dreißigmal Herzdruckmassage. Ich frage mich, ob es die richtige Anzahl ist. Frage mich, ob das nicht egal ist.

»Verdammt!« Nick hockt sich auf die Fersen. »Was sollen wir machen?«

»Ich weiß es nicht.« Ich zittere heftig unter dem Schock. Kann nicht glauben, was gerade passiert ist.

»Wir müssen einen Krankenwagen rufen. Sie werden wahrscheinlich die Polizei hinzuziehen.«

»Was ist mit dem Baby?« Ich ziehe es näher an die Brust. Weit reißt es beim Gähnen den zahnlosen Mund auf.

Nick kratzt mit der Schuhspitze auf dem Boden herum und weicht meinem Blick aus.

»Du glaubst, sie werden ihn uns wegnehmen?«

»Er gehört nicht uns, Kat. Lisa hat Familie. Sie werden ihn haben wollen.«

»Er gehört uns. Wir hatten einen Vertrag.« Alles gleitet mir durch die Finger. Wie Sandkörner am Strand. Die Sandburgen, die Lisa und ich gebaut hatten, zerfielen zu nichts, als wären sie nie dagewesen. Aber dieses Baby, es ist hier. Echt. Aus Fleisch und Blut, und ich werde es nicht hergeben.

»Der Vertrag ist nicht legal. Richard hat uns gewarnt. Das Baby muss sechs Wochen bei uns leben, bevor ein Beschluss über das Aufenthaltsbestimmungsrecht ergeht. Außerdem …«

»Außerdem was?« Ich versuche, ruhig zu klingen, während ich von einem Fuß auf den anderen trete. Salzige Tränen unterdrücke.

»Es kann nicht unser Baby sein, oder? Ich weiß nicht viel von Babys, aber auch wenn er zu früh geboren wurde, ist es immer noch zu früh.«

»Sei still, sei still, sei still!«, fauche ich. Ich werde nicht daran denken, wie Lisa meine Hand umklammert hatte, als

Nick Handtücher und kochendes Wasser besorgte, die Decke aus dem Kinderzimmer holte, und wie sie mir erzählt hatte, wie elend sie sich fühlte, seitdem Jake tot war. Wie ihre Mutter enttäuscht darüber zu sein schien, dass sie diejenige war, die lebte. Wie einsam sie gewesen war. Es war einfach gewesen, sich an ihrem und Jakes dreißigstem Geburtstag in einem Pub zu betrinken. Und es war auch einfach gewesen, am Ende des Abends mit Aaron ins Bett zu gehen, obwohl sie seit fast zehn Jahren nicht mehr miteinander gesprochen hatten.

»Ich wusste nicht, was ich tun sollte, als ich schwanger war«, hatte sie geschluchzt. »Das hatte ich nicht geplant. Nichts davon, ich schwöre. Aaron ist verheiratet. Er wollte nicht, dass seine Frau davon erfährt. Er sagte, es sei ein Fehler gewesen und er wolle nichts mit mir oder dem Baby zu tun haben.«

»Und ich dachte, du hättest die Schwangerschaft erfunden. Ich dachte, ihr wolltet beide Geld aus mir herauspressen.«

»Nein! Wie konntest du das nur glauben?«

Lisa verzog heftig das Gesicht, bevor sie fortfuhr. »Ich habe dich in dieser Zeitschrift entdeckt, und darin hieß es, du lebtest in Craneshill. Ich wollte dich einfach nur sehen, hatte dich furchtbar vermisst. Dad habe ich seit Jahren nicht gesehen. Mum und ich reden kaum miteinander. Ich wollte über Jake reden.« Lisa plapperte, während ich mich auf die Geburt des Babys konzentrierte, und ich ließ sie weiterreden. »Du weißt, dass ich nie ein Baby wollte. Ich kann keine alleinerziehende Mutter sein. Konnte meiner Mum doch nicht erzählen, dass ich eine Affäre mit einem verheirateten Mann gehabt hatte. Wie Dad.«

»Du warst schwanger, als wir uns trafen?« Ich bin auffällig ruhig.

»Ja, aber ich hatte mich schon für eine Abtreibung angemeldet. Es schien Schicksal zu sein, dass du ein Baby wolltest und ich keins haben konnte. Ich dachte, ich könnte alles wiedergutmachen bei dir. Es gab nur einen Unterschied von ein paar Wochen, und ich war der Meinung, dass du nie herausfinden würdest, wie weit die Schwangerschaft bereits fortgeschritten war, wenn ich dich von den Ultraschalluntersuchungen fernhielt. Ich hatte einen Zeitungsartikel über diese Sängerin gelesen, die eine Leihmutter suchte, und es war leicht, so zu tun, als hätte ich es schon einmal gemacht.«

Eine weitere Wehe überrollte sie, und die Töne, die sie von sich gab, glichen einem Tier in Not. Sie keuchte heftig, als sie weitersprach.

»Mum sehe ich sowieso nicht häufig. Ich wusste, dass ich ihr ein paar Monate aus dem Weg gehen konnte, und wenn es geboren worden wäre und du herausgefunden hättest, dass mit dem Datum etwas nicht stimmt und es unmöglich euer Baby sein konnte, dann wäre es zu spät gewesen. Dann hättest du es bereits geliebt. Gewollt. Ihm das Zuhause gegeben, das ich ihm nicht hätte geben können. Ich war nicht in der Lage, klar zu denken, war in Panik. Es tut mir so leid.«

»Wie konntest du das nur tun?« Meine Stimme hatte nicht überrascht geklungen. Nur resigniert. Ich glaube, ein Teil von mir hatte es bereits gewusst.

»Mein Leben ist eine Katastrophe, Kat. Ich hatte nie einen Beruf. Habe immer phasenweise unter Depressionen gelitten und manchmal wochenlang im Bett gelegen. Ich war nie in der Lage, bei einem Job zu bleiben. Die Arbeit im Krankenhaus habe ich erfunden, damit du mich respektierst. Ich dachte nicht, dass ich jemandem schaden würde. Ich bekam das Geld und du die Familie, die du wolltest.«

Ich berührte das goldene Kreuz um meinen Hals, als Lisa das scharlachrote, schweißbedeckte Gesicht verzog. Sie stöhnte, und ich hasste sie und war froh, dass sie litt, und trotzdem gab es einen Teil in mir, der sich noch immer um sie sorgte, obwohl ich wusste, dass ich das nicht tun sollte. Lisa und Jake und ich, wir sind ein Wirrwarr aus Vergangenheit, Gegenwart und Zukunft. Sobald die Wehe vorüber war, redete sie weiter.

»Ich merkte, wie sehr ich dich vermisst hatte. Es fühlte sich gut an, wieder mit dir befreundet zu sein. Als ich über Silvester bei euch war und das Kinderzimmer sah, merkte, was das alles für dich bedeutete, und ich Nick richtig kennenlernte, da wusste ich, dass ich aufhören musste. Ich hatte solche Schuldgefühle. Es war nicht fair, euch glauben zu lassen, dass das Baby seins war. Euers.«

»Waren es je Zwillinge?« Ich wünschte mir sehnlichst, dass etwas der Wahrheit entsprach.

»Nein. Ich bin auf dem Eis ausgerutscht. Das war die Wahrheit. Ich gab vor, eine Fehlgeburt gehabt zu haben. Weil ihr mir wichtig wart. Euch beide zu hintergehen war schrecklich für mich. Ich war völlig durcheinander. Für eine Abtreibung war es zu spät, und ich wusste nicht, was ich machen sollte. Aber dann kamst du und hast mich gefunden, und das fühlte sich an wie Schicksal. Ich wollte nicht mehr ohne dich sein. Es war einfach, weiter zu lügen. Es tut mir so leid, dass es nicht dein Baby ist, Kat. Oder Nicks.«

Es war ein Abend der Wahrheit gewesen, aber manchmal hört man so viel, dass es schwer ist, alles aufzunehmen. Und dann schaut man zurück und fragt sich, ob man es überhaupt je gehört hat. Ich wollte so sehr, dass dieses Baby mir gehörte. Die ganze Zeit hatte ich geglaubt, es wäre meins, und manchmal reicht Glauben aus. Es musste so sein. Lisa war halb verrückt vor Schmerzen. Sie wusste nicht, was sie sagte. *Es ist mein Baby. Auf jeden Fall.*

Nick legt behutsam eine Decke über Lisa, bedeckt das Gesicht, das ich mit silbernem Glitter bestäubt hatte, bevor wir in die Schuldisco gingen. Der Druck in meiner Brust verlagert sich weiter nach unten.

»Lass uns nach oben gehen«, sagt er. »Und ein paar Telefonate erledigen.«

Ich nicke, aber als wir am Fuß der Treppe ankommen, drehe ich mich um und übergebe Nick das Baby. Zurück an Lisas Seite, ziehe ich die Decke herunter, beuge mich über den Sofatisch und schalte die Lampe ein.

»Sie hat Angst im Dunkeln«, schluchze ich. Ich lege ihre Hand auf meine Wange, verschränke ihre Finger mit meinen und erinnere mich daran, wie wir unzählige Male Hand in Hand auf den Schulhof gerannt waren, um als Erste beim Himmel-und-Hölle-Spiel zu sein. Obwohl ich viele Jahre ohne sie gewesen war, spüre ich in mir eine Leere, wenn ich daran denke, dass ich sie nie wieder lachen hören werde. Es scheint unmöglich, dass wir uns erst vor einigen Monaten wiedergefunden hatten. Ich erinnere mich noch an jenen Tag. Den Schnee. Den Geschmack von Frost und Hoffnung auf meiner Zunge. Lisa wird keinen Winter mehr erleben, und ich spüre, wie es mir das Herz zerreißt. Schon jetzt fühle ich mich verloren ohne sie. Hoffnungslos, unwiederbringlich verloren.

»Kat.« Nick berührt meine Schulter.

»Ich kann nicht…« Ich kann mich nicht von Lisa losreißen, kann sie nicht verlassen. Ich werde nicht damit leben können. Meine Stirn senkt sich auf ihre Brust, legt sich auf einen Brustkorb, in dem die Lunge nie wieder Luft einsaugen wird.

»Sie ist jetzt bei Jake«, sagt Nick, und zumindest das ist ein Trost.

»Leb wohl, Lisa.« Meine Finger zittern, und ich brauche mehrere Versuche, bis ich die Kette mit dem goldenen Kreuz von meinem Hals genommen und sie um ihren gelegt habe.

»Es tut mir auch leid.« Ich küsse ihre Lippen, die bereits kalt werden. Der Kuss des Judas.

* * *

Auf der Schwelle zur Küche bleibe ich stehen, als ich Nicks Vater sehe, der immer noch dort liegt, wo er hingefallen ist. Ich hatte vergessen, dass er da ist.

Schweigend beobachte ich, wie sich Nick neben ihn kniet und seinen Puls fühlt. Sein Gesicht ist kreidebleich, als er sich zu mir dreht. Ich weiß bereits, was er gleich sagen wird.

»Mist, Kat. Er ist tot.«

»Du hast ihn umgebracht.« Ich verlagere das Gewicht des Babys in meinen Armen.

»Es war ein Unfall«, widerspricht Nick, aber jetzt hat er genauso viel zu verlieren wie ich.

Und genauso viel zu verbergen.

KAPITEL 57

Jetzt

»Du musst gehen.« Nick wirft meine Kleidung in einen Koffer, während ich starr auf dem Bett liege. Meine Wange sinkt in das federweiche Kissen, das nach dem Mann duftet, den ich hassen sollte, aber irgendwie nicht hassen kann. Ich bin sooo müde.

»Ich verlasse dich nicht.«

»Das musst du.« Erneut mischt sich Verzweiflung in seine Stimme.

»Zwei Menschen sind tot, Nick.«

»Glaubst du, das weiß ich nicht?« Er ist aufgewühlt. Blass. »Es wird alles gut.« Seine blauen Augen sind auf meine gerichtet, und wir wissen beide, dass wir, so weit es nur geht, von *gut* entfernt sind. »Ich werde das wieder hinkriegen, und dann stoße ich zu dir.«

»Wie kannst du das wieder hinkriegen?« Ich möchte ihm glauben, kann aber mein Bauchgefühl nicht ignorieren, das mir sagt, dass man das unmöglich wieder einrenken kann.

»Richard.«

Der Klang seines Namens geht mir durch und durch, als wäre ich auf Stacheldraht gefallen. Kann ich ihm vertrauen, dass er mich beschützt? Nach allem, was er getan hat? Ich habe Angst. Große Angst.

Es gibt eine Million Gründe, weshalb ich nicht davonlaufen sollte, und einen, weshalb doch. Das Baby schläft neben mir. Schnieft wie ein kleines Tier. Der kleine Junge ist zu früh geboren und vielleicht ein bisschen klein, aber ich werde ihn durchchecken lassen. Ich werde mich sehr gut um ihn kümmern. Durch seine hauchdünnen Augenlider schimmern Venen. Er ist so schwach und kraftlos, wie ich mich fühle, aber seine Zerbrechlichkeit schöpft eine Kraft aus mir, die mit jedem einzelnen Atemzug wächst, den er nimmt.

»Ich gehe.« Ich setze mich auf.

Die Matratze knarrt und senkt sich, als Nick sich auf den Rand setzt. Er streicht mir die Haare zurück und umfasst mein Gesicht mit beiden Händen. Es gibt nichts Schmerzlicheres, als zu wissen, dass etwas zu Ende geht.

»Ich liebe dich, Kat. Das habe ich immer.« Er reibt mir mit dem Daumen über den Wangenknochen. Ich greife nach seiner Hand. Küsse die Handfläche. Ziehe ihn an mich und küsse seine Lippen. Der Abschiedskuss.

Ich sage ihm nicht, dass ich ihn liebe.

Das kann ich nicht.

Auch wenn ich weiß, dass ich wahrscheinlich nie wieder Gelegenheit dazu bekommen werde.

Epilog

In der Brise, die meine Haut wärmt und mir das Haar zerzaust, hängt der süße Duft frisch gemähten Grases. Im Park ist viel los. Der Sonnenschein lockt Familien an. Es macht mich traurig, dass Nick das nie wieder fühlen wird. Sobald die Leichen entdeckt worden waren, hatte er sich gestellt. Hatte Dinge gestanden, die er nie getan hatte, und solche, die auf sein Konto gingen. Letzte Woche habe ich einen Brief ins Gefängnis geschrieben. Das mache ich manchmal. Ich bin vorsichtig und verwende jedes Mal einen anderen Namen. Eine andere Adresse. Nick hatte zwar für alles, was an jenem Abend im Haus geschehen war, den Kopf hingehalten – das hatte er mir geschuldet –, aber man konnte nicht vorsichtig genug sein, oder? Ich glaube, er wusste schon, als er meine Sachen in den Koffer warf, dass für ihn alles vorbei war. Es war das Letzte, was er für mich tun konnte, und mir gefällt der Gedanke, dass er es nicht nur aus einem Schuldgefühl heraus getan hat, sondern auch aus Liebe. Trotz allem, was er mir erzählt hat, vermisst ihn ein Teil von mir. Vermisst er uns. Die Freitagabende, an denen wir im Schlafanzug auf dem Sofa gekuschelt und ferngesehen haben. Von Kurkuma verfärbte Teller, die auf dem Sofatisch gestapelt waren.

Die Polizei fand natürlich heraus, dass Lisa erst vor Kurzem ein Kind geboren hatte, aber Nick leugnete immer wieder, etwas darüber zu wissen, bis die Beamten nicht mehr fragten. Allerdings bin ich sicher, dass sie immer noch nach dem Baby suchen. Richard verteidigte Nick, wie er es schon immer getan hatte. Ob er es aus Loyalität tat oder aus Angst, als Lügner entlarvt zu werden, weiß ich nicht. Ich habe ihm nie für seinen Part beim Unfall vergeben. Aber man sucht immer nach einem Schuldigen, nehme ich an. Das liegt in der Natur des Menschen. Und es ist einfacher, ihn zu hassen, als Nick, als mich selbst. Immerhin hat mich Richard mit einer neuen Identität ausgestattet. »Du bist eine vermisste Person, Kat«, hatte er am Telefon mit kalter, harter Stimme gesagt. »Ich habe einen Mandanten, der einige Zeit wegen Identitätsbetrugs eingesessen hat. Lass mich ein paar Erkundigungen einziehen.« Und Wochen später, als wir uns am Ende eines Landungsstegs getroffen hatten, wo mir die tosenden Wellen Salz in den Mund sprühten, hatte ich den Umschlag genommen, den er mir gab. Etwas anderes Wortloses geschah zwischen uns, als wüssten wir beide, dass das der letzte Kontakt zwischen uns sein würde. Ich wandte mich ab von dem abgrundtiefen Hass in seinen Augen und starrte in den flachen weißen Himmel. Trotz unserer angespannten Beziehung spürte ich einen Anflug von Einsamkeit, als er davonging und seine Schuhe auf den Holzplanken klackerten.

Nick war bei seiner Geschichte geblieben, dass ich depressiv gewesen war und ihn Tage zuvor verlassen hatte. Es gab genug Leute, die mein unberechenbares Verhalten bestätigen konnten. Ich hatte die Liveberichterstattung vor meinem früheren Haus verfolgt. Der in seinem billigen Anzug schwitzende Reporter hatte die Frau mit den roten Haaren interviewt, die ein paar Häuser weiter wohnte. In ihren Augen schimmerten unvergossene Tränen, obwohl wir kaum miteinander gesprochen hatten. Aber jeder wollte seine Viertelstunde, nehme ich an.

Sie bestätigte, dass ich in den Monaten vor meinem angeblichen Verschwinden selten gesehen worden war, und wenn ich mich hinausgewagt hatte, dann war ich nicht ich selbst gewesen und ohne Schuhe herumgerannt. Sogar Tamara hatte in den Nachrichten geweint. Sie war immer die bessere Schauspielerin gewesen. Ich bin froh, dass sie letzten Endes doch die Maria spielen konnte. Ich fand die Fotos im Internet, und sie sah atemberaubend aus. Zumindest ihre Träume sind wahr geworden. Das Musical lief zwei Wochen länger als vorgesehen. Ich nehme an, mein Verschwinden bewirkte Wunder beim Verkauf der Eintrittskarten. Wer hatte noch gesagt, dass es so etwas wie schlechte Publicity nicht gebe?

Es gab Gerüchte, dass Nick mich umgebracht habe. Die Polizei musste sie ernst nehmen und hatte unseren Garten umgegraben, aber nichts gefunden. Ich war bestürzt, als ich die Helikopterberichte im Fernsehen sah. Deweis und Mais Rosenbüsche waren aus dem Boden gerissen worden, als wären sie nichts. Mit der Zeit wurde ich als ein weiterer ungelöster Mordfall, eine weitere traurige Statistik eingestuft. Die Zeitungen interviewten einige unserer alten Schulfreunde. Aaron wurde fotografiert, wie er steif neben seiner Frau stand. Er wurde mit den Worten zitiert, dass er Lisa und mich seit zehn Jahren nicht gesehen und nicht mit uns gesprochen habe. Er war schon immer ein Lügner. Andererseits haben wir alle unsere Geheimnisse, oder? Unsere Version der Wahrheit ist biegsam. Wir formen unsere Realität so, dass sie unsere Lügen kaschiert. Und manchmal hört sich das so plausibel an, dass wir uns sogar selbst davon überzeugen.

Mir gegenüber sitzt eine Mutter auf einer Bank, deren Kind neben ihr im Kinderwagen liegt. Mit der einen Hand schaukelt sie den Kinderwagen und mit der anderen durchsucht sie ihr Smartphone. Das Baby gluckst, und ich kann seine blassrosa Fußsohlen sehen, die es in die Luft streckt, während es nach den

Zehen greift. Seine Beinchen werden rot, und ich glaube, ich sollte hinübergehen und der Mutter von meiner Sonnencreme anbieten, die ich in der Tasche mit mir herumtrage. Auf dem Rasenstück vor den Bänken dreht sich ein Mädchen in einem pinkfarbenen Kleid. Der Rock bauscht sich, und die glänzende schwarze Bobfrisur schwingt um ihr Gesicht. Für eine Sekunde sieht sie Lisa so ähnlich, dass es mir den Atem verschlägt. Ich vermisse sie. Tränen verschleiern mir die Sicht, als ich mich daran erinnere, wie wir uns an den Händen gehalten und so lange gedreht hatten, bis uns schwindelig wurde. »Schneller«, hatte sie gerufen, und ausgerechnet, wenn ich das Gefühl hatte, meine Füße würden die Bodenhaftung verlieren und ich in den strahlend blauen Himmel hinauffliegen, ließ sie mich los, und wir stolperten über den Rasen, bevor wir auf den Rücken purzelten. Dann hatte ich vor der grellen Sonnenblumensonne meine Augen zugekniffen und gewartet, bis das Schwindelgefühl vorbei war. Einmal war ein aufblasbarer Wasserball auf Lisas Kopf gelandet. »He!«, hatte sie gerufen und sich aufgesetzt. »Geh und spiel irgendwo anders, Jake.« Sie hatte den gestreiften Ball zurückgeworfen und theatralisch geseufzt, bevor sie sich wieder ins Gras hatte fallen lassen. »Jungs. Die sind so nervig.«

Aber schon damals hatte mich etwas an Jake fasziniert. Es waren nicht nur seine strahlend grünen Augen und seine mit Sommersprossen übersäte Haut gewesen. Es war mehr als das. Schicksal hatte er es genannt, als wir älter waren und er mein Kinn angehoben hatte, um mich zu küssen.

Ich lege mir zwei Finger auf den Mund, als könnte ich ihn immer noch schmecken – Wrighley's Pfefferminzkaugummi –, und frage mich, ob das je nachlässt. Dieses Gefühl des Verlustes. Jetzt gibt es Lisa auch nicht mehr, und meine letzte Erinnerung an sie kommt mir, wie so häufig, in den Sinn. Ihre auf dem schokoladenbraunen Ledersofa ausgebreiteten schwarzen Haare, die

Panik in ihren Augen, der penetrante metallische Geruch von Blut in meiner Nase und in meiner Kehle.

»Hilf mir«, hatte sie gekrächzt, und ich hatte mich über sie gebeugt und ihr ins Ohr geflüstert.

»Was hast du mir seit zehn Jahren verheimlicht, Lisa?«

»Ich weiß nicht …«

»Ich habe die Nachrichten in deinem Handy gelesen. Zwischen dir und Aaron. Da *ist* etwas.«

Lisa wimmerte.

»Sag's mir, und ich werde dir helfen.« Ich strich ihr über die Stirn.

Und dann begann sie zu flüstern. »Ich habe es Aaron erzählt, als ich an meinem dreißigsten Geburtstag mit ihm geschlafen habe. Es war eine Erleichterung, es jemandem zu erzählen.«

Lisas Gesicht war so weiß wie die Wand hinter ihr, und ich wusste, dass sie mir entglitt.

»Was, Lisa? Was hast du ihm erzählt?« Ich war völlig frustriert.

Schließlich sprach sie widerwillig. »An dem Abend im *Three Fishes* …«

»Was war da?«

Ihr Kopf hing schlaff zur Seite, und ich musste sie an den Schultern packen und heftig schütteln. Sie riss die Augen auf.

»Ich hatte noch ein kleines bisschen Mephedron übrig.«

Ich legte mein Ohr an Lisas Mund, damit ich sie verstehen konnte. Spürte ihren heißen Atem.

»Kaum etwas. Ich hab's in unsere Drinks getan. In meinen und Jakes.«

»Wie konntest du nur?«

Eine einzige Träne lief ihr über die Wange. »Ich wollte, dass wir Spaß hatten. Er sollte doch gar nicht fahren.« Sie holte tief und zittrig Luft und schloss die Augen, als versuchte sie Kraft zu sammeln, um weiterzureden. »Er hatte mir versprochen, wir würden das Auto stehen lassen und mit dem Taxi nach Hause fahren. Er hatte es versprochen ...«

Lisa war diejenige, die Mühe hatte zu atmen, aber der Schmerz zerriss mir die Brust.

»Ich schäme mich so«, flüsterte sie. »Es geheim zu halten hat meine Beziehung zu Mum ruiniert. Bitte sag ihr nichts. Sie ist besser dran, wenn sie es nicht weiß. Besser dran ohne mich.«

Sie sagte nichts mehr, aber ich spürte noch immer ihren warmen Atem an meinem Ohr. Ich erinnerte mich, dass Jake schwindelig und schlecht gewesen war. Dass er zu schnell gefahren war und unbedingt nach Hause wollte. Ich hatte gedacht, er stünde wegen des Babys unter Schock. Aber er stand unter Drogeneinfluss. Sie hatte ihm Drogen gegeben. Wäre es ihm gelungen, dem anderen Auto auszuweichen, wenn seine Sinne nicht betäubt gewesen wären? Würde er dann noch leben? Würde unser Baby noch leben?

So viele ruinierte Leben. So viele Leben – was machte eines mehr da schon aus?

Ich kann noch immer die Kälte des Baumwollkissenbezugs in meiner Hand spüren, den Geschmack von Gallenflüssigkeit in meiner Kehle, als ich das Kissen auf Lisas Gesicht drückte. Ich merke noch immer, wie ihre Gegenwehr weniger und weniger wurde. Ich kann noch immer das Monster in meinem Kopf lachen hören, als mir Tränen übers Gesicht liefen. Ich werde immer die Schwere meiner Schande mit mir herumtragen, als Nick zurück ins Zimmer stürzte und ich ihm sagte, dass es zu spät und sie eines natürlichen Todes gestorben sei. Oft versuche ich, mich selbst davon zu überzeugen, dass es wahr ist. All das Blut. Ich bin sicher, sie hatte eine Plazentaablösung. Ich hatte darüber in meinem Babyratgeber gelesen. Aber da es so weit bis zum Krankenhaus war, wäre sie wahrscheinlich sowieso gestorben. Wahrscheinlich. Aber das Risiko hatte ich nicht eingehen können.

Ich berühre meine Wange, als könnte ich noch immer die Tränen fühlen, die ich vergossen hatte. Meine Trauer war echt und unverfälscht gewesen. Das Loch in mir schwarz und klaffend, aber es war doch nur richtig, oder? Nur fair. Sie war diejenige, die für Jakes Unfall verantwortlich gewesen war. Sie hatte ihn mir genommen, zusammen mit meinem ungeborenen Kind und der Chance, je wieder Mutter zu werden. Wie konnte sie das tun? Das wissen? Und dann erhobenen Hauptes und stolz dastehen und mir eine Rettungsleine anbieten, vorgeben, meine Leihmutter und Freundin zu sein. Es hätte mich kaputt machen können, wirklich.

Manchmal frage ich mich, ob es das getan hat.

»Mummy.« Das Wort wirbelt in mir herum, ruft Verlust hervor. Schuld. Hoffnung. Aber vor allem Liebe.

»Jacob.« Ich breite die Arme aus und mein süßer kleiner Junge tapst hinein. Ich vergrabe mein Gesicht in seinem glänzenden schwarzen Haar und atme Johnson's Shampoo ein, bevor ich ihn kitzele, auf seine Wange pruste und das Erdbeereis schmecke, das wir vorhin gegessen haben.

Er kichert, aber das Geräusch verjagt nicht das endlose Schreien, das ich jedes Mal im Kopf habe, wenn ich in sein Gesicht schaue. In Lisas Gesicht. Jakes Gesicht. All die Dinge, die ich je falsch gemacht habe. All die Dinge, die ich je richtig gemacht habe.

»Ich habe Hunger«, sagt er.

»Du hast immer Hunger.« Ich stehe auf, strecke die Hand aus, und er legt seine kleine in meine. Wir schwingen beim Gehen mit den Armen.

Wir kommen an dem Baby vorbei, das im Kinderwagen schläft und dessen Gesicht so pinkfarben ist wie sein Body. Ich schaue mich nach der Mutter um, aber sie ist auf der anderen Seite des Parks in ein Gespräch vertieft. Meine Finger zucken, haben den Drang, den Kinderwagen wegzuschieben. Das Baby dick mit Sonnencreme einzuschmieren und mit Küssen zu überhäufen. Sie hätte es hier nicht zurücklassen sollen. Heutzutage kann man doch nicht vorsichtig genug sein, oder?

Ich bleibe stehen.

In meinem Kopf schreit das Baby. Das verlorene Baby. Ich starre in den Kinderwagen und frage mich, ob es das Baby ist. Mein Baby. Ich fasse nach dem Griff. Lasse meine Finger leicht auf der Plastikstange liegen.

»Mummy!« Jacob zerrt an meiner anderen Hand. Durch den Park sehe ich, dass die Mutter immer noch nicht aufmerksam wird, aber trotzdem kann ich ihre Tochter nicht mitnehmen. Ich weiß, wie es ist, wenn man ein Kind verliert. Es verändert die Realität. Man kommt nie wirklich darüber hinweg.

Ich lasse mich wegziehen. Jacob plappert, während wir durch die schmiedeeisernen Tore gehen, aber es ist schwierig, seine Worte wegen des ständigen Wimmerns in meinem Kopf zu entschlüsseln.

Jetzt sind wir fast aus dem Park. Schon bald wird es zu spät sein, es zu retten. Das verlorene Baby.

Ich zögere. Drehe um. Der Kinderwagen steht noch immer allein da.

Ich bin kein Monster.
Das bin ich nicht.
Ich will nur das Schreien zum Verstummen bringen.
Ist das falsch?

Danksagung

Der leichte Teil ist oft, die Geschichte aufzuschreiben, aber ein brillantes Team hinter dem Buch ist erforderlich, um es zum Leben zu erwecken. Ein großes Dankeschön an Olly Rhodes und Bookouture, besonders an Kim Nash, die mit Marketingzauberei und Gin immer bereitzustehen scheint, und an Lydia Vassar-Smith dafür, dass sie genauso begeistert von meiner anfänglichen Idee war wie ich, sowie an Jenny Geras für ihren redaktionellen Scharfblick und Enthusiasmus. Ebenso an Cath Burke und das tolle Team bei Sphere (Little, Brown) für die Bearbeitung meiner Taschenbücher. Ich bin so dankbar, zwei dynamische Verleger an Bord zu haben. Ein Dankeschön auch an Henry Steadman für ein weiteres umwerfendes Cover. Ebenso möchte ich mich bei Rory Scarfe, meinem Agenten, bedanken, den nichts aus der Ruhe bringt und der für mich eine Quelle endloser Unterstützung ist.

Die Schreibcommunity ist unglaublich, und obwohl ich viel zu viel Zeit mit Twitter verbringe, ist mein Leben dank der wunderbaren Buchblogger, Leser und Autoren, mit denen ich täglich in Kontakt bin, viel interessanter geworden.

Shannon Keating möchte ich dafür danken, dass sie ihre Erfahrung, die sie bei der Arbeit für eine Wohltätigkeitsorganisation sammelt, mit mir geteilt hat. Symon Adamson: Dein Feedback klingt immer besser, wenn es aus dem

Pub kommt. Bekkii Bridges, Karen Appleby und meiner Mum möchte ich dafür danken, dass sie immer für mich da sind. Lucille Grant: Es ist herrlich, jemanden zu haben, dem ich so bedingungslos vertraue. Deine Unterstützung bedeutet mir sehr viel. Mick Wynn: Einen guten Freund zu haben, der ebenfalls Schriftsteller ist, ist unbezahlbar. Emma Mitchell: Ich liebe dich einfach! Hilary Tiney: Meine älteste Freundin und diejenige, die immer mit einem offenen Ohr verfügbar ist, sowie Sarah Wade, die dafür sorgt, dass ich regelmäßige Nando's-Pausen bekomme.

Callum, Kai und Finley, ihr seid eine stetige Quelle der Freude und des Stolzes. Tim: Das Leben ist wahnsinnig hektisch, und ich bin so froh, dich an meiner Seite zu haben.

Und wie immer, Ian Hawley.